Du même auteur

Le Banc-de-l'Orphelin, tome 1 : La Tourmente, Montréal, Carte
blanche, 2006. Première édition (1998), Châteauguay,
Éditions Madeli.

Le Banc-de-l'Orphelin, tome 2 : Le mal d'aimer, Montréal, Carte
blanche, 2006.

L'énigme du Marie-Carole, Montréal, Carte blanche, 2011.

Michel Carbonneau

LE NADINE
Le début de la fin

roman

CARTE BLANCHE

Ce roman est basé sur l'histoire vraie du nauvrage du *Nadine*. Les noms des personnages ont été changés.

Pour en savoir plus sur l'univers de Michel Carbonneau
www.michel.carbonneau.info

En couverture : œuvre du peintre madelinien Georges Gaudet

Les Éditions Carte blanche
Téléphone : 514 276-1298
carteblanche@vl.videotron.ca
www.carteblanche.qc.ca

Distribution au Canada : Édipresse

Dépôt légal : 3ᵉ trimestre 2015
Bibliothèque et archives nationales du Québec
Bibliothèque et Archives Canada
ISBN 978-2-89590-262-1

À mon épouse Lise,
mes deux grands enfants Daniel et Patrice
et mes quatre petits-enfants Carl-Aubert, Clara, Justin et Charles

Connaître sa propre part d'ombre
est le meilleur moyen d'envisager celles des autres.

Trajet du *Nadine*

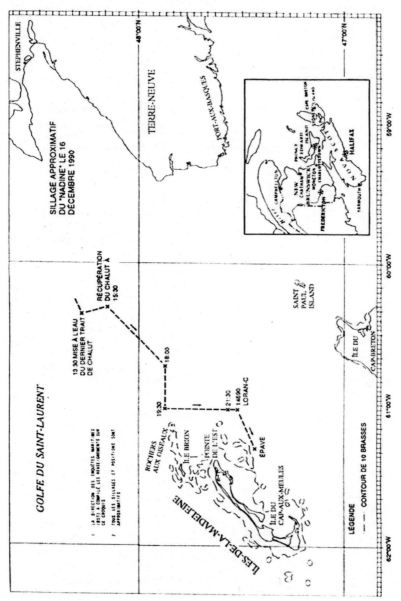

Source : Bureau de la sécurité des transports du Canada

Croquis du *Nadine*

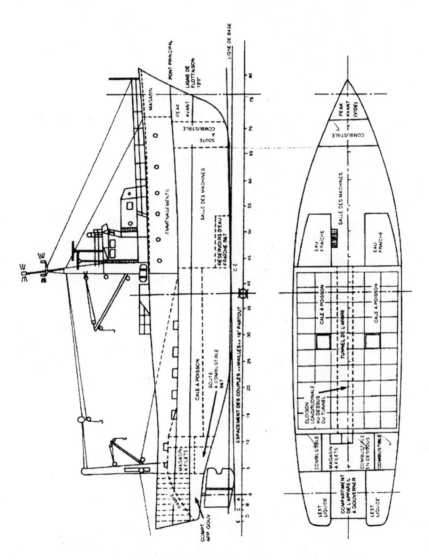

Source : Bureau de la sécurité des transports du Canada

PROLOGUE

Ils sont nés au début des années 1960, soit au plus fort de l'industrialisation des pêches aux Îles-de-la-Madeleine.

Dès leur enfance, ils ont dû faire face à la dure réalité de leur réputation de pauvres pêcheurs. Adolescents, ils ont été contraints d'apprendre sur le tas le métier de leur père et on les retirait souvent de l'école pour aider à la *gagne* de la famille. Ils étaient des contestataires à leur façon, faisant état du fossé entre les riches, les pêcheurs hauturiers, et les pauvres, les pêcheurs de homard, qu'ils étaient pour la plupart. Cela ne les empêchait pas de se faire de l'argent de poche, de fréquenter les filles et de participer à des activités qui les revalorisaient autant que faire se peut.

Jeunes adultes, ils devenaient pour la plupart des soutiens de famille, surtout si cette dernière comptait plusieurs enfants en bas âge. La plupart d'entre eux aspiraient à être embauchés sur les chalutiers qui labouraient les fonds marins en y prélevant morue, sébaste, aiglefin, ainsi que toutes les espèces qui gravitaient autour. Mais pour cela, il fallait qu'ils fassent leurs classes en pratiquant la pêche en haute mer tout en s'instruisant sur les techniques pour capturer du poisson et en développant leurs habiletés pour la navigation.

Leur apprentissage terminé, ils étaient sélectionnés, pour la plupart, par une firme chef de file aux Îles, bien plus grâce à ceux qu'ils connaissaient qu'à ce qu'ils avaient appris sur les bancs d'école. Embauchés comme marins pêcheurs hauturiers, plusieurs rêvaient de gravir les échelons et ainsi d'avoir leur revanche sur ceux qui les avaient jadis traités d'idiots. La paie sur les chalutiers dépassait largement à l'époque toutes celles des autres métiers reliés à la pêche. Rémunérés sur la base de leur performance, les hauturiers prenaient des risques que leurs ancêtres n'auraient osé prendre, préférant jouir d'une journée qualifiée de *débauche* en restant tard au lit lors de matinées venteuses. On sait bien cependant que le fait d'éviter si souvent de justesse un naufrage ne pouvait perdurer. À preuve, la mer reprenait de temps à autre ses droits. Ainsi, la disparition du chalutier *Marie-Carole* avec ses cinq membres d'équipage, dont quatre capitaines, au début de décembre 1964, avait beaucoup secoué les Madelinots.

« Au plus fort la poche » était leur devise. Et ils entendaient bien la mettre en pratique de façon à être capables d'être libres de leur destinée. Or, pour plusieurs d'entre eux, les fameux *timbres* de qualification pour l'assurance-chômage étaient un objectif de vie. Pour d'autres, c'était de devenir officier sur un chalutier dernier cri, comme celui portant le nom de *Nadine*, et d'en arriver un jour à être de fiers capitaines.

Ils avaient l'espoir de trouver une compagne qui leur donnerait des enfants, qui auraient eux-mêmes des enfants, leur assurant ainsi une descendance prospère et de la notoriété. On ne pouvait demander mieux... Mais le destin n'avait pas dit son dernier mot en ce 16 décembre 1990... fauchant la vie de cinq pères de famille et de trois célibataires qui n'avaient jusque-là qu'effleuré leurs rêves. La pire catastrophe maritime de mémoire d'homme à frapper les Îles-de-la-Madeleine.

Mais prêtons-leur la vie le temps de ce récit. Soyons témoins de leur joie, de leur espoir, de leur peine et de leurs revendications, mais aussi de la peur de ce que leur réservait jour après jour leur fameux destin. Un destin marqué par la fatalité de ne pas avoir été capables d'atteindre un niveau de vie enviable sur leur cher petit coin de terre et surtout de regretter de ne pas avoir su profiter des moments qui passaient.

Peut-être visiterez-vous les Îles prochainement ? Sillonnez les chemins, parcourez les quais que ces marins ont empruntés et recherchez les vestiges des bateaux de pêche sur lesquels ils ont trimé dur pour gagner leur croûte. Et vous vous direz, avant de nous quitter : « C'était donc vrai. »

PARTIE I

ÎLES-DE-LA-MADELEINE, MARS 1977

CHAPITRE 1

« Tout arrive à point à celui qui sait attendre »

Debout sur un morceau de glace surélevé, Albert agita le petit drapeau rouge qu'il avait attaché à une longue tige. Son but : attirer l'attention de ses compagnons qu'il voyait à une centaine de mètres de lui.

Après plusieurs tentatives, il laissa tomber en se disant que ceux-ci avaient probablement oublié de lui répondre en levant à leur tour un drapeau de couleur verte, signe qu'ils l'avaient bel et bien localisé. Déçu, il coinça la tige entre deux morceaux de glace de façon à ce que ses comparses puissent se diriger au bon endroit – du moins l'espérait-il – au moment voulu. Il regarda sa montre : il était 14 h 30. Il lui restait donc deux bonnes heures de chasse avant que la nuit tombe.

Il descendit de son perchoir et se dirigea aussitôt vers un secteur non encore exploité. Un secteur qui, vu sa localisation, devrait lui permettre de poursuivre une chasse profitable pour le reste de la journée. Il avait conclu une entente avec ses trois compagnons le matin même, avant de quitter le bateau phoquier qui les avait amenés sur la banquise il y avait de ça une dizaine de jours tout au plus. Cette entente mettait à profit les talents de chacun des membres de leur *escouade** de façon à ce que la chasse au loup-marin leur rapporte un maximum d'argent en un minimum de temps. Or, ce jour-là, possiblement le dernier qu'ils passaient à chasser, ils étaient encore très loin de leur objectif initial vu que les loups-marins, dont la fourrure avait la plus grande valeur, n'étaient pas au rendez-vous.

---

* *Escouade* : groupe de chasseurs qui travaillent de pair

Albert, qui n'avait pas son pareil pour trouver des proies, était parti en éclaireur pour trouver une bonne *mouvée** de loups-marins, qu'il abattait avec son gourdin pour ensuite les saigner à blanc. Il les entassait finalement par groupe de 10 à 12 et avertissait ses compagnons, au moyen de son drapeau rouge qu'ils pouvaient venir en prélever la fourrure. Un travail qui était facilité par la vaste expérience de ses compagnons Carlo et Benoît pour apprêter du poisson. Finalement, Justin le quatrième membre de l'escouade, chargeait le précieux butin sur une motoneige et l'apportait au camp de base situé près du bateau phoquier.

Après quelques pas, Albert s'arrêta pour regarder les environs avec ses longues-vues. Les loups-marins qu'il apercevait étaient en grande majorité des *guenillous*, une espèce qui n'avait pas encore achevé de muer, de même que quelques jeunes qui se dandinaient d'un trou d'air à l'autre. Il calcula mentalement le nombre de bêtes qu'il avait abattues depuis le matin et réalisa que c'était du pareil au même depuis la toute première journée de chasse. Sept fourrures sur dix étaient celles de guenillous; leurs prix oscillaient entre neuf et dix dollars pièce. Deux autres étaient celles des jeunes loups-marins, dont le prix était le double de celle des guenillous, et une seule était celle d'un *blanchon*, qui valait trente dollars.

À cause du vent froid et humide, un frisson lui parcourut l'échine Pressé, il avait omis de mettre un sous-vêtement chaud sous le survêtement blanc qu'il portait pour ne pas alerter trop à l'avance les loups-marins adultes considérés plus ou moins comme les gardes du corps de leurs petits. «La fin de la journée ne sera pas de tout repos», se dit-il en se dirigeant vers une première proie.

Arrivé près d'une cinquième victime – encore un guenillou – il renifla tout à coup une odeur de lait caillé, signe qu'il pourrait y avoir des blanchons tout proches. Au pas de course, il se mit à remonter à la source de l'odeur, tout en ressentant des émotions contradictoires: de l'admiration et de la compassion pour ces blanchons recouverts d'une fine fourrure d'un blanc immaculé, en même

---

* *Mouvée*: famille de loups-marins se tenant en groupe

temps qu'une forte montée d'adrénaline en songeant à l'argent que rapporterait la vente de leur fourrure.

Son exaltation prit brusquement fin lorsqu'il dut s'arrêter sur un amoncellement de glace qui l'empêchait d'aller plus loin. Il entendait le bruit sourd que faisaient les morceaux qui s'entrechoquent, lui faisant penser qu'il avait probablement affaire à une banquise en train d'accoster celle où il avait chassé. Une banquise qui, en s'approchant, avait érigé un vaste *bousculis** dont il ne voyait pas les extrémités. L'escalader lui parut difficile vu l'agencement des morceaux de glace dont bon nombre s'élevaient haut dans le ciel. Longeant l'amoncellement de glace, il essaya de trouver un passage, mais peine perdue, il dut se résoudre à en entreprendre la montée à l'endroit qui lui semblait le plus faible en hauteur. Tant bien que mal, il réussit à grimper jusqu'à son faîte.

« Wow ! Quel spectacle ! », se dit-il en apercevant plein de blanchons, dont une bonne partie émettait des bêlements ressemblant à des appels, tandis que d'autres étaient en train de téter leur mère qui, couchée sur le côté, se trouvait comme dans une sorte d'extase. L'espace d'un instant, il se demanda s'il pourrait passer outre à ce qu'il ressentait à ce moment-là et laisser son désir de faire de l'argent rapidement l'emporter. Une question qu'il se posait chaque année lorsqu'arrivait le temps de la chasse au loup-marin.

Afin de s'en convaincre un peu plus, il entreprit la descente du bousculis et se dirigea vers la banquise qui était entourée de *glaces vivantes***. Il réussit à se rendre sans encombre près d'une mouvée comprenant une bonne cinquantaine de blanchons. Il s'arrêta, essayant d'évaluer son courage. Il regarda sa montre, il était passé 15 h. Il jeta un coup d'œil au firmament et constata que le soleil avait pâli depuis peu. « Que faire devant tant de beauté ? », pensa-t-il.

Avec plus ou moins deux heures de chasse qu'il lui restait, à raison de cinquante blanchons à l'heure, son escouade devrait pouvoir récolter un bon 3000 piastres, soit autant que l'argent

---

* *Bousculis* : du mot *bouscueil*, désignant l'action des vents qui presse les glaces les unes sur les autres
** *Glaces vivantes* : morceaux de glace en mouvement constant

accumulé jusqu'à ce jour. De l'argent, il lui en fallait comme soutien de famille – en partie tout au moins – mais surtout, il voulait continuer ses études en technique de pêche et de navigation. Difficile pour lui de choisir entre retourner informer ses compagnons de sa découverte ou encore, les épater avec plusieurs tas de blanchons abattus.

Puis, sans trop y penser, il s'élança vers sa première victime qu'il assomma de plusieurs coups de gourdin en grimaçant. Il sonda de la main le crâne de sa proie pour s'assurer que c'en était fini pour elle. Il lui trancha la gorge d'un coup de couteau afin de la vider de son sang. Il continua ainsi de façon automatique, refoulant ses émotions. Après une bonne demi-heure, il s'aperçut qu'il avait réussi à abattre une trentaine de blanchons. Il lui fallait maintenant avertir ses compagnons afin qu'ils viennent terminer le travail et constater qu'en fait, il ne s'était pas trompé dans sa stratégie.

Il fixa à une tige un petit drapeau rouge et se dirigea aussitôt vers le bousculis se trouvant à une trentaine de mètres de lui. Chemin faisant, il ressentit un léger picotement sur la partie non couverte de son visage. Celle-ci se couvrit par la suite d'une fine neige si dense qu'elle lui semblait être de la poudre. Il continua tant bien que mal jusqu'aux abords de la banquise. Arrivé là, il s'aperçut qu'il lui faudrait user de toutes ses forces et de tout son savoir-faire s'il voulait parvenir jusqu'au faîte du bousculis qui, de temps à autre, disparaissait dans de fortes bourrasques de neige.

Heureusement qu'Albert avait le physique de l'emploi et était doté d'un bon sens hors du commun. Chaque fois qu'il s'était trouvé dans une situation malencontreuse par le passé, il s'en était toujours tiré haut la main.

Albert à Joseph à Télesse*, d'une taille normale pour son poids, était fait d'un seul bloc avec une musculature obtenue en pratiquant la nage sur de longues distances en eaux profondes, souvent à la suite de gageures avec ses amis.

---

* Prénom identifié à celui de son père et, au besoin, à celui du grand-père paternel.

De longs bras, un torse puissant et de larges épaules lui donnaient un air de lutteur à la Édouard Carpentier. Possédant une chevelure d'un noir d'encre, il n'était pas peu fier de son épaisse moustache, qu'il séparait en deux sous la pointe du nez. Un visage arrondi, dont la peau était cuivrée par les reflets du soleil sur la mer, était entouré d'un collier de barbe qui montait jusqu'aux oreilles.

Neuvième d'une famille de treize enfants, son père Joseph à Télesse se plaisait à taquiner ses enfants en leur disant : « Treize à la douzaine, ça veut dire qu'il y en a au moins un de vous autres qui est de trop. » Un énoncé qui en faisait réfléchir plus d'un lorsqu'il se trouvait devant une situation malencontreuse. Au moment de sa naissance en mars 1959, sa mère lui avait donné les prénoms de Joseph Albert, vu la grande admiration qu'elle avait pour Grace Kelly, qui avait accouché un an auparavant d'Albert II de Monaco. Tout comme son père surnommé *le pauvre pêcheur*, Albert à Joseph devait de gagner sa vie à la sueur de son front. Cela ne l'avait pas empêché d'avoir une enfance heureuse.

À l'école primaire de son canton, il ne cessait d'épater ses compagnons en sculptant de petits bateaux de toutes sortes dans de grosses pièces de bois, reproduisant le profil d'un *bote** de pêche qui l'avait impressionné. Faute de pouvoir fabriquer des embarcations capables de le transporter de façon sécuritaire sur l'eau, il accouchait souvent d'un radeau monté avec divers morceaux de bois ramassés sur les dunes qui faisaient face aux vents prédominants. Après coup, il le montait d'une voile, ce qui lui permettait de se promener d'un rivage à l'autre en faisant semblant d'être un homme d'affaires qui troquait du poisson contre toutes sortes de choses plus ou moins utiles.

Après les fortes pluies d'un printemps hâtif, c'était le branle-bas chez lui, avec plusieurs de ses frères pour ériger un barrage sur un ruisseau qui serpentait sur leur grand terrain situé sur le flanc d'une petite butte. Un barrage qui, après plusieurs jours, leur offrait la possibilité de faire l'essai de leurs petites embarcations de formes

---

* *Bote* : bateau, de l'anglais *boat*

aussi étranges les unes que les autres. Astucieux comme pas un, Albert avait motorisé, avec l'aide de son frère Benoît, l'un de ses minuscules bâtiments au moyen d'un mouvement à ressort d'une horloge sur pied. Il avait remplacé l'extrémité du mouvement par l'arbre d'une petite hélice qui faisait avancer tranquillement son bateau à la façon d'un chalutier, qui traînait à l'arrière un semblant de chalut taillé dans un filet à cheveux qu'il avait dérobé à sa mère. Ainsi était né le futur fier pêcheur hauturier.

Durant les vacances d'été, le vagabondage sur les quais était son passe-temps favori. Regarder arriver et partir les bateaux de pêche le rendait envieux, lui, plus que n'importe lequel de ses frères. Une envie qui était comblée lorsqu'il était invité à aider aux préparatifs du départ d'un de ces bateaux de même qu'au débarquement des captures.

Lorsqu'arrivait l'automne, on apprêtait le ruisseau pour en faire un plan d'eau suffisamment grand pour servir de patinoire lors des premiers gels de décembre. On y pratiquait le hockey, mais aussi le patinage, en tenant des jeunes filles par la main ou, de préférence, par la taille. Les havres et étangs gelés servaient à y faire glisser des embarcations munies de patins et de voiles, qui faisaient l'orgueil de ceux qui réussissaient à obtenir le meilleur chrono. Le vent et la mer des Îles étaient pour Albert des amis, voire des alliés. En fait, ils étaient son univers, dont plusieurs de ses frères profitaient aussi à leur façon. Curieux de nature, il essayait de comprendre et d'expliquer ensuite l'effet des marées, des vents et des courants à son frère cadet Benoît, qui demandait toujours : « Comment ça marche ? »

Albert habitait une maison typiquement madelinienne à deux étages dans le canton de l'Anse-à-La-Cabane. Son père Joseph essayait de s'ajuster au rythme de la naissance de ses enfants. Grand boudoir, chambres et cuisine d'été avaient vu le jour au fur et à mesure qu'il avait pu bénéficier d'un crédit, très difficile à obtenir par un pauvre pêcheur chez les marchands de bois de charpente.

Sa maison, qui était érigée sur une petite colline dans un immense terrain, était peinte chaque année ou presque de couleurs vives qui se devaient de contraster avec celles des maisons alentour. Des bâtiments de ferme et de rangement ainsi qu'un atelier donnaient à la maison l'allure d'une petite communauté tout à fait autonome.

À juste titre, puisqu'elle bénéficiait d'un grand jardin, d'un *râclot** à patates, d'un puits de surface et d'un boisé capable de donner en saison divers petits fruits des champs. Une cave non isolée servait d'entrepôt de conserves avec ses parcs à demi remplis de sable qui gardaient au frais les légumes, en autant que faire se peut.

La maison était non seulement le refuge des membres de la famille mais également des nouveaux mariés, au cours des premières années de l'union des garçons en particulier. Le signal que le couple devait décamper était soit la naissance d'un premier petit enfant ou encore la nécessité de donner la chance au suivant.

À l'adolescence, Albert avait poursuivi ses études au secondaire à l'École régionale des Îles, où il avait fait la connaissance de jeunes gens de son âge qui ne demandaient pas mieux que de se joindre à lui et à son frère Benoît pour se monter un Quatuor de musiciens. Il entreprit par la suite des études collégiales en pêche et navigation pour lesquelles il lui restait encore un semestre à faire avant d'obtenir son diplôme.

La chasse au loup-marin était pour lui – comme pour ses compagnons– une façon de faire rapidement de l'argent. En fait, de quoi leur permettre la liberté de choisir entre des études avancées ou un travail avec peu de chances d'avancement. Tant pour Albert que pour les autres membres de son escouade, cette expédition au large des Îles pour chasser les loups-marins était une première dans leur vie de jeunes adultes. Une première qui pourrait se solder hélas par un échec lamentable si justement il n'arrivait pas à avertir ses compagnons.

Il se souvint pendant un court instant que son frère aîné, dont il était le préféré – ils avaient 13 ans de différence –, avait déjà pratiqué la chasse au loup-marin au large des Îles, entre autres avec le *Nadine*. Avant de partir, il lui avait rappelé que sur la banquise, « Tout arrive à point à celui qui sait attendre. » Un adage qui maintenant lui bombardait la tête du fait qu'il n'avait pas vu le drapeau vert que ses compagnons devaient agiter comme signal rendant possible leur localisation.

---

* *Râclot* : champ ceinturé d'une clôture

21

Mais voilà, il devait prendre une décision. Ou il risquait de faire trempette et peut-être de se noyer en sautant d'un morceau de glace à un autre pour atteindre le bousculis, ou il restait planté là, attendant il ne savait quoi. Tout en hésitant, il réfléchit à ce qui avait pu le pousser à tant d'imprudence, au point de s'isoler aussi bien de ses compagnons que du bateau phoquier qui avait été son refuge ces dix derniers jours. La neige était maintenant si épaisse qu'elle lui faisait perdre totalement de vue le bousculis. Pire encore, non seulement les glaces vivantes qui circulaient devant lui se raréfiaient mais elles passaient à une vitesse de plus en plus grande en tournoyant sur elles-mêmes.

CHAPITRE 2

« L'ambition tue son homme »

Albert avait convoqué la veille sur le bateau phoquier ses trois compares à une rencontre loin des oreilles indiscrètes.

— Qu'est-ce que vous penseriez si l'on chassait chacun de son côté plutôt que de se marcher sur les pieds ? leur annonça-t-il d'entrée de jeu. Depuis la journée de notre arrivée sur la banquise, il n'y a vraiment pas de quoi se réjouir.

— Je suppose que la nuit t'a porté conseil, répliqua Justin en bâillant de toute son âme. Tout comme nous, t'es déçu des résultats jusque-là, n'est-ce pas ?

— C'est que chaque fois que l'un de nous quatre s'apprête à abattre un loup-marin, qu'il entre en quelque sorte dans le processus de mise à mort, suivie de la saignée et finalement du prélèvement de la peau, il y a un temps non productif, dit Albert en levant les bras pour s'étirer.

— Avec autant de temps non productif, du début jusqu'à la fin, le coupa Benoît, on avance à pas de tortue. Qu'est-ce que tu suggères, Albert ? demanda-t-il en levant la tête vers son frère.

— Vous me connaissez sans doute comme celui qui a le nez fourré partout et en particulier sur une banquise. En fait, je pourrais partir seul avec le vent debout en direction du *nordet** pour essayer de voir s'il n'y aurait pas une banquise qui s'apprête à accoster à la nôtre et sur laquelle il y aurait…

— … il y aurait des mouvées pleines de blanchons, le coupa à nouveau Benoît. Mais à ce que je sache, tu as toujours eu dédain de tuer des loups-marins et en particulier des blanchons. Qu'est-ce que tu dis de ça ?

---

* *Nordet* : pour nord-est par opposition à *sudet* pour sud-est

L'affirmation de Benoît était loin d'être gratuite. Combien de fois l'avait-il vu faire semblant de ne pas voir un blanchon qui lançait des cris d'appel vers sa mère pour qu'elle le reconnaisse et vienne lui offrir une tétée?

— C'est vrai, mais je me suis aperçu par contre que depuis un certain temps, ma raison a le dessus sur mes émotions. Aussi, dès que les opposants à la chasse nous ont mis des bâtons dans les roues, j'ai changé, vous savez. Pour ne rien vous cacher, j'ai jamais aimé me faire dire quoi faire ou ne pas faire par des pelleteux de nuages comme eux autres.

— Et si tu pars le premier en avant et que tu trouves une bonne mouvée, qu'est-ce qu'on va faire nous? demanda Carlo en écarquillant les yeux.

— Suivez-moi bien, leur dit-il, avec la voix teintée de fierté. Disons que je me présente face à une mouvée contenant plusieurs familles de loups-marins. J'assomme par ordre de priorité les blanchons, par la suite les jeunes, pour terminer avec les guenillous.

— Aussi bien dire que tu vas y aller «au plus fort la poche», comme on dit, fit Carlo. Et par après, qu'en est-il?

— Je traîne mes victimes et en fais des tas de 10 à 12 et je vous avertis avec ce petit drapeau rouge qu'il est temps pour vous deux, Carlo et Benoît, de vous amener pour les *habiller**. Après tout, vous êtes reconnus comme des experts hors pair pour apprêter une morue!

— T'as raison pour eux autres. Et moi, qu'est-ce que je fais pendant ce temps-là? s'enquit Justin.

— Tu suis en arrière avec une motoneige pour transporter les peaux au camp de base près du bateau. Évidemment, on divise les revenus en quatre, confirma-t-il avec un sourire amusé.

— Si je comprends bien ton système, questionna Carlo, aussitôt que ta partie du travail est faite, tu nous avertis en brandissant un drapeau rouge de façon à ce qu'on puisse te localiser?

— Et tu en agites un vert pour m'indiquer que tu m'as repéré et que tu vas venir me retrouver, lui répondit Albert en lui montrant

---

* *Habiller*: enlever la peau

l'attirail qu'il avait apporté. Vous savez, sur la banquise, avec le miaulement des petits, mêlé au bruit que font les glaces qui s'entrechoquent, la voix ne porte pas beaucoup.

— Ça veut dire pour moi, lui signifia Justin, que lorsque j'aperçois le drapeau vert de Benoît et Carlo, c'est le signal pour que je commence mes va-et-vient entre notre escouade et le camp de base?

— Oui, quand ils m'auront localisé, évidemment. Pour tout dire, ça ressemble à une chaîne de montage, dit-il avec une teinte d'orgueil dans la voix. Mais attention, elle ne doit pas s'arrêter. Dès que je brandis un drapeau rouge, vous devez me répondre aussitôt avec un vert, et peu importe que vous ayez fini ou non votre ouvrage, un de vous deux doit immédiatement venir me retrouver.

— Parce que toi, tu ne vas pas attendre une éternité avant d'aller à la recherche d'autres bêtes, j'imagine, lui rétorqua Justin.

— Exactement. Cependant, il est impérieux de ne jamais se perdre de vue, même avec nos longues-vues, leur recommanda-t-il le plus sérieusement du monde.

— Juré craché, lui répondirent presque à l'unisson ses compagnons au moment même où se faisait entendre la cloche les invitant à se présenter au quartier des marins pour un déjeuner fort copieux.

Les premières heures de chasse qui avaient suivi leur repas leur avaient permis de mettre au point leur stratégie, si bien qu'ils avaient diminué de moitié le temps requis pour exécuter l'ensemble des tâches. Le seul bémol de leur stratégie était qu'ils s'éloignaient de plus en plus du camp de base et que les victimes étaient principalement des guenillous.

Albert, à moitié satisfait de son système, décida donc sur l'heure du midi d'entraîner ses compagnons vers ce qu'il croyait être l'extrémité de la banquise sur laquelle ils chassaient depuis le début de la matinée.

— Tu ne penses pas, Albert, qu'on s'éloigne un peu trop du camp de base? lui demanda Carlo, qui l'avait rejoint à toute vitesse après avoir levé un drapeau vert indiquant sa position.

— Plus on s'éloigne du camp de base, plus on s'approche par contre de notre profit. Tiens, regarde de proche ce guenillous. Il vient juste de commencer un tout petit peu à muer. C'est la preuve, mon ami, que plus loin devant, il doit y avoir plein de blanchons bien dodus.

— Peut-être as-tu raison, répondit Carlo, en le voyant partir au pas de course comme s'il ne l'avait pas entendu. Je me demande bien si ton frère, qui est parti depuis une dizaine de minutes, a encore le don d'être toujours au bon moment à la bonne place ? jugea bon de dire Carlo à Benoît, qui venait de le rejoindre.

— Pas toujours. Et j'espère que cette fois-ci, il ne s'est pas trompé, répondit-il en cherchant du regard Albert qui avait déjà disparu de son champ de vision derrière des bourrasques de neige fine.

* * *

Se trouvant à une centaine de mètres de ses deux compagnons, Albert avait fait marche arrière après avoir abattu une vingtaine de blanchons pour finalement se retrouver face à des glaces vivantes qui le séparaient d'un bousculis. La phrase « Ne jamais se perdre de vue » surgit aussitôt dans sa tête lorsqu'il constata que la fine neige avait tellement épaissi qu'il ne voyait qu'à quelques mètres devant lui.

Il se mit à crier à tue-tête mais s'aperçut que son appel au secours était assourdi par la neige qui tombait depuis peu en gros flocons. Se rappelant qu'il avait laissé son fusil près d'un tas de blanchons, il décida donc d'y revenir. Arrivé sur place, il se servit de son arme pour donner l'alerte avec un coup de fusil suivi d'une pause et de deux décharges rapides. Il tendit l'oreille et la réponse ne tarda pas à venir : cinq coups rapides lui signifiant qu'il avait bel et bien été entendu cinq sur cinq.

Pressé, comme d'habitude, il répéta plusieurs fois son appel au secours en se guidant sur la provenance des réponses. Elles se faisaient de plus en plus tardives et étaient souvent à peine perceptibles. Venaient-elles de Benoît et Carlo ou de quelqu'un d'autre ? Il n'en savait rien. Il recommença tant de fois que c'est avec effroi qu'il constata qu'il ne lui restait qu'une seule cartouche. Il décida alors de la garder, au cas où…

Par un heureux hasard, ses déplacements lui avaient permis de revenir près du tas de blanchons qu'il avait quitté depuis peu. Il fit une pause, et tendit à nouveau l'oreille. Il perçut faiblement plusieurs fois les cinq coups de fusil qui ne tardèrent pas malheureusement à s'arrêter, faute de munitions tout comme pour lui, pensa-t-il. Devait-il attendre ou encore marcher à tâtons sans savoir où il se dirigeait, étant donné l'opacité des chutes de neige. Il n'en savait rien du tout. Il prit conscience de la précarité de sa situation. Parce qu'il était inactif, des frissons lui parcoururent tout le corps. Il se demanda si justement la banquise où il se trouvait ne serait pas en train de commencer à dériver. Une dérive due à la marée montante pourrait ramener la banquise au même endroit où elle avait accosté, il y avait de ça plus ou moins six heures. Que voulait-il prouver? se demanda-t-il en pensant au capitaine Vincent qui s'était égosillé, avant qu'il ne quitte le navire, à donner, comme chaque matin, ses ordres pour la journée.

* * *

— D'après la *mangeaille** et le fioul qu'il nous reste, j'ai décidé que c'était la toute dernière journée de chasse, annonça le capitaine Vincent aux chasseurs qu'il avait réunis.

Un grognement de déception se fit immédiatement entendre parmi ceux qui pensaient pouvoir chasser encore quelques jours. Par contre, d'autres rompus par la fatigue et des nuits au sommeil trop courtes, ne demandaient pas mieux.

— Et les comptes? demanda Johnny à Édouard en s'avançant vers le capitaine. Avez-vous calculé les quotes-parts de chacun de nous autres?

— Oui et ça donne ceci. Le capitaine sortit une feuille de papier de la poche de sa veste: l'escouade à Johnny plus ou moins 700 $, celle d'Alpide 750 $ et celle du Quatuor à peu près la même chose.

— C'est pas fameux, rétorqua Alpide au gros Louis. Pourquoi qu'on part si tôt? Il n'y aurait pas moyen de changer de place? demanda-t-il avec une lueur d'ironie dans la voix.

_____

* *Mangeaille*: l'ensemble de la nourriture

27

— Si. Et c'est la raison pour laquelle vous avez entendu des manœuvres au cours de la nuit. C'est pourquoi la journée d'aujourd'hui sera décisive pour savoir si on reste ou on s'en retourne aux Îles. Avec plus ou moins 8000 guenillous, 1000 jeunes et seulement une centaine de blanchons, il n'y a pas de quoi se flatter la bedaine, dit-il en se plaçant les deux mains sur l'abdomen.

— Combien vous attendez-vous à avoir pour chaque type de peau ? s'informa Justin.

— Plus ou moins dix piastres par peau de guenillous, quinze pour celles des jeunes et entre vingt-cinq et trente pour celles des blanchons, dépendant évidemment de la qualité comme toujours.

Un nouveau grognement de désapprobation se fit entendre de la plupart des chasseurs, sauf ceux de l'escouade dite du Quatuor, impatiente de commencer la chasse.

— Écoutez-moi, dit le capitaine Vincent en réclamant le silence. C'est pas de ma faute si les glaces nous ont embêtés pendant plusieurs jours pour sortir de la Baie de Plaisance. De toute façon, le fédéral s'apprêterait, d'après les *palabres**, à interdire la chasse au blanchon d'ici une couple d'années.

— Encore dû à ces bâtards d'opposants à la chasse, intervint Carlo, qui s'empressa de s'excuser auprès du capitaine pour lui avoir coupé la parole.

— En fait, l'informa le capitaine, je pense que les fonctionnaires ont intentionnellement retardé la date de l'ouverture de la chasse pour faire semblant qu'ils avaient été à l'écoute des opposants.

— C'est quoi qu'on annonce comme météo ? lui demanda Albert, qui piétinait d'impatience.

— Du soleil mur à mur avec des averses de neige pour la soirée, lui répondit le capitaine en faisant craquer ses doigts.

— Qui va coïncider avec la marée montante, ajouta Benoît, qui se sentait obligé de mettre son grain de sel.

— Et si notre escouade s'est arrangée pour chasser d'une façon différente de celle qu'on avait pratiquée jusqu'ici, ça pourrait-y aller ? lui demanda Albert en désignant ses compagnons des yeux.

---

* *Palabres :* rumeurs

— J'ai pas de problème avec ça. Pourvu que vous suiviez les règlements sur l'abattage et la saignée, vous pouvez faire ce que bon vous semble. Mais attention à la qualité. Une peau de loup-marin pleine d'écorchures est très difficile à vendre, même si c'est celle d'un blanchon.

— J'aurais un mot à leur dire, signifia au capitaine le vieux loup de mer Albérik à Médée qui était du voyage plus par nostalgie que par intérêt.

— Allez-y, lui répondit-il en se penchant vers un hublot. Mais faites vite, le soleil va se montrer d'ici peu. Le règlement le dit : « On a le droit de chasser d'un soleil à l'autre, pas plus. »

— Ma recommandation se résume en trois mots, leur dit Albérik : *prudence, prudence, prudence.* J'ai pour mon dire que les accidents arrivent toujours ou presque lors d'une première comme d'une dernière sortie en mer. Ça fait qu'on n'est jamais trop prudent. N'oubliez pas les jeunes que quoi qu'on dise quoi qu'on fasse, « l'ambition tue son homme ».

* * *

Voilà une citation qu'Albert n'était pas près d'oublier. Non seulement était-il dans le pétrin mais il y avait également entraîné ses compagnons qui allaient sûrement faire des pieds et des mains pour le localiser avant que tombe la nuit pour de bon. Il regarda l'heure sur sa montre : il était passé 16 h 30.

Curieusement, depuis le début de son isolement sur la banquise qui avait coïncidé avec de fortes chutes de neige, il n'avait pas aperçu de loup-marin. Il avait déjà entendu dire qu'à l'exemple des humains, devant un danger, ils s'organisaient pour se protéger. Pendant que les petits se cherchaient un abri parmi les morceaux de glace dressés les uns contre les autres, les adultes, eux, restaient dans leur trou d'air en attendant l'accalmie qui leur permettrait de vaquer aux occupations que leur instinct leur dictait.

Il se demanda si justement il ne devait pas jouer le tout pour le tout et laisser sur place un tas de blanchons tout prêts plutôt que de se geler en attendant d'être repéré. Il se rappela l'histoire d'Érik à

Nathaël qui avait fait naufrage lors d'une expédition sur le Banc de l'Orphelin, il y avait de ça un quart de siècle au moins. C'était sur le même banc de chasse que celui où il se trouvait présentement, sauf qu'il était en train de dériver sur une banquise qui s'en était détachée. D'après des révélations plus ou moins véridiques, ce fameux Érik avait réussi à sauver sa peau en marchant pendant plus d'une quarantaine d'heures jusqu'au rivage avant qu'on le retrouve entre la vie et la mort. « Facile à dire, mais pas facile à faire », se dit-il, surtout qu'avec la neige qui lui cachait la vue, il y avait le danger de faire des faux pas. Il décida quand même de quitter son camp en apportant son fusil avec l'unique cartouche qui lui restait.

Il entreprit donc son périple en marchant sur une ligne imaginaire tout en comptant une vingtaine de pas. Arrivé au bout, il essaya de percer le voile pour voir s'il ne serait pas arrivé près du bousculis qu'il avait franchi une heure à peine auparavant. Ne l'apercevant pas, il revint sur ses pas en suivant ses traces dans la neige qui avait déjà commencé à recouvrir la banquise et les trous d'air des loups-marins.

Arrivé près de la pile de blanchons, il décida de repartir cette fois-ci en doublant la distance entre ses pas, en suivant toujours une autre ligne imaginaire dans la direction opposée à la première, question d'arpenter les extrémités de la banquise. Une fois de plus, sa déception fut grande en constatant qu'à la toute fin de son périple, il n'y avait rien qui vaille. Il décida donc de retourner à nouveau sur ses pas en suivant tant bien que mal les empreintes laissées auparavant sur la neige. Malheureusement plus il avançait, plus les marques avaient tendance à disparaître. Usant de toutes ses facultés mentales, il réussit une fois de plus à revenir à son camp de fortune. Il fit une nouvelle pause pour réfléchir, pour se rappeler que lorsqu'il avait franchi le bousculis pour arriver sur la banquise, il se trouvait vent de face. Il regarda sa montre, il était presque 17 h.

Le vent dans le dos, il partit avec la ferme intention de doubler, voire de tripler le nombre de ses pas. Fusil en bandoulière, il s'assura de bien appuyer son poids sur la neige, question de retarder la disparition de ses traces. Cette neige, lui semblait-il, avait diminué d'intensité. Il hâta le pas pour se réchauffer, regardant en arrière par moments pour s'assurer que ses traces ne disparaissaient pas trop rapidement. Croyant être arrivé à la fin de son parcours, il vit qu'il n'y avait pas de bousculis, seulement de la glace de plus en plus vivante, ce qui lui fit croire que la banquise qui lui servait de radeau était à la dérive. Il leva la tête vers le ciel pour constater à travers les reflets de la lune sur les nuages que la neige avait presque totalement cessé. Il regarda sa montre, il était presque 18 h.

Il épuisa sa dernière cartouche sans grand espoir, estimant qu'il aurait probablement à passer la nuit sans possibilité de se mettre à l'abri du vent. Il décida donc une fois de plus de retourner sur ses pas. Il pensa à écorcher plusieurs blanchons afin de se servir des peaux comme vêtements de fortune. « Et pourquoi pas ? », se dit-il en essayant de contrôler les frissons qui l'empêchaient de se concentrer.

Au début de sa marche, l'exercice le réchauffa mais lui donna soif, et même faim, lui rappelant qu'il n'avait pas dîné. Il se pencha pour empoigner de la neige qu'il fit fondre dans sa bouche. En se relevant, il ressentit un léger étourdissement.

Puisant dans ses ultimes réserves, il reprit sa marche en essayant de se guider sur ses récentes traces. La noirceur commençait à s'installer et il y voyait moins bien, l'effort le rendait nauséeux. Il continua à tâtons sans savoir que la neige durcie par le froid avait recouvert nombre de trous d'air abandonnés par des loups-marins. Il arriva alors ce qui devait arriver.

Il posa le pied sur l'un d'eux. Sa chute fut accompagnée d'un immense « plouf ». Par instinct de survie, il se retint avec ses bras et s'extirpa aussitôt de sa fâcheuse position. À bout de forces, le cœur battant la chamade, il s'étendit sur la glace en se rappelant une fois de plus les paroles du vieil Albérik : « L'ambition tue son homme. »

Il essaya en vain de se relever, ses vêtements imbibés d'eau ajoutant à la difficulté. Ses muscles commencèrent à perdre du tonus. Il entendit les battements de son cœur résonner dans sa tête. Ses vêtements imbibés d'eau salée glacée lui causèrent des tremblements incontrôlables.

À force de volonté, il réussit à vider ses bottes de l'eau de mer qu'elles contenaient. Il prit appui sur ses pieds et réussit de peine et de misère à se relever. Pris d'un vertige, sa vue s'embrouilla. Ses longs cils de même que les poils de sa moustache, qui avaient été éclaboussés par l'eau de mer, étaient enduits de frimas.

Il entreprit de se mettre en route « sur le pilote automatique » sans savoir vraiment où il s'en allait. De temps à autre, il ressentait des nausées. Ses chaussettes mouillées dans ses bottes non isolées lui faisaient souffrir le martyre. Par moments, ses pensées avaient tendance à s'envoler et il avait des hallucinations de toutes sortes. Sans qu'il le réalise, l'hypothermie était en train de l'emprisonner dans ses griffes, lui faisant voir des formes pour le moins étranges sur les glaces, à travers les reflets de la pleine lune.

À un moment donné, il avait la certitude de voir à travers la buée de son haleine la proue du *Nadine* qui s'apprêtait à franchir un bousculis droit devant lui. Il s'élança, trébucha, se releva et continua jusqu'à ce qu'il s'aperçoive qu'il avait été trompé par la vision des glaces entassées.

Il cria son désespoir jusqu'à ce que, dans un moment de lucidité, il se demande pourquoi il s'était laissé séduire par une forme de frénésie collective lorsqu'arrivait le temps de la chasse au loup-marin, en mars, aux Îles.

CHAPITRE 3

« La curiosité l'emporte souvent sur la sécurité »

Albert, pour ne nommer que lui, n'était pas le seul à vouloir profiter de la manne qui recouvrait chaque printemps les banquises qui accostaient aux Îles-de-la-Madeleine. *Aller aux glaces* pour bien des Madelinots, c'était – et c'est encore aujourd'hui – le passage obligé d'un jeune mousse vers la carrière de vrai marin. Un marin qui, au fil des expériences heureuses comme malheureuses, deviendrait –tout au moins dans ses rêves – un capitaine sans peur et sans reproche.

Or, l'industrialisation de la pêche autant que l'arrivée des jeunes dans le monde des adultes ont changé la donne du tout au tout. Si jadis la chasse ancestrale se pratiquait de père en fils lors de longues et hasardeuses randonnées à pied sur les banquises, il en était autrement à la fin des années 1970. Quotas, méthodes d'abattage et périodes de chasse étaient maintenant durement réglementés. Des règlements surveillés de plus près tant par les opposants que par les gouvernements, dont les dirigeants s'efforçaient de récupérer l'évènement à des fins autres que celle de prévenir les impondérables d'une activité fortement controversée à travers le monde.

La préparation de l'expédition à la chasse au loup-marin avec le *Nadine* au printemps de 1977 n'avait pas été de tout repos. Avant toute chose, il fallait attendre que soit décrétée l'ouverture de la chasse au loup-marin par Pêches et Océans Canada. La date qui avait dû être retardée intentionnellement ou non, vu les pressions indues de certains opposants à la chasse aux blanchons. Résultats du retard : absence presque totale de blanchons dont la valeur de la peau avait doublé, voire triplé par rapport aux autres types de fourrure.

Un autre problème était la condition de la glace, qui n'avait pas permis aux femelles de mettre bas près des côtes des Îles-de-la-Madeleine. Finalement, des vents et courants non propices à la

navigation dans les glaces avaient rendu l'excursion hasardeuse, et le risque d'être emprisonné ou même de causer le naufrage du chalutier était toujours possible. Le capitaine Vincent à Clophas en était un parmi bien d'autres qui voyaient la possibilité d'obtenir un revenu d'appoint s'amenuiser d'autant. Il décida quand même de risquer le tout pour le tout en négociant la location d'un chalutier portant le nom de *Nadine*, récemment sorti d'un chantier maritime québécois.

L'arrangement voulait que l'armateur Vincent à Clophas partage 50/50 le revenu brut de la chasse avec le propriétaire. Le fioul utilisé était aux frais du propriétaire du chalutier tandis que la nourriture pour l'équipage était à ceux de l'armateur. Le chalutier avait été le point de mire du capitaine Vincent depuis le début de l'hiver. Et pour cause : sa dimension permettait de transporter une douzaine de chasseurs pour dix à douze jours de chasse. Ses appareils de navigation dernier cri devaient lui permettre de chasser au large des côtes madeliniennes, aussi loin qu'à des bancs de chasse tels que le Bradelle et l'Orphelin.

Le quota total alloué aux chasseurs madelinots était de 40 000 peaux à répartir sur les huit bateaux qui avaient l'intention d'aller aux glaces. Le capitaine Vincent était donc assuré d'obtenir sa quote-part de 5000 peaux avec, en plus, la possibilité que l'un de ses confrères chasseurs abandonne son quota en cours de route et le lui cède. Et il avait vu juste puisque deux d'entre eux lui avaient rétrocédé leur propre contingent contre un arrangement plus ou moins obscur.

Vincent à Clophas, chasseur émérite, avait une très longue expérience de chasse au loup-marin, surtout comme armateur. Durant l'hiver, il transformait en navires phoquier les divers types de bateaux dont il était propriétaire, du simple bote de pêche d'une trentaine de pieds aux chalutiers de quatre-vingts pieds et plus. Issu d'une famille de trois enfants, son père Clophas avait travaillé en dehors de la saison de pêche comme installateur de câblage téléphonique aérien, un travail qui lui avait rapporté un revenu d'appoint, tout comme ses fils avec la chasse au loup-marin. La forte corpulence du capitaine Vincent, qui mesurait plus de six pieds, imposait le respect. Il avait de larges épaules, de puissants bras et des mains qui, tels des étaux, emprisonnaient celle de quiconque se risquait à lui

serrer la pince. Son visage arrondi aux traits réguliers était surplombé de cheveux épars. Ses petits yeux, qui coiffaient une large bouche aux rires perpétuels, le rendaient à la fois attachant et respectueux. On ne se lassait pas de l'entendre se raconter d'une voix caverneuse, à la manière d'un chanteur d'opéra.

Ayant pratiqué toutes les formes de pêche depuis l'âge de 13 ans, il était reconnu pour son savoir-faire. Il aimait entre autres impressionner quand il était question de prendre des décisions, comme celle de recruter un équipage pour aller aux glaces. Cette fois-ci, par contre, il buta contre la méfiance d'un bon nombre de chasseurs qui craignaient qu'un chalutier tel que le *Nadine*, converti tout récemment en seineur et qui, par surcroît, n'avait jamais navigué dans les glaces, ne puisse les amener en toute sécurité au large des Îles. À cet endroit, parsemé de banquises et de bousculis, on trouvait surtout des guenillous, dont la peau valait à peine le risque et l'effort déployés pour les chasser.

Comme le *Nadine* dépassait en dimensions les plus grands chalutiers de l'époque aux Îles, le capitaine l'avait désigné comme vaisseau amiral pour tracer la route aux autres bateaux qui devaient traverser les glaces entourant les Îles jusqu'au site d'abattage. Les chasseurs auxquels le capitaine Vincent pensait étaient pour la plupart d'accord pour tenter leur chance de faire un coup d'argent rapide. Par contre, ceux-ci voulaient qu'il les rassure sur les capacités du navire à se rendre et revenir du grand large en toute sécurité. Après tout, c'était une première tant pour le bateau que pour le capitaine Vincent et la plupart des chasseurs qui n'avaient jamais navigué en temps d'hiver aussi loin de la terre ferme. C'était là, une première, sauf pour le vieux loup de mer, Albérik à Médée qui, à 80 ans passés, était devenu depuis des lunes le mentor de bien des jeunes chasseurs, qui espéraient qu'il leur assure qu'il n'y avait pas vraiment de danger à s'engager dans une telle entreprise. Le capitaine Vincent, voyant ce dernier en train d'examiner de près le *Nadine* qui était attaché au quai des pêcheurs de Cap-aux-Meules attendant l'ordre du départ, profita de l'occasion pour lui parler.

— Et puis, Albérik, qu'est-ce que vous en dites ? lui demanda le capitaine en descendant sur la passerelle pour l'accueillir.

— J'ai pour mon dire que ce bateau-là n'est pas nécessairement fait pour aller aux glaces, lui répondit-il en faisant la moue.

— Et si je vous invitais à bord pour le visiter, accepteriez-vous de me donner votre opinion ?

Marchant d'un bon pas, Albérik enjamba la passerelle comme si de rien n'était. Il donna une poignée de main ferme au capitaine qui l'invita à le suivre dans la timonerie.

Albérik à Médée avait navigué sur toutes les mers de ce monde. Prisé pour sa sagesse et son bon discernement, il servait de mentor à bien des jeunes qui ne connaissaient rien des aléas de la pêche ou de la chasse au loup-marin. Sa femme, Lucia, n'avait pas été en mesure de lui donner d'enfant, une maladie rare venait de l'emporter. Il avait appris à compenser cette carence en prodiguant des conseils et en accompagnant des jeunes à qui le jugement et le savoir-faire manquaient indéniablement.

Le fait d'avoir pu garder la forme malgré son âge avancé imposait le respect comme l'admiration. Il avait un nez prépondérant et des petits yeux bleu marin qui s'illuminaient au moindre sourire. Son visage brûlé par les vents du large était encadré de longs cheveux gris, de favoris et d'une longue et belle barbe grisonnante. Un vrai de vrai vieux loup de mer, disait-on.

— J'aimerais aller dans la salle des machines au plus vite, dit-il au capitaine. Un bateau qui n'est pas capable de naviguer, c'est comme un aéroplane qui ne peut prendre l'air, ajouta-t-il d'un ton suffisant.

Étonné par la taille du moteur et de ses composantes, le vieil Albérik essayait de comprendre les nouvelles technologies sans que paraisse son ignorance.

— Pas de fumage dans la salle des machines, lui recommanda le capitaine d'une voix plutôt doucereuse en voyant qu'il avait sorti une pipe de sa poche. Peut-être ne le saviez-vous pas, mais le *Nadine* est équipé d'une hélice à pas variable, si bien que le moteur n'a pas besoin d'une transmission.

— Super ! répondit le Vieux en faisant croire qu'il comprenait. Allons voir la timonerie, si vous le voulez bien, capitaine, ajouta-t-il en espérant y découvrir l'explication.

— Venez voir par ici, lui demanda le capitaine en lui désignant les manettes de commande. Celle-là, c'est le pilote automatique et celle à côté contrôle le pas de l'hélice. Avec ça, on n'a pas besoin de s'ajuster à tout bout de champ.

— Peut-être, mais dans les glaces, j'ai l'impression que ces deux machins-là vont se mélanger sans bon sens.

— Mais voyons donc, Albérik ! Si jamais l'homme à la barre constate une anomalie, il n'a qu'à les débrancher et prendre le contrôle du bateau.

— Immanquable que ça prend toujours un deuxième homme pour assister le premier au cas où… Ça fait que ça rend les hommes un peu plus paresseux, surtout de la tête, lui exposa le Vieux.

Cette affirmation arracha un sourire amusé au capitaine Vincent. Sentant qu'il n'avait pas réussi à l'impressionner, il lui montra de plus près la manette de contrôle du pas de l'hélice.

— Ça sert à avancer ou reculer, dépendant qu'on traîne un chalut, une seine ou encore un filet. Non seulement ça remplace la transmission, mais en plus, ça ménage le fioul.

— C'est pas si pire. N'empêche que dans les glaces vivantes, j'ai hâte de voir comment toutes ces affaires-là vont marcher.

— Moi aussi, lui confirma le capitaine avec une petite gêne.

— C'est quoi tous ces pitons sur le panneau du fond à gauche du siège du capitaine ? demanda le Vieux en les montant du doigt.

— Il y en a pour le moteur, les génératrices, les pompes de cale, le gouvernail, enfin pour tous les appareils qui doivent faire leur travail.

— En plus de l'éclairage, je suppose, le coupa Albérik. Pour le niveau d'eau dans les cales, y a-t-il un genre d'alarme ?

— Il y en a dans la plupart des compartiments sous la ligne de flottaison.

— Et dans les cales à poisson, qu'en est-il ?

— Il y a une alarme sonore qui doit être mise hors circuit lors du nettoyage des cales et…

— Et remise en état de marche par après, je suppose, intervint Albérik. Mais si les employés l'oublient par distraction ?

— Vous cherchez la bête noire, mais on a l'habitude de jeter un coup d'œil de temps en temps sur le changement du roulis du bateau.

Faut-il vous rappeler que les pompes qui doivent être mises en marche manuellement sont localisées dans chacun des compartiments qui se situent sous la ligne de flottaison ?

— C'est pourtant vrai. Mais si le courant manque, comme ça arrive assez souvent par chez nous à Havre-Aubert, qu'est-ce que vous allez faire, capitaine ?

— On va se débrouiller avec les moyens du bord. C'est pas pour rien qu'il y a toujours dans l'équipage un mécanicien en chef avec son assistant.

— Je dois me faire vieux, soupira Albérik. Ça adonne qu'à mon âge, on est encore plus méfiant par rapport à du nouveau. Ils appellent ça de la « résistance au changement ». Je vois que vous avez toute une cabine, capitaine, dit-il en enjambant la porte pour écornifler l'intérieur.

— Rien n'est laissé au hasard. Amenez-vous, Albérik. On s'en va voir le quartier des marins. Vous allez constater comment ils vont être bien traités et également combien ils sont confiants dans le succès de l'expédition.

— En n'oubliant pas que la curiosité chez les jeunes l'emporte souvent sur leur sécurité, lança le Vieux, en descendant l'escalier pour s'y rendre.

— Vous avez raison, Albérik, c'est pour ça que je vous promets de veiller au grain.

— Oh ! là là ! avec toutes ces couchettes, garde-robes, toilettes, lavabos et douches, j'ai pour mon dire qu'ils vont être plus gâtés que par chez eux, lui dit le Vieux.

— Un homme qui est bien soigné travaille plus fort et souvent pendant de longues heures d'affilée, lui signifia le capitaine avec une pointe de fierté dans la voix. Sur ce bateau, un quart de travail, c'est au minimum six heures et dans certains cas, huit.

— Si je compte bien à l'âge que j'ai, huit heures, ça fait deux quarts de travail collés.

— Seulement si c'est absolument nécessaire, lui rétorqua le capitaine, exaspéré d'avoir toujours à se justifier.

— Et leur sécurité ? s'enquit à nouveau le Vieux. Vous connaissez l'histoire du pêcheur qui n'attachait jamais sa chaloupe en disant à ceux qui voulaient l'entendre : « Y'a pas de danger. » Hé bien, celui qu'on appelait « Y'a pas de danger », il a finalement perdu sa chaloupe dans une tempête de vent d'est.

Cette affirmation venant d'un homme qui n'était pas né de la dernière pluie déclencha un grand rire chez le capitaine.

— Écoutez, il y a deux canots pneumatiques de sauvetage, une grande chaloupe à bâbord, des vestes et bouées à ne savoir quoi en faire. On ne s'en va pas sur les Grands Bancs de Terre-Neuve après tout. On va naviguer dans des glaces. Des glaces qui souvent m'ont servi de radeau de sauvetage par le passé. Vous connaissez sans doute mon expérience de la chasse au loup-marin ?

— Un bon bout, en tout cas. Ça va, je vous ai assez fait perdre votre temps comme ça, lui répondit le Vieux en s'apprêtant à partir.

— Et votre opinion, c'est quoi, Albérik ? Je sais combien vous avez de l'influence sur les jeunes postulants qui sont sur ma liste de chasseurs.

— En passant, y avez-vous Albert à Joseph ?

— Oui. À vrai dire, c'est lui qui m'a demandé de vous faire visiter le *Nadine,* lui répondit le capitaine avec une gêne manifeste.

— Pourquoi plus lui que les autres ?

— Ça adonne que je le rencontre assez souvent. Des fois, il vient aussi avec son frère, Benoît, pour me parler de leur rêve de gagner leur vie sur l'eau. Non seulement Albert et Benoît sont sur ma liste, mais aussi le Quatuor au complet.

— Le Quatuor ? s'enquit Albérik en plissant le front.

— Ce sont trois musiciens du dimanche qui se sont connus à la polyvalente, avec un quatrième qui agit comme leur impresario.

— Un quoi ? le questionna Albérik en grimaçant. Ça serait-tu quelqu'un qui impressionne avec sa musique, comme le fait le groupe Suroît ?

— Non, non, lui répondit avec empressement le capitaine. En fait, c'est un dénommé Justin à Télesphore du Gros-Cap qui s'occupe des intérêts des trois autres en calculant le *cash,* si vous voulez le savoir.

— Ah bon ! Vous savez que depuis que j'ai perdu ma femme Lucia, je ne sais plus quoi faire de mon temps. Ça fait que, j'ai comme une horde de jeunes loups de mer qui veulent tout connaître de la pêche, avant même de commencer à la pratiquer pour de bon.

— En tout cas, je pense que c'est bon pour votre moral.

— Oui, mais les jeunes d'aujourd'hui, ils veulent toujours être arrivés avant d'être partis. Même en amour, ça n'a pas de sacré bon sens comment ils s'y prennent, avec tous les machins-chouettes que vendent les magasins.

— C'est plus pareil comme *en premier**, Albérik. Il faut s'y faire, qu'est-ce que voulez ? Et puis, c'est quoi finalement, votre opinion du *Nadine* ?

— Avec toi comme capitaine, j'ai passablement confiance, lui répondit le Vieux en sourcillant.

— Assez pour que je vous invite à faire partie du voyage ? J'ai un lit d'appoint dans ma cabine dont vous pourriez vous servir. Qu'est-ce que vous en pensez ?

Surpris par une telle proposition, Albérik se sentit pris à son propre piège. Comment conseiller aux jeunes chasseurs d'embarquer sur le chalutier si lui-même refusait l'invitation pour un tout dernier tour de piste ?

— Je m'en vais y penser.

— Mais j'ai besoin de votre réponse avant vendredi.

— Et pourquoi donc ?

— C'est que j'ai à négocier le prix des peaux avec le marchand Samy, qui est de combine avec une usine de tannage de Terre-Neuve.

— Ah oui ! Si c'est avec un bon diable comme Samy, j'embarque, lui répondit le Vieux.

— Ah bon ! Mais pourquoi plus le marchand Samy qu'un autre ? s'enquit à contrecœur le capitaine.

— C'est que s'il a connaissance que je fais partie de l'expédition, il va vous donner un meilleur prix. Ça adonne qu'il m'en doit une, comme on dit. Ça fait qu'un bon prix, ça va profiter surtout aux jeunes qui, par ces temps-ci, ont un grand besoin d'argent.

— Entendu, Albérik. On est censés partir samedi avant-midi, dépendant évidemment des conditions de glace.

---

* *En premier* : dans l'ancien temps

— Pas de problème. Vous pouvez compter sur moi et sur les jeunes aussi, j'espère bien.

Peu après le capitaine Vincent avait réussi à s'entendre avec le marchand Samy, ou plutôt avec son gendre Érik à Nathaël, devenu un redoutable négociant en produits marins de toutes sortes, sur sa façon bien à lui de partager les revenus de la chasse afin que chaque intervenant y trouve son compte avec un prix plancher et un prix plafond pour chaque catégorie de peau.

Les chasseurs seraient ainsi au courant qu'ils devaient faire une chasse propre et sans bavure s'ils voulaient faire un coup d'argent rapide.

La visite du *Nadine*, avec en prime la participation du Vieux à l'expédition, permit au capitaine de recruter tant de l'équipage de soutien que des chasseurs. Quatre membres d'équipage, dont le capitaine Vincent, devraient s'assurer de transporter en toute sécurité une douzaine de chasseurs, divisés en trois escouades. Pour l'expédition qui devait durer une dizaine de jours, on avait embarqué fioul, eau douce, nourriture, attirail de chasse et plusieurs motoneiges.

Le départ avait été fixé au samedi matin 20 mars, dans l'espoir bien senti qu'un coup d'argent vite fait était à la portée de chacun. Le plan impliquait d'abord d'extirper le Nadine des glaces qui avaient accosté autour des Îles, et de laisser ensuite les autres bateaux se diriger où bon leur semblerait. Le capitaine Vincent, en accord avec Albérik, avait d'abord navigué vers le banc Bradelle pour y faire escale et voir de quelle façon les escouades de chasseurs embauchés allaient se comporter. Dû au retard indu de l'ouverture de la courte saison de chasse, il avait souhaité y trouver suffisamment de blanchons pour satisfaire leur appétit pécuniaire.

Or, vu l'impatience d'une partie des chasseurs, en particulier des frères Albert et Benoît à Joseph, le capitaine Vincent n'avait pas trop *lansiné** sur le banc Bradelle, étant donné la renommée de l'Orphelin pour ce qui était d'héberger des blanchons à profusion. Albert, pour ne citer que lui, avait fait savoir au capitaine que cette expédition se devait d'être une réussite totale, vu les dettes qu'il avait accumulées

* *Lansiner* : s'attarder

en début d'année. Un crédit qui avait coïncidé avec un voyage au Carnaval de Québec et la cessation, tout dernièrement, de ses prestations d'assurance-chômage.

Le capitaine Vincent avait acquiescé, mais avec une prudence étudié, vu les difficultés de chasser dans un endroit propice à la chasse, certes, mais qui avait connu son lot d'incidents et d'accidents de toutes sortes. Il savait qu'Albert à Joseph rêvait, tout comme lui-même par le passé, de devenir un fier capitaine de chalutier. Il estimait en retour que l'argent, tout comme la séduction, jouait souvent un rôle déterminant dans la réalisation de ses rêves. En s'embarquant sur le *Nadine*, Albert à Joseph avait fait un premier pas dans ce sens. Encore fallait-il qu'il soit à la hauteur de la situation.

CHAPITRE 4

« Le positif apporte du positif »

Ce n'était pas la première fois qu'Albert faisait trempette dans l'eau glacée. Cependant, si, par le passé, il s'en était toujours tiré haut la main, cette fois-ci, par contre, même s'il possédait courage et forte musculature, il n'y avait personne aux alentours pour lui prêter assistance.

Reprenant peu à peu ses esprits, il avait cessé ses cris de détresse. Il essaya d'abord de se situer par rapport à la banquise qui le supportait tel un grand radeau. Tremblant de froid, avec des engelures aux pieds, il s'arrêta pour regarder le ciel : il y découvrit une pleine lune qui jouait à cache-cache avec de gros nuages blancs. Du plus loin qu'il pouvait étendre son regard sur la banquise, il ne voyait rien : aucun amoncellement important de glace pouvant ressembler à un bousculis. Que de la glace qui, recouverte de lames de neige, ressemblait à un dessert d'un blanc immaculé. Il grimaça en maudissant son obsession de faire de l'argent rapidement. Que faire à cet instant si ce n'était marcher vers un point imaginaire dans l'espoir de trouver la pile de blanchons abandonnée pour y prélever les peaux ? Des peaux dont il pourrait se recouvrir pour empêcher l'hypothermie de faire son œuvre maléfique menant souvent au trépas.

Dans son armure de glace, il commença à marcher ou plutôt à se traîner vers l'étoile Polaire, qu'il avait réussi à localiser dans le firmament. Un point de repère lui assurant qu'il se dirigeait, du moins l'espérait-il, franc nord. Après une centaine de pas, sa respiration ressemblait davantage à un râlement qu'autre chose. Ses membres inférieurs s'alourdissaient, l'obligeant à ralentir le pas. Sa vue s'embrouillait, faisant surgir de nouveaux mirages. Il essaya de résister à la tentation de dévier de son chemin. Malheureusement, l'hypothermie le tenait dans ses griffes si fortement qu'il ne pouvait avancer qu'à pas de tortue.

Il se mit à broyer du noir, il perdait le sens de la réalité, en ayant la sensation que l'espace et le temps se disloquaient. Il fit une pause forcée pour essayer une fois de plus de reprendre ses esprits. Il regarda sa montre, qui, heureusement, marchait toujours : il était passé 21 h 30. Avec une pleine lune à son apogée, le froid était encore plus vif. Les poils de sa moustache avaient triplé de volume par le gel provoqué par une respiration de plus en plus lourde et difficile. Il grimaça pour activer les muscles de son visage.

« Ce n'est pas vrai qu'ils vont cesser de me chercher », se dit-il en pensant à son frère Benoît qui devait être mort d'inquiétude. Un frère avec qui il était fortement lié dans les aventures comme dans les mésaventures. Il essaya de penser positif en se rappelant la fois où tous les deux avaient réussi à se sortir sains et saufs d'une fâcheuse situation.

C'était par *une bonne marée** du mois d'août où Albert, accompagné de son frère Benoît alors adolescent, avait décidé d'aller à la pêche au maquereau dans la Baie de Plaisance, question de gagner de l'argent de poche avec des gens qui voulaient en faire des conserves. Ils avaient commencé par mettre à l'eau une chaloupe empruntée et avaient ramé jusqu'à un grand trou d'eau, à plusieurs milles du rivage, qui devait abriter un bon banc de maquereaux. Ils avaient largué l'ancre et pêché à qui mieux mieux plus d'une centaine de maquereaux. Ni l'un ni l'autre ne s'était soucié d'avoir ramé vent arrière et du courant qui les faisait dériver vers le large des côtes, parce que l'ancre ne s'était pas accrochée comme il faut. Quand ils atteignirent la moitié du quota de pêche qu'ils s'étaient fixé, ils constatèrent que le maquereau se faisait de plus en plus rare. Et pour cause : le vent avait grossi, la noirceur était arrivée et ils étaient sortis du réputé grand trou d'eau.

Benoît s'arma tout de suite de rames et se mit à ramer fort en luttant contre les petites vagues qui déferlaient une bonne partie de leur eau à l'intérieur de la chaloupe. Albert écopait de son mieux

---

* *Bonne marée* : une bonne fois

l'eau qui lui arrivait aux chevilles tout en suppliant son frère de ne pas ramer aussi brusquement. Ce qui devait arriver arriva. L'une des rames cassa et il leur fut impossible d'attraper l'extrémité brisée, emportée par le courant.

Pris de court, Albert maudissait de ne pas avoir de rame de rechange pendant que son frère Benoît essayait en vain de faire avancer la chaloupe d'une seule rame. Paniqué, il répétait : « On va y passer, on va y passer » en pointant les lumières des maisons de l'Île d'Entrée à *tribord** et celles du Havre-aux-Maisons à *bâbord*. Albert, lui, pensait plus positif en regardant ce qui restait des rames. Il décida de se servir de celle qui était cassée, y attacha un pan de son imperméable et fit de même avec celui de Benoît. Il fixa le tout tant bien que mal dans le trou pratiqué dans le premier banc à l'avant de la chaloupe.

Il pria son frère de bien retenir la rame avec le cordage fixé à l'ancre pendant que lui guidait le bateau avec la rame restée intacte. « Asteure, si t'as jamais fait du voilier, tu vas m'aider à ramener ce rafiot à bon port », lui dit-il avec un sourire en coin. Des habitants de l'Île d'Entrée les aperçurent au clair de lune en train de manœuvrer pour accoster à leur île. Les gens qui les ont secourus ont bien vu que n'eurent été les réflexes positifs d'Albert, ils n'auraient pas été rescapés aussi rapidement.

*　*　*

Marchant toujours en direction de l'étoile Polaire, Albert sortit de son mutisme en songeant à ce qu'il pourrait faire pour trouver le plus rapidement possible sa pile de blanchons. S'il avait pu se regarder dans un miroir, il aurait vu, à son grand désespoir, que son nez et ses pommettes étaient devenus blancs, preuve qu'ils étaient *gelés massifs***. Le froid avait rendu ses yeux larmoyants. Ses larmes gelèrent de plus belle ses longs cils, l'empêchant ainsi de voir clairement, ce qui

---

* *Tribord/bâbord* : se dit de la partie droite de la timonerie par opposition à la gauche appelée, au temps des corsaires, la *batterie*.
** *Gelé massif* : gelé entièrement

lui occasionna de nombreuses chutes sur la glace. Respirer était devenu un exploit, vu que son immense moustache avait tendance à se souder à sa lèvre inférieure. En fait, il ressemblait beaucoup plus à un animal traqué qu'à un être humain en mode de survie.

Le doute étant le commencement du désespoir, il essaya de meubler à nouveau son esprit de scènes heureuses de son passé. Comme celle, par exemple, où chaque vendredi soir, il participait à des parties de cartes avec ses frères et sœurs accompagnés ou non de leur conjoint ou conjointe. Des tournois de 150 qu'il gagnait toujours ou presque... et grâce auxquels il repartait avec une cagnotte d'une dizaine de dollars en fin de soirée. Il répétait à ceux qui voulaient l'entendre que, comme toute chose, il fallait dans la vie un peu de talent mais beaucoup de chance.

Le samedi soir était dédié à la danse. Une danse souvent agrémentée par un orchestre, dont celui du Quatuor madelinien dont il faisait partie. Que de plaisir avait-il eu de pouvoir répondre aux demandes spéciales qui souvent provenaient de jolies filles en quête d'un amoureux, sans trop se rendre compte que c'était lui en réalité qui était visé. Vers les 3 heures du matin, on déménageait au restaurant où on bouffait jusqu'à ce que le sommeil ait le dessus sur le plaisir de s'empiffrer. Comme d'habitude, ses parents les laissaient faire, mais s'empressaient tout de même de les réveiller pour la grand-messe de 10 h du lendemain dimanche.

Mine de rien, cette envolée vers d'autres cieux lui avait fait du bien. Tellement de bien que son pas était devenu plus ferme et rapide. Il avait toujours en tête que son tas de loups-marins se trouvait droit devant. Plus il avançait, plus certains paysages de glace éclairés par la pleine lune lui revenaient en mémoire, jusqu'à ce qu'il bute contre un monticule de neige, qu'il essaya d'escalader. Peine perdue, ses pieds défonçaient chaque fois la croûte de neige durcie. Épuisé par des efforts soutenus, il s'arrêta pour appuyer de tout son poids. Le peu de résistance qu'il sentit lui fit croire qu'il avait marché sur son amas de blanchons. Il enfonça ses mains dans la neige pour réaliser qu'il était tombé pile. Il se releva en se disant que, non seulement ça marchait de penser positif, mais qu'en plus, ça incitait la chance à venir le visiter.

Ragaillardi, il sortit son couteau de son fourreau et se mit en devoir d'habiller tant bien que mal un bon nombre de blanchons. Il étendit plusieurs peaux sur la glace en guise de couche protectrice du froid et en plaça d'autres, prêtes à servir comme couverture. S'apprêtant à s'allonger, il réalisa soudain que si ses gestes lui avaient ravigoté les membres supérieurs, il en allait autrement pour ses pieds, insensibles depuis au moins une heure. Il décida donc de retirer quelques blanchons du dessous de l'amas pour les éventrer et y enfouir ses deux pieds de peine et de misère. Il attacha par la suite un drapeau rouge à l'une des tiges restées sur place et la planta à travers son tas de blanchons.

Couché sur son grabat, il se recouvrit tant bien que mal de peaux. Il aurait voulu regarder l'heure sur sa montre, mais il avait peur de devoir découvrir le haut de son corps, qui commençait tout juste à se réchauffer. Ses pieds, qu'il avait enfouis dans des carcasses de blanchons, n'ont pas tardé à lui faire mal, preuve que la vie y revenait petit à petit.

Il regarda le ciel plein d'étoiles traversé par la Voie lactée. Il tourna son regard vers la lune qui déclinait afin d'estimer l'heure qu'il était. Il l'évalua à plus ou moins 3 heures du matin. Il regrettait ses erreurs. Des erreurs de débutant qui ne pensait qu'à satisfaire ses propres besoins sans se soucier de ceux qui s'étaient fiés à lui pour que l'expédition se termine sur une bonne note. « Mais pourquoi ? », songea-t-il. Entre le départ du *Nadine* de son port d'attache de Cap-aux-Meules et la fin de cet après-midi, tout s'était pourtant passé comme sur des roulettes ? »

CHAPITRE 5

« Tel le roseau, le *Nadine*
plie mais ne se rompt pas »

Le matin du dimanche 20 mars 1977, le capitaine Vincent avait donné l'ordre de larguer les amarres du *Nadine* sous les au revoir des proches et amis tant de l'équipage que des chasseurs présents sur le quai des pêcheurs de Cap-aux-Meules. C'était une belle journée en perspective, avec un soleil qui brillait de tous ses feux. Aux dires de plusieurs curieux, il y avait à peine une *haleine de vent**.

Aussitôt décollé du quai, le bateau entreprit son périple en cassant et broyant de son étrave avant les glaces qui lui barraient le passage. Huit bateaux plus petits que lui le suivaient à la queue leu leu, comme l'auraient fait des canetons avec leur mère cane. Plus au large, l'épaisseur des glaces était telle que le chalutier désigné comme vaisseau amiral dut s'arrêter. Muni de son hélice à pas variable, il recula pour reprendre son élan avant par la suite. Cet élan hissa une partie de son étrave sur la glace, qui cassa aussitôt sous le poids du bateau. Celui-ci recommença de plus belle ses va-et-vient que suivaient de nombreux curieux, qui, munis de jumelles, appréciaient le spectacle.

Arrivé au large de l'Île d'Entrée, le *Nadine* avait pu profiter d'un grand plan d'eau libre de glace pour mettre le cap à l'ouest des Îles. Sous la direction du second capitaine, la plupart des chasseurs s'étaient vu désigner des tâches en particulier. « Un bateau, c'est comme une maison flottante, leur avait-il fait savoir, il faut voir à tout. »

La plupart des chasseurs, en particulier les quatre membres de l'escouade du Quatuor, avaient mis leur confiance dans le capitaine Vincent en ce qui avait trait à la sécurité du bateau. Il en allait cependant tout autrement pour la chasse au loup-marin au large des Îles.

---

* *Haleine de vent* : vent très léger

Ils s'en remettaient plutôt au vieux loup de mer Albérik, qui avait non seulement initié son protégé Albert à Joseph à la chasse au loup-marin, mais lui avait aussi inculqué le sens du discernement lors d'une situation, si périlleuse soit-elle.

— Albérik, seriez-vous prêt à m'accompagner dans le quartier des marins? lui demanda Benoît à Joseph, le frère d'Albert, qui avait terminé son quart de vigie peu après que le chalutier eut contourné l'île du Corps-Mort.

— Ça pourrait aller. Mais pour quoi faire? s'enquit-il en le regardant plus attentivement comme s'il avait affaire à un pur étranger.

— C'est que, tant mon frère Albert que la plupart d'entre nous, nous voulions tout connaître de la chasse sur les banquises au large des côtes comme le Bradelle et l'Orphelin. « Un homme averti en vaut deux », comme on dit.

Albérik fut surpris par l'apparence physique du frère de son protégé Albert à Joseph qu'il n'avait pas vu depuis belle lurette. Comme il avait entendu dire qu'ils se ressemblaient comme deux gouttes d'eau, il songea que si c'était le cas, l'une d'elles devait provenir d'eau douce et l'autre d'eau salée.

À la naissance de Benoît, il y eut une controverse entre son père et sa mère quant au prénom à lui donner au baptême, vu que son frère aîné portait celui d'un illustre prince. Faute de pouvoir arriver à un consensus, sa mère, qui avait une grande dévotion à saint Benoît, décida qu'elle lui donnerait ce nom, ce qui augmenterait l'intervention du saint auprès de la famille grandissante.

À première vue, Benoît à Joseph dépassait d'un bon dix centimètres son frère Albert. Par contre, il était beaucoup moins costaud. Il avait un visage long, un nez prédominant, des yeux pers et une chevelure épaisse parsemée de nombreux poils roux. Une longue moustache roussie par la fumée de cigarette dépassait largement les coins de sa bouche, ce qui, d'une certaine manière, imposait le respect. Maniaque de la propreté, il exaspérait ses parents, frères et sœurs, disant qu'il n'hésiterait pas à manger sur le plancher de sa chambre à coucher.

Si son frère Albert excellait en natation sur longue distance, Benoît s'illustrait en plongeons acrobatiques de toutes sortes. Ils différaient également en ce qui concernait leurs projets d'avenir. Pour Albert, le futur se dessinait dans la pêche hauturière tandis que Benoît avait envisagé la pêche au homard comme tremplin vers une carrière de négociant indépendant en poisson et fruits de mer.

— Je te suis, l'assura Albérik, en sortant de la timonerie.

— Vous allez sans doute satisfaire notre curiosité, lui signifia Benoît en l'aidant à descendre l'escalier qui menait au quartier des marins.

— Ça me fait plaisir pour de vrai de vous voir tous ici rassemblés, leur annonça Albérik en faisant son entrée dans le mess des marins-pêcheurs.

— Il n'y a pas de quoi, répondit Albert à Joseph, en lui présentant une chaise pour qu'il s'assoie.

Comme d'habitude, Albert se crut obligé de prendre la parole avant tous les autres sur les nombreuses questions qui lui brûlaient les lèvres. « Pourriez-vous nous dire, Albérik, à quoi on peut s'attendre en chassant aussi loin des côtes ? », fit-il avec un brin d'arrogance dans la voix.

Dans le silence qui régnait, le Vieux prit le temps d'allumer sa pipe en tirant de petites bouffées, afin de rassembler ses idées.

— À ce qui paraîtrait, vous allez commencer à chasser sur le Bradelle, leur dit-il en regardant le capitaine Vincent, qui acquiesça. Aussi bien dire que chasser sur le Bradelle par rapport à l'Orphelin, c'est de la petite bière. La principale difficulté est que les loups-marins sur le Bradelle sont éparpillés comme c'est pas possible. Ça fait que faites bien attention de ne pas vous écarter. Si c'est sur le Bradelle que le premier banc de chasse du troupeau du Golfe se forme, et si c'est le premier à voir arriver des loups-marins, c'est aussi le premier à les voir s'en retourner d'où ils viennent. Ça fait que vous allez avoir affaire à chasser surtout des guenillous en train de changer de fourrure, des jeunes loups-marins par-ci, par-là, mais sûrement pas de blanchons. Ça veut dire aussi que les adultes sont en train de faire leurs mamours dans les saignées d'eau et qu'il serait dangereux de les déranger.

— Vous voulez dire par là qu'il ne faudrait pas s'arrêter trop longtemps sur le Bradelle ? lui demanda Justin en jetant un coup d'œil au capitaine qui commençait à s'inquiéter du peu de connaissances des chasseurs.

— J'ai jamais dit ça, lui répondit avec empressement le Vieux. Contentez-vous de ce que vous allez rencontrer. Ça va vous permettre de vous faire la main, mais laissez les adultes tranquilles. N'oubliez jamais que la banquise, c'est leur terrain à eux et pas le nôtre. De toute façon, une bonne quantité de jeunes et d'adultes doivent avoir déjà commencé leur voyage du retour, si bien qu'en essayant de les abattre, ils vont vous faire faire de graves erreurs sans espoir d'en avoir pour votre argent.

— Et pour le Banc de l'Orphelin? lui demanda Benoît à Joseph, qui commençait à regretter de s'être embarqué dans cette galère.

Sachant qu'il en avait ébranlé plusieurs par ses révélations fracassantes, Albérik fit une nouvelle pause. Il se leva, s'étira l'échine et frotta une allumette sur sa poche arrière de son pantalon de toile pour allumer à nouveau sa pipe.

— En par cas, sur l'Orphelin, c'est pas du pareil au même, leur dit-il en se rassoyant. Ça adonne que c'est le dernier banc de chasse à se former et par le fait même, à recevoir les derniers arrivants du Groenland. J'entends par là des femelles qui ont mis bas tout dernièrement.

— J'ai entendu dire que la chasse sur l'Orphelin, c'était pas du gâteau, avança Carlo qui se retenait depuis le début d'interrompre le Vieux tellement il le trouvait plein de bon sens. Comment faire alors pour qu'on s'en tire gagnant à tout point de vue?

— Vos questions ressemblent à celles du neveu de mon frère Érik à Nathaël qui a bien failli y laisser sa peau il y a une bonne vingtaine d'années de ça, dit-il en balayant du regard les chasseurs qui étaient toujours pendus à ses lèvres. Pour s'en sortir, il y a trois conditions à respecter :

— Je devine que la première, c'est de pouvoir s'y rendre avec le *Nadine*, déclara pompeusement Albert, qui, une fois de plus, voulait faire bonne impression sur ses compagnons.

— J'ai pas de problème avec ça, lui lança le capitaine Vincent, pourvu que, évidemment, chacun fasse son quart de travail comme il faut.

— Surtout à partir du moment où le bateau arrivera sur l'Orphelin, ajouta le Vieux, pour appuyer les dires du capitaine. En par cas, une fois rendus sur les lieux, il vous faudra – il regarda le capitaine de travers – trouver une large et longue *saignée d'eau** qui permettra au chalutier d'entrer à l'intérieur pour trouver de quoi vous satisfaire.

— Il me semble qu'il manque une de vos conditions, lui signifia Benoît.

— C'est pourtant vrai, j'oubliais la plus importante ! C'est que ça arrive que certaines années, par manque de glace ou autres choses que je ne connais pas, l'Orphelin ne prenne pas forme pour de bon, si bien qu'on ne sait jamais à quoi s'attendre tant et aussi longtemps qu'on n'est pas arrivé dans les parages.

— Aussi bien leur dire, Albérik, que chasser sur le Banc de l'Orphelin, c'est comme pêcher en pleine tempête, avança le capitaine Vincent le plus sérieusement du monde.

— Beau dommage ! Ça adonne que les banquises qui s'y arrêtent sont continuellement en mouvement à cause des trois courants qui l'entourent. Ça fait que qui dit déplacement de glaces dit possibilité qu'une banquise parte à la dérive en emportant avec elle les loups-marins qu'elle supporte et…

— Et peut-être les chasseurs qui s'y trouvent, le coupa le capitaine Vincent en fronçant les sourcils.

Cette affirmation venant d'un chasseur émérite tel que le capitaine frappa l'imagination de tous. Elle leur rappelait l'histoire de la famille Lebel qui dut faire face au début du siècle dernier à la disparition de quatre des siens dans une excursion de chasse côtière de routine.

— À part ça ? lui demanda Albert, dans le but de briser les murmures qui s'éternisaient.

— J'ai pour mon dire que sur l'Orphelin, c'est plein de gros bousculis à perte de vue. N'essayez pas de les contourner pour passer de l'autre bord, c'est une perte de temps. Il faut plutôt les escalader jusqu'à leur sommet et regarder de l'autre côté si ça vaut la peine.

---

* *Saignée d'eau* : se dit d'un espace d'eau entre deux banquises

— Et quoi encore? s'enquit Benoît, qui craignait les glaces vivantes comme la peste du fait que, par son manque d'équilibre, il avait fait maintes fois trempette par le passé.

— Je ne t'apprendrai rien si je te dis que les marées combinées avec les courants marins ont un effet malfaisant sur les glaces. Sur l'Orphelin, des saignées d'eau peuvent apparaître sans crier gare et disparaître quelques minutes par après.

— Aussi bien dire que sur l'Orphelin, ça ressemble à un tremblement de terre perpétuel, lui signifia Albert, exaspéré.

— Tu as raison, acquiesça le Vieux en plongeant son regard dans celui du capitaine pour lui demander son opinion.

— C'est un peu exagéré votre affaire. Vous oubliez que j'ai chassé par le passé sur l'Orphelin avec mon chalutier et que je m'en suis tiré pas si pire que ça.

— Pas si pire! de répliquer vivement Albérik. Si je ne me trompe pas, vous y avez perdu le chalutier qui s'est fait écrabouillé dans une saignée d'eau. J'ai-t'y raison, oui ou non? fit-il d'un ton tranchant.

— Oui pour le chalutier, mais pas pour le reste.

— Comment ça?

— J'ai eu la vie sauve grâce à un autre bateau qui chassait dans le secteur. En accord avec le capitaine, que je connaissais depuis très longtemps, je suis retourné sur les lieux le lendemain et vous savez quoi? demanda-t-il en promenant son regard sur l'ensemble des chasseurs.

— Je gage que votre bateau était revenu à la surface grâce aux peaux de blanchons qui étaient stockées dans les cales, lui suggéra Albert solennellement.

— Pas le bateau, mais les neuf cents et quelques peaux qui en étaient sorties par le grand trou que la glace avait fait dans la coque, lui répondit le capitaine tout fier de lui.

— Incroyable! s'exclama Benoît, surpris par une telle révélation. C'est vrai qu'essayer de faire plonger une peau de blanchon avec l'épaisseur de lard qui est collé dessus, c'est comme vouloir faire couler un bouchon de liège.

— J'imagine qu'en plus de ça, vous avez *levé* de l'assurance? demanda Albérik. Vous avez pas besoin de me répondre, ajouta-t-il,

afin de ne pas trop l'offusquer. En par cas, vous êtes un *fin finaud**
capitaine. C'est pas donné à tout le monde d'être comme votre capitaine, ajouta-t-il à l'endroit des chasseurs qui commençaient à pié-
tiner, signe qu'ils avaient hâte de passer à d'autre chose.

Le capitaine prit cette affirmation avec un sourire amusé qui en
disait long sur son amour-propre. S'apercevant que son auditoire
souffrait plus d'impatience que de curiosité, le Vieux essaya de les
mettre au courant des obstacles susceptibles de les faire déraper.

— Ne vous éloignez pas trop de votre fusil et de votre boussole.
Une grosse mouvée de loups-marins pleine de blanchons est habituellement gardée par des chefs de gang qu'il vous faudra abattre
avant de vous aventurer à aller tuer leurs petits. Quant à la boussole,
elle vous servira, comme de raison, à trouver le nord et, par la suite,
de bonnes mouvées de blanchons fraîchement arrivées. Si jamais
vous avez pensé que je vais débarquer sur les banquises avec vous
autres, oubliez ça. Mes rhumatismes m'ont affaibli les jambes comme
c'est pas possible. Ça fait qu'avec ma *vue courte*, c'est trop risqué.
N'empêche que je m'en vais vous suivre avec les grosses longues-vues
du bateau, question de savoir comment vous allez vous comporter.

Sentant que les carottes étaient cuites, tant au figuré qu'au propre
– il était midi –, le capitaine remercia Albérik, qui se sentit obligé
de terminer son baratin en ces termes :

— N'oubliez jamais – surtout sur l'Orphelin – qu'il n'y a pas plus
que quelques pieds de glace qui vont vous séparer d'une cinquantaine de *brasses d'eau*** glacée à souhait. Ça fait que probablement
que votre curiosité va l'emporter sur votre prudence.

Reprenant la parole, le capitaine Vincent distribua une feuille de
papier à chacun des chasseurs en leur expliquant les divers postes
de travail pour lesquels ils devront postuler lorsque le *Nadine* se
retrouvera en mode navigation. Après coup, il en reviendra à lui et
à son second d'assigner quatre postes de vigie par quart de travail,
un comme homme de roue à la barre dans la timonerie et un autre
comme assistant dans la salle des machines.

---

* *Fin finaud* : personne plus rusée que d'autres
** *Brasses d'eau* : longueur correspondant aux bras en croix d'un adulte

— Vous apporterez vos feuilles à mon second après le dîner, leur annonça-t-il à travers les murmures des chasseurs. Prochain rendez-vous ici même à deux heures pile.

En fin d'après-midi, les jeux étaient faits pour les postes à occuper jusqu'à l'arrivée du bateau à proximité du Banc Bradelle prévue au petit matin du lendemain 21 mars.

Des postes qui – tout le monde s'en doutait – avaient largement bénéficié à l'escouade du Quatuor, dû sans doute à l'influence qu'avait Albérik sur le capitaine Vincent. Albert et son remplaçant Carlo avaient été affectés à la timonerie. Benoît, qui adorait la mécanique, à la salle des machines et finalement Justin, qui avait un faible pour le grand air, avait été assigné à un poste de vigie. Pour la première fois, et sûrement pas la dernière, les chasseurs étaient mécontents, disant qu'il y avait du favoritisme.

À la tombée du jour, les bateaux qui les suivaient s'étaient divisés en plusieurs groupes de façon à laisser suffisamment de latitude à chacun pour chasser dans sa *talle** préférée.

Chaque chasseur prit à tour de rôle le quart qui lui avait été assigné pendant que son remplaçant passait son temps à grignoter, jouer aux cartes ou tout simplement s'étendre sur sa couchette en rêvant parfois d'une excursion qui ferait histoire chez ses compatriotes.

Albert et son frère Benoît s'étaient organisés pour être du même quart, mais à des endroits différents. Le premier à la timonerie comme homme de roue et le dernier dans la salle des machines comme aide au chef mécanicien. D'aucuns se disaient que c'était arrangé avec le gars des vues puisqu'Albérik était le mentor des deux garçons de Joseph à Télesse et qu'il avait en plus une forte influence sur les décisions que prenait le capitaine Vincent.

Au cours de leur période de relâche, tard en soirée, les deux frères avaient échangé sur leur dernier quart de travail. Albert, entre autres, avait constaté qu'au moment où le moteur, la génératrice ainsi que tous les autres équipements nécessaires à la navigation dans les glaces la nuit étaient en marche, et régnait une cacophonie de tous les instants. Au point où il avait eu des problèmes

---

* *Talle* : endroit prometteur de succès propre à chacun

à communiquer avec son remplaçant sur ce qu'il y avait à surveiller de près pour éviter à l'équipage des situations fâcheuses susceptibles de mettre en péril le bateau. En revanche, lorsque le bateau traversait un plan d'eau libre de glace, un certain calme revenait, jusqu'au moment où il frappait à nouveau de plein fouet une banquise qui lui barrait la route. Forcé de s'arrêter avec une partie de son étrave avant juchée sur la banquise, le transfert de poids du bateau réussissait après coup à faire céder la glace. S'ensuivaient des allers-retours qui mettaient à rude épreuve tant le gouvernail que l'arbre de l'hélice qui, munie d'un pas variable, semblait de temps en temps s'emballer.

Ils s'étaient aperçus également, lors de leur première période de relâche, qu'ils passaient dans le quartier des marins, que le chalutier avait la force motrice nécessaire pour traverser sans problème apparent une banquise nouvellement formée par des glaces de faible épaisseur. En contrepartie, cette traversée provoquait à coup sûr un bruit de cisaillement lancinant sur la coque qui les empêchait de bien dormir.

Malgré tout, ils réussissaient quand même à rêver d'atteindre le plus rapidement possible le quota de 10 000 peaux avec, en prime, 5000 de plus qui provenaient d'un bateau qui avait dû tourner de bord à cause d'un bris majeur d'équipement. Dans leur rêve, ils se transportaient quelquefois sur la terre ferme avec les poches pleines d'argent qui leur permettait de payer leurs dettes accumulées et de prendre leurs distances comme aides-pêcheurs sur le bateau de leur père. Ultimement, Albert souhaitait s'en servir également pour conclure la conquête d'une jolie fille qu'il voyait comme sa dulcinée. Pour ce faire, il le savait, cela prendrait non seulement de la finesse mais également beaucoup d'argent.

Quant à son frère Benoît, il se disait chanceux de pouvoir s'*amariner** aux nouveaux appareils de motorisation et de navigation du *Nadine*. Il avait trouvé que le pilote automatique était de peu, voire d'aucune utilité lors d'une navigation dans les glaces. Il s'était aperçu

---

* *Amariner* : s'habituer

qu'il était tout à fait impossible au capitaine de suivre à la lettre son plan de navigation, étant donné les changements de cap demandés par les hommes de vigie placés aux quatre coins du navire. Il avait remarqué également que le fait de devoir ajuster constamment le pas de l'hélice à toutes les situations avait rendu le capitaine plus bougonneux que d'habitude. Mais le plus inquiétant, tant pour lui que pour son frère, c'était l'eau qui ruisselait parfois à travers l'étoupe de l'arbre de l'hélice et de celui du gouvernail. C'était un ruissellement assez constant pour l'obliger à s'engouffrer dans des compartiments étroits et non éclairés afin de serrer les verrous d'une plaque d'acier qui retenait l'étoupe en place. Finalement, il avait constaté qu'en naviguant de nuit par temps d'hiver, la génératrice du bateau avait peine à suffire à la demande. Il en avait glissé un mot au capitaine qui lui avait répondu qu'il s'en était aperçu lui aussi en voyant le comportement parfois inattendu du pas de l'hélice. Non satisfait de sa réponse, il en avait fait mention au Vieux qui, lui aussi, s'en était rendu compte – son lit étant près de la timonerie –, mais n'avait pu lui fournir une réponse satisfaisante.

Étendu de bonne heure en fin de soirée sur son lit d'appoint avec les mains jointes derrière le cou, Albérik était inquiet. Le fait que la plupart des jeunes chasseurs, dont la moyenne d'âge était de 18 ans, avaient mis toute leur confiance en lui le rendait anxieux, voire angoissé. Il essayait de prier – sans trop de succès cependant – sa femme décédée d'intercéder auprès du Grand Chef pour que rien ne puisse entraver la poursuite de l'expédition jusqu'à son retour aux Îles, prévu dans une douzaine de jours.

Il s'était aperçu lui aussi – ou encore il en avait été informé – de certaines particularités lorsque le *Nadine* naviguait dans les glaces. Des particularités qui s'aggravaient avec la tombée de la nuit jusqu'au petit matin dû au fait de la forte demande du pouvoir électrique. Pour se dégourdir les jambes, il était sorti de la timonerie et avait marché jusqu'à la pointe de l'étrave supérieure avant. Il s'était arrêté pour humer l'air vif du grand large en balayant du regard la banquise que le bateau s'apprêtait à heurter de plein fouet. Le choc qui s'ensuivit l'amena à pencher la tête vers la partie inférieure de l'étrave. Il vit alors que certaines plaques d'acier avaient tendance à plier sous l'impact. Il avait informé le capitaine de son inquiétude ; celui-ci lui avait répondu que « tel le roseau, le *Nadine* plie mais ne se rompt pas ».

Cette remarque n'avait pas réussi à calmer le pressentiment qu'il avait depuis le départ du port d'attache du bateau. Cette intuition n'avait cessé de grandir à mesure qu'il constatait que son confident Albert, parmi d'autres, posait des questions, appropriées certes, mais toujours concernant la sécurité à bord du bateau et celle des chasseurs susceptibles d'arpenter des banquises pleines de mauvaises surprises. Il avait repensé, entre autres, au chien du neveu de son frère Érik à Nathaël, qui avait cessé de se nourrir le jour même où son bateau, l'*Aries*, avait fait naufrage sur le Banc de l'Orphelin. Il avait réussi tout de même à sommeiller après avoir récité dans sa tête plusieurs dizaines de chapelets, en appuyant sur ces mots du Notre Père : « Ne nous soumets pas à la tentation », une tentation de faire un coup d'argent rapide sans égards à la prudence la plus élémentaire.

Au petit matin du 21 mars, le chalutier était enfin arrivé aux abords du Banc Bradelle, question de permettre aux chasseurs de se faire la main. Après un déjeuner riche en protéines, les escouades nouvellement formées furent divisées en secteurs de chasse de façon à parcourir toute l'étendue des banquises qui recouvraient le banc de chasse.

Au retour des escouades en début de soirée, force fut de constater que le Bradelle n'offrait pas suffisamment de bêtes pour rester sur place. Pas plus que quelques jours encore de chasse, leur avait annoncé le capitaine Vincent après avoir fait le compte des prises en fin de journée.

En ratissant le Bradelle pendant plusieurs jours du mieux qu'ils le pouvaient, les chasseurs étaient restés sur leur faim. Il n'y avait pas de blanchons, beaucoup trop de guenillous et peu de jeunes loups-marins. Ceux-ci, après avoir totalement mué, étaient devenus vifs comme l'éclair pour se sauver à l'approche d'un intrus. Le capitaine décida donc de mettre le cap sur le Banc de l'Orphelin dans l'espoir d'apaiser le mécontentement de bon nombre de chasseurs, dont ceux de l'escouade du Quatuor qui n'avait pas fait mieux que les autres.

Après avoir navigué pendant un bon sept heures d'affilée, le chalutier avait réussi à localiser le Banc de l'Orphelin qui, heureusement, n'avait pas commencé à se dépouiller des banquises de glace qui le recouvraient. Un peu plus de blanchons avait apporté un certain optimisme – mais pas suffisamment – au capitaine Vincent, qui décida, après les cinq premiers jours de chasse, de convoquer au lever du jour le 22 mars les chasseurs à une réunion de concertation sur la situation. Une réunion qui n'avait pas empêché pour autant de modifier la façon de pratiquer la chasse à l'escouade du Quatuor, jusqu'à ce que survienne l'incident de parcours impliquant l'isolement d'Albert à Joseph sur une banquise toujours à la dérive.

CHAPITRE 6

« L'amitié est l'amour sans ailes »

Couché sur son grabat, Albert à Joseph avait finalement réussi à faire bouger l'extrémité de ses membres, qu'il avait recouverts avec plusieurs peaux de blanchons. Il essaya d'occuper son esprit en songeant au fait que ce n'était pas tant sa curiosité que l'ambition qui avait pris le dessus sur la prudence la plus élémentaire dont il aurait dû faire montre. Une ambition qui, aux dires du vieil Albérik, en arrivait souvent à tuer son homme. « Pour le moment, se dit-il, il n'est pas question que je la laisse avoir raison de moi. »

Il ressentit petit à petit un état de bien-être qui l'invita à dormir. Il réalisa du même coup que c'était grâce aux blanchons qu'il avait abattus, avec un certain dédain, et dont les peaux allaient lui permettre de se garder en vie. Mais pour ce faire, il devait éviter de dormir, surtout que ses moindres gestes faisaient glisser les peaux qui le recouvraient. Des mouvements dont il perdrait sûrement le contrôle si jamais il tombait dans les bras de Morphée.

Il se concentra et tendit l'oreille dans l'espoir d'entendre le moindre signe de la présence du *Nadine* dans les parages. Peine perdue, il n'entendit rien, si ce ne sont les quelques reniflements que faisaient les loups-marins qui par instinct revenaient durant la nuit puiser l'oxygène qui leur est vital.

Il se demanda justement si la banquise où il se trouvait n'était pas en train de dériver à même le courant du canal Laurentien, qui se déversait dans l'océan Atlantique. Et si tel était le cas, il aurait le temps de trépasser bien avant qu'il ne soit retrouvé, si jamais il l'était. Il chassa aussitôt cette pensée de son esprit pour la remplacer par une autre, beaucoup plus positive, soit celle selon laquelle la banquise aurait bien pu, dans sa dérive, suivre le courant du Labrador. Un courant qui, chaque printemps, déclenchait la dérive des glaces du

Groenland vers les côtes madeliniennes. «Et pourquoi pas là où, au cours du mois de juillet, de l'année passée, j'ai fait la connaissance d'une dénommée Marie-Clara», songea-t-il.

* * *

C'était au tout début de la dernière semaine de la saison de pêche au homard, plus particulièrement un lundi après-midi ensoleillé. Albert, qui avait récemment été nommé capitaine par son père, alors propriétaire d'un permis de pêche, avait donné ordre à son frère Benoît de se préparer à l'accostage du bateau. En s'approchant du quai qui servait au débarquement des homards, il aperçut une jeune fille qui, cheveux au vent, était revêtue d'une longue et jolie robe d'un rouge écarlate et dont elle avait remonté à la taille la jupe à l'aide d'une large ceinture munie d'une boucle en argent. En la regardant de plus près, il devina qu'elle attendait quelqu'un. À peine Benoît avait-il attaché le bote au quai que la jeune fille s'approchait de la rambarde.

Albert remarqua la longue taille fine de la jeune fille. Relevant la tête, il découvrit un visage aux traits presque parfaits et aux grands yeux noirs légèrement en amande. Ses longs cheveux étaient remontés en chignon et ses lèvres pulpeuses esquissaient un sourire.

— La pêche a été bonne? demanda-t-elle à Benoît, qui n'espérait pas mieux que d'être questionné par une si ravissante demoiselle.

— Passable pour une dernière semaine de pêche, lui répondit ce dernier d'un ton si affable que son frère Albert en fut irrité.

— Je le savais déjà, l'informa la jeune fille. En fait, qui est le capitaine à bord? s'enquit-elle en écartant les lèvres, faisait ainsi apparaître de magnifiques dents d'un blanc éclatant.

— C'est moi, répondit prestement Albert en s'avançant. À qui ai-je l'honneur?

— Je m'appelle Marie-Clara à Georges, comme vous avez coutume de vous identifier aux Îles. J'aimerais vous acheter une vingtaine de vos plus beaux homards, si c'est possible évidemment.

— C'est pour faire cuire et manger tout de suite ou si c'est pour faire des conserves ? s'enquit Albert en s'approchant encore plus de la rambarde.

— Pour faire cuire lors de notre souper en famille de ce soir. Mais pourquoi vous me demandez ça ?

— Parce que si ç'avait été pour faire des conserves, je vous aurais choisi des petits homards. Des mâles ou des femelles ? ajouta-t-il pour empêcher son frère de se mêler à leur échange.

— Puis-je savoir avec qui je m'entretiens ? demanda Marie-Clara en se dandinant sur place.

— Je m'appelle Albert à Joseph et, lui, c'est mon frère Benoît, qui agit comme aide-pêcheur sur le bateau qui appartient à mon père.

— Vous êtes touriste ? s'enquit Benoît, qui se grattait la tête en essayant de se rappeler à quel endroit il l'avait déjà rencontrée.

— D'une certaine façon, oui. En tout cas, c'est la première fois que je me pointe sur l'Île-du-Havre-Aubert que je trouve sympa, soit dit en passant.

Albert n'en revenait pas de voir la façon dont parlait Marie-Clara en gesticulant à la façon d'une grande dame.

— On pourrait se tutoyer quand même, suggéra-t-il. Vous… Tu es en vacances ? s'informa-t-il d'une voix douce teintée de l'admiration qu'il avait pour une si ravissante femme.

— Oui et non. En fait, je pars dans une semaine retrouver mon père, qui possède une chaîne de restaurants dans le Vieux-Québec. Il m'a demandé de venir aux Îles pour évaluer la possibilité pour lui d'offrir éventuellement dans ses restos du homard frais des Îles, à un prix abordable, évidemment.

— Je te l'avais bien dit, Albert, lui signifia son frère : l'avenir de la pêche est dans le homard, qu'il faut vendre le plus vite possible après l'avoir pêché.

— Je ne vous apprendrai rien, leur fit savoir Marie-Clara, en vous avouant que le homard des Îles, peu importe qu'il soit petit ou grand, mâle ou femelle, est absolument délectable. Le meilleur homard au monde, dit-on !

— Et vous demeurez où présentement ? s'enquit Benoît.

— À Grande-Entrée, chez l'une de mes cousines du côté de ma mère.

— Pourtant, lui fit remarquer Benoît, avec tous les quais de débarquement qu'il y a pour arriver jusqu'ici, vous auriez pu en acheter à d'autres bien avant.

Albert trouvait de plus en plus blessant que son frère Benoît interpelle sans relâche Marie-Clara, lui laissant peu de chances de se faire valoir. Doutant qu'elle fut réellement en visite aux Îles, il lui dit avec un léger vacillement dans la voix :

— C'est sûrement parce que tu voulais rencontrer le meilleur pêcheur de homard de toutes les Îles.

— Combien la livre me les vends-tu ? demanda-t-elle à Albert, ravi qu'elle lui adresse la question avec une certaine candeur.

— C'est généralement une piastre soixante-quinze la livre. Mais pour toi, une et demie ce sera suffisant, enchaîna-t-il, en regardant son frère qui acquiesça malgré lui.

— Va lui préparer ses vingt homards, Benoît, pendant que je m'occupe de faire les comptes.

Époustouflé par la beauté inouïe et la grâce de Marie-Clara, Albert avait du mal à se concentrer pour calculer son dû. À bien des égards, elle ressemblait à Claudia Cavendish, la fille unique du marchand Samy, un Libanais d'origine dont le père avait émigré aux Îles après la Première Guerre mondiale. Claudia avait trouvé preneur avec un dénommé Érik à Nathaël qui lui avait glissé la bague au doigt il y avait de ça une vingtaine d'années. Depuis, Samy, un négociant en poisson et crustacés, avait légué ses affaires à son gendre, dont il s'était accommodé malgré lui.

Albert, qui contemplait Marie-Clara par le hublot arrière de la timonerie, se demandait si elle pourrait s'intéresser plus à lui qu'à son frère Benoît, qui aimait souvent jouer les Don Juan. À la voir gesticuler en parlant à Benoît comme si elle le connaissait depuis belle lurette, il le craignait. Son frère voyait en elle une très jolie femme à fréquenter, mais également une possibilité de faire des affaires.

Chacun des mouvements de Marie-Clara apparaissait à Albert si gracieux qu'il se demandait ce qu'elle pouvait bien faire sur un quai en train d'acheter du homard à un pauvre pêcheur comme lui.

Elle avait tant de charme qu'elle avait réussi à l'ensorceler au point où il lui décrocherait la lune si elle le lui demandait.

— Voilà, lui dit Albert en lui remettant le sac contenant la vingtaine de homards. J'en ai mis quelques-uns de plus en cadeau. Avec le poids, ça fait une trentaine de piastres. Donne-moi-z'en vingt-cinq et ça suffira.

Surprise par une telle générosité, Marie-Clara regarda Benoît, qui approuva en levant les épaules.

— Qu'est-ce que vous voulez, c'est lui le capitaine. Vous avez dû lui tomber dans l'œil, ajouta-t-il en riant méchamment.

— Peut-être qu'on se reverra, dit Albert en grimpant sur le quai si hâtivement qu'il faillit tomber à l'eau avec les homards.

— Peut-être, mais ça dépendra de mon père qui a la mauvaise habitude de me suggérer mes amis de cœur, lui avoua-t-elle.

— Mais jusqu'à aujourd'hui, est-ce que cela a fait ton affaire? s'enquit tout doucement Albert en reprenant le sac de homards pour l'accompagner jusqu'à son automobile.

— Pas toujours, mais que veux-tu? C'est un peu comme ça que ça se passait dans le pays où ma mère est née. Mais ça ne veut pas dire que je suis à la lettre ses recommandations, ajouta-t-elle en le gratifiant d'un sourire radieux.

— Voilà tes homards, Marie-Clara, dit-il en lui remettant le sac qu'elle prit non sans laisser sa main reposer sur la sienne pendant un certain temps. Hé! Marie-Clara! J'espère qu'on se reverra, lui lança-t-il en la voyant démarrer si lentement qu'il se demanda si elle voulait vraiment le quitter.

— Peut-être. Tu peux m'appeler Clara, si tu veux. Au revoir.

Le cœur léger, Albert s'en retourna vers la partie du quai utilisée pour le débarquement du homard. Chemin faisant, il constata qu'il était devenu malgré lui le point de mire d'une bonne partie des pêcheurs présents. Des pêcheurs qui le trouvaient bien chanceux d'avoir pu converser, ne serait-ce qu'un moment, avec une fille tout à fait irrésistible.

— Je suis certain que cette fille-là n'est pas vraiment une touriste, lui rappela son frère Benoît en le voyant descendre pour venir prendre place dans le bateau.

— De toute façon, lui fit-il avec un sourire en coin, j'ai tendu ma perche en allant la reconduire à sa voiture. Je suis certain qu'elle a mordu à mon hameçon. Reste à savoir si elle va y rester...

Le soir venu, Albert se coucha comme à l'habitude à 20 h pour s'assurer d'un réveil suffisamment hâtif pour être dans les premiers à partir à la pêche. «Premier arrivé, premier servi», tel était son précepte préféré. Il essaya de dormir, mais peine perdue; les évènements de la journée l'avaient tellement perturbé qu'il se tournait d'un côté et de l'autre sans vraiment y réussir. Il décoda les dernières paroles de Marie-Clara. «Tu peux m'appeler Clara», lui avait-elle suggéré, démontrant ainsi un début d'amitié qu'elle n'avait pas témoignée à son frère Benoît. Une amitié qui, comme dit l'adage, est en fait «une forme d'amour, mais sans ailes», songea-t-il en fermant les yeux.

À peine assoupi, il entendit une petite voix qui lui disait d'éviter de s'endormir trop rapidement, mais plutôt de continuer à rêver à un amour impérieux certes, mais combien enivrant. Il essaya de faire des étirements, mais en fut incapable puisque l'une de ses jambes refusait de bouger.

* * *

Albert se réveilla en sursaut et réalisa qu'il n'était pas dans son lit mais bel et bien couché sur une banquise, les yeux à demi-fermés par le frimas collé à ses longs cils. La bouche recouverte par les infimes glaçons des poils de sa moustache laissait passer un faible souffle rauque et laborieux. Il constata avec stupeur qu'il avait sommeillé en rêvant des bons moments qu'il avait passés lors d'une rencontre impromptue avec Marie-Clara. Il tenta de se lever. Malheureusement, l'une de ses jambes était inerte. Une inertie due au fait qu'il avait dû bouger durant ses rêvasseries et ainsi fait glisser les peaux de blanchons qui la recouvraient.

Avec l'aide de ses puissants bras, il réussit avec grand peine à s'accroupir. Il se frotta les yeux et leva la tête pour le déclin de la lune. Il pensa qu'il devait être entre 3 h et 4 h du matin. Il regarda au loin en tendant l'oreille. Rien, si ce n'est qu'il distingua deux petites lueurs à l'horizon qu'il estima se situer à plusieurs kilomètres de lui. Des lumières susceptibles d'être celles du *Nadine*, preuve que ses compagnons étaient à sa recherche. Mais ce pouvait aussi être des yeux de coyotes, ces derniers ayant la fâcheuse habitude de parcourir les glaces au printemps à la recherche de carcasses de loup-marin. Affolé à l'idée qu'il pourrait être leur prochain repas, il essaya de se relever, mais sans succès.

Il tourna son regard vers l'étoile Polaire plein nord en tentant de comparer son éclat avec celui des deux points lumineux qu'il voyait plus bas à l'horizon. Il consacra assez de temps à cette activité pour s'apercevoir que la distance qui séparait l'étoile Polaire des deux lueurs s'amoindrissait tranquillement mais sûrement. Un rétrécissement qui prouverait que le *Nadine* le recherchait en braquant ses deux puissants réflecteurs sur les glaces environnantes. Cela ne l'empêcha pas de penser cependant que son grand radeau de fortune pourrait toujours être à la dérive, risquant ainsi de s'éloigner du navire plutôt que de s'en rapprocher. Un vent vif d'une extrême froidure l'obligea à retourner au plus vite prendre place sur sa couche. Il essaya tant bien que mal de se recouvrir à nouveau avec les peaux de blanchons qu'il avait délaissées il y avait de ça dix minutes environ. Ayant trouvé une position confortable, il se concentra sur les bruits environnants tout en levant la tête de temps à autre pour s'assurer que les deux points lumineux étaient toujours visibles à l'horizon.

Il s'aperçut après plusieurs minutes d'attention qu'il entendait divers sons discordants qui accompagnaient les battements de son cœur dans sa tête. Il identifia l'un d'eux au bruit assourdissant que fait une banquise lorsqu'elle s'accoste à une autre. Il souhaitait du plus profond de lui-même que ce soit la sienne. « Mais par où ? », se dit-il, anxieux. Afin de le savoir, il leva la tête et fixa à nouveau les deux petits points lumineux à l'horizon. Il était d'avis que ces deux lumières provenaient des deux réflecteurs de pont du *Nadine*, qui était en train de balayer les glaces. Il arriva à distinguer, dans la cacophonie qui lui cassait la tête, une longue séquence de cris stridents qui émanaient, l'espérait-il, du *borgo** du *Nadine*.

---

* *Borgo* : avertisseur sonore d'une embarcation qui émet un son ressemblant à un bêlement

Fou de joie, Albert se leva d'un seul bond, comme s'il avait été éjecté par un immense ressort. Titubant d'ivresse, il gambada face au vent vers sa planche de salut en s'efforçant de crier « Par ici, par ici ! », quand, en réalité, il ne sortait de sa bouche qu'un faible grognement, un grognement si délicat qu'il ne faisait écho que tout près de lui. Il s'arrêta et essaya de fixer plus attentivement l'horizon malgré le vent cinglant. Il s'aperçut avec frayeur que les deux points lumineux étaient devenus de faibles lueurs qui s'estompaient à vue d'œil. Croyant qu'il s'agissait d'une illusion d'optique, il se concentra et tendit l'oreille à nouveau pour se rendre compte que les cris qu'il avait entendus avaient complètement cessé. « Ma banquise est bel et bien accostée, mais le *Nadine* est parti à ma recherche dans la mauvaise direction », se résigna-t-il à se dire en s'affaissant de lui-même comme un condamné à mort.

Tel un automate, il se releva et essaya d'augmenter la cadence de son pas, pensant qu'il pourrait parvenir à diminuer la distance qui le séparait des secours. En réalité, il n'en était rien, si bien qu'il perdit peu après tout contact sensoriel avec la réalité. L'hypothermie lui occasionnait d'innombrables hallucinations de toutes sortes. Par moments, il voyait droit devant lui un coyote, la gueule grande ouverte laissant voir de longues dents acérées, qui le fixait de ses yeux brillants. L'instant d'après, la scène était remplacée par deux grosses boules de feux qui dansaient devant lui en une chorégraphie qu'il essaya d'imiter jusqu'à ce qu'il tombe en pleine face sur un morceau de glace laissé à découvert.

Quelques minutes plus tard, il revint à lui dans un état de lassitude si grand qu'il ne pensait qu'à rester sur place et à dormir. Il ne se rappelait plus ce qui lui était arrivé pour qu'il se retrouve couché comme ça face contre la glace qui lui brûlait le visage. Il sut seulement qu'il avait quitté récemment un état de bien-être. Petit à petit, il se souvint d'avoir été recouvert de peaux de blanchons et de s'en être écarté, mais ignorait pourquoi.

Puisant dans ses dernières réserves, il réussit à se remettre sur pied, plus par instinct de survie qu'autre chose. Tel un somnambule, il fit demi-tour et se dirigea vers l'amas de blanchons qu'il trouva après plusieurs minutes d'errance. Il prit place sur son grabat, se

CHAPITRE 7

« Le doute est le commencement
de la sagesse »

La dernière fois que les compagnons d'Albert l'avaient vu en chair et en os, il avait dressé un drapeau rouge en signe de localisation d'un tas de loups-marins prêts à être habillés. Les trois comparses, soit son frère Benoît, Carlo et Justin, avaient essayé de lui répondre en agitant un drapeau vert comme un indice qu'ils allaient se rendre sous peu à l'endroit désigné pour y prélever les précieuses fourrures, mais Albert avait disparu. En cours de route, ils avaient ressenti eux aussi des picotements causés par la neige sur leurs visages, neige qui par la suite était devenue fine comme de la poudre. Cette neige était si dense qu'ils avaient eu du mal à localiser le tas de loups-marins qui n'était pourtant qu'à une cinquantaine de mètres de distance. À tour de rôle, ils s'étaient hâtés de faire le nécessaire tout en constatant qu'il y avait moins de guenillous que d'habitude : cela indiquait qu'ils s'approchaient de l'extrémité de la banquise. De temps en temps, ils avaient levé la tête en cherchant à percer le rideau de neige pour essayer de voir par où se trouvait Albert.

Ils entendirent un coup de fusil suivi d'une pause et de deux rafales, un signe qu'Albert cherchait à les localiser. Ils répondirent sans tarder avec cinq salves rapides pour lui signifier qu'ils allaient mettre fin à leur corvée et essayer de le repérer. Ce qui avait duré un bon vingt minutes sans que les deux camps ne puissent réussir à se joindre. La situation était devenue si critique que les trois compagnons d'Albert n'avaient eu d'autre choix que de s'en retourner au camp de base situé près du *Nadine* en se guidant sur les traces de sang des loups-marins abattus bien plus que par tout autre moyen. Chemin faisant, ils rencontrèrent d'autres escouades de chasseurs, qui hésitaient à s'en retourner au camp, espérant qu'il ne s'agissait que d'une averse de neige isolée puisque les prévisions météorologiques avaient fait état de faible neige devant commencer en début de soirée seulement. Faisant fi de leur incertitude, les compagnons d'Albert avaient continué leur chemin, parfois embarrassés de ne pas abattre les loups-marins qu'ils rencontraient. Des loups-marins qui leur auraient rapporté de l'argent... Cependant, pour Benoît en particulier, la valeur de cet argent était bien inférieure à celle qu'il accordait au sauvetage de son frère aîné.

Arrivés au camp de base tout près du bateau, ils se hâtèrent d'enjamber la passerelle du bateau. Dans la timonerie, le capitaine Vincent était en train de terminer une conversation avec un autre bateau au radiotéléphone.

— Vous rentrez de bonne heure, leur dit le capitaine en reposant le combiné sur sa base.

— Déclenchez l'alerte avec le borgo, lui demanda aussitôt Benoît. Mon frère Albert s'est écarté. On a essayé de le retrouver, mais sans succès. Avec toute cette neige, aussi bien dire que c'est comme chercher une aiguille dans une botte de foin.

À tour de rôle, les trois gars expliquèrent au capitaine ce qui s'était passé avec leur manière peu orthodoxe de chasser.

— Et pourtant, on s'était juré de ne jamais se perdre de vue, lui confirma Benoît, penaud d'avoir fait confiance à son frère. Ça s'est produit lorsqu'il est parti à la recherche d'une mouvée de loups-marins fraîchement arrivée dans l'espoir d'y rencontrer des blanchons avant qu'ils ne commencent à muer. On a essayé de se rejoindre en déclenchant plusieurs rafales de coups de fusil avec le résultat qu'on a épuisé toutes nos cartouches.

— Et par où chassiez-vous? lui demanda le capitaine Vincent, hésitant à déclencher un signal suivi d'un message de détresse.

— Vers l'extrémité ouest de la banquise, lui répondit Carlo, en regardant à travers l'un des hublots de la timonerie.

— D'après mes calculs, ajouta Justin – qui se retenait pour ne pas dire au capitaine d'arrêter de poser des questions et d'entamer immédiatement les procédures de secours –, on était à plus ou moins cinq milles du camp de base quand on a perdu tout contact visuel avec lui.

— Et quelle heure était-il? s'enquit le second capitaine qui était en train de scruter le livre de bord.

— Il était 16 h 35, soit au moment où une forte neige nous a surpris.

Le second informa le capitaine que l'inscription au livre de bord indiquait plutôt 16 h 50 minutes, une différence qui pourrait s'expliquer par le fait que le vent portait devant, ayant comme résultat que la neige avait tardé à tomber.

— Tu es bien certain qu'il était 16 h 35? demanda le capitaine à Justin, qui fut surpris par son scepticisme.

— Juré craché, lui répondit-il sans hésitation.

— Dans ce cas, il faut sonner le rassemblement, ordonna-t-il à son second. Après coup, tu utiliseras le borgo pour donner l'alerte afin d'aider Albert à se guider sur le son. Avec le vent qui porte devant, espérons qu'il pourra y parvenir sans trop de difficulté. Rendez-vous ici même pour tout le monde dans trente minutes.

Le capitaine commença par évaluer la situation de plus près. De prime abord, il se disait que la neige viendrait à cesser sous peu puisqu'elle avait débuté en force plus tôt que prévu. Combien de fois avait-il vécu un tel phénomène lorsqu'il était en mer avec la présence d'un vent qui contrecarrait les courants marins? L'escouade du Quatuor avait donc vécu une situation particulière qui lui avait occasionné un contretemps. Cette contrariété pourrait être regrettable à bien des points de vue s'il ne réagissait pas au plus vite. Il regarda l'heure sur l'horloge de la timonerie: il était 17 h 15.

— Démarre le moteur au ralenti en marche arrière et par bouts de temps avant, ordonna-t-il à son second. Comme ça, on va éviter de se faire coincer dans les glaces avant de partir à la recherche d'Albert.

— À vos ordres, capitaine. À l'heure qu'il est, je peux vous assurer que tout le monde est rentré sain et sauf, à l'exception d'Albert à Joseph évidemment. En passant, j'ai fait une petite enquête et personne n'a vu ou entendu quoi que ce soit, si ce n'est quelques rafales de coups de fusil qui vont possiblement nous aider à savoir un peu par où il s'est perdu.

Le capitaine Vincent, qui n'était pas né de la dernière pluie, commença par évaluer la position actuelle du *Nadine*. Il l'estima être à 48° 10' de latitude nord et 63° 30' de longitude ouest. Une position qu'il aura à donner de vive voix lors de la transmission d'un message de détresse à qui de droit.

Il commença avec la Garde côtière canadienne stationnée à Halifax en Nouvelle-Écosse. De prime abord, il leur dévoila l'identification du bateau, sa position, les conditions météorologiques actuelles et l'heure approximative de la perte de vue d'un homme sur une banquise. Puis, il essaya d'expliquer brièvement la façon dont l'incident était arrivé en leur demandant de l'aide soit par voie maritime ou par air. Malheureusement, l'officier responsable l'informa qu'aucun navire de secours ne serait disponible avant plusieurs heures. Pire encore, au moment de sa disponibilité, il ne pourrait être sur les lieux que le lendemain avant-midi, la débâcle de glace vers l'océan Atlantique ayant déjà débuté. Quant à l'utilisation d'un hélicoptère, la distance à parcourir ajoutée aux conditions de la météo qui prévalaient dans le secteur pourraient mettre en péril la vie même des sauveteurs.

— Et si la neige venait à cesser rapidement ? lui demanda le capitaine, exaspéré.

— Oubliez ça, du moins au cours de la nuit. Au mieux, l'hélicoptère stationné sur le bateau de secours, lorsqu'il sera disponible, pourrait prendre les devants, mais pas avant demain matin. On se tient en contact si la situation venait à changer de part et d'autre, lui dit l'officier dans le but de laisser un peu d'espoir au capitaine.

— Ce n'est pas aujourd'hui que ça va changer, lui répondit-il en rageant de toute son âme. Quand on a besoin de vous autres, vous êtes rarement disponibles. Autrement, quand il est question de vous pavaner, vous êtes toujours en travers de notre chemin, lui dit-il afin de lui montrer son agacement.

Devant un espoir si mince, le capitaine fit appel aux autres bateaux phoquiers qui pouvaient se trouver dans le secteur. Utilisant le canal d'urgence du radiotéléphone, il donna l'alerte à trois bateaux madeliniens qui s'étaient immobilisés sur le Bradelle pour chasser, dont l'un d'eux était en route pour l'Orphelin. Débordant de bonnes intentions, ils l'informèrent de faire leur possible pour satisfaire le code d'honneur de tout marin qui est de tout abandonner pour essayer de sauver la vie d'une personne perdue en mer. Il leur demanda – sans vraiment y croire – de ne pas alerter les gens des Îles qui ont la mauvaise habitude de déclarer la mort de quelqu'un quand tout espoir qu'il soit encore vivant n'a pas été écarté.

Peu après en avoir terminé avec ses confrères chasseurs, le capitaine prit la parole devant son équipage, qui était réuni dans le quartier des marins. Il commença par les informer des tenants et aboutissants de l'affaire en insistant sur le fait que chacun devait prêter main-forte.

— Avez-vous des questions? leur demanda-t-il en jetant un regard circulaire, regard qui croisa ceux de Benoît, de Carlo et de Justin, chagrinés qu'ils étaient de devoir attendre avant de partir à la recherche de leur frère.

— Moi, je voudrais bien savoir, dit un chasseur aguerri, pourquoi Albert à Joseph s'est écarté pour essayer de se procurer des peaux de blanchons. Si je me rappelle bien, il est plutôt du côté des frileux que de nous autres, qui n'avons pas peur de tuer un loup-marin quel qu'il soit. Non seulement a-t-il été imprudent, mais en plus, on va peut-être devoir risquer notre propre vie pour essayer de sauver la sienne.

— Quant à moi, poursuivit un chasseur reconnu pour être un radin de la pire espèce, je trouve malheureux qu'on ait perdu par sa négligence un bon deux heures de chasse. Ce deux heures m'aurait permis de ramener une cinquantaine de peaux au moins. Ce n'est pas rien de laisser un trois cents piastres sur la table à cause d'une machination d'une escouade qui voulait en faire le double, ajouta-t-il en jetant un regard de feu aux trois chasseurs concernés.

Benoît se sentit visé plus particulièrement du fait que la fameuse machination avait été élaborée par son frère Albert en tout début de journée. Soucieux de les laisser laver leur linge sale en famille, le capitaine demanda à Benoît son point de vue.

— C'est sûrement pas de la faute à Albert si la météo s'est royalement trompée, leur signifia-t-il la rage au cœur. Ça ne se peut pas comme il y a parmi nous des esprits aussi mal tordus. Au départ, on avait le choix d'accepter ou de refuser l'arrangement que mon frère nous avait proposé. Un arrangement qui, soit dit en passant, devait nous rapporter trois fois plus de peaux à l'heure que n'importe qui de vous autres. Et vous savez quoi? poursuivit-il en jetant un regard circulaire autour de lui, on a réussi.

— Une réussite sur notre dos, de lui répliquer le même chasseur qui avait dit avoir été privé d'une cinquantaine de peaux.

— Je t'apprendrai rien, mon Alpide, si je te disais que dans la vie celui qui ne risque rien reste avec des riens, rétorqua Benoît.

— À bien y penser, leur déclara Justin, si c'était un de vous autres qui s'était perdu, aimeriez-vous que vos compagnons perdent leur temps à se disputer plutôt que de demander au capitaine ce qu'il attend de nous autres?

— Écoutez! leur dit le capitaine mal à l'aise, on est tous plus ou moins responsables de ce qui nous arrive. Moi le premier, si j'avais appelé les diverses stations météorologiques du secteur, j'aurais sonné le rassemblement bien avant que l'incident ne se produise.

Devant les murmures qui s'ensuivirent, Albérik, qui s'était tu jusque-là, s'avança pour prendre la parole.

— J'ai rapport que dans toute expédition du genre, il y a des chefs, des sous-chefs et des exécutants. Les chefs, ce sont le capitaine et ses officiers, et les sous-chefs, ce sont les maîtres des escouades. À moins que je ne me trompe, les questions malfaisantes nous sont arrivées de certains exécutants, lâcha-t-il avec une pointe de mépris dans la voix. Ça fait que chacun mette le chapeau qui y va le mieux.

Un silence de plomb s'installa aussitôt dans tout le quartier des marins. Il fut brisé par le capitaine Vincent qui voulait en savoir plus sur la personne d'Albert à Joseph:

— Comment était-il habillé, demanda-t-il aux trois chasseurs, au moment où vous vous êtes perdus de vue?

— Bah! Il avait revêtu un survêtement blanc de façon à ne pas alerter les loups-marins chefs de gang, lui répondit Justin qui, dans les faits, était le dernier à l'avoir vu en chair et en os.

— Pas facile à trouver du blanc sur du blanc, ironisa un chasseur avec un soupçon de hargne dans la voix.

Sentant que le capitaine le regardait assez sévèrement, il se crut obligé de corriger le tir en lui demandant s'il avait pris le temps de prendre une bouchée sur l'heure du midi.

— Si je me rappelle bien, lui répondit Benoît, il avait commencé par enlever son débardeur de laine qu'il trouvait encombrant plus que d'autre chose. Aussi après avoir pris une gorgée d'eau, il nous a dit qu'il n'avait pas le temps de manger étant donné qu'il s'attendait à trouver une bonne mouvée à l'extrémité nord de la banquise où nous nous trouvions.

— À bien y penser, il n'aurait pas pu faire pire pour s'assurer de s'en aller à une mort certaine, leur balança un chasseur reconnu comme un mal-aimé.

— J'aimerais savoir, leur demanda le capitaine, qui commençait à perdre patience, ce que vous croyez qui est arrivé à Albert à Joseph à partir du moment où ses comparses l'ont perdu de vue. Comme ça, lorsque la neige cessera, on partira à sa recherche.

— J'espère que ça va arrêter au plus sacrant, lui signifia le chef mécanicien. D'après mes calculs, on a juste assez de fioul pour laisser le bateau se mouvoir sur place et s'en retourner aux Îles par la suite. Si on agit en tête de linotte dans notre recherche d'Albert, on n'aura pas assez du second réservoir pour se sortir du pétrin.

Devant cette révélation inquiétante, plusieurs chasseurs s'empressèrent de donner leur avis sur des hypothèses à envisager pour retrouver Albert à Joseph. Pour plusieurs d'entre eux, il s'était tout simplement écarté sur une banquise, comme cela leur était déjà arrivé par le passé. Restait à savoir si cette banquise tournait sur elle-même de façon à lui faire «perdre le nord», comme dirait le vieux loup de mer Albérik.

Quelques-uns se dirent qu'Albert avait sûrement usé de son bon discernement. S'étant aperçu que l'opacité de la chute de neige l'empêchait de revenir sur ses pas avertir ses comparses, il aurait décidé de rester sur place. Débrouillard comme il l'est, il aurait habillé suffisamment de loups-marins pour s'en couvrir et attendrait du secours avec un certain détachement.

— Et il connaît le code d'honneur de tout marin, enchaîna un chasseur reconnu pour son gros bon sens, qui consiste à tout abandonner pour essayer de sortir du pétrin un marin mal pris.

Le Vieux, qui n'aimait pas parler pour ne rien dire, mit son grain de sel.

— D'après moi, Albert, qui ne connaît pas la peur, serait tombé par mégarde dans un trou d'air abandonné par les loups-marins. J'ai idée qu'il s'en serait sorti, pour le moment tout au moins. Reste à savoir s'il aura assez d'endurance pour nous attendre.

Ces mots firent sourciller la plupart des chasseurs, incluant le capitaine Vincent.

— Voici ce que nous allons faire d'ici à ce que la neige commence à diminuer, signifia le capitaine à son second. Tu laisses le borgo en marche avec des interruptions toutes les cinq minutes. Pendant ces pauses, tu prends trois hommes qui vont utiliser des porte-voix à l'envers pour écouter au cas où… Tu vas en prendre deux autres qui vont balayer continuellement la banquise avec nos deux gros réflecteurs de pont. J'ai besoin de quatre hommes à la vigie – bâbord, tribord, avant et arrière – qui scruteront les alentours avec leurs longues-vues pour voir s'il n'y aurait pas apparence d'Albert.

— À vos ordres, capitaine, dit le second, qui sortit du quartier des marins en compagnie des chasseurs, qui avaient déjà commencé à choisir le poste qui leur convenait le mieux.

Au bout de plus de trois heures, les manœuvres dictées par le capitaine n'avaient rien donné qui vaille. La neige ayant cessé, il donna l'ordre de suivre un nouveau cap qu'il avait tracé sur une carte marine.

— Vous semblez soucieux, dit le capitaine à Albérik, qui refusait d'aller se coucher sur le lit d'appoint installé près de sa cabine.

— Ça adonne que connaissant Albert à Joseph, j'ai pour mon dire qu'il doit être rendu à l'heure qu'il est à l'article de la mort.

— Et qu'est-ce qui vous fait dire ça? s'enquit le capitaine qui ne cessait de jouer avec la barre, qui, combinée aux commandes, lui causait beaucoup de soucis.

— On n'est pas sortis du bois, ou plutôt de la glace, lui fit-il en voyant à travers un hublot de la timonerie que le chalutier se cabrait chaque fois qu'il rencontrait une banquise de glace que l'étrave du bateau n'arrivait pas à broyer.

Le Vieux regarda l'heure sur l'horloge de la timonerie. Il était déjà passé minuit. Voyant les difficultés du chalutier, il se mit à douter que son protégé Albert soit encore vivant au moment où ils le trouveraient, si cela devait être le cas… Usant de prudence, il ne le fit pas savoir au capitaine, qui faisait de son mieux dans les circonstances.

— Je m'en vais faire un petit somme, annonça-t-il à ce dernier. Si jamais vous avez besoin de moi, vous savez où me trouver.

Il se dit que le doute qui l'habitait était en fait le commencement de la sagesse.

Prenant place sur son lit, Albérik n'avait aucunement l'intention de faire un roupillon. En fait, lorsqu'il était près du capitaine et de son second, il se retenait continuellement pour ne pas les interroger sur leur façon de naviguer à travers les glaces. Il avait plutôt préféré se retirer à l'écart de façon à mieux se concentrer. Il commença par évaluer la façon dont son protégé avait dû gérer sa mésaventure en espérant de toute son âme qu'il soit encore vivant. Vu les conditions de navigation du *Nadine*, il s'attendait d'ici peu à ce que le capitaine vienne le chercher pour lui demander de l'aide.

CHAPITRE 8

« Toute bonne chose a une fin »

Couché sur son grabat de fortune en peaux de blanchons, Albert réagissait à son environnement bien plus par instinct de survie que par pure volonté. En fait, il s'accrochait inconsciemment au peu de vie qu'il lui restait.

Il s'efforçait de combattre la somnolence, qui agissait sur son organisme comme un somnifère. Il savait dans son for intérieur que s'il sombrait dans un profond sommeil, c'en était fait de sa vie sur terre. De temps en temps, malgré la condition misérable de ses muscles, il ressentait des spasmes, comme si son corps voulait se séparer de son âme. Il avait l'impression depuis un bon moment que sa banquise – ou tout au moins une partie d'elle – s'était détachée du Banc de l'Orphelin et dérivait au gré des vents et marées. À preuve, il sentait son nid de peaux qui par moments était soulevé pour redescendre aussitôt à chaque fois. Des mouvements qui le rendaient nauséeux sans pour cela lui enlever tout espoir qu'il se dirigeait tout droit vers les berges madeliniennes.

Dans un rare moment de lucidité, il se rappela l'instant où, pour la première fois de sa vie, il avait ressenti de l'amour… comme s'il avait été frappé d'un coup de foudre dont l'effet s'était poursuivi pendant plusieurs jours après sa première rencontre avec Marie-Clara.

* * *

C'était lors de la deuxième journée de pêche au homard qu'il avait été surpris de voir à nouveau sa dulcinée qui l'attendait sur le quai. Le cœur battant, il avait fait les manœuvres nécessaires pour accoster tout en se demandant le pourquoi d'une telle précipitation à venir le retrouver. Était-elle venue lui faire des remontrances sur les homards qu'il lui avait vendus la veille ? s'était-il demandé en admirant de plus

près sa nouvelle toilette, qu'il trouvait un peu trop chic dans les circonstances. Impatient de savoir ce qui justifiait une telle tenue – si
jamais elle le lui dévoilait –, il prit les devants en ces termes :

— J'imagine que vous… que tu veux acheter d'autres homards ?
fit-il en enlevant le haut de son survêtement de pêcheur.

— Peut-être bien, Albert, lui répondit-elle d'une voix si suave
qu'il en resta bouche bée. En fait, j'aimerais bien que tu me fasses
visiter ton bateau de pêche afin que j'explique par la suite à mon père
ta façon de faire pour obtenir du si bon homard.

— Bah ! Je m'y prends un peu comme tous les autres pêcheurs,
à une exception près. Il me fera plaisir de te dévoiler mes secrets si
tu veux t'approcher pour que je t'aide à embarquer, dit-il en tendant
ses longs bras.

Marie-Clara s'approcha avec précaution près de la rambarde pour
qu'Albert lui tende la main. Une main que Benoît essaya d'empoigner
avant son frère Albert, qu'il écarta aussitôt d'un bon coup d'épaule.

— Après vous, chère Clara, lui souffla-t-il à l'oreille lorsqu'il
l'entoura de ses deux puissants bras afin qu'elle puisse prendre pied
sur la poupe du bateau.

À peine l'avait-il déposée sur le pont arrière qu'il se sentit bizarre
du fait qu'il avait ressenti les formes prédominantes de Marie-Clara,
qui s'était jetée à corps perdu dans ses bras. Un peu plus et il l'aurait
embrassée, et peut-être encore plus si le temps le lui avait permis.

— On commence par où ? lui demanda-t-elle, avec un sourire
espiègle qui annonçait une visite des plus palpitantes.

— Heu…, par la timonerie, répondit-il en revenant tranquillement de sa rêverie.

— Mais c'est formidable de voir autant d'appareils dans un si
petit espace, lui dit-elle en s'approchant du *Loran**. À quoi ça sert,
ce machin-là ? s'enquit-elle en se dandinant suffisamment pour qu'il
la frôle en attendant de voir sa réaction.

Il ne fut pas déçu. Chacune des explications sur l'utilité des
appareils donna libre cours à des gestes suffisamment intimes pour

---

* *Loran* : appareil servant à établir la position d'un bateau

qu'il constate qu'elle lui rendait la pareille, sans aucune gêne apparente tout au moins.

— Je ne voudrais pas t'offusquer, mais je crois que tu n'es pas une vraie touriste, lui dit-il subtilement.

— Est-ce si important à tes yeux ? répondit-elle en se rapprochant de lui. Quelle différence cela fait-il que je sois ou pas une touriste ?

— Je ne te suis pas, Clara. En tout cas, as-tu aimé la visite du bateau ?

— Assez pour convaincre mon père de faire affaire dans le futur avec toi. Quant à savoir si je suis touriste, ma réponse est vraie pour l'Île-du-Havre-Aubert. Une île que je choisirais volontiers pour y séjourner, l'été surtout.

— Ah bon ! Puis-je te demander alors si tu accepterais que je te serve de guide ? s'enquit-il d'une voix qui trahissait son inquiétude qu'elle refuse. La saison de la pêche au homard se termine en fin de semaine. En fait, je serais enchanté de te montrer les plus beaux coins de mon île à partir de dimanche.

— Ça va. Cependant, je pars pour Québec en bateau mardi prochain. Ça fait pas long, mais il ne dépend que de toi pour que je te quitte avec des souvenirs impérissables qui m'inciteront à revenir le plus tôt possible.

— Merci d'accepter, dit-il en profitant de la situation pour la soulever par la taille et lui faire enjamber la rambarde du quai.

Il alla la reconduire à une automobile qui l'attendait et dont la conductrice n'était nulle autre que Claudia, la fille du marchand Samy.

Habillé sur son trente-six, Albert s'activa pendant plus de trois jours d'affilée à faire visiter les points d'intérêt que Marie-Clara n'avait pas encore explorés. Soucieux qu'il était de l'impressionner, il commença par le site historique de la Grave. Tout en se promenant autour des petites habitations du site, il lui dévoila être né prématurément à 34 semaines dans l'une d'elles.

Il lui expliqua qu'au plus fort de la pêche au homard, sa mère travaillait dans une *saline** comme cuisinière et ménagère, avec son père

---

* *Saline* : petite habitation à deux niveaux servant d'habitat de fortune et d'abri pour saler le poisson

et une partie de la famille grandissante. Or, peu après que la maison a été vidée de ses travailleurs, des contractions inattendues et soutenues obligèrent sa mère à faire appel à une sage-femme qui l'aida à accoucher d'un beau gros garçon. « Et voilà ! » dit-il à Marie-Clara qui était pendue à ses lèvres tellement elle était avide d'histoires invraisemblables.

Il l'amena ensuite marcher le long des plages du Sandy Hook, qui servaient depuis plusieurs années au concours de construction de châteaux de sable. Déçue de ne pas être aux Îles pour cet événement qui se tient généralement au début du mois d'août, Marie-Clara se départit subitement de plusieurs vêtements. « Allez, lui dit-elle en lui prenant la main, on va se bâtir un château qui va ressembler à une belle maison des Îles. »

Albert, qui était bouche bée en la voyant se déshabiller, du moins en partie, ne pouvait détourner son regard des magnifiques formes qu'elle lui présentait. Or, plutôt que de l'accompagner, il lui fit remarquer qu'il y avait des intrus qui, du haut d'un *buttereau** de sable, étaient en train de les épier.

Passionnés tous les deux du grand air, ils décidèrent alors d'escalader les petites collines au pas de course, tout en jouissant de splendides tableaux. Des scènes leur montrant parfois un immense mur d'eau sur lequel naviguaient des petits bateaux blancs qui se découpaient sur une mer bleue. À d'autres occasions, ils s'attardaient à regarder autour de la colline des maisons de couleurs vives éparpillées comme si elles avaient été disposées au gré du vent. Le soir venu, ils allaient à divers endroits pour contempler les couchers de soleil sur la mer en discutant de tout et de rien à la fois, risquant parfois une allusion sur leur attachement de l'un vis-à-vis de l'autre.

Aussi curieusement que cela puisse paraître, ils avaient les mêmes affinités pour la lecture, la musique et le cinéma. L'exception se trouvait dans leur travail respectif. Marie-Clara, qui avait étudié, au grand dam de son père, dans le domaine touristique avait espoir de devenir agente de voyage. Albert, qui exerçait le métier de pêcheur de homard, rêvait quant à lui de devenir – en y mettant les efforts – un fier capitaine de chalutier.

---

* *Buttereau* : petite butte

Malheureusement, comme toute bonne chose a une fin, Marie-Clara dut s'embarquer sur le bateau qui faisait la navette entre les Îles et Québec. Désireux de la surprendre – il savait que la gent féminine aimait ça –, il avait décidé d'aller à sa rencontre sur la partie de la route maritime que suivait le navire qui la transportait. Arrivé sur les lieux, il commença par régler les commandes de son bateau de pêche à la même vitesse que celle du navire. Il examina de près les passagers qui se trouvaient sur le pont et y découvrit Marie-Clara qui bavardait avec le commissaire de bord. Il s'approcha encore plus près du navire afin d'attirer son attention. L'instant d'après, la sirène du navire se fit entendre, lui signifiant qu'il avait été un peu trop téméraire. Surprise, Marie-Clara tourna le regard et l'aperçut. Elle lui fit des signes d'au revoir auxquels il répondit en lui soufflant sur sa main de nombreux baisers. Agacé par les cris que continuait de lui lancer le navire, il s'éloigna d'une vingtaine de mètres. Elle lui faisait signe de regarder vers l'avant du navire. Il leva la tête et vit un chalutier lui couper la route dans le but de parader à l'endroit où il se trouvait précédemment.

La plupart des passagers – incluant Marie-Clara – se mirent aussitôt à échanger avec l'équipage du chalutier de multiples signes de salutation, envoyant paître d'une certaine façon, son propre bateau qui se retrouvait caché par l'immense chalutier. Il essaya en vain de s'interposer ,avec le résultat qu'il resta Gros-Jean comme devant. Humilié au plus haut point, il quitta les lieux en direction de son port d'attache. Chemin faisant, il prêta serment de faire l'impossible pour parvenir à chasser de son esprit l'idée qu'il n'était en réalité qu'un pauvre pêcheur. Un pêcheur qui s'était attaché au rêve inatteignable de faire vie commune avec la fille d'un prospère entrepreneur.

* * *

Sorti de son évasion psychique, par un brusque mouvement de son radeau de glace qui l'avait presque éjecté de son nid de peaux de blanchons, Albert, un peu étourdi, se rappela qu'il occupait un grabat de fortune qu'il s'empressa de reconstruire tant bien que mal.

Il chercha à comprendre la raison pour laquelle il se trouvait comme ça, étendu entre la vie et la mort en attendant des secours, mais il ne se rappelait plus… Néanmoins, l'argent qu'il voulait faire rapidement lui revient en mémoire : il en aurait besoin pour terminer ses études en pêche et navigation et accéder ainsi au plus vite à un poste d'officier sur un chalutier, et pourquoi pas le *Nadine* ? Toutefois, il devait auparavant payer le crédit dont il avait bénéficié pour son voyage au Carnaval de Québec afin d'en avoir le cœur net sur les sentiments de sa dulcinée, une amie de cœur qui lui avait fait savoir qu'elle y participerait comme duchesse, son père Georges étant l'un des principaux commanditaires du carnaval. Sans s'en apercevoir vraiment, il tomba à nouveau dans une forme de nostalgie qui lui fit passer en revue certaines scènes qui l'avaient rendu perplexe lorsqu'il cherchait à savoir si sa bien-aimée avait les mêmes sentiments à son égard que lui pour elle.

Revenu de son voyage à Québec, il s'était demandé pendant plusieurs semaines pourquoi il s'était endetté pour apprendre ensuite que Marie-Clara avait probablement un autre amoureux. Un amoureux qui pouvait être un ami d'enfance ou, au contraire, un amant avec lequel elle forniquait pendant que lui allait risquer sa vie à la chasse au loup-marin pour payer des dettes contractées pour un amour sans lendemain.

* * *

Certains des sens d'Albert étaient encore actifs et lui donnaient de fausses impressions de la réalité. Par moments, il voyait à travers le voile de frimas qui recouvrait ses cils de multiples lueurs qu'il croyait être celles des réflecteurs du *Nadine*. La réalité était tout autre puisqu'il s'agissait des étoiles du matin qui s'évanouissaient avec la levée du jour. D'autres fois, il était certain d'entendre les cris stridents du chalutier quand, en vérité, ils étaient ceux des loups-marins femelles qui avaient commencé à nourrir leurs petits.

Dans une sorte de délire, il croyait entendre ses parents lui parler, surtout son père, considéré comme étant un grincheux autoritaire. Il exerçait son autorité principalement pour la forme, parce qu'en réalité, il avait le cœur sur la main. Avant son départ pour sa tournée à Clarke City durant la saison morte, il donnait l'ordre à sa femme de se servir au besoin d'une latte qu'il avait taillée et placée bien en vue sur le réchaud du poêle. « Une petite fessée, ça fait comprendre bien des choses », leur avait-il répété. Cependant, ni lui ni sa femme ne leur en avait administrée une.

Même si ses parents assistaient assidûment aux offices religieux, ils étaient plutôt portés à croire que cela n'était pas indispensable pour admettre l'existence d'un être supérieur. Ils croyaient au destin, quoi qu'on fasse de sa vie sur terre. Un destin qui n'était sûrement pas le fruit du hasard, mais plutôt gouverné par un être suprême que le vieil Albérik, son mentor, appelait le Grand Patron. Il se rappela, entre autres, avoir vu sa mère qui, en marmonnant, récitait le chapelet pendant qu'il l'aidait à laver la vaisselle. « Priez pour nous pauvres pêcheurs maintenant et à l'heure de notre mort », fut la partie de la récitation qu'il ne pouvait écarter de ses pensées les plus lugubres. Mourir, voilà une étape de la vie qui l'avait toujours traumatisé, même si ses parents lui avaient inculqué des valeurs chrétiennes. Des valeurs basées sur une autre forme de vie après la mort. Il essaya de prier en faisant des promesses au Grand Patron, mais comment faire lorsque l'on a fréquenté les églises que par la nécessité du moment ? Le film de sa vie, avec ses écarts de conduite, défila devant lui à la vitesse de l'éclair. Des images de son père, de sa mère et de ses frères et sœurs lui apparaissaient comme par magie.

Dans un de ses derniers moments de lucidité, il se rappela que son frère Benoît, toujours à la recherche du « comment ça marche ? », lui avait fait lire un livre intitulé *La Vie après la vie*. Recroquevillé sur son lit de fortune, il vit approcher un long tunnel lumineux dans lequel un faisceau éblouissant l'appelait à choisir entre la vie et la mort. « Mais pour que la vie sur terre se perpétue, si jamais je m'en sors, il faudrait bien que le *Nadine* puisse me retrouver, se dit-il, peu avant que l'hypothermie ait raison de son cerveau.

CHAPITRE 9

« À la grâce du Bon Dieu »

Peu après minuit en ce 29 mars 1977, le capitaine Vincent avait pratiquement épuisé toutes ses ressources pour retrouver Albert à Joseph. Certes, le *Nadine* avait depuis les trois dernières heures réussi à explorer plus de cinq banquises plus ou moins stables avec un piètre résultat : cela prouvait que le Banc de l'Orphelin était en train de se disloquer. La neige ayant totalement cessé, aucune vigie n'avait aperçu âme qui vive même en utilisant des longues-vues pour suivre le rayonnement des projecteurs sur les banquises. Une fois seulement, l'une des vigies avait rapporté avoir aperçu deux paires de petits points lumineux lors du balayage d'une des banquises par l'un des projecteurs à tribord. Après vérification, il fut établi qu'il s'agissait de coyotes qui cherchaient des carcasses de loups-marins. À intervalles réguliers, le chalutier émettait des appels de détresse, suivis d'une pause pour écouter un possible appel au secours. Encore là, rien qui vaille, ce qui permettait de conclure de plus en plus qu'Albert avait bel et bien quitté ce bas monde.

Chaque fois que le capitaine avait rencontré une banquise dont la glace était trop résistante, il avait dû rebrousser chemin, obligé du même coup de dévier de son plan original de navigation. Pire encore, l'utilisation du fioul pour ce faire inquiétait d'autant plus que le chef mécanicien n'avait aucune solution pour remédier à la soif insatiable des moteurs du bateau.

Le capitaine Vincent était resté en contact avec la Garde côtière, qui avait depuis peu quitté son port d'attache d'Halifax pour venir sur les lieux au mieux le lendemain avant-midi.

Au moment où leur navire était arrivé dans les parages, il lui avait parlé, avec une pointe de vantardise dans la voix, de l'utilisation potentielle d'un hélicoptère qui faciliterait d'autant les recherches dans le secteur de l'Orphelin. Cette technique de sauvetage était beaucoup plus sécuritaire et efficace que celle utilisée par le *Nadine*. En effet, chaque fois que le bateau devait entrer à l'intérieur d'une banquise pour y regarder de plus près, le capitaine se devait de manœuvrer en douceur. Une telle manœuvre, plutôt que de permettre au chalutier de porter secours à Albert, risquait tout simplement de le faire plonger dans l'une des fissures qu'il provoquerait avec son chalutier pour aller le rescaper.

Ne pouvant lutter contre les forces de dame Nature, le capitaine passa le relais au vieux loup de mer Albérik, qui avait retenu sa langue depuis qu'ils avaient quitté le camp de base. Il lui donna carte blanche sur la manière qu'il utiliserait pour retrouver au plus vite son protégé. À peine ce dernier avait-il commencé à élaborer son plan de navigation que le radiotéléphone, qui était toujours sur le canal d'urgence, se fit entendre.

— Ici *La Pointe-à-Marichite* qui appelle *Le Nadine*. *Over**.

S'emparant du combiné, le capitaine Vincent songea l'espace d'un instant qu'il allait peut-être avoir de bonnes nouvelles.

— Ici *Le Nadine*. Je te reçois cinq sur cinq. Place-toi sur le canal 21 et rappelle-moi. *Over*.

— Ici *La Pointe-à-Marichite*. Ça fait à peine une demi-heure que je suis arrivé sur l'Orphelin. Ma position est de 48° 11' par 63° 20'. À l'heure qu'il est, je n'ai rien vu qui ressemblait à ton homme. *Over*.

Déçu d'une telle nouvelle, Albérik se précipita pour prendre le combiné.

— Ici *Le Nadine*. Ma position est de 48° 20' par 63° 5'. Ça fait plus de trois heures qu'on cherche nous autres aussi avec un résultat pas meilleur que le tien. Ça fait que…

— Ici *La Pointe-à-Marichite*. C'est qui qui vient de me parler ? Je ne te reconnais pas. *Over*.

— Ici *Le Nadine*. Tu as coupé le vieil Albérik à Médée, qui a beaucoup de questions à te poser. *Over*.

Un bon 30 secondes de grésillement se fit entendre avant que la radio ne se remette en marche, laissant sans voix autant le capitaine qu'Albérik.

---

* *Over* : mot anglais employé pour signifier la fin d'un message

— Ici *La Pointe-à-Marichite*. Ça va. Après tout, j'ai rien à perdre. *Over.*

— Ici *Le Nadine* J'ai besoin de la température de l'eau, de l'air, de la force et direction du vent et de celles du courant prédominant. En plus de ça, si tu pouvais me donner la profondeur sur ta sondeuse et aussi me dire si tu n'aurais pas un de tes hommes qui saurait comment faire avec quelqu'un qui est gelé massif. *Over.*

— Ici *La Pointe-à-Marichite*. On a un infirmier avec nous autres qui voulait prendre des vacances et se faire en même temps de l'argent de poche. Par rapport à vos autres questions, je ne vois pas à quoi ça pourrait servir. *Over.*

— Ici Albérik à Médée. J'ai idée que si je m'en vais comparer tes données avec les miennes, ça va me dire par où Albert à Joseph *a perdu le nord,* je veux dire, par où il s'est écarté. À part de ça, as-tu pensé que l'Orphelin est entouré de trois forts courants marins qui sont en train de le disloquer en mille morceaux ? *Over.*

— Ici *La Pointe-à-Marichite*. Ça a du sens. Ça fait que je vous rappelle dans une vingtaine de minutes. *Over.*

— Ici *Le Nadine*. On n'a pas de temps à perdre. Pendant que tu t'arranges pour t'en venir nous retrouver, tu vas faire les relevés que je t'ai demandés. Je t'attends – il regarda l'heure sur l'horloge de la timonerie – au plus tard à 4 h 15. *Over.*

— Ici *La Pointe-à-Marichite*. Et quoi d'autre ? lui demanda son interlocuteur qui commençait à croire qu'Albérik l'avait subjugué. *Over.*

— Ici *Le Nadine*. Quand tu seras arrivé dans les parages, tu me prêtes ton homme *garde-malade* et on se partagera les recherches. Nous autres par le suroît et toi, par le nordet. *Over.*

— Bien compris. *Over and out.*

Loin d'en avoir terminé avec son plan de sauvetage, Albérik dit au capitaine Vincent :

— J'ai besoin de quatre lampes avec des vigies, une sur le nez, une sur la fesse, une à bâbord et une à tribord.

— Vous voulez dire des projecteurs, le corrigea le capitaine avec un sourire amusé, malgré les circonstances.

— Attendez. Je suis loin d'avoir terminé. J'ai besoin aussi des deux grosses lampes qui seront juchées sur le pont et qui vont balayer en amont pour chercher par où qu'on va naviguer. Il me faut deux *pièces d'hommes** avec un brancard qui vont accompagner le garde-malade.

— L'*infirmier*, le coupa aussitôt le capitaine Vincent.

— C'est ça que je voulais dire, trancha-t-il en le regardant de travers. Ça adonne que si on retrouve Albert – j'ai bien dit *si on le retrouve* –, ça va être à eux autres de nous l'amener sur le *Nadine*. Si ça vous fait rien, capitaine, on aura besoin de deux hommes de roue, un à la radio, un au radar et un à la sondeuse.

— Il va nous en manquer, lui dit le capitaine Vincent, qui commençait à être agacé d'être considéré plutôt comme second capitaine.

— Vous n'avez qu'à en emprunter de *La Pointe-à-Marichite* lorsqu'il arrivera. D'ici ce temps-là, je m'en vais me retirer dans votre cabine, si vous me le permettez, évidemment.

— Il n'y a pas de quoi, Albérik. Je vais demander à mon second de vous apporter du café fort et bien chaud.

— Avec plusieurs larmes de cognac, si ça vous fait rien. Ça ravigote le Canadien, vous savez.

Le Vieux s'empara au passage du livre de bord et de plusieurs cartes marines du secteur de l'Orphelin. Installé à une petite table, il commença par étaler les cartes marines tout en bourrant sa pipe de tabac Amphora, son préféré. Il alluma sa pipe en prenant de petites bouffées qu'il rejetait en levant la tête vers le plafond de la timonerie. À peine avait-il commencé à se concentrer que le second se montra dans l'embrasure de la porte de la cabine.

— Votre pot de café, Albérik, avec un 26 onces de cognac à moitié entamé, lui annonça-t-il en se retirant aussitôt.

Albérik but quelques gorgées de café brûlant qu'il avait pris soin au préalable d'arroser amplement de cognac, et se concentra à nouveau. Il opposa diverses données du livre de bord aux heures des marées, à l'heure qu'il était au réveille-matin du capitaine et

---

* *Pièce d'homme*: homme de très forte stature

finalement à la position du *Nadine* qu'il avait pointée sur la carte marine devant lui. Compas en main, il essaya de tracer les routes à suivre en mettant en perspective la possibilité de dérive des glaces à laquelle les deux bateaux auraient sûrement à faire face, sans pour autant oublier les bousculis qui allaient leur donner du fil à retordre. Continuant à se griser avec des cafés-cognac, il cherchait des réponses à chaque changement de cap obligé afin de parcourir toute l'étendue de l'Orphelin, ou du moins ce qui en restait, la débâcle ayant déjà débuté.

Il aurait bien aimé que sa femme Lucia soit avec lui pour lui rappeler, grâce à son intuition à toute épreuve, ce qu'il devait faire ou ne pas faire dans une telle situation. Hélas, elle avait quitté ce bas monde depuis plusieurs années. Depuis, il la priait de l'aider à agir a priori pour le bien-être des autres avant de penser au sien. Certes, son corps n'était plus là, mais il croyait dur comme fer que son fantôme se dessinait à travers la fumée de sa pipe, qui restait suspendue à mi-hauteur de la timonerie. Ainsi, il s'aperçut qu'il avait oublié de considérer la phase actuelle de la Lune, qui avait une forte influence tant sur la hauteur de la marée montante que sur la baissante. À peine avait-il ajouté cette prémisse à son plan de match qu'il lui vint à l'esprit que son protégé avait dû faire des tas de loups-marins abattus à distance des trous que ces bêtes occupaient pour s'oxygéner. Des trous d'air qui affaiblissaient en quelque sorte les banquises au point où elles se fendaient souvent lorsqu'un navire quelconque passait tout près. Une fois de plus, il ajouta cette réalité à son plan de navigation à suivre pour secourir à temps son protégé.

— Albérik, amenez-vous, lui lança le capitaine qui avait interrompu sa réflexion en apparaissant dans la porte de sa cabine. J'ai *La Pointe-à-Marichite* sur mon radar. Il devrait être ici dans cinq minutes tout au plus.

— Ça adonne bien, lui dit le Vieux, qui, les bras pleins de cartes marines, se dirigea vers l'avant de la timonerie.

Le capitaine Vincent, accompagné de son second, expliqua à tout le personnel du *Nadine* réuni le plan de navigation élaboré par le vieil Albérik. Les divers postes de travail furent distribués aux hommes les plus expérimentés dans les circonstances. À peine la réunion terminée, le second avertit le capitaine que la Pointe-à-Marichite était en train d'accoster.

— C'est ben beau de chercher Albert à Joseph, leur annonça le capitaine qui avait enjambé la passerelle du *Nadine*. Mais comment faire pour savoir de quoi il a l'air?

— Albert, c'est mon frère, lui annonça Benoît en s'avançant. La dernière fois que je l'ai vu, il avait encore son survêtement blanc. Ça me surprendrait qu'il s'en soit débarrassé pendant le gros *bouillard*** de neige. Tel que je le connais, il ne s'est pas trop éloigné des tas de loups-marins qu'il a abattus.

— Et ton intuition? lui demanda le capitaine de *La Pointe-à-Marichite*.

— De l'intuition, le coupa le Vieux, ma femme en avait à revendre de son vivant. J'ai pour mon dire qu'elle m'aurait averti de ne pas le chercher sans faire l'effort d'imaginer de quelle manière il a perdu le nord.

— Et perdre le nord pour mon frère Albert, leur dit Benoît, ça pourrait vouloir dire de ne pas quitter ce qu'on a pour acquis en essayant d'avoir mieux.

— Oui, mais si la banquise qui le supportait est partie au diable vauvert, c'est pas demain la veille qu'on va le retrouver, dit le capitaine.

— Et si on continue à bavasser comme ça, Albert a le temps de mourir de sa belle mort, conclut Albérik en lui remettant la partie du plan de navigation qu'il avait tracé à son intention.

Le *Nadine* se mit aussitôt en route. Albérik s'installa près des hublots avant de la timonerie. De ses yeux vifs, il essaya de suivre la lumière des projecteurs qui balayaient les banquises environnantes. Par moment, il donnait des instructions au capitaine Vincent, qui les transmettait aussitôt à l'homme à la barre et à celui posté aux autres commandes du bateau. Il s'accommoda bien malgré lui de l'hélice à pas variable qui, dans les glaces vivantes, n'avait pas son pareil. Quittant parfois son poste d'observation, il allait regarder les graphiques émis par la sondeuse, qu'il compara à la position du

---

* *Bouillard*: averses de fine neige passagères

bateau sur le Loran. Il calcula à nouveau l'effet des marées et des courants sur les banquises de l'Orphelin. Des banquises que le chalutier réussissait à traverser tant bien que mal en suivant les instructions des hommes de vigie postés à la proue du navire et dont les directives étaient de détecter un groupement de trous d'air utilisés par des mouvées de loups-marins. Ces trous se retrouvaient généralement parallèlement à une lignée de bousculis qui servaient d'abris aux blanchons qui venaient de naître.

Le *Nadine* poursuivit sa route sans que l'on puisse relever un signe quelconque de la présence d'Albert à Joseph. Loin de baisser la garde, Albérik se tenait près de l'homme posté au radiotéléphone et toutes les dix minutes, il le priait de demander à la *Pointe-à-Marichite* de leur livrer les données de leurs propres appareils de navigation, qu'il comparait à celles du *Nadine*.

— Vous semblez soucieux, Albérik? dit le capitaine Vincent en regardant l'heure sur l'horloge de la timonerie.

— Vous avez vu comme moi: ça fait passé une heure qu'on est partis et les bousculis se font de plus en plus distants les uns des autres.

— Mais pourquoi des bousculis plus qu'autre chose? Faudrait pas oublier que la débâcle est commencée et qu'elle emporte avec elle les glaces vivantes, y compris celles qui les ont formés.

— Vous devinez mon inquiétude capitaine. Aux dires des compagnons d'Albert à Joseph, la dernière fois qu'ils l'ont vu, il chassait près d'une lignée de bousculis. Ça fait que si la banquise sur laquelle il chassait est partie à la dérive par une marée montante, rien ne nous dit qu'elle ne va revenir à la même place lors de la marée baissante.

— Ça fait beaucoup de suppositions, rétorqua le capitaine en demandant aux hommes de vigie diriger encore plus loin à l'horizon les projecteurs dont ils avaient le contrôle.

Peu après, comme si dame Nature les avait enveloppés de son manteau providentiel, une des vigies leur annonça qu'elle avait aperçu à bâbord une haute et longue rangée de bousculis.

— Qu'est-ce qu'on fait astheure, Albérik? demanda le capitaine qui avait commencé à désespérer.

— Laissez-moi réfléchir, rétorqua le Vieux.

S'attablant à nouveau avec les cartes marines du secteur, il saisit le compas qu'il fit balancer sur toute l'étendue de la carte. Soucieux d'économiser le précieux fioul tout en trouvant l'endroit idéal pour traverser le bousculis, il révisa à nouveau ses calculs et se leva.

— Barre à 30 degrés à bâbord, capitaine.

— Mais pour quoi faire ? lui rétorqua ce dernier.

— Parce que je suis certain – et ma femme me l'aurait confirmé – qu'Albert à Joseph se trouve de l'autre bord de ce satané bousculis.

— L'intuition de votre défunte femme peut-elle me dire comment je vais m'organiser pour franchir ce grand mur de glace ? lui demanda le capitaine Vincent exaspéré.

— J'ai pas besoin d'intuition, il s'agit plutôt de raisonnement. Si on vire à 30 degrés à bâbord et qu'on maintient la vitesse à 10 nœuds, on va rencontrer la fin du bousculis d'ici une dizaine de minutes tout au plus. Et vous savez pourquoi ?

— Non, pas vraiment, lui répondit le capitaine, agacé d'être constamment soumis aux bons vœux d'Albérik. Barre à 30 degrés bâbord, ordonna-t-il. Maintenez la vitesse à 10 nœuds jusqu'à nouvel ordre, poursuivit-il dans un soupir d'exaspération.

Comme prévu par le Vieux, *Le Nadine* réussit à poursuivre son cap en suivant en parallèle les trous d'air des loups-marins jusqu'à ce qu'il arrive dans une large saignée d'eau, qui lui permit de passer de l'autre bord du bousculis comme si de rien n'était.

— Braquez tous les projecteurs sur la banquise de bâbord, ordonna le capitaine Vincent. Cessez immédiatement les appels de détresse. Utilisez plutôt les porte-voix.

— Et puis, qu'est-ce qu'on fait par la suite ? s'enquit-il. Voyez par vous-même, dit-il à Albérick en l'invitant à regarder à travers un hublot de la timonerie, on n'y voit que des lames de neige qui se terminent la plupart du temps par des buttereaux enneigés. Comment faire pour savoir si c'est sur l'un d'eux que se trouve Albert à Joseph ?

Le Vieux, pris de court, demanda à Benoît de s'approcher.

— Qu'est-ce que tu penses que ton frère Albert a fait lorsqu'il a réalisé qu'il était perdu et qu'il neigeait à plein temps ? lui demanda Albérik en prenant les devants sur le capitaine.

— Je suis pas mal certain qu'il a fait quelque chose à la surface de la neige pour nous aider à le repérer.

— Comme peut-être un drapeau? lui dit le Vieux qui avait sa petite idée sur les méthodes de survie à utiliser en temps opportun.

Le branle-bas qui s'ensuivit pendant plus d'une heure avait réussi à réduire passablement l'optimisme de l'équipage qui commençait à croire que le Vieux s'était trompé royalement.

— Tournez les deux gros projecteurs de pont à *3 heures**, demanda-t-il au capitaine. Je me suis peut-être trompé de banquise, mais pas tant que ça. Encore un peu plus vers 4 h, réclama-t-il en ajustant le focus de ses longues-vues. Tenez, regardez, capitaine, lui dit Albérik en lui remettant ses longues-vues, et dites-moi ce que vous voyez.

— Sacrebleu! Il me semble voir quelque chose qui flotte au vent. Barre à tribord à 40°. Moteur en avant toute, ordonna-t-il à son second.

— Préparez un brancard avec des vêtements secs et chauds, leur demanda l'infirmier, tout heureux de mettre à profit son savoir-faire. J'ai besoin de couvertures, de boissons tièdes et sucrées ainsi que trois hommes de main qui vont descendre sur la banquise en ma compagnie.

Se tenant à côté du capitaine, Benoît s'avança le premier, suivi des deux autres membres de l'escouade du Quatuor, en l'occurrence Carlo et Justin.

— Merci beaucoup, Albérik, lui dit le capitaine avec une reconnaissance bien sentie.

— Il n'y a pas de quoi. Faites vite et ramenez-moi Albert vivant autant que possible, ajouta-t-il en levant les yeux au firmament, où l'éclat des étoiles commençait à s'atténuer.

— Moteur au ralenti, ordonna le capitaine qui suivait l'approche du chalutier de la banquise. Barre à 40 degrés.

Rendu à une dizaine de mètres du bord de la banquise, le capitaine ordonna les manœuvres nécessaires pour un accostage tout en douceur.

---

* *3 heures*: dans la position du cadran, d'une horloge

— Abaissez la passerelle et suivez-moi, demanda-t-il aux hommes concernés.

À bout de souffle, Benoît fut le premier à arriver sur place. Il y découvrit son frère, qui, recouvert de peaux de blanchons enneigées jusqu'au visage, avait l'apparence d'un mort-vivant.

— Albert, m'entends-tu ? demanda-t-il en se penchant sur lui pour lui secouer l'épaule.

— Écarte-toi et laisse-moi prendre ses signes vitaux, le pria l'infirmier qui venait d'arriver.

Tout en menant à bien ses vérifications, l'infirmier questionna Albert, qui ouvrit les yeux en marmonnant par mots saccadés qu'il croyait être mort.

— Il est bel et bien vivant, annonça l'infirmier en souriant comme s'il avait concouru à un accouchement sans douleur. Apportez le brancard, des couvertures et un peu de boisson chaude en attendant que l'un de vous autres s'en aille au plus vite avertir les autres.

Une demi-heure plus tard, Albert avait été hissé à bord du *Nadine*. On l'avait installé dans un sac de couchage et on lui donnait à petites doses une boisson tiède fortement sucrée. Benoît, à qui on avait appris que son frère allait probablement s'en tirer avec tous ses membres avait pour tâche de le garder éveillé le plus longtemps possible en lui parlant de tout et de rien à la fois. Les seuls propos de son frère aîné qu'il réussit à comprendre furent qu'il souhaitait avant tout qu'on laisse les peaux de blanchons sur la banquise. Des peaux de blanchons qui, marmonna-t-il, lui avaient sauvé la vie.

Le capitaine donna l'ordre d'appareiller immédiatement pour les Îles, non sans avoir au préalable informé qui de droit du succès de ses recherches. La Garde côtière, qui était depuis peu en route, offrit son aide en cas de besoin.

— Tout est bien qui finit bien, annonça le capitaine à Albérik en lui empoignant la main en signe de gratitude pour son aide fortement appréciée.

— Ça adonne que je suis rendu au bout du rouleau, capitaine. Si ça vous fait rien, je m'en vais me coucher ; cela va me permettre de ruminer les derniers événements.

— Et surtout de vous reposer, rétorqua-t-il mettant le cap sur les Îles.

À peine s'était-il étendu sur son lit d'appoint qu'Albérik se mit à songer au voyage de retour qui s'annonçait des plus risqués avec la débâcle des glaces dans tout le golfe Saint-Laurent. Certes, son protégé avait été sauvé *in extremis,* mais le chalutier, lui, avait écopé d'une situation pour le moins périlleuse avec le peu de fioul qui lui restait pour arriver sans encombre à son port d'attache de Cap-aux-Meules. « À la grâce du Bon Dieu », se dit-il en récitant une dizaine sur le chapelet que sa femme lui avait laissé comme souvenir avant de rendre l'âme.

CHAPITRE 10

« Se parler dans le blanc des yeux »

Au soleil levant, le *Nadine* quitta le Banc de l'Orphelin, non sans avoir été gréé au préalable pour un voyage du retour d'une durée prévue de huit à dix heures. Le capitaine Vincent s'attendait à une navigation difficile étant donné la profusion de glaces vivantes qui circulaient au fil des courants et contre-courants marins. L'utilisation optimale du fioul avait été calculée à la goutte près, en mettant en perspective le passage du chalutier à travers le banc Bradelle ; ce raccourci réduirait d'autant le temps de navigation et par ricochet, le précieux carburant.

La journée s'annonçait belle avec un mercure qui, sous l'effet d'un soleil mur à mur, pourrait monter jusqu'à 15 degrés. Ce réchauffement accentuerait d'autant la débâcle des glaces vers l'océan Atlantique.

La totalité des peaux de loups-marins – il y en avait plus de 12 000 – avait été empilée dans la cale principale du *Nadine* lard sur lard et fourrure sur fourrure en y parsemant du gros sel de façon à leur conserver leur fraîcheur et leur élasticité. Avec cette méthode toutefois, les peaux se déplaçaient dangereusement sous l'impact des coups de bélier que pouvait subir le bateau en frappant de son étrave avant un bousculis à la dérive.

Le capitaine Vincent, qui avait une très grande expérience des glaces, avait donné des directives pour que chaque membre de l'équipage, y compris les chasseurs, soit au bon endroit au bon moment. Cela devait leur permettre entre autres de récupérer des forces à tour de rôle, vu la nuit blanche qu'ils venaient de passer. Quant à Albert à Joseph, il avait été installé bien au chaud dans la cabine du capitaine. L'infirmier qui se tenait à son chevet communiquait de temps à autre avec un médecin du Centre Hospitalier de l'Archipel afin de lui prodiguer les meilleurs soins possible pour un rétablissement le plus rapide et complet envisageable. Benoît, qui était assis sur le bord du lit, avait pour tâche de garder son frère Albert réveillé en lui demandant de se rappeler sa mésaventure.

Étendu sur son lit, Albérik était pris de maux lancinants qui avaient remplacé l'adrénaline qui l'avait animé lors des recherches de son protégé. Il essayait de se détendre en ruminant les derniers évènements qui l'avaient pour le moins désabusé. Si les jeunes lui avaient fait confiance en s'embarquant sur le *Nadine* dans l'espoir de gagner le gros lot, pensa-t-il, il n'était pas sûr du résultat pécuniaire qui en découlerait. Il savait compter et l'escapade d'Albert avait coûté temps et argent, que le capitaine n'oublierait sûrement pas de déduire du montant à payer à chacun. Certes, il avait fait de son mieux dans les circonstances en inculquant le goût du risque à son protégé, mais plutôt que de frapper un éclatant coup de circuit, celui-ci avait été retiré du marbre. Au milieu de ses réflexions, l'infirmier vint lui dire qu'Albert désirait s'entretenir avec lui.

— Dites-moi, demanda-t-il à l'infirmier, pensez-vous qu'il va s'en tirer sans trop de nuisance?

— Albert récupère très bien. J'ai bon espoir qu'il s'en tirera sans aucune séquelle physique qui pourrait l'empêcher de faire une vie normale. Cependant, il a tendance à hésiter lorsqu'il est question de relater certains faits à son frère Benoît, lequel, soit dit en passant, aimerait bien faire une relâche auprès de lui.

— Ça va, je vous accompagne, lui dit Albérik en l'escortant jusqu'à la cabine du capitaine.

— Pis, qu'est-ce que ça conte de bon, Albert? lui lança-t-il en s'approchant du lit.

— Euh…, j'ai mal un peu partout, mais on m'a dit que c'était bon signe, répondit-il en regardant l'infirmier qui acquiesça.

— Si vous n'y voyez pas d'inconvénient, je vais me retirer dans le quartier des marins, annonça Benoît, dont les bâillements s'intensifiaient de plus en plus.

— Et moi, si ça ne vous fait rien, leur dit le Vieux en se tournant vers l'infirmier qui était en train d'étendre une crème médicamenteuse sur les jambes d'Albert, j'aimerais lui poser quelques questions.

— Allez-y, Albérik, cela ne peut que lui faire du bien. Ce sera bon surtout pour son cerveau qui a passablement souffert d'hypothermie.

— Vous voulez dire par là qu'il a gelé massif? lui demanda le Vieux en se raclant la gorge. Alors, commençons par le commencement, poursuivit-il en regardant Albert, dont les paupières étaient lourdes de sommeil.

— Ç'a démarré, heu… si je me rappelle bien, au moment où… heu… je marchais face au vent et que j'ai senti comme une odeur de lait caillé. Vous m'aviez déjà dit que c'était le signe que j'étais proche d'une mouvée pleine de blanchons. Ça fait, heu… que je suis parti en me guidant sur la senteur. Rien de plus, ajouta-t-il en cherchant dans sa tête les évènements qui auraient pu se produire par la suite.

— Ça ne donne rien de dire que c'est à cause de ce que je t'ai déjà appris qu'il fallait que tu quittes ton escouade comme une tête de linotte. Il faut savoir quand il est temps d'aller au bâton et quand c'est le moment de passer son tour, lui dit-il d'une voix doucereuse. Et par après, mon pauvre enfant?

— Après… il me semble que j'ai eu affaire à un énorme bousculis.

— Avec toujours la senteur de lait caillé dans le nez? lui demanda le Vieux, qui voyait de temps à autre le capitaine qui prêtait l'oreille. Et par après, qu'as-tu fait?

— Si je me rappelle, heu… bien, je me suis retrouvé en plein milieu d'une mouvée de beaux blanchons que j'ai toujours répugné à tuer, comme vous le savez.

— Je sais, je sais. Tu as agi comme quelqu'un qui a trouvé un trésor et qui a hâte de s'en emparer avant que les autres mettent la main dessus. Tu ne penses pas qu'à ce moment-là, ça aurait été le temps d'avertir tes acolytes de ta découverte? Comme ça, ils auraient su par où tu avais pris la poudre d'escampette. Et par la suite?

— Ça demeure confus dans ma mémoire. La seule chose dont je me souvienne, c'est que quand je suis arrivé vers la fin de ma razzia de blanchons, j'ai senti comme des picotements sur le visage.

— Je ne voudrais pas te chagriner, mon Albert, mais as-tu déjà vu un voleur de banque qui reste campé sur son butin sans se *bâdrer** de ce qui l'entoure?

— C'est quoi le rapport?

---

* *Bâdrer*: se préoccuper

— C'est que si tu avais regardé le ciel, tu aurais vu qu'il y avait de gros nuages noirs qui annonçaient de fortes bourrasques de neige. Mais non. Tu étais impatient de faire le plus d'argent possible, sans trop en laisser sur la table comme on dit.

Voyant Albert qui se renfrognait de plus en plus à ses propos, le Vieux s'aperçut qu'en voulant culpabiliser son protégé, il essayait de s'enlever une part de la responsabilité qui lui revenait d'avoir parlé aux jeunes de hardiesse et de courage. Aussi s'efforça-t-il de lui fournir le plus vite possible une porte de sortie.

— Peut-être que tu t'en souviens pas, mais quand on t'a trouvé, tu étais recouvert de la tête aux pieds de peaux de blanchons. Une excellente décision qui t'a sûrement sauvé la vie. L'important, en tout cas, c'est que tu vas bien t'en tirer, lui fit-il savoir en lui promettant de revenir le voir avant l'arrivée du chalutier à son port d'attache de Cap-aux-Meules.

Après avoir quitté son protégé, Albérik s'étendit sur son lit et essaya à nouveau de dormir. Peine perdue, il pensait sans cesse à l'influence qu'il exerçait auprès des jeunes et en particulier Albert. Il songea en fait que finalement l'avenir appartient à ceux qui, comme Albert, se présentent au bâton quoi qu'il advienne. « Qui ne risque rien reste avec des riens », se dit-il en entendant une conversation radiophonique très animée entre le capitaine Vincent, celui de la *Pointe-à-Marichite* et la base du radiotéléphone des Îles.

Il s'aperçut qu'en l'absence des principaux concernés par les derniers évènements, comme lui d'ailleurs, les autres avaient tendance à jeter le blâme de la mésaventure sur ceux qui n'étaient pas là pour remettre les pendules à l'heure. Il essaya, mais en vain, de ne pas trop s'en faire avec ces échanges, mais sa curiosité l'emporta sur sa sagesse. Il releva entre autres que le plan de match qu'il avait lui-même mis sur pied pour retrouver sain et sauf Albert à Joseph était devenu comme par hasard celui du capitaine Vincent. Un plan de match qui, malgré une heureuse finalité, avait coûté les yeux de la tête en fioul et en réparations à effectuer à la coque du *Nadine*. Ces coûts qui viendront diminuer d'autant la quote-part de chacun puisque, tout comme pour la location d'une voiture à court terme, il faudrait remettre le chalutier à son propriétaire avec les réservoirs pleins à ras bord et procéder également aux réparations nécessaires. En somme, le fait qu'Albert à Joseph, qui, sous ses encouragements de faire un bon coup d'argent, avait perdu le nord le dernier jour de chasse, alourdissant le montant final des dépenses. Il se leva et ferma la porte de la timonerie, se recoucha et s'efforça de penser positif.

Entendant bien malgré lui les bribes de conversations entre l'infirmier et le médecin du Centre Hospitalier de l'Archipel, il constata que son protégé répondait très bien aux soins qui lui étaient prodigués, à tel point qu'il était plausible qu'il évite toute forme d'amputation. Une autre bonne nouvelle s'ajoutait : tant le capitaine que le chef mécanicien et leur assistant se remplaçaient toutes les deux heures afin de demeurer frais et dispos et prendre les décisions appropriées pour que son protégé puisse rentrer à la maison le plus rapidement possible.

À mi-chemin entre les Îles et l'Orphelin, le *Nadine* trouva sur son chemin le Banc Bradelle qu'il devait traverser de part en part, la ligne droite étant la plus courte distance entre deux points. La première heure du trajet fut sans contredit à l'avantage du chalutier qui au moyen de son hélice à pas variable réussissait à s'ajuster à la résistance des glaces. Un peu comme si dame Nature avait voulu reprendre ses droits, une immense banquise parsemée de fragments de bousculis se dressa devant le bateau. Voulant montrer son savoir-faire au capitaine, le second ajusta à sa façon le pas de l'hélice sans trop se soucier du signal de l'une des vigies, si bien que le chalutier percuta de plein front la banquise. Plutôt de se fissurer, cette banquise résista au coup de bélier du bateau qui se cabra en se hissant sur sa partie supérieure jusqu'au premier tiers de la quille, tel un cheval dressé sur ses pattes arrière. L'une des génératrices s'arrêta, rendant inopérants tant le gouvernail que bon nombre des appareils de navigation. Le moteur qui servait de propulseur et qui avait sa propre autonomie de pouvoir électrique continua quand même à tourner en passant de lui-même du mode de marche avant à celui de marche arrière.

— Mais pour l'amour de Dieu, qu'est-ce qui se passe ? beugla le capitaine Vincent, qui, s'étant aperçu de la forte bande de son bateau, était entré dans la timonerie en coup de vent.

Loin de prendre panique, il commença par jeter un coup d'œil rapide au panneau de contrôle et comprit la cause du problème. Aussi, demanda-t-il au chef mécanicien de s'arranger pour extraire l'air qu'avaient ingurgité les conduites d'alimentation de la génératrice vu qu'une bonne partie de la quille restait toujours suspendue sur la glace qui n'avait pas cédé.

— Que nous arrive-t-il? demanda Albérik, qui avait été réveillé par le branle-bas dans tout le bateau.

— Il y a des choses explicables et d'autres non, répondit le capitaine en regardant son second avec suspicion. Vu que mon second a voulu jouer le fin finaud en croyant qu'il allait passer à travers la banquise aussi facilement qu'un couteau dans le beurre et vu que le réservoir de fioul était pratiquement à sec, l'une des génératrices a bu de l'air plutôt que du fioul. Rien de très grave pour le moment. On va remédier au plus vite à la situation, mais ça n'explique pas pourquoi le pas de l'hélice s'est mis de lui-même à reculons. En connaissez-vous la raison? demanda-t-il à Albérik, qui fut surpris d'être consulté.

— Non, lui répondit promptement le Vieux qui se méfiait comme de la peste des nouvelles technologies.

— Et pourtant, mon second m'a juré, avant de partir pour aller voir dans la cale si les peaux étaient toujours bien en place, qu'il n'avait rien à voir personnellement avec le changement brusque du pas de l'hélice.

— Et on va s'en sortir rapidement, capitaine? lui demanda Albérik, qui s'inquiétait des dommages à la quille.

— Aussitôt que la génératrice sera remise en marche, ce qui ne devrait pas tarder, vous pouvez vous fier à moi pour faire le nécessaire pour qu'on arrive aux Îles d'ici – il regarda l'heure sur l'horloge de la timonerie – une couple d'heures.

— Parfait. En attendant, je m'en vais aller voir Albert pour le rassurer.

— De toute façon, l'informa le capitaine, on fera appel à la Garde côtière en cas de problème.

— Avec les frais qui viennent avec, de lui rétorquer le Vieux qui commençait à croire qu'il ne resterait que des miettes à être partagées entre les chasseurs.

— La vie n'a pas de prix, lui lança le capitaine Vincent en le voyant disparaître dans le passage menant à sa cabine.

— Et puis, qu'est-ce que ça conte, Albert ? demanda Albérik en apercevant l'homme assis sur le bord du lit en train de jaser avec ses compagnons.

— Ça va pour la forme. Par contre, pour l'argent qui nous revient, je me doute qu'on va passer après que le capitaine, le marchand Samy et le propriétaire du chalutier se soient graissé la patte.

— Mais qu'est-ce qui te fait dire une telle chose ? lui demanda-t-il, en connaissant déjà une bonne partie de la réponse.

— Si j'ai bien compris les discussions du capitaine avec son second, c'est que l'entente ne prévoyait pas les frais que la Garde côtière va sûrement lui facturer même s'ils n'ont qu'entamé les recherches pour les abandonner par la suite. Ça fait que le prix des peaux qu'il obtiendra du marchand Samy, qui va prendre sa cote, sera diminué d'autant.

— Surtout que les trois quarts des peaux sont celles de guenillous, le coupa Justin.

— Avec, en moins, un beau 1000 piastres de peaux de blanchons que tu as exigé qu'on laisse sur la banquise, lui reprocha Carlo.

— Mais au moins, il ne restera pas handicapé pour le restant de ses jours, rétorqua le Vieux en regardant l'infirmier, qui acquiesça de la tête.

— J'ai à parler à Albérik dans le particulier de quelque chose qui ne regarde que moi, leur signifia Albert en croisant le regard du Vieux.

— Vous vous rappelez sans doute, commença-t-il une fois ses compagnons sortis, que j'avais contracté un emprunt l'hiver dernier et que j'avais l'intention de le rembourser à même ma quote-part de la vente des peaux.

— Oui, et je crois deviner que t'as peur de ne pouvoir le rembourser totalement. Tu pourras probablement t'arranger avec la Caisse pour remettre ton dû à la prochaine saison de pêche au homard. Qu'est-ce que t'en penses ?

Pendant plusieurs minutes, Albert ne dit mot. Il soupçonnait le Vieux de lui cacher quelque chose.

— Allez, Albert, lança-t-il en agitant la main devant son regard fixé sur la photo d'une *playmate* punaisée au mur de la cabine du capitaine. Dis-moi pas que…

— C'est que l'emprunt devait me servir d'abord pour mon voyage à Québec, lui révéla soudainement Albert. Mon but était d'en avoir le cœur net sur les sentiments de Marie-Clara à mon égard.

— Un montant de combien que tu dois ?

— Euh !… cinq cents piastres en plus des intérêts, et ce à remettre avant que ne débute la saison de pêche au homard.

— Je comprends pas. Enfin, vas-tu accoucher ?

— C'est que mon emprunt a été contracté avec, euh… le marchand Samy et qu'il veut ravoir son argent avant le début de la pêche au homard. Autrement, je vais être une fois de plus obligé de pêcher pour le compte de mon père et vendre la totalité de nos homards au prix qu'il voudra bien nous donner.

— Batêche de batêche ! Ça n'a pas de sacré bon sens. Pas avec lui ! Tu ne savais pas que lorsqu'il question d'argent, Samy a les poches profondes ? Il devait être de mèche avec son beau-frère de Québec pour te lancer un défi.

— Quel défi ?

— Je crois qu'il t'a provoqué pour savoir si tu étais capable de faire un bon coup d'argent avec la chasse au loup-marin, question de sonder ton courage et ton ardeur au travail. Comme ça, il jugera si tu mérites la fille de sa sœur.

— Et vous, qu'en pensez-vous ? demanda Albert en grimaçant de douleur.

— Tu as mal ? lui demanda l'infirmier qui le surveillait de loin.

— C'est que, euh… chaque fois que je suis contrarié, j'ai comme un mal de tête qui surgit.

— C'est une séquelle de l'hypothermie sur ton cerveau, le rassura l'infirmier. Ce n'est pas grave, mais il faut que tu te reposes avant notre arrivée aux Îles.

— C'est bien ainsi, parce que j'ai l'intention de descendre sur la passerelle sur mes deux jambes, de rétorquer Albert en regardant le Vieux, qui comprit qu'il devait le laisser récupérer.

— Ça adonne que je vais m'organiser avec Samy en ce qui regarde l'argent, lui confia Albérik. D'ici là, tu vas essayer de t'organiser avec ton père afin que tu puisses poursuivre une carrière de hauturier plutôt que celle d'un pauvre pêcheur.

Regardant à travers un hublot de la cabine du capitaine qu'il s'apprêtait à quitter, il avertit son protégé que les Îles étaient en vue.

Ne pouvant contenir sa hâte de mettre le nez dehors, Albert se rendit sur le pont avec l'aide de l'infirmier. Il constata que le bateau avait contourné l'Île d'Entrée et qu'il avait mis le cap sur son port d'attache de Cap-aux-Meules. Il inspira de grands coups d'air frais en regardant avec les longues-vues la grande agitation sur le quai. Il imaginait ce qui l'attendait, lui, le trouble-fête. Un accueil chaleureux de la part de ses proches, mais possiblement glacial de la part de Madelinots malveillants qui le blâmeraient d'avoir gâché une belle opportunité pour tout l'équipage de faire un joli magot.

Or, plus le *Nadine* approchait du quai, plus il se sentait embarrassé sans vouloir trop l'importuner. Albérik lui demanda la raison de son malaise, quoiqu'il l'avait deviné.

— Je ne sais pas à quoi m'attendre, fit Albert en plissant le front.

— Ne t'en fais pas. On va descendre la passerelle l'un à côté de l'autre. Un peu comme un père avec son fils. Ça va gêner les esprits mal tordus.

— Peut-être bien. Je ne suis pas très certain, par contre, d'être le bienvenu, surtout que j'ai vu tout à l'heure le marchand Samy jouer des coudes pour être dans les premiers à nous accueillir.

— Encore une fois, tu t'inquiètes pour rien. Allez, viens qu'on se prépare. On va accoster d'ici quelques minutes.

À peine Albert avait-il mis le pied sur le quai que ses proches l'entourèrent comme s'il s'agissait du retour de l'enfant prodigue. Son père fut le premier à lui donner l'accolade en lui murmurant à l'oreille qu'il avait un pressant besoin de lui pour la pêche au homard dont les préparatifs avaient débuté. Le marchand Samy le salua sans trop d'artifice. Il lui fit savoir que sa nièce Marie-Clara s'était informée de lui par l'intermédiaire de sa fille Claudia. Une bonne nouvelle qui se greffa peu après à la proposition du capitaine Vincent d'une opportunité de carrière comme pêcheur hauturier sur le *Nadine*.

Après avoir été vu sommairement par le médecin qui l'avait suivi à distance au moyen du radiotéléphone, Albert monta dans la voiture familiale en compagnie de son frère Benoît. En route vers la maison familiale, il voyait la vie sous un tout autre angle qu'auparavant. Il avait été surpris que le Marchand – reconnu pour sa promptitude à exiger son dû – ne lui ait pas parlé du prêt de 500 piastres qu'il lui avait consenti. Il espérait tirer cette somme – tout comme ses compagnons d'ailleurs – de la vente des peaux, ce qui, dans les circonstances, n'était pas aussi sûr avec les quatre-vingts pour cent de peaux en guenillous. Peut-être s'était-il organisé avec son frère de Québec, imagina-t-il, pour le faire languir. Et peut-être que Marie-Clara, en communiquant avec sa cousine, participait à une manigance pour le mettre au défi. Néanmoins, ce dont il était certain, c'était que le capitaine Vincent l'avait formellement invité à entamer une carrière de hauturier.

— Tu sembles jongler, lui dit son père Joseph qui s'inquiétait parce que son fils ne lui avait pas adressé un seul mot depuis leur départ du quai de Cap-aux-Meules.

— Heu!… c'est qu'on va avoir affaire à se parler, lança-t-il promptement.

— Se parler de quoi? N'es-tu pas heureux d'être encore en vie et, par-dessus le marché, en assez grande forme?

— C'est que je voudrais me distancer de la famille et plus exactement de la pêche au homard.

— Mais pour quoi faire?

— Pour devenir tout simplement un pêcheur hauturier qu'on va respecter comme quelqu'un d'important et non pas comme un pauvre pêcheur.

— Quoi? lança Joseph hors de lui-même au point qu'il faillit perdre le contrôle de sa voiture. Tu as raison, mon garçon, il va falloir qu'on se parle, mais, comme on dit, dans le *blanc des yeux**, si tu veux le savoir.

---

* *Parler dans le blanc des yeux*: se parler sans détour

Contrarié au plus haut point par une telle entrave à son rêve, Albert commença à ressentir aussitôt un lancinant mal de tête qui ne s'estompa que lorsqu'en franchissant la porte d'entrée de la maison, sa mère l'accueillit à bras ouverts.

PARTIE II

LA PÊCHE AU HOMARD

CHAPITRE 11

« Souvent est pris qui voulait prendre »

Depuis des lustres, lorsqu'apparaissaient les premiers jours du printemps, les harengs venaient frayer dans la grande Baie de Plaisance qui sépare l'Île-du-Havre-Aubert de celle de Cap-aux-Meules. Dépendant de la densité des bancs de harengs, certaines ramifications de la baie passaient du bleu marin au blanc cassé. Bien avant la venue des sondeuses comme appareils de détection, les pêcheurs estimaient la concentration des harengs en plaçant dans l'eau un aviron qui, dépendant de l'abondance des impacts ressentis, leur donnait une idée de l'endroit idéal où tendre leurs filets ou encore un piège appelé *trappe*. Or la plupart des marchands de l'époque possédaient plusieurs de ces pièges qui leur permettaient d'alimenter leur *boucanneries**.

Les harengs prisonniers des trappes étaient alors puisés et transportés au fumoir. Après les avoir fait dégorger en les enduisant de gros sel, on procédait à leur fumage pendant plus ou moins quatre semaines. Cette activité ancestrale faisait travailler bien du monde, entre autres les jeunes ados durant leurs vacances estivales, dont Albert à Joseph, jusqu'à ce qu'il devienne aide-pêcheur avec son père. Un aide-pêcheur qui hésitait toujours, depuis son excursion sur le *Nadine*, à confronter son père qui voulait lui transférer son permis de pêche au homard…

Après plus de trois semaines de silence de part et d'autre, son frère Benoît décida de prendre les devants.

— Dis-moi, Albert, pourquoi que tu hésites tellement ? Un capitaine pêcheur de homard, c'est quand même respectable comme métier.

— C'est que je ne veux pas du transfert du permis du paternel, avec les obligations tant pécuniaires que de soutien de famille

---

* *Boucanneries* : fumoirs à hareng

– même en partie – qui vont avec. C'est simple. Je veux faire ma vie comme je l'entends, et non comme il le voudrait.

— Mais avec la quote-part que tu as reçue de la vente des peaux de loups-marins, ça te permettrait de donner un bon acompte sur le montant de la transaction, ne crois-tu pas ?

— Comme tu le sais déjà, on a dû verser jusqu'à 30 % du montant comme soutien à notre famille. En fait, il ne m'en reste pas assez pour payer mon crédit au marchand Samy.

— Quel crédit ?

— C'est que… mon voyage à Québec à la fin du mois de février a été fait sur le dos du marchand Samy. Il me demande maintenant de le rembourser avant le début de la saison de la pêche au homard. Sinon…

— Sinon quoi ? le coupa Benoît, inquiet de voir son frère aîné débiteur de Samy.

— Sinon, il va falloir lui vendre nos captures en homards de tout le mois de mai, à moins qu'Albérik s'arrange avec lui comme il me l'a promis. Mais ce n'est rien de sûr.

— Et je gage qu'il va nous offrir un prix qui va faire plus son affaire que la nôtre. Mais combien tu lui dois, Albert ? Peut-être qu'on pourrait trouver un moyen quelconque de le rembourser.

— C'est 350 piastres avec les intérêts accumulés, qui sont assez monstrueux, crois-moi. Et le pire dans tout ça, c'est que même si je réussis à m'entendre avec le paternel, Samy va comme d'habitude contrôler le prix de la *bouette**, du fioul et de combien d'autres choses. Je te le répète, au cas où tu ne l'aurais pas compris, que je suis loin d'être sorti du bois. Par contre, j'ai concocté un plan infaillible qui va faire de nous des Robin des Bois.

— Toi et tes idées ! T'as vu ce que ça a donné avec la chasse au loup-marin !

— Tu arranges les choses à ta façon, Benoît. Si j'avais accepté de rapporter les peaux de blanchons, on…

— On aurait été 20 % plus rentables que les autres escouades, le coupa son frère. Moi aussi, je sais compter, tu sais.

---

* *Bouette* : appât pour attirer le poisson vers un piège ou un hameçon

— Et j'aurais pu rembourser Samy au complet, d'ajouter Albert. Que veux-tu, on est comme on est.

— Et en quoi consiste ton fameux projet, frérot? J'espère que c'est pas trop compliqué.

— Comme tu le sais, le marchand Samy laisse une trappe à hareng tendue dans la Baie-de-Plaisance, bien plus par nostalgie qu'autre chose.

— Pas si sûr que ça, rien qu'à voir ce qu'elle rapporte jour après jour comme quantité de hareng.

— C'est pour ça qu'on pourrait s'organiser pour y puiser la juste part de hareng dont on aura besoin comme bouette pour les deux mois que durera la saison de pêche au homard. Avec nos six filets qu'on doit tendre chaque jour, on réussit à peine à obtenir du hareng pour le tiers de nos trois cents *cages** à homard. Ça fait que chaque année, c'est un bon 1500 piastres qui s'envolent au profit des marchands comme Samy.

— Vas-y, explique-toi. J'aperçois notre père qui s'en vient nous retrouver.

— C'est qu'on va tendre nos six filets près de la trappe à Samy et on va s'arranger pour y faire sortir les harengs en direction de nos filets qui vont les emprisonner pour de bon.

Comme son père, Joseph, arrivait, Albert n'eut d'autre choix que de changer de sujet.

— Je peux-t'y savoir ce que vous ruminez tous les deux, surtout toi, Albert, dont j'attends toujours à quoi m'en tenir?

— Rien de particulier, le rassura-t-il. C'est qu'on se demandait pourquoi on doit à chaque saison de pêche au homard acheter tant de bouette, entre autres de Samy, qui possède une trappe dans la Baie-de-Plaisance.

— Et pour savoir si on n'aurait pas avantage à s'en procurer une, nous autres aussi. Je vais m'organiser pour savoir comment ça marche, enchaîna Benoît sur un ton qui ne rassura pas tout à fait son père.

---

* *Cages*: casiers servant de piège pour pêcher du homard

— Mais on n'a pas d'argent pour se payer un tel engin de pêche, avoua le paternel.

— Peut-être pas pour tout de suite. Par contre, rien ne dit qu'il va falloir se procurer une trappe pour avoir les mêmes résultats que Samy, intervint Albert.

— Comme ça, il y aurait de l'espoir que tu ne me lâches pas du jour au lendemain ?

— On verra à ça dans le temps comme dans le temps. Je crois que pour tout de suite, mon frère a hâte de connaître les dessous de la pêche au hareng. N'est-ce pas, Benoît ?

— Tu ne me l'auras pas fait dire.

La technique de la pêche à la trappe consistait à l'époque à barrer le passage des harengs qui s'approchaient à la tombée du jour des rives pour avaler la nourriture charriée par la marée. Butant contre un long filet à fines mailles muni de flotteurs et de pesées attaché au rivage, les harengs se dirigeaient par instinct en eau plus profonde. Une eau dans laquelle avait été tendu un long filet circulaire toujours à mailles fines qui était muni de deux portes d'entrée, dont le rabat était maintenu en place vers l'intérieur. Si bien que lorsque les harengs étaient entrés dans la trappe, ils tournaient constamment en rond en contournant chaque fois le rabat des deux portes qui les empêchaient de sortir de leur prison. Une technique qui rapportait beaucoup à l'époque, mais qui fut délaissée peu à peu au profit des chalutiers seineurs.

Certes, autant Albert que Benoît avaient vécu cette période de vaches grasses sans toutefois y avoir participé de manière à comprendre toutes les subtilités qui entouraient cette forme de pêche.

— Et puis, comment va-t-on s'y prendre ? demanda Albert à son frère Benoît après l'avoir vu espionner durant une couple de jours les hommes de main du marchand Samy.

— Si j'ai bien compris, il va falloir opérer entre 22 h et 2 h du matin pour faire sortir les harengs et les orienter vers nos six filets.

— Ça, je l'avais déjà compris, lui répondit Albert, soucieux de connaître les étapes à suivre dans l'application de leur plan.

— En tout premier lieu, fit Benoît, il nous faudra surveiller sur l'heure du souper les hommes de Samy qui viendront pour ajuster l'angle d'attaque de la trappe par rapport à la marée montante et au courant prédominant. Comme je l'ai appris, ils ne retourneront vider la trappe de son contenu qu'au lever du soleil. Ça fait qu'on aura passablement de temps devant nous pourvu cependant qu'on ne se fasse pas prendre la main dans le sac, comme on dit.

— Plus facile à dire qu'à faire, lui répondit son frère en pinçant les lèvres.

— Ça va ? lui demanda Benoît inquiet de le voir balancer la tête dans tous les sens.

— C'est que, plus j'y pense, plus ça se complique.

— Comment ça ? On n'a qu'à détacher le rabat des portes et le tour est joué.

— Les hommes du marchand vont s'en apercevoir. Après tout, ils ne sont pas aussi fous qu'ils en ont l'air.

— Et que proposes-tu après qu'on se soit servi d'une chaloupe pour se rendre à la tête de la trappe ?

— On n'a qu'à changer l'angle du rabat des deux portes d'entrée pour qu'ils deviennent des portes de sortie.

— Et par après ? lui demanda Benoît qui voyait son frère dans une espèce d'exaltation.

— Par la suite, on revient à la maison dormir jusqu'à la barre du jour. Mine de rien, au petit matin, en naviguant vers nos filets, on va s'arranger pour faire un petit détour pour remettre les rabats des portes de la trappe à leur position originale. Résultat : on va avoir la majorité des harengs dans nos filets et Samy va se ramasser pour une fois avec…

— Avec des miettes, comme il a l'habitude de le faire avec nous autres, le coupa Benoît. Quand est-ce qu'on commence ?

— Pas plus tard qu'aujourd'hui, répondit-il en sachant fort bien qu'il risquait gros en se précipitant de la sorte.

À 20 h sonnantes, donc, Albert et Benoît mirent leur plan à exécution.

Agissant en catimini, ils utilisèrent un *doré** pour se rendre vers la tête de la trappe pour y constater qu'elle contenait déjà une énorme quantité de harengs. Aidé de son frère, Albert dénoua non sans

---

* *Doré* : bateau à fond plat généralement de couleur or

113

difficulté les cordes qui retenaient le rabat des deux portes et les attacha en direction de la sortie. Le cœur battant la chamade, ils détachèrent l'une des extrémités de leurs six filets et les orientèrent vers l'angle de la trappe. Rendus chez eux, ils tentèrent de dormir, mais peine perdue, prendre aux riches pour donner aux pauvres n'était pas si *politiquement correct* que ça en avait l'air. Toujours sur le coup d'une exaltation sans borne, ils se précipitèrent avant la barre du jour vers leurs filets, qui commençaient à couler sous le poids des harengs qu'ils contenaient. Pendant que Benoît s'évertuait à récupérer les filets, bourrés de harengs, Albert se dirigeait vers la tête de la trappe à Samy dans l'intention bien arrêtée de remettre en place les rabats des deux portes. Des rabats qu'il réussit à détacher tant bien que mal, sans réussir toutefois à les remettre à temps à leur position originale, en voyant au loin les hommes du marchand qui naviguaient dans leur direction.

Au soleil levant, les deux fils à Joseph avaient déjà rempli une pleine barque de harengs qui faisaient affreusement défaut dans la trappe à Samy. Voyant les rabats des deux portes qui battaient au gré des courants, les hommes de main du Marchand estimèrent avoir été négligents en déplaçant la veille la tête de la trappe en eau plus profonde.

La pêche miraculeuse des deux frères fit le tour du village en moins de temps qu'il en faut pour dire *lapin*. Le résultat fut au-delà des attentes d'Albert et de Benoît puisque leur père Joseph n'avait plus à s'inquiéter d'acheter toute la bouette nécessaire pour une partie du temps que dure la pêche au homard. Encore mieux, les deux frères réussirent à faire sonner la caisse en leur faveur en vendant à d'autres pêcheurs un certain surplus qu'ils jugeaient non nécessaire pour le moment.

— Ç'a marché comme sur des roulettes, Albert, lui dit son frère Benoît.

— Tellement bien qu'on pourrait répéter l'expérience une autre fois. Qu'en penses-tu ?

— Peut-être bien. Mais d'ici là, tu devrais peut-être payer la totalité de ton dû à Samy afin de connaître sa réaction. À quel moment penses-tu qu'on devrait répéter le coup ?

— Ce sera après-demain soir. Par contre, il va falloir s'arranger pour replacer le rabat des portes à temps pour ne laisser rien paraître au moment où les hommes à Samy vont s'amener pour la vider.

— Je m'aperçois que l'ambition ne t'a jamais quitté, même après avoir été à l'article de la mort il y a à peine deux mois de ça, lui rappela son frère Benoît. Non seulement l'ambition a tendance à tuer son homme, mais je te rappelle encore que « souvent est pris celui qui voulait prendre ».

Revenu à leur port d'attache avec deux pleines barges de harengs en moins de trois jours, l'un des lieutenants du marchand les attendait sur le quai.

— Samy veut absolument vous rencontrer, leur annonça-t-il tout bonnement.

— Pour quoi faire ? lui demanda Albert, comme si de rien n'était.

— Vous avez volé son bien, leur dit-il devant plusieurs pêcheurs qui les entouraient.

— Bah… pas vraiment. On a pris notre dû, c'est tout.

— Quoi que tu croies ou que tu penses, vous devez vous rendre à son bureau cet après-midi à 15 h. Autrement, c'est la police et les gardes-pêche qui vont s'occuper de vous autres.

— Dis-lui qu'on n'a pas peur de le rencontrer, lui annonça Albert d'un ton railleur.

En arrivant dans l'après-midi près du domaine du marchand Samy, les deux fils à Joseph n'en finissaient plus d'écarquiller les yeux. Issu de l'une des familles les plus en vue des Îles, Samy Cavendish avait entrepris sa carrière de commerçant en se bâtissant une grande maison de style madelinot. Or, au fil des années de vaches grasses – surtout pour lui –, il avait construit diverses dépendances qu'il avait réunies entre elles par la suite par des couloirs, créant ainsi un vaste domaine qu'il avait tenu à peindre d'un blanc éclatant avec les cadrages d'un jaune criant. Aux dires de bien du monde, c'était sa façon à lui de s'élever au-dessus des gens qu'il avait jadis exploités à sa façon.

— On a rendez-vous avec Samy à 15 h pile, annonça Albert à un surveillant en s'identifiant.

— Juste une minute, je vous prie, rétorqua le gardien en entrant dans une petite guérite.

— Ça va, leur dit-il après un court moment d'attente. Allez, suivez-moi.

À peine avaient-ils posé le pied sur les premières pierres d'un pavé de marbre qu'ils découvraient des plates-bandes de fleurs multicolores qui bornaient la chaussée qui les séparait des multiples bâtiments qu'ils voyaient au loin. Chemin faisant, ils ne purent se retenir de faire des exclamations de surprise en voyant des roseraies entrelacées de bordures de fines herbes de toutes sortes. Voyant leur intérêt grandissant, le gardien leur parla des diverses constructions qui constituaient le vaste domaine du marchand.

— Celle de droite sert aux invités. Elle possède huit grandes pièces meublées et décorées au goût des artisans madelinots. La plus petite à gauche sert de résidence à ma famille, qui est au service de Samy depuis un quart de siècle.

— Et cet ensemble de petites habitations reliées entre elles, à quoi ça sert ? demanda Benoît avec sa curiosité habituelle.

— Ce sont des dépendances qui servent de basse-cour et de garage pour les voitures de la famille au complet.

Arrivés près de la porte d'entrée de l'immeuble principal surplombée d'un porche aux colonnes de marbre, les deux frères se sentirent de plus en plus petits dans leurs souliers.

— Allez, on entre, leur indiqua le concierge. Ne vous en faites pas. Samy est un vrai bon diable, comme on a l'habitude de le dire aux Îles.

— Bien le bonjour, leur déclara Claudia, la fille du marchand, qui était accompagnée pour l'occasion de ses trois jeunes enfants. Installez-vous pendant que je vais avertir mon père de votre arrivée, poursuivit-elle avec un sourire amusé.

Benoît, après être sorti du vaste vestibule, n'en revenait pas de voir tant de richesse s'étaler sous ses yeux. Albert, quant à lui, essaya d'imaginer Marie-Clara, la cousine germaine de Claudia, lorsqu'elle arriverait à la trentaine avec la marmaille à ses trousses. Parée de bijoux qui n'étaient pas du toc, elle était vêtue d'un costume de fin lainage qui la rendait si séduisante qu'il n'aurait pas hésité une minute à lui faire la cour si…

— C'est à votre tour, leur annonça subitement Claudia en s'approchant d'eux. Allez, suivez-moi. Et puis, comment vont tes amours avec Marie-Clara? demanda-t-elle à Albert, hypnotisé par une si belle femme.

— Pourquoi me demandes-tu ça, Claudia?

— Ça ne devrait pas tarder, lui dit-elle, en les annonçant à son père Samy, qui se trouvait dans son bureau personnel.

En entrant dans la vaste pièce de travail du marchand, les deux frères furent médusés de voir de leurs propres yeux tant d'opulence. Il y avait partout des tableaux, qu'ils devinaient de grands maîtres, éclairés par des lustres étincelants dont l'un d'eux se trouvait juste au-dessus des deux frères qui avaient pris place dans de simples fauteuils à siège bas. Au contraire de ses vis-à-vis, Samy était assis confortablement dans une large bergère recouverte de lanières de peaux de blanchons, dont le siège avait été haussé intentionnellement pour le faire paraître plus grand qu'il était en réalité. Une lampe de table avec une large base en sable moulé reposait sur un bureau en bois d'ébène dont l'éclairage feutré cachait – et c'était voulu – les expressions du visage du marchand qui, en l'occurrence, pouvait mieux analyser celles de ses interlocuteurs. Revêtu de son habituel costume trois-pièces noir, il commença par sortir sa montre en or massif de la poche de sa petite veste pour y regarder l'heure, comme s'il voulait leur faire savoir que son temps était compté.

— Ça ne sera pas long, leur dit-il en se levant pour se servir un cognac de grande qualité, sans toutefois leur en offrir.

Allongeant les bras, il ouvrit une boîte de havanes – toujours sans leur en offrir –, s'assit dans sa chaise et prit une gorgée de cognac qu'il remua plusieurs fois dans sa bouche sans l'avaler au complet. Il roula par la suite son cigare entre ses épaisses lèvres qu'il imbiba de sa salive fortement parfumée au cognac. Peu après, il coupa un bout de son cigare qu'il réchauffa de la flamme d'un briquet de table pour finalement l'allumer. Il releva la tête, s'appuya au dossier de son fauteuil et prit plusieurs petites inhalations de fumée qu'il rejeta en halos, qui se dissipèrent avant d'atteindre le plafond.

Hypnotisé par un tel rituel qui le rendait encore plus angoissé, Albert se sentit obligé de briser le silence.

— Vous vouliez nous rencontrer ? demanda-t-il d'une voix qui trahissait sa grande inquiétude. J'ai ce qu'il faut pour vous payer mon prêt, vous savez.

— Finalement, vous avez réussi à obtenir un bon prix pour nos peaux de loups-marins, poursuivit Benoît d'une voix mielleuse.

Se raclant la gorge, Samy baissa la tête et les regarda d'un air contrit.

— *Well…*, j'ai toujours essayé d'aider les jeunes. Des jeunes qui, un peu comme vous autres, prennent des risques. Mais il ne faudrait pas que ce soit à mes dépens, par contre.

— Papa, appela Claudia depuis l'embrasure de la porte, on te demande au téléphone.

Le marchand prit le combiné sur son bureau.

— Oui, allô ! C'est bien ça, ils sont arrivés à l'heure prévue. Quoi ? Pas tant que ça. *Well…*, je vais y réfléchir et je te rappellerai demain.

Frétillant sur leur chaise à chaque réponse de Samy, les deux frères craignaient qu'un officier de la Garde côtière puisse être l'interlocuteur du marchand. Aussi, Albert essaya-t-il d'en savoir plus.

— Si je peux me le permettre, j'aimerais savoir qui est-ce qui nous a vendus ? Ça se pourrait'y que ce soit votre gendre Érik à Nathaël ?

— Peut-être que oui, peut-être que non. Qu'est-ce que vous en pensez ?

— Mais il n'a pas de preuve, suggéra Albert.

— *Well…*, si ça prend des preuves directes, quelqu'un d'autre est prêt à témoigner.

— C'est lui qui a appelé ? invervint Benoît.

— Non, pourquoi ? Laissez-moi vous dire que la première fois que vous avez détaché les rabats des portes de ma trappe, j'ai cru d'abord à une grossière négligence de mes hommes, ce qui a mis mon gendre dans tous ses états. Mais la deuxième fois en était une de trop puisque vous avez été suivis pas à pas par quelqu'un dont je tairai le nom.

— C'est pas pire que l'arrangement que vous m'aviez fait pour mon emprunt, se risqua à lui dire Albert. J'ai jamais compris pourquoi vous vouliez m'obliger à vous vendre notre saison de pêche au homard au cas où je ne vous aurais pas remboursé la totalité de mon prêt. C'est quoi la suite, si justement je peux vous rembourser tout de suite ? enchaîna-t-il en déposant sur le bureau une enveloppe qui contenait la somme en argent de son prêt.

— C'était pour te piéger, lui répondit le marchand en faisant fi de l'argent.

— Me piéger ?

— *Well…*, Albérik à Médée m'avait dit que tu voulais devenir un hauturier afin d'impressionner mon beau-frère Georges et, par ricochet ma nièce Marie-Clara. Vrai ou faux ?

— Vous avez raison. Ça adonne que le capitaine Vincent m'a fait signer un document que si j'étais intéressé à m'embarquer sur le *Nadine*, il me recommanderait à qui de droit.

— Sur le *Nadine* ! Mais as-tu pensé que plus les chalutiers deviennent performants, plus le poisson de fond a tendance à disparaître ?

Attendant toujours après le verdict de leur supposé méfait, Benoît risqua le tout pour le tout.

— Si ça vous fait rien, on pourrait peut-être s'entendre sur une forme de compensation pour les pertes que vous avez subies. N'est-ce pas, Albert ? enchaîna-t-il en regardant ce dernier de travers.

— Oui. D'ailleurs il nous reste assez de hareng pour alimenter l'une de vos boucanneries pendant plusieurs semaines. Qu'est-ce que vous en pensez ?

— *Well…* Ça dépend du prix.

— Bah ! Pour deux fois rien, comme on dit, répondit-il avec un sourire malicieux.

— C'est pas cher. À part de ça ?

— Rien d'autre. Cependant, on voudrait pas que vous reveniez sur ce règlement à l'amiable plus tard en disant que ce n'était pas suffisant.

— Vous avez ma parole, leur confirma Samy en se levant.

— Merci bien, lui dit Albert. J'ai l'impression qu'Albérik a quelque chose à voir dans ça.

— *Well…*, lui et beaucoup d'autres aussi. Vous voulez un bon cigare ? Il m'en reste quelques-uns de ceux la naissance du dernier de mes petits-fils. Vous allez voir que dans la vie, il y a des choses beaucoup plus importantes que l'argent, dit-il en voyant deux de ses petits-enfants qui l'espionnaient par la porte entrouverte de son bureau.

À peine sortis de chez Samy, les deux fils à Joseph se précipitèrent chez Albérik pour lui annoncer la bonne nouvelle, certains qu'ils étaient que ses interventions n'avaient pas été vaines.

— Allez, tirez-vous une chaise, leur dit-il en les voyant apparaître dans le *tambour** de sa maison qu'il ne barrait jamais à clé.

— Ç'a été merveilleusement bien avec Samy, lui annonça Albert avec un sourire béat.

— D'autant plus que son gendre va peut-être nous acheter de ses propres harengs, intervint Benoît en riant.

— Rapport qu'avec lui, on peut toujours s'arranger. Avec l'argent qu'il possède, il a toujours la liberté de choisir entre aider ou encore nuire. Vous en avez eu la preuve. Avec votre père, par contre, c'est pas du pareil au même, surtout avec toi, Albert. N'empêche que d'après moi, Joseph ne veut rien savoir que tu abandonnes la pêche au homard pour celle avec des chalutiers.

— Et qu'est-ce qui vous fait dire ça ? demanda-t-il en se rappelant qu'il hésitait toujours à confronter personnellement son père sur ce sujet.

— Imagine-toi donc qu'il a invité, par l'intermédiaire du capitaine Vincent, le beau-frère de Samy qui a une résidence secondaire à Québec à venir aux Îles pour l'ouverture de la prochaine saison de pêche au homard.

— Pas vrai ? demanda Albert, perplexe.

— Eh oui ! Et si j'ai bien compris, il voudrait vous offrir de l'approvisionner en homard pour ses restaurants et faire ainsi d'une pierre deux coups.

— Pour le coup des restaurants, ça peut aller. Cependant, pour celui que je fasse carrière dans la pêche au homard, il n'en est pas question. Point à la ligne.

---

* *Tambour* : petit portique pour s'abriter des vents assourdissants des Îles

— Et même s'il te transfère son permis à bon prix plutôt qu'à notre frère le plus vieux ? demanda Benoît.

— C'est sûr et certain, lui répondit Albert en se levant d'un bond, leur faussant compagnie pour rentrer à la maison afin de s'entendre avec son père.

CHAPITRE 12

« Tout ce qui traîne se salit »

Depuis toujours, la pêche au homard a occupé une place très importante dans l'économie madelinienne. Elle est pratiquée la plupart du temps de père en fils. Durant huit semaines – de mai à juillet –, les pêcheurs quittaient leur port d'attache à la barre du jour avec des botes d'une dizaine de mètres tout au plus. De retour en fin d'après-midi, ils débarquaient leurs prises sur des quais situés près de *factories* qui, après avoir fait cuire les homards, les décortiquaient pour les mettre en conserves. Un travail qui attirait beaucoup de monde à la recherche d'un emploi qui leur permettrait de se faire *coller des timbres**.

Or, au milieu des années 1970, la pêche au homard a connu son ère d'industrialisation et, par le fait même, de réglementation. Il n'était plus seulement question de se battre contre vents et marées, mais aussi contre ses propres compatriotes qui avaient prévu le coup. Équipés de plus gros bateaux de pêche, de puissants moteurs et d'appareils de détection dernier cri, ils étaient en train de renverser la vapeur. De pauvres pêcheurs qu'ils étaient auparavant, ils étaient devenus des entrepreneurs capables de rivaliser, entre autres, avec les hauturiers. Il n'en fallait pas plus pour que la vente de homards vivants prenne un essor considérable et, par ricochet, que des centaines d'emplois soient dévalorisés.

Si l'industrialisation de la pêche au homard avait exigé de multiples transformations dans la façon d'exercer ce métier, elle avait du même coup créé beaucoup d'ambiguïté sur les conditions qui entouraient le transfert des permis, dont celui détenu par Joseph à Télesse.

— Il est grandement temps qu'on discute, Albert, lui signifia son père avec un air bien décidé.

---

* *Coller des timbres* : façon de se qualifier pour l'assurance-chômage

— Est-ce vous qui avez eu l'idée d'inviter le père de Marie-Clara à venir par chez nous pour l'ouverture de la pêche au homard ? lui demanda Albert d'entrée de jeu.

— Ça te donnera quoi de le savoir ? De toute façon avec les nouveaux règlements et restrictions, je ne me sens plus capable d'affronter la concurrence. Je me suis dit, ton frère Benoît avec, vu que t'es dur à l'ouvrage, que te transférer mon permis de pêche au homard avec arrangement financier à venir était la meilleure façon d'assurer le gagne-pain de la famille. Qu'est-ce que t'en penses, mon garçon ?

— Et mon frère Benoît, qu'est-ce que vous avez décidé pour lui ?

— Benoît sera ton aide-pêcheur en plus de s'occuper de négocier le prix du homard vivant avec Georges, le père de Marie-Clara.

Albert sentit qu'il y avait anguille sous roche. Pendant qu'il s'efforcerait d'être au bon endroit au bon moment, son frère Benoît, lui, aurait le chemin libre. Un chemin que lui permettrait de jouer au séducteur tant auprès de Marie-Clara que de son père, un Madelinot pure laine qui avait épousé la sœur du marchand Samy.

— Ça fait peut-être pas votre affaire, mais je ne veux pas de votre permis, un point c'est tout. Je suis prêt à aider la famille pour la durée de la pêche au homard, mais aussitôt la fin de la saison, je vais répondre à l'invitation du capitaine Vincent à Odiphas et m'embarquer sur le *Nadine*.

— Tu mêles les cartes, mon garçon. On a toujours mangé nos trois repas par jour. On a une maison bien entretenue et suffisamment de terrain pour en donner une partie à chacun de vous autres lorsqu'il va décider de fonder une famille. Tu devrais comprendre qu'avec toutes les nouvelles restrictions et règlements, j'en ai par-dessus la tête.

— Mais il y a Benoît avec qui vous pourriez faire le même arrangement.

— J'y ai pensé. Il n'est pas comme toi, par contre. Il laisse souvent les choses arriver sans essayer de les prévenir ou au moins de les imaginer. Je vous ai vu faire votre tour de passe-passe à Samy, et c'est là que j'ai fait mon choix.

Mal à l'aise, Albert jongla à une façon de ne pas trop offusquer son père.

— Au mieux, je vais vous aider à passer à travers la prochaine saison de pêche au homard. Mais pour cela, j'ai besoin d'avoir carte blanche.

— Comme ça, tu vas laisser ton père pour devenir un hauturier avec tous les risques que ça comporte, tant au plan de ta propre sécurité que celui de la rareté des poissons de fond?

— Laisse-le donc faire sa vie selon son désir à lui et non le tien, répliqua Albertine à son mari. Si c'est ce qu'il aime faire, il va exceller.

— En tout cas, j'aurai toujours essayé, marmonna Joseph en regardant sa femme de travers.

— Qu'est-ce que vous diriez si je m'organisais pour que, peu importe qui va prendre la relève avec votre permis, il puisse bénéficier d'équipements et d'un bâtiment adaptés aux conditions du marché? Ce n'est pas quand ça va mal qu'il faut faire une vente de feu, vous savez.

— Et comment vas-tu t'y prendre, mon garçon, avec un bote qui a peine à suivre ceux qui pêchent de plus en plus au large? lui demanda son père, ragaillardi.

— Je ne sais pas encore. Si j'ai votre accord, vous allez voir que plus jamais on va nous appeler les pauvres pêcheurs.

— Tu as ma bénédiction pour tout de suite jusqu'à ce que tu me demandes de m'endetter encore plus que je le suis dans le moment, lui lança son père en signe d'approbation.

Sorti tout au moins en théorie d'une impasse avec sa proche famille, Albert était fin prêt à révolutionner tant les techniques de pêche au homard que les outils pour la pratiquer. Aussi, afin de s'assurer d'être à la hauteur du défi, il se devait d'être le premier arrivé sur les fonds de pêche lors de l'ouverture de la saison afin d'être en mesure de s'approprier les meilleurs fonds pour y tendre ses cages à homard. Même si le bote de son père était plus petit que la moyenne, cela ne voulait pas dire traîner de la patte lorsqu'il était question de quitter son port d'attache pour naviguer au large des côtes madeliniennes. Un endroit où se trouvait des bancs de homards affamés et par le fait même plus costauds. Du reste, la nouvelle réglementation faisait état d'une diminution du nombre de casiers, à raison de vingt-cinq de moins pour les cinq prochaines années, diminuant d'autant la capacité de pêche comme elle était à l'origine. Enfin, la longueur de la carapace des homards pêchés allait être augmentée de plusieurs centimètres au cours des sept prochaines années afin d'en arriver à obtenir des prises qui dépasseraient facilement une livre chacune. C'était comme si ces nouvelles règles obligeaient les pêcheurs de homard à ne pas répéter le carnage que pratiquaient les hauturiers avec la pêche au poisson de fond. C'était aussi la loi de l'offre et de la demande des marchés qui obligeait les pêcheurs à user de stratégies et à investir, considérant que pêcher était devenu faire une business.

Loin d'être à court d'idées, Albert décida donc de contacter le député du coin afin d'obtenir sa juste part de subvention, qui servira à l'acquisition d'un moteur plus performant mais moins gourmand, le coût du fioul étant devenu un élément à considérer s'il voulait que ce soit rentable. Aussi, afin de mettre toutes les chances de son côté, il s'assura de rencontrer le député avec qui le marchand Samy avait le plus d'atomes crochus. « Et pourquoi pas ? », se dit-il en pensant que Georges, le père de Marie-Clara, était en fait le beau-frère du marchand.

« Veuillez prendre place, lui dit l'attaché politique du député pendant que je vous annonce à mon patron. »

— Comment allez-vous ? lui demanda le député en le priant de s'asseoir. Vous semblez complètement remis de votre dernière expédition à la chasse au phoque.

— Pas si pire. Par ailleurs, j'ai du fil à retordre avec mon père qui veut absolument que je lui achète son permis de pêche au homard.

— Je sais, lui dit le député, en feuilletant le dossier que sa secrétaire lui avait remis.

Élu à l'Assemblée nationale depuis plus d'une dizaine d'années, le député Auclair avait appris de ses homologues comment séduire le plus grand nombre possible d'électeurs avec des promesses d'aide de toutes sortes. Il s'agissait en effet de laisser de l'espoir aux postulants, quitte à ne délier les cordons de la bourse qu'au moment de l'annonce de prochaines élections. Scrutant plus attentivement le dossier, le député essaya de sonder le terrain et vérifier si la situation était propice à un retour d'ascenseur.

— À moins que je ne me trompe, vous avez eu des démêlés avec le marchand Samy, dit-il en regardant brièvement Albert par-dessus ses petites lunettes.

— Oui, mais ça s'est terminé quand même sur une bonne note. D'ailleurs, c'est lui qui m'a incité à venir vous rencontrer pour voir s'il n'y avait pas quelque chose à faire.

— *Quelque chose*? lui demanda le député en fronçant ses longs sourcils.

— N'est-ce pas votre parti qui avait réussi à obtenir une subvention pour la construction du *Nadine*?

— En effet, et la raison en est très simple : c'est un bateau qui va permettre d'obtenir suffisamment de quotas de pêche du fédéral pour que les travailleurs des usines puissent faire leurs timbres d'assurance-chômage.

— Vous voulez dire par là qu'il faut voter du bon bord? le coupa Albert avec une pointe d'ironie dans la voix.

— C'est comme ça, que voulez-vous? Au sujet de votre demande de subvention pour l'achat d'un nouveau moteur, avez-vous songé au fait qu'il ne reste que quelques semaines avant l'ouverture de la pêche au homard? Vous savez, la paperasse, c'est long au gouvernement.

— Je sais. Mais ça dépend qui l'apporte et à qui.

— Et si je m'occupe de votre demande avant toutes les autres que j'ai reçues, qu'est-ce que cela va me rapporter? s'enquit le député en montrant du doigt une pile de dossiers.

— Je ne sais pas, lui répondit Albert feignant de ne pas comprendre.

— Mon ami Samy m'a parlé de vous comme d'un fier Madelinot susceptible d'aider le gouvernement à mieux servir ses compatriotes. En fait, votre entourage nous est-il hostile? enchaîna-t-il en regardant les boutons de son téléphone qui ne cessaient de clignoter.

— Je sais que votre temps est précieux, reprit promptement Albert. Faites vos devoirs et je ferai les miens par la suite. J'aime relever les défis, et si vous êtes fait du même bloc que moi, j'aurai ma subvention à temps pour l'ouverture de la pêche au homard. Comme ça, Georges, dont la femme est la sœur du marchand Samy, que vous connaissez probablement, va pouvoir aller de l'avant avec l'approvisionnement en homard frais pour ses restos et...

— Et les pêcheurs de votre famille ne seront enfin plus traités de pauvres pêcheurs, le coupa le député en appelant son attaché politique. Vous pouvez aller reconduire Albert à Joseph, et n'oubliez pas de mettre *URGENT* sur ce dossier que j'apporterai par avion demain à Québec.

— Pourvu qu'il n'y ait pas de brume, lui rappela son attaché, qui craignait le pire, l'avion n'ayant pas été capable d'atterrir aux Îles depuis plusieurs jours.

Albert se leva, serra fermement la main du député et prit congé.

Une semaine plus tard, il fut averti que sa subvention avait été acceptée à la condition – il y en avait toujours une – qu'il débourse trente pour cent du coût du moteur et de son installation. Une somme d'environ 800 piastres qu'il lui fallait trouver s'il voulait répondre aux attentes en approvisionnement du père de Marie-Clara, qui, disait-on, s'apprêtait à revenir de Québec où il séjournait souvent pour s'occuper de ses restaurants. Même s'il trouvait l'argent nécessaire – il ne savait où –, rien ne disait que Marie-Clara accompagnerait son père pour les négociations. Encore là, il se demanda si elle serait plus attentive à ses élans de conquête qu'à ceux de son frère Benoît, qui pourrait courir deux lièvres à la fois. Il pensa parler à sa mère de ses ennuis d'argent, mais c'était une alternative de dernier ressort. Il décida donc de faire appel à l'un de ses compagnons de toujours, Carlo à Tannice.

Carlo, de son vrai nom Carl-Aubert, était le dernier des garçons et le neuvième d'une famille de dix enfants. Né du deuxième lit, son prénom avait fait l'objet d'une discussion vive entre son père, Tannice, et sa mère, Alphonsa, qui voulait l'appeler tout simplement Carl. Elle disait que c'était plus à la mode et à la fois romantique. Son mari ne voulait pas en entendre parler, disant que tout le monde allait l'appeler Carlo. Loin de lâcher prise, sa mère l'avait finalement fait baptiser Joseph Carl-Aubert, Aubert étant le prénom préféré de son mari. Enfant, Carl-Aubert devint vite le centre de l'attention de la famille qui le voyait grandir à vue d'œil, au point où plusieurs racontaient qu'il deviendrait sûrement un *lingard**. En accord avec sa mère, il s'était laissé pousser les cheveux qui frisaient naturellement en gros boudins. Malheureusement, il avait dû s'astreindre à les faire couper avant son entrée à l'école primaire du village.

Pas plus studieux qu'il ne fallait, Carlo manquait souvent l'école pour aider son père qui, après la saison de la pêche au homard, s'adonnait au commerce de denrées alimentaires dans un petit magasin attaché à la maison familiale. Appelé par plusieurs voisins «le magasin du peuple», il fallait le fréquenter assidûment si l'on voulait être au fait des plus récentes palabres. Des palabres qui faisaient écho à la question «Et puis, à part de ça?», qui en incitaient plusieurs à en trouver des plus fraîches.

Preuve que son père était de tous les métiers, lorsqu'arrivait l'hiver, Tannice se faisait embaucher comme monteur de lignes téléphoniques aériennes. Difficiles d'accès, surtout après une bonne bordée de neige, il avait patenté une chaise sur poulie qu'il laissait filer d'un poteau à l'autre, lui évitant ainsi de devoir monter et redescendre chaque fois pour réparer ou ajouter un nouveau câble au réseau. «Astheure que les femmes se sont mises à parler de plus en plus au téléphone, Tannice n'a pas fini de faire le singe», disait-on chaque hiver, jusqu'à ce que les câbles téléphoniques furent enfouis à travers toutes les Îles.

À l'école primaire, Carlo se faisait remarquer pour ses pitreries. L'une d'elles était qu'il jouait du violon à l'oreille en tenant son instrument sur le bras gauche plutôt que sur l'épaule, tout en balançant la tête comme s'il endormait un bébé en jouant une berceuse de son cru. Déçu de ne pas avoir reçu de cadeau à son goût pour son dixième anniversaire de naissance, il se reprit au Noël suivant en achetant par catalogue avec son argent de poche le petit moteur à vapeur qu'il rêvait d'avoir. Il enveloppa son cadeau et le mit sous l'arbre de Noël avec la mention «À Carl-Aubert, de son ami préféré Carlo».

Sa famille comptait dix enfants vivants en 22 années de mariage. Les enfants les plus vieux se plaignaient souvent du relâchement de

---

* *Lingard*: un garçon très grand et maigrichon

la discipline avec les plus jeunes, dont Carlo. Un relâchement qui lui permettait de butiner d'une fille à l'autre en découchant à l'occasion, tandis que les plus vieux des enfants – surtout les filles – se devaient de ne pas consommer le mariage avant la date prévue. Ses parents s'accommodaient tant bien que mal de cette évolution sociale, tout comme celle qui secouait entre autres le domaine des pêches.

Au secondaire à l'école régionale, Carlo se lia d'amitié avec les trois autres membres du Quatuor madelinien. Il les perdit de vue cependant lorsqu'il quitta les Îles pour poursuivre des études postsecondaires en technique de pêche, études qu'il dût interrompre, étant donné une grave maladie, dont le rétablissement fut très difficile. Néanmoins, sa maladie n'a pas eu d'effet direct sur sa stature.

Mesurant plus de six pieds, Carlo avait de larges épaules et un corps d'une minceur surprenante. Il avait une large bouche coiffée d'une très forte moustache, un nez aquilin et de grands yeux bruns vifs qu'il cachait derrière des lunettes à grosse monture.

— Et puis, Carlo, qu'est-ce que ça conte de bon? lui demanda Albert en le voyant en train de préparer des agrès, à trois jours de l'ouverture de la pêche au homard.

— Pas si pire. Le plus dur a été que, lors de mon dernier voyage à Québec, ils ont dû m'enlever un rein.

— Un rein! Pas à ton âge?

— Eh oui! Tu te rappelles comme je me lamentais quand je jouais trop longtemps de la musique avec vous autres, surtout quand une bière n'attendait pas l'autre. En fait, un de mes reins était condamné et était en train de contaminer l'autre.

— Pas vrai! lui répondit Albert qui compatissait avec lui. Si tu as perdu un rein, moi, c'est plutôt la tête qui s'embrouille lorsque je suis angoissé. Le docteur m'a dit qu'on traînait souvent toute notre vie nos vieilles blessures. Mais pour en revenir à la raison de ma rencontre, que dirais-tu si l'on faisait équipe ensemble pour la prochaine saison de pêche au homard?

— J'ai l'impression que tu dois être pris dans le même engrenage que moi, à savoir que nos pères respectifs voudraient que la tradition se perpétue de père en fils en nous cédant leur permis de pêche.

— T'as deviné juste. Ça veut pas dire que j'écarte la pêche au poisson de fond sur un chalutier comme le *Nadine* après la fermeture de celle au homard, ajouta Albert en sachant que son compagnon avait le même rêve.

— Il faudrait pas oublier cependant que le meilleur de la pêche hauturière est peut-être passé et qu'il sera difficile de prendre la place des pêcheurs embarqués depuis le printemps, lui fit remarquer Carlo. Mais, au fait, à quoi tu t'attends de moi ? Dois-je te rappeler que la pêche au homard, ça rapporte de 5000 à 6000 piastres pour les huit semaines que ça dure ? Ça fait huit gros timbres et, comme on le sait, il en manque toujours une demi-douzaine pour se qualifier. Ça fait que...

— Ça fait que, pour te qualifier, le coupa Albert, j'utiliserais mon contact pour que tu m'accompagnes sur le *Nadine* pour la pêche hauturière à la seine. Qu'est-ce que t'en dis ?

— J'en dis qu'il va falloir que tu me donnes pas mal de *bacon* pour me convaincre de laisser tomber mon père, qui voudrait tout comme le tien me transférer éventuellement son permis.

— Écoute-moi bien, Carlo. Mon père m'a donné carte blanche à tout point de vue.

— Et ça veut dire quoi ?

— Ça veut dire qu'il me laisse choisir avec qui et avec quoi je pourrai satisfaire ses attentes, qui sont celles de Georges, le père de Marie-Clara. Après quoi, il me laissera libre de m'embarquer sur le *Nadine* pour le reste de la saison de la pêche à la seine.

— Et moi, dans tout ça ? s'enquit Carlo.

— Je t'engage comme aide-pêcheur à temps partiel et j'utilise mon influence auprès du capitaine Vincent pour que tu me suives sur le *Nadine*. J'imagine que si on réussit à faire son affaire comme remplaçants, il va nous embaucher comme partants pour l'année prochaine. C'est pas ce que tu veux, Carlo ?

— T'as raison. Mais en quoi consistera exactement mon travail avec toi ?

Comment faire pour ne pas lui dire qu'il voudrait l'avoir avec lui bien plus pour modérer les ardeurs de son frère Benoît auprès de Marie-Clara et, par ricochet ,auprès de son père que tout simplement comme aide-pêcheur ? De cette manière, pensa-t-il, je vais m'assurer de mettre toutes les chances de mon côté pour intéresser Marie-Clara.

— Tu agiras sur mon ordre comme aide-pêcheur avec mon frère Benoît, surtout lors des premiers jours de pêche. Par après, tu seras sur appel, à raison de deux ou trois jours par semaine. Je te paie selon la performance de pêche. Qu'est-ce que tu dirais de 15 ¢ la livre, quelle que soit la durée d'une journée de pêche ?

— Pourquoi pas 25 ¢, Albert ?

— On coupe la poire en deux pour 20 ¢ la livre, OK ?

— Oui, mais pourquoi moi plus qu'un autre, comme notre ami Justin à Télesphore, par exemple ? demanda Carlo, surpris de se voir accorder un si bon arrangement.

Albert pensa au fameux 800 piastres qu'il devait trouver s'il voulait être certain d'obtenir la subvention pour l'achat d'un nouveau moteur, outil essentiel à la mise en application de son plan de pêche au homard. Il savait que sa mère, qui avait, au fil des années, amassé un petit pécule avec son assurance-chômage, pourrait l'aider. N'était-elle pas, après tout, intervenue auprès de son père pour qu'il le laisse réaliser son rêve ?

— Que dirais-tu, Carlo, si je m'organisais pour vendre une bonne partie de mes homards en bas d'une livre à l'usine dans laquelle ton père possède des parts ? suggéra-t-il.

— Et en échange de quoi ?

— Aussi bien te l'avouer. Pour y faire travailler ma mère pour ses timbres ; c'est à elle que je vais demander de m'aider à payer le dépôt nécessaire à l'achat d'un moteur neuf.

— Je ne crois pas qu'il y aura de problème avec ça. C'est pour quand que tu veux m'avoir ?

— Deux jours avant l'annonce de la mise à l'eau des cages.

— OK, répondit Carlo, satisfait des arrangements.

Aussitôt revenu de ses pourparlers avec Carlo, Albert se mit à évaluer les chances que son plan fonctionne à tout point de vue. Il espérait que sa mère, qui l'avait récemment soutenu auprès de son père, puisse lui prêter l'argent nécessaire à l'acquisition d'un moteur neuf. Cependant, imposer Carlo à son frère risquait de créer de la bisbille dans la famille. Aussi, pour parer aux impondérables, il décida de rencontrer son mentor de toujours, Albérik à Médée.

— Il y a quelqu'un ? cria Albert en entrant dans le tambour de la maison, que le Vieux ne barrait jamais à clef.

Surpris de ne pas obtenir de réponse, malgré qu'il ait aperçu le petit camion à sa place habituelle, il se dirigea aussitôt vers le boudoir. Une pièce, pour ne parler que de celle-là, qui faisait grand contraste avec celles qu'il avait récemment vues lorsqu'il s'était rendu avec son frère chez le marchand Samy. Le boudoir contenait entre autres un canapé moelleux sur lequel Albérik avait l'habitude de faire son somme. Les murs étaient ornés de multiples tableaux et cartes marines, qui faisaient foi de sa vaste expérience passée en tant que navigateur. Croyant que le pire ait pu lui arriver, Albert partit à sa recherche. Dans le salon, il fut frappé par la chaleur que dégageait le mobilier en bois dur, dont un buffet dont les multiples reliefs le faisaient paraître bien plus imposant qu'il ne l'était en réalité. Une grande horloge grand-père avec son tic-tac incessant lui rappela combien était précieux le temps qui passait. Il entra dans la chambre à coucher avec salle de bain attenante sans toutefois y découvrir âme qui vive. Une fois de plus, il fut frappé par les meubles et accessoires qui ne semblaient pas avoir d'âge.

Inquiet, il sortit et se dirigea vers un petit hangar qui servait de refuge au Vieux. Faute de l'y trouver, il écarquilla les yeux en apercevant sur de multiples crochets et étagères des maquettes de bateau ainsi que des appareils de navigation en partie ou en tout qui avaient appartenu à divers navires naufragés, dont le *Corfu-Island* en décembre 1963. En sortant, il aperçut Albérik qui venait le trouver d'un pas nonchalant.

— Mais pour l'amour de Dieu, où étiez-vous passé ? Ça fait une grosse heure que je vous cherche partout.

— J'ai été faire une petite marche en attendant que tu arrives. C'était bien à trois heures, notre rendez-vous ? s'enquit-il en regardant l'heure sur sa montre de poche.

— Plutôt à deux heures. Mais peu importe. Si vous avez un peu de temps pour moi, j'aimerais vous faire part de la confusion qu'il y a dans ma tête depuis la discussion que j'ai eue récemment avec ma famille.

Assis dans le boudoir du Vieux, Albert lui résuma l'entretien qu'il avait eu avec son père de même que celui qui avait suivi avec Carlo.

— J'ai pour mon dire que celui qui sait se servir de l'argent des autres pour parvenir à ses fins n'a pas son pareil. Acheter un puissant moteur, ça va te permettre d'arriver dans les premiers sur les *pierres du large**. Ça fait qu'arrivé dessus, arrange-toi pour en prendre le contrôle en éparpillant tes cages de façon à barrer l'accès aux autres.

— Plus facile à dire qu'à faire. Vous oubliez qu'il me sera nécessaire de faire plusieurs voyages de cages. Ça fait que pendant ce temps-là…

— Ça fait que pendant ce temps-là, intervint le Vieux, il va te falloir choisir les fonds de pierre qui sont situés directement sur la route des courants prédominants et qui, par le fait même, transportent de la nourriture aux homards. Et encore mieux, ça va t'obliger à penser avant d'agir surtout après les premières semaines de pêche.

— D'autant plus, de poursuivre Albert, que les palabres des autres pêcheurs ont souvent pour but d'éloigner les intrus de leurs fonds préférés.

— T'as raison, mon pauvre enfant. Tes meilleurs complices sont la force et la direction des vents et des courants, la température de l'eau et, quoi qu'on dise, la lune, avec son influence sur les marées.

— À part de ça? lui demanda Albert, qui feignait de ne rien connaître de la pêche au homard.

— Il y a la bouette. En début de saison, le homard a faim et il mange à peu près n'importe quoi. Par la suite, cependant, il te faudra varier son menu avec du maquereau comme nourriture de base en y ajoutant de la plie fraîche à l'occasion. Le homard, c'est comme nous autres, il change d'humeur et il est piqué de curiosité par tout ce qui se passe devant lui pour la première fois de sa vie.

— Comme le bois neuf des cages qui rejette des bulles d'air du fait qu'il n'a pas séjourné préalablement dans de l'eau saumâtre,

---

* *Pierres du large* : fonds rocheux propices à la pêche

133

intervint Albert, qui connaissait à peu près tous les trucs du métier de pêcheur de homard. Le téléphone sonne, enchaîna-t-il, sachant que le Vieux était dur d'oreille.

— Oui, allô!… C'est pour toi, Albert. J'ai reconnu la voix de ton frère Benoît, qui semblait inquiet. J'espère qu'il n'y a personne de malade chez vous!

— Oui, allô! Benoît… Quoi! Pas vrai? Hein?!… J'arrive.

— Qu'est-ce qui se passe? demanda Albérik en plissant le front.

— Il n'y a personne de malade. Mais c'est tout comme.

— Comme quoi? de lui demander le Vieux exaspéré.

— Imaginez-vous donc que Georges, le beau-frère de Samy, eh bien, il est rendu chez nous avec sa fille Marie-Clara.

— Mais ça doit faire ton affaire? dit le Vieux avec un petit sourire moqueur.

— Plutôt celle de mon père et de mon frère Benoît. Vous m'avez déjà dit que «tout ce qui traîne se salit», fit-il avant de le quitter en coup de vent.

CHAPITRE 13

« Gros-Jean comme devant »

Au retour d'une soirée écourtée durant laquelle il avait accompagné Marie-Clara, plus séduisante que jamais, Albert n'arrivait pas à dormir. La mise à l'eau des casiers, prévue pour le lendemain samedi au lever du soleil, l'inquiétait. Ce n'était pas parce que la rencontre qu'il avait eue chez lui avec Georges, le père de Marie-Clara, au sujet de l'approvisionnement de ses restaurants n'avait pas été concluante, mais bien parce qu'il ressentait l'obligation de le satisfaire en homard frais afin de lui prouver qu'il méritait la main de sa fille.

L'emprunt pour le dépôt d'une mise de fond nécessaire pour l'obtention d'une subvention put être fait, de telle sorte qu'un nouveau moteur plus puissant et économique en fioul avait été installé dans le bateau de pêche dont il avait été nommé capitaine d'office. Néanmoins, sa mise à niveau avec les dimensions et capacités du bateau qui étaient restées les mêmes n'avait pas eu lieu. Il devra donc se battre contre des pêcheurs équipés pour pêcher plus loin au large des côtes madeliniennes, et ce, par gros temps, s'il le fallait.

Georges, qui était depuis retourné à Québec pour affaires, avait conclu une entente de principe d'approvisionnement en homards vivants avec sa famille, ou plutôt avec son frère Benoît qui avait fait montre de ses qualités de fin négociant. Des qualités qui avaient ravi Georges, et, par le fait même, sa fille Marie-Clara, qu'il avait mandatée pour veiller à ce que l'entente d'approvisionnement soit respectée. Loin d'avoir voulu l'éloigner de ses prétendants – il s'en était déclaré plusieurs –, il s'était entendu avec son beau-frère le marchand Samy pour qu'elle habite dans un petit loft adjacent à son domaine.

Albert, qui avait repris la conquête du cœur de Marie-Clara depuis le départ de son père, se retrouvait hélas contraint de le faire en présence de sa cousine Claudia qui lui servait de chaperon. Il s'en était accommodé, malgré lui, en refoulant sans cesse ses ardeurs, la laissant ainsi désirée par ses concurrents.

Sera-t-elle à son port d'attache demain matin au lever du soleil comme elle le lui avait promis ? Voilà une des questions qu'il essaya de mettre de côté en revoyant dans sa tête pour une dernière fois la façon dont il prévoyait s'y prendre lors de cette première journée cruciale de pêche au homard. Une journée qui habituellement était annonciatrice d'une saison réussie ou lamentable.

De façon à avoir une bonne saison de pêche, il avait fait des regroupements de ses 300 casiers, à raison de 60 % en lots de neuf et la différence en lots de six. Il avait donc planifié deux voyages de casiers plutôt qu'un, comme la plupart de ses concurrents qui possédaient des bateaux de forte dimension tant en longueur qu'en largeur. Or, comme il estimait être le premier arrivé sur les fonds de renommée certaine, il avait projeté de tendre ses lots de neuf casiers de façon à encercler l'entrée et par le fait même à en boucher l'accès aux autres pêcheurs. Ce stratagème lui permettrait – du moins l'espérait-il – de revenir sur les lieux avec son deuxième voyage de lots de six casiers pour les larguer à l'intérieur afin de s'assurer d'en avoir l'exclusivité. Aussi, comme les changements climatiques influaient de plus en plus sur le comportement du homard, il avait projeté de tendre ses derniers lots de casiers plus au *norwois**, face aux courants prédominants, de façon à ne pas mettre ses œufs dans le même panier, quitte à s'ajuster en cours de saison. Il se devait de réussir parce que tout le monde aux Îles ou presque l'avait à l'œil du fait que son mentor, le vieil Albérik, avait bavardé plus qu'à son goût de son stratagème. Il compta beaucoup sur la vitesse d'exécution de son plan, sans écarter pour autant les possibilités d'accidents pouvant provoquer des pertes de vies, comme cela était déjà arrivé dans le passé. Rongé par l'inquiétude que son amie de cœur ne soit pas là le matin de la mise à l'eau des casiers, il ne réussit à fermer l'œil que vers minuit.

À 3 h du matin, il se rendit à son port d'attache. Arrivé au quai, il aperçut plusieurs pêcheurs, dont Carlo et son frère Benoît, qui

---

* *Norwois* : pour nord-ouest

étaient en train de préparer la bouette pour le premier voyage de lots de casiers. Il remarqua que de plus en plus de voitures arrivaient, amenant certains proches des pêcheurs, des curieux, de même que plusieurs touristes désireux d'assister à cette grande première. Il chercha Marie-Clara du regard et la vit parmi un groupe de fêtards. Il monta aussitôt sur le toit de la timonerie pour essayer d'attirer son attention, sans succès.

Une demi-heure avant le lever du soleil, il mit en fonction les divers appareils de navigation et de détection des fonds de pêche pour s'assurer pour la énième fois qu'ils répondaient aux critères pour lesquels il en avait fait l'acquisition. Satisfait, il démarra le moteur et estima qu'il était suffisamment réchauffé pour un départ tout en puissance.

Au soleil levant, une fusée éclairante perça le ciel madelinien au-dessus de la Baie de Plaisance, signe que les bateaux de pêche pouvaient prendre le large. Déçu de ne pas avoir réussi à attirer le regard de Marie-Clara, Albert dut jouer des coudes avec les autres bateaux dans l'espoir d'être le tout premier à parvenir à sortir de l'emprise du havre de pêche. Heureux d'y être arrivé, il fut ragaillardi lorsqu'il aperçut Marie-Clara qui, perchée sur la partie supérieure du quai, lui faisait des bye-bye tout en lui soufflant de multiples bécots.

Gonflé d'adrénaline, il plaça le moteur dans la position « en avant toute ». S'éloignant de plus en plus de ceux qui le suivaient et qui avaient le même port d'attache que lui, il réussit petit à petit à devancer la plupart des autres bateaux, même ceux dont le quai était situé plus près des fonds de pêche convoités. Suivant son plan à la lettre, il fut capable de larguer un bon nombre de lots de neuf casiers aux abords des fonds de pêche de renommée certaine. Toutefois, il n'y parvint pas complètement puisque les pêcheurs qui arrivaient virent son stratagème. Il fut quand même satisfait puisqu'il s'était réservé comme alternative quelques fonds qui avaient la réputation d'être productifs pourvu que les lots de casiers ne soient pas trop importants. À la nuit tombante, ses 275 casiers ayant été largués sur des fonds dont la grande majorité était annonciatrice de succès, il retourna au quai qu'il avait quitté au petit matin pour s'apercevoir qu'il était le tout dernier des bateaux à rentrer à son port d'attache.

Souffrant de maux dans tout le corps, il dévora le copieux souper que sa mère lui avait préparé et se glissa entre les draps d'un lit douillet et accueillant.

— Albert, allez, lève-toi, dit sa mère en lui secouant l'épaule.

— Quelle heure est-il, maman? Tu ne pourrais pas me laisser dormir encore?

— Il est déjà 9 h 15. Tu devrais assister à la grand-messe de 10 h. Ça va te porter chance pour le début de la pêche. Tu vas voir.

Albert, comme bien d'autres jeunes de son âge, ne fréquentait l'église que par nécessité, pour le baptême d'enfants proches de la famille ou encore le mariage d'une connaissance. Il n'avait fait qu'effleurer le thème religieux avec Marie-Clara. Aussi, afin de ne pas trop déplaire à sa mère, qui lui avait avancé l'argent pour l'achat de son nouveau moteur, il lui répondit par l'affirmative. « Après tout, je n'ai rien à perdre », se dit-il.

Endimanché, il se présenta sur le tard à l'office pour y découvrir Marie-Clara, qui occupait le banc de la famille du marchand Samy. Tout en lui jetant à l'occasion un coup d'œil auquel elle répondait, il songea à la façon dont il pourrait la retenir à la sortie de la messe afin de lui faire part de son invitation.

— Qu'est-ce que tu dirais de m'accompagner pour un tour de bateau cet après-midi?

— Mais pour aller où et avec qui? s'enquit-elle, en feignant la surprise.

— Seulement toi et moi. Cela va te permettre de connaître la façon dont j'ai procédé hier afin de satisfaire ton père avec de beaux homards, et de qualité à part de ça!

— Fantastique! Je prépare le lunch et on se retrouve à ton port d'attache. Peut-être ne le sais-tu pas, mais je t'ai attendu sur le quai hier en fin d'après-midi jusqu'à ce que ma cousine Claudia m'appelle pour aller souper avec elle et son mari Érik à Nathaël.

— Ça fait que je t'attends vers 15 h à mon port d'attache, répondit Albert en s'en allant aider sa mère à monter dans son petit camion.

À peine 15 h avait-il sonné que Marie-Clara s'amenait à l'emplacement où était attaché habituellement le bateau de pêche du père d'Albert. Après lui avoir fait la bise, il l'aida à descendre dans le bateau en étirant au maximum le temps de l'étreinte qui avait pour but premier de la sécuriser, mais qui était aussi l'occasion de la câliner de ses puissants bras.

— Où allons-nous, Albert ? demanda-t-elle en lui présentant un petit sac en papier qui devait contenir le lunch.

— On va aller sur les fonds de pêche que tu vas pouvoir suivre sur cet écran, dit-il en le lui montrant du doigt. Arrivé sur les lieux, je vais m'assurer que tout est resté en place parce que la concurrence pour les meilleurs fonds est féroce, tu sais.

— Ne pourrais-tu pas lever quelques casiers et y cueillir des homards que nous pourrions faire cuire sur place, étant donné que mon lunch n'est pas très copieux ?

— Jamais ! répliqua-t-il vivement en mettant en fonction le moteur et les appareils de navigation pour se sortir du havre de pêche.

Naviguant sous un soleil de plomb qui se reflétait sur une mer d'huile, Albert, en voyant la mine rabougrie de Marie-Clara, lui expliqua la raison de son refus.

— Depuis toujours, lui dit-il, les pêcheurs s'abstenaient de pêcher le jour du Seigneur jusqu'à ce que les magasins se mettent à ouvrir le dimanche. J'ai essayé de convaincre mon père de faire comme bien d'autres et de pêcher le dimanche.

— Et alors ?

— Eh bien, il a refusé catégoriquement en me disant que le dimanche, on pouvait faire bien des choses en famille, mais sûrement pas la pêche au homard. Et il avait raison puisque ceux qui la pratiquent se sont aperçus que d'attendre au lundi matin, comme par le passé, n'avait pas vraiment d'influence sur les résultats hebdomadaires. De toute manière, Pêches et Océans Canada a émis une directive pour l'an prochain, une directive qui dit qu'on doit pratiquer la pêche au homard d'un soleil à l'autre, sauf le dimanche évidemment.

— Tu veux dire du soleil levant au soleil couchant ? fit-elle avec un sourire en coin.

— Oui, et en plus, une seule levée de casier par jour du lundi au samedi.

— Comme ça, il n'y a pas d'espoir qu'on en déguste quelques-uns pour voir si, justement, ils goûtent toujours aussi bon.

— Peut-être, mais j'aime mieux attendre qu'on soit rendus sur les lieux ; j'ai déjà eu assez de difficultés avec mon père pour le transfert de son permis de pêche, que je ne veux pas trahir la confiance qu'il a mise en moi.

En approchant des fonds sur lesquels des lots de casiers avaient été largués, Albert s'aperçut que plusieurs bateaux concurrents l'avaient à l'œil. Certes, il voulait plaire à Marie-Clara en lui offrant de déguster avec lui quelques homards tout en sirotant un bon vin qu'il avait en réserve sur le bateau, mais il aurait surtout voulu lui montrer ses ardeurs d'amoureux, ce qu'il souhaitait faire au plus vite.

Malheureusement, il fut Gros-Jean comme devant, car les pêcheurs qui le surveillaient pourraient fort bien en parler à son père et, pire encore, à Georges, le père de Marie-Clara ! S'il était mis au courant de la débauche possible de sa fille avec un pêcheur qui n'avait pas, pour le moment du moins, une grande place dans son cœur, il ne lui pardonnerait certainement pas...

Revenu au port d'attache à l'heure du souper sans avoir pu se distancer des regards indiscrets, le couple fut accueilli par Claudia, en compagnie de son mari Érik.

— Venez donc souper avec nous autres, dit Érik en s'adressant à Albert. Ça va nous permettre d'établir une stratégie pour faire taire les *palabreux** qui ont déjà commencé à propager le fait que vous auriez consommé d'avance un mariage dont ne veut absolument pas Georges !

— C'est à peine si on a réussi à s'embrasser, répondit Albert en regardant Marie-Clara avec une moue renfrognée.

---

* *Palabreux* : personnes qui discutent de rumeurs

— Aux Îles, leur dit Claudia d'un ton suffisant, il n'y a pas son pareil pour en beurrer épais. Un simple coup de marteau au petit matin sur le doigt d'un charpentier de Grande Entrée devient un coup de masse qui lui aurait écrabouillé la main au point d'en perdre l'usage lorsque la nouvelle arrive en soirée sur l'Île-du-Havre-Aubert.

Ironie du sort, peut-être, mais trois semaines après son rendez-vous galant manqué avec Marie-Clara, Albert fut forcé de prendre un repos. Des palabres plus fallacieuses les unes que les autres lui occasionnèrent des maux de tête qui se traduisaient en lancinantes migraines.

CHAPITRE 14

« Être heureux, c'est bon pour la santé »

Étendu sur une longue chaise en pleine nature, Albert regardait la mer en essayant de déterminer, à la demande de son médecin, les moments où ses maux de tête étaient devenus de fortes migraines. Ce médecin l'avait forcé au repos et lui avait prescrit un médicament qui, à lui seul, ne parvenait pas à le remettre sur pied.

Or, il se rappela qu'il n'avait pas ressenti de malaise au cours des tout premiers jours de pêche au homard, si ce n'était que ses muscles avaient eu peine à s'habituer au travail harassant d'une douzaine d'heures par jour. Lors du premier jour de la levée des casiers, son exaltation s'était traduite par une forme de bien-être. Debout à 2 h du matin, il était sorti de chez lui avec la sensation que le monde appartenait à ceux qui se lèvent avant le soleil. Il avait quitté son port d'attache vers les 3 h sous une pleine lune qui se reflétait en d'innombrables scintillements sur une mer à peine frémissante. En route vers les premiers casiers situés au grand large, Carlo et Benoît s'étaient activés à préparer la bouette de rechange avec divers types d'appâts qui avaient été glissés dans les casiers en fonction du résultat obtenu avec ceux utilisés précédemment. À la barre du jour, il avait regardé en direction du littoral vers les maisons de son village encore endormi, ce qui lui avait donné l'impression d'être maître à bord après Dieu. Une sensation de pouvoir et de liberté, certes, mais encore fallait-il qu'il conduise en toute sécurité le bateau l'équipage dont il avait la responsabilité.

Le rouge écarlate du soleil levant avait coloré les nuages qui changeaient petit à petit de teinte. Il avait donné l'ordre d'agripper la bouée d'un premier groupe de casiers. Au moyen d'appareils sophistiqués, il avait été capable de situer cette bouée à quelques mètres près. Après avoir ouvert chacun des casiers, les aides-pêcheurs en avaient sorti les homards et en avaient mesuré certains pour s'assurer de respecter le règlement en vigueur concernant la taille, qui, semblait-il, n'était pas tout à fait la même du côté droit et du côté gauche de la carapace. À même cette première vérification, ils rejetaient à la mer les trop petits, de même que les femelles dont les œufs apparaissaient déjà sur les lamelles de leur queue. Ils avaient placé par la suite sur un piquet les nouveaux appâts suggérés par leur capitaine en retenant sur un long plateau le groupe de casiers jusqu'à ce qu'il leur donne l'ordre de les larguer à un endroit de choix. Pendant que l'un des aides-pêcheurs avait placé dans des viviers les homards par taille, l'autre en avait fait le compte pour le capitaine qui le notait dans son livre de bord, qui contenait plusieurs coordonnées sur la localisation, la force et la direction des vents et courants, de même que la température ambiante de l'air et surtout de l'eau.

Albert avait suivi son plan en s'aidant des divers appareils de navigation et de détection, à chaque levée de groupe de casiers. Grâce à la puissance de son nouveau moteur, il avait réussi à gagner du temps, ce qui lui avait permis de placer certains groupes de casiers en plein centre des courants prédominants.

Étonné par de si bons résultats, il avait mis le cap vers le havre en direction de son port d'attache, qu'il avait atteint vers 16 h. Lorsqu'il avait accosté au quai de débarquement, – l'un des derniers à revenir du large –, il fut pris d'angoisse lorsqu'il aperçut un début de rassemblement sur le quai. En plus des préposés à la pesée, il y avait bon nombre d'espions mandatés par des pêcheurs concurrents ; ceux-ci tenaient compte de ce qui leur était rapporté pour ajuster au besoin leur propre stratégie de pêche. Cependant, son appréhension redoubla lorsqu'il vit Marie-Clara en train de jaser avec deux gardes-pêche, et qui étaient armés par surcroît. Au moment où il avait procédé aux manœuvres d'accostage, elle s'était précipitée pour le complimenter en voyant les trois viviers qui étaient pleins à ras bord de homards. Il fut soulagé lorsque les gardes-pêche le félicitèrent pour avoir intégralement respecté les règlements en vigueur.

Un grand nombre de connaissances et des membres de sa famille s'étaient aussitôt approchées pour acheter directement du capitaine le *homard nouveau*. Il les avait alors informés que la toute souriante

Marie-Clara avait préséance sur eux et qu'ils devaient plutôt s'adresser à son frère Benoît, nommé agent négociant par leur père Joseph.

Une fois chez lui, il avait ressenti une sorte de félicité qui dura plusieurs jours et qui lui fit oublier cependant que les autres pêcheurs de homard n'allaient pas le laisser faire à sa guise. Ceux-ci allaient lui apprendre à respecter les règles de bonne conduite, et ce, dès la première semaine de pêche terminée.

Averti de se tenir sur ses gardes par son agent de renseignements – tous les pêcheurs en avaient au moins un –, Albert, lors de ses sorties en mer, ne regardait plus les splendeurs de dame Nature, mais plutôt le comportement des autres pêcheurs. En fait, il avait perdu sans s'en apercevoir les repères dont il avait bénéficié la première semaine de pêche. Bref, il n'était plus en paix avec lui-même du fait qu'il leur avait coupé l'herbe sous le pied en s'emparant de plusieurs des meilleurs fonds.

Or, à certaines occasions, il n'avait pu récupérer un groupe de casiers étant donné que le câble qui le retenait à la bouée de signalement avait été coupé, intentionnellement ou non. Puis à d'autres, il avait constaté qu'un lot de casiers étaient pratiquement vides à la levée, et ce, malgré qu'ils aient été largués à un endroit propice. Il s'était aperçu également que, dans certains casiers, les appâts avaient été réduits de moitié par des homards qui y avaient séjourné et qui n'y étaient plus. Enfin, plusieurs groupes de casiers avaient été déplacés de leur position originale, position maintenant occupée par ceux de ses compétiteurs.

Plus la saison avançait et plus il était aux prises avec toutes sortes de problèmes, incluant certains sur lesquels il n'avait aucun contrôle, comme la température. Résultat : ses prises avaient chuté ces dernières semaines de vingt pour cent et ses maux de tête étaient réapparus. Il les ressentait surtout quand il essayait de suivre le comportement des bancs de homards dans une eau qui se réchauffait plus rapidement que d'habitude ou encore lorsque les vents et courants forts apparaissaient soudainement. Tout n'était quand même pas négatif puisqu'il avait réussi à satisfaire en approvisionnement de homards vivants Georges, le père de Marie-Clara. Par contre, il sentait sa dulcinée lui glisser entre les doigts, au profit, entre autres, de son frère Benoît, grand charmeur de femmes.

Non seulement était-il préoccupé par ses fréquentations trop peu nombreuses avec Marie-Clara, mais aussi les absences non motivées de son aide-pêcheur Carlo le contrariaient beaucoup. Cette situation lui fit réaliser qu'il était en train de retourner *en arrière de sa bouée**. Aussi, afin d'en avoir le cœur net, il avait décidé d'avoir un tête-à-tête avec lui.

— Ça n'a pas de bon sens comme tu t'absentes sans m'en avertir, lui dit Albert au début de leur rencontre. Tu sais, je suis tanné de ne pas être assisté quand mon frère fait la pluie comme le beau temps avec son poste d'agent négociant en homards frais.

— Peut-être que ça ne fera pas ton affaire, mais j'ai réalisé que la pêche au homard n'était pas si payante que ça. Je regarde mon père aller avec le plus vieux de mes frères et je peux te dire qu'il a toute la misère du monde à boucler ses fins de mois.

— Comme ça, tu n'es pas satisfait de mes arrangements financiers avec toi ? Pourquoi ne pas m'en avoir parlé au lieu de t'absenter sans m'en avertir ?

— Ce n'est pas vraiment la raison. Je sais ce qu'il t'en coûte pour me payer et il m'est difficile de t'en demander plus. Avec la pêche hauturière en ce temps-ci de l'année, c'est du vrai gâteau. Quelque chose comme 200 à 300 piastres par jour de pêche tandis qu'avec toi, tout comme avec mon père, c'est au minimum deux fois moins. À part ça, je sens que depuis une semaine ou deux, tu n'es pas dans ton assiette.

— Peut-être bien, mais il n'y a pas que l'argent dans la vie, Carlo. Avec la pêche au homard, t'es certain d'être à la maison chaque soir que le Bon Dieu amène tandis qu'avec les hauturiers, une sortie en mer peut s'étirer jusqu'à une dizaine de jours. Tu te rappelles sûrement, Albert, de l'époque où tous ceux – surtout les femmes – qui voulaient faire leurs timbres étaient heureux de voir les pêcheurs de homard réserver leurs prises pour les *factries***. Maintenant, par

---

* *Être en arrière en avant de sa bouée* : échouer/réussir
** *Factrie* : usine de mise en conserve (*factory* en anglais).

contre, le homard est de plus en plus vendu vivant sur les marchés à grande surface. Ça fait que…

— Ça fait que les factries sont presque toutes fermées, le coupa Albert en se pinçant les lèvres.

— Si tu voyais, reprit Carlo, l'accueil que leur font les travailleurs d'usine de transformation aux hauturiers lorsqu'ils débarquent des centaines et des centaines de tonnes de morue ou encore de *poisson rouge**. Ils éprouvent à ce moment-là un sentiment de fierté qui leur fait oublier bien des petits bobos, incluant celui de n'avoir que quelques jours de repos entre deux sorties en mer.

Cette révélation frappa Albert et aiguisa encore plus son goût de devenir pêcheur hauturier. Il réalisa du même coup le manque d'intérêt grandissant des travailleurs pour le homard, dont la vente devait maintenant se négocier selon l'offre et la demande des acheteurs dont plusieurs n'étaient pas des Madelinots pure laine.

— À part de ça, poursuivit Carlo sur sa lancée, as-tu remarqué que la plupart des superbes maisons appartiennent à des hauturiers, qui changent d'automobile après l'échéance de la garantie de base, et qui…

— Et qui s'en vont en Floride l'hiver, intervint Albert. Mais, ils doivent sûrement s'endetter pour mener un tel train de vie?

— Probablement, mais pas tous. C'est plus facile pour un hauturier qui pêche à gros salaire pendant six à huit mois par année d'obtenir du crédit que pour un homardier qui n'est jamais sûr de son coup pour les huit à dix semaines que dure la pêche au homard. Ne crois-tu pas?

Une fois de plus, Albert regretta d'avoir accepté d'aider sa famille, surtout son père. Un sentiment qui s'était traduit par un mal de tête, lequel s'était amplifié lorsqu'il voulut avoir l'heure juste sur les agissements de son frère Benoît avec Marie-Clara.

— Comment t'arranges-tu, Carlo, avec Benoît? Tu n'as pas l'impression que Marie-Clara est de combine avec lui et qu'il profite du fait que je la fréquente moins ces temps-ci?

---

* *Poisson rouge*: aux Îles, nom donné à la sébaste en raison de sa couleur

— Mais pourquoi que tu me demandes ça ?

— C'est que, comme tu as pu le constater, elle vient toujours seule sur le quai pour s'entendre avec mon frère sur le prix et la quantité des homards dont son père a besoin pour sa chaîne de restos.

— Et puis, il n'y a rien d'anormal à ça ?

— Peut-être, mais quand tu remplaces Benoît, as-tu remarqué qu'elle se fait souvent accompagner par sa cousine Claudia ?

— Bonne observation ! Je crois que c'est parce que ton frère est tombé dans l'œil de son père et qu'elle a tout intérêt à jouer le jeu afin d'en obtenir pour son argent. N'oublie pas que c'est une question d'offre et de demande. Donc ça se pourrait qu'elle ait séduit Benoît et qu'il n'en voit plus tout à fait clair ! Il n'en tient qu'à toi de faire le nécessaire pour que tu reviennes dans ses bonnes grâces, enchaîna-t-il en haussant les épaules.

— Merci de m'avoir ouvert les yeux, Carlo. Mais, ça ne sera pas facile avec tes absences de plus en plus prolongées comme hauturier substitut.

— Je sais et c'est pour ça que j'ai quelqu'un à te proposer pour me remplacer d'ici la fin de la saison de pêche.

— Et c'est qui ?

— Pourquoi pas notre ami Justin à Télesphore ? Je l'ai rencontré dernièrement au retour d'une sortie en mer qui avait mal tourné. En fait, le chalutier sur lequel il pêchait a dû être hissé en cale sèche pour d'importantes réparations. Je crois qu'il ne demanderait pas mieux que de pêcher au homard d'ici à ce qu'il se rembarque comme hauturier.

« Voici enfin une bonne nouvelle », se dit Albert. Non seulement Justin avait-il une bonne expérience de la pêche au homard, qu'il pratiquait à l'occasion avec son père, mais il était déjà marié à une femme qui lui avait donné un premier enfant. Avec lui comme aide-pêcheur, il pourrait sûrement en apprendre sur certains modes de séduction.

À peine avait-il quitté Carlo qu'il se rappela la recommandation de son médecin en cas de crise d'anxiété. Suivant à la lettre son conseil, il avait pris de longues et profondes inspirations, décidant que sa mission à accomplir dans les plus brefs délais était d'embaucher Justin à Télesphore.

Natif du canton du Gros-Cap de l'île du Cap-aux-Meules, Justin à Télesphore en aurait eu long à dire à ceux qui pensaient qu'il n'avait pas les qualités nécessaires pour devenir un pêcheur hauturier émérite.

Aîné d'une famille de sept enfants – dont deux couples de jumeaux – ses parents se plaisaient à dire qu'ils étaient tous venus au monde à l'intérieur de leur cinq premières années de mariage.

Sa mère Justine était renommée pour être la *gèremaine* de la famille. Elle avait établi dès le départ que c'était elle qui prenait les décisions en donnant à son plus vieux les prénoms de Joseph Justin. Son père Télesphore avait traîné en vieillissant une renommée de pauvre pêcheur qu'il compensait par contre en étant un excellent charpentier, en plus d'occuper ses loisirs comme musicien de grand talent. Annuellement ou presque, il allait faire sa *run* à Labrador City pour passer à travers l'hiver sans trop de soucis d'argent tout en laissant à sa femme l'éducation de ses enfants. Si Justine était très volubile, son mari Télesphore était plutôt discret, ne parlant que par nécessité. Sévère avec ses filles, il l'était beaucoup moins avec ses garçons, dont Justin, son plus vieux, qui l'avait aidé à bâtir une grande et jolie maison familiale avec plusieurs dépendances.

Même s'il était un amant inconditionnel de la musique, Justin n'avait pas – mais pas du tout – l'extraordinaire talent de musicien de son père. Il avait comblé cette lacune en devenant un genre d'impresario auprès d'Albert, de son frère Benoît et de Carlo. Un imprésario qui, grâce à son apparence de Don Juan, avait réussi à vendre les services d'un orchestre baptisé le Quatuor madelinien.

Beau blond aux yeux bleus, il attisait la jalousie de ses amis qui étaient en compétition avec lui pour séduire les filles du canton. Le seul bémol à son aspect physique était la perte précoce de ses cheveux au-dessus du front qui, avec une forte moustache d'un blond cendré, lui donnait, malgré son jeune âge, un air de *sugar daddy*. Doux comme un agneau, Justin ne fumait pas et ne buvait que des boissons non alcoolisées. À l'adolescence, il avait eu la garde de ses frères et sœurs avec qui il organisait des jeux et leur enseignait divers pas de danse sur la musique de son choix.

Après ses études au secondaire, il avait entrepris une spécialité en administration afin de pallier l'éventualité d'un manque de ressources hauturières qu'il envisageait à plus ou moins court terme. Il avait réussi à travailler pendant plusieurs années à la coop de son village, qu'il avait dû quitter à cause du réaménagement des effectifs. Ce fut à ce moment-là que l'appel de la mer se fit entendre, ce qui l'amena à s'engager comme remplaçant sur des chalutiers qui étaient en quête d'embauche de pêcheurs hauturiers de bon vouloir.

Son premier et véritable amour fut une fille qui s'était amourachée de lui à leur première rencontre à la danse du samedi soir. Il allait veiller chez elle sous la supervision continuelle de ses parents. Il préférait de beaucoup que sa dulcinée s'amène chez ses propres parents qui, eux, s'organisaient pour laisser libre cours à leurs fréquentations, si intimes soient-elles.

Sa mère, qui aimait son plus vieux comme elle-même – et peut-être plus –, voyait en cette femme une compétitrice. Mais elle essayait de ne pas le faire voir à son fils aîné, en sachant fort bien que cette forme de jalousie apporterait éventuellement son lot de problèmes.

En se rendant chez Justin, Albert se dit que, comme personne et ami aussi, il allait l'aider à avoir l'heure juste en ce qui concernait Marie-Clara. Après tout, n'était-il pas l'homme qui voulait plaire à tout le monde et en particulier à sa femme, qui lui avait promis : « Si tu devais partir le premier de nous deux, sois certain que je n'hésiterais pas à aller te retrouver. » Ce à quoi il lui avait répondu qu'il ferait de même, mais toutefois sans trop de conviction.

— Ça ne va pas, Albert ? demanda Justin, en train de désherber son jardin. Je ne t'ai jamais vu la mine aussi basse.

— Bah !… Ça fait deux jours que je suis au repos forcé.

— Et pour quelle raison ?

— Un tas de raisons, dont celle que notre ami Carlo n'est plus intéressé à être mon aide-pêcheur lorsque Benoît ne peut pas m'accompagner pour une sortie en mer. J'ai entendu dire que le chalutier sur lequel tu travaillais était en cale sèche pour un bon bout de temps.

— Inutile de tourner autour du pot, j'accepte de remplacer Carlo, même si ça fait plus ou moins l'affaire de ma femme. Imagine-toi que depuis qu'elle a accouché, elle est incapable de rester seule lorsque je suis en mer, si bien qu'il lui faut quelqu'un de ma famille pour passer la nuit avec elle.

— Au moins, ta maison est située juste à côté de celle de tes parents. J'aimerais quand même être dans une telle situation avec Marie-Clara, lui avoua Albert avec un air de dépit.

— Qui ne connaît pas aux Îles ces filles-là ? De vraies femmes fatales et pas faciles à conquérir. À part de ça, tu sais que tu t'attaques à un gros morceau et que Benoît aimerait bien mordre dedans ?

Albert, qui depuis le début de son repos forcé avait pris le temps de méditer sur les imprévus de la vie, encaissa le coup. Aussi, il s'efforça de ne pas aller plus loin sur le sujet.

— Si tu es d'accord, je t'offre le même arrangement qu'avec Carlo, dont tu connais probablement les termes.

— Parfait. Et c'est pour quand que tu vas recommencer à pêcher ? s'enquit-il.

— Demain, c'est lundi, et si tu te présentes à mon port d'attache, je serai là comme un seul homme à t'attendre.

— Dis-moi donc, Albert : qu'est-ce que tu as l'intention de faire de ton corps après la saison de pêche au homard ?

— M'embarquer sur le *Nadine*, peut-être. Mais pourquoi tu me demandes ça ?

— C'est que... l'autre jour, j'ai vu Marie-Clara avec sa cousine Claudia, qui était accompagnée de son mari Érik à Nathaël, ils discutaient avec les hauturiers du chalutier.

Un autre coup dur pour Albert qui, cette fois-ci, l'incita à répliquer :

— Deux femmes avec un agent négociant lors d'un débarquement de poissons ne peuvent se trouver là que par affaires, lui lança-t-il d'un ton détaché. En fait, comment Marie-Clara était-elle habillée ?

— En jeans délavés avec un coupe-vent qui ressemblait à *la chienne à Jacques*.

— Je crois qu'ils étaient là parce qu'Érik veut couper l'herbe sous le pied à mon frère Benoît qui, à moins que je ne me trompe, voudrait étendre son réseau d'agent négociant sur toute espèce de poissons et crustacés. Qu'est-ce que tu en penses, Justin ?

— C'est plausible, mais pas absolument certain, rien qu'à voir gesticuler et rire Marie-Clara.

Albert se dit que ce que l'on ne sait pas, ça ne peut nous faire de mal. Cependant, il s'efforça pendant un court moment de distinguer le vrai du faux afin de chasser son angoisse.

— Tu es dans la lune, Albert, dit Justin qui s'apprêtait à rentrer chez lui.

— Comme tu le sais déjà, j'ai bien l'intention de faire carrière comme hauturier et devenir capitaine de chalutier. Connaissant les problèmes que tu as avec ta femme, je crains qu'il se passe la même chose avec Marie-Clara, surtout lorsqu'il y a de jeunes enfants dans le paysage. Par contre, on dirait que son père Georges m'a lancé un genre de défi pour voir si j'avais le culot de m'embarquer prochainement sur le *Nadine*, faisant de sa fille son souffre-douleur.

—Tout ce qui traîne se salit, lui dit promptement Justin. C'est à toi de régler ton problème en ayant une bonne discussion avec Marie-Clara, si tu veux tomber pour de bon dans les bonnes grâces de son père.

— J'espère bien.

— Tu dois non seulement l'espérer mais y croire. Je veux travailler avec des gens qui sont heureux de nature. Tu auras ma réponse à ton invitation si je me présente à ton port d'attache lundi matin à 3 h. Il n'en dépend donc que de toi, parce que, faut-il te le rappeler, être heureux, c'est bon pour la santé et j'entends bien vivre jusqu'à cent ans.

CHAPITRE 15

« Lorsque le chat n'est pas là, les souris dansent »

— Oui, allô! Qui est-ce qui parle?

— C'est Albert à Joseph, répondit ce dernier en reconnaissant la voix de Claudia.

— Albert! Je m'excuse de ne pas t'avoir reconnu. Tu as la voix changée. J'imagine que tu veux parler à Marie-Clara.

— Oui, si c'est possible.

Il entendit Claudia appeler Marie-Clara, qui arriva, lui sembla-t-il, au bout d'une éternité.

— Oui, allô! Albert? Que se passe-t-il? Tu n'es plus en congé de maladie?

— Non. Ça n'a duré que quelques jours. Mon retour a coïncidé avec l'embauche de Justin à Télesphore; il va remplacer Carlo, qui s'absentait bien trop souvent à mon goût, enchaîna-t-il d'une voix chevrotante.

— Mais pourquoi ne pas m'avoir appelée avant?

— La raison est très simple. Comme je ne te revoyais plus sur le quai lors de mes débarquements de homard, j'ai cru que tu ne voulais plus rien savoir de moi.

— Mais absolument pas. C'est ton frère Benoît qui m'a dit au premier jour de ton absence que ton retour n'était pas prévu avant une semaine ou deux.

Albert resta si silencieux qu'on aurait pu croire que le temps s'était arrêté. Il pensait: « Non, ça se peut pas que Benoît soit en train de me voler Marie-Clara au vu et au su de tout le monde! »

— Allô! Tu es toujours là, Albert? s'enquit Marie-Clara, au bout d'une dizaine de secondes.

— Oui. Mais comment faisais-tu pour t'approvisionner en homards si tu ne te présentais plus sur le quai?

— J'ai demandé à Érik à Nathaël, le mari de ma cousine Claudia, de me remplacer auprès de ton frère Benoît.

— Ah bon! Mais pourquoi, à ce moment-là, que tu n'as pas essayé de t'informer de moi auprès d'Érik et de tenter de me joindre au téléphone?

— Pour les mêmes raisons que toi-même tu ne l'as pas fait. Je croyais que ton repos forcé était plutôt une raison pour repenser à nos relations intimes qui sont passées, comment dire, par-dessus bord depuis l'ouverture de la pêche au homard.

Albert se dit qu'on ne pouvait contraindre quelqu'un à faire les premiers pas si lui-même n'avait pas tenté de le faire. Aussi, il prit l'initiative en disant dans un élan d'enthousiasme:

— Que dirais-tu, Clara, si on se parlait? J'ai vraiment besoin de savoir si tu tiens encore à moi.

— Moi de même, lui répondit-elle vivement. Mais comment faire pour que mon propre père n'apprenne pas qu'on veut revenir à nos anciennes amours?

Albert ne put écarter le fait qu'il était hasardeux pour un prétendant comme lui d'essayer de séduire une fille sans s'être assuré au préalable de faire de même avec son père. Un père qui était en plus son idole de la réussite en affaires.

— Qu'en penserais-tu si on s'organisait dimanche une sortie en mer le plus loin possible des regards des gens qui ont comme passe-temps favori de faire le procès de tout le monde?

— Je serais ravie, lui répondit-elle vivement. Par contre, j'apprécierais si tu pensais à une sortie en mer en dehors du circuit où sont situés les fonds de pêche au homard. Tu te rappelles la dernière fois?

— Oh que oui! Merci d'accepter. Je te rappelle samedi soir pour te donner le lieu d'embarquement et l'itinéraire de notre excursion pour le lendemain dimanche.

— Peut-être que tu ne me croiras pas, mais j'ai beaucoup prié pour que ce jour arrive et qu'on puisse enfin s'expliquer. Sois certain, Albert, que je n'ai jamais eu l'intention de te laisser tomber.

— Merci de me l'avouer, Clara. Ça remonte le moral que j'ai dans les talons depuis un bon bout de temps. Et si ça peut t'aider à patienter d'ici notre rendez-vous galant, je t'envoie un millier de baisers aussi passionnés que ce à quoi tu peux rêver.

— Ah oui! Avant que je ne l'oublie: on change rien à nos habitudes afin de ne pas éveiller la suspicion, de dire Marie-Clara d'une voix doucereuse avant de raccrocher.

Les jours qui suivirent furent des plus exaltants pour Albert, tant sur le plan des résultats de pêche que son regain d'énergie. Dès le lendemain, il régla son différend avec son frère Benoît, qui fit aussitôt amende honorable pour son écart de conduite envers lui. Un comportement qu'il dut expier en restant à terre plusieurs jours afin de mettre à niveau les nombreux casiers qui avaient souffert d'une saison très difficile en termes de température.

La promesse d'un rendez-vous galant avec Marie-Clara lui avait donné des ailes. Ainsi, il avait retrouvé ses repères autant à l'aller qu'au retour de ses sorties en mer. Il s'imprégnait chaque fois de ce que dame Nature lui offrait en commençant sa journée par ce qu'il éprouvait du plus profond de lui-même, surtout au moment où la nuit commençait à peiner à basculer vers le jour. Naviguant vers ses premiers groupes de casiers, il ressentait à nouveau ses grandes allégresses de voir le soleil qui se levait sur une mer parsemée de frissons. Le soleil, en prenant des forces, chassait les bancs de brouillard collés aux plus hauts faîtes du littoral qui se dispersaient par la suite en de multiples nuages d'un blanc éclatant. De retour en fin d'après-midi, c'étaient les clapotis de la mer qui le mettaient dans un état de félicité. Il rêvait de posséder un jour une de ces maisons de couleurs vives près du rivage dans laquelle il pourrait fonder une petite famille avec Marie-Clara.

En fait, l'adrénaline coulait à flots dans ses veines et ses maux de tête avaient totalement disparu. Il était euphorique, mais se douta qu'il y avait anguille sous roche lorsque Justin lui réclama un entretien en l'accompagnant au retour de la pesée des homards capturés. Cela lui fit réaliser qu'il était revenu aux quantités records des premières semaines de pêche, sauf celles des deux dernières journées.

— J'ai une confidence à te faire, lui dit subitement Justin, après avoir amarré le bateau au quai.

— Dis-moi pas que tu veux me quitter toi aussi alors que tout va comme sur des roulettes depuis que tu travailles avec moi ?

— Non, c'est pas ça. C'est pour te dire combien la chance sourit à un homme heureux, comme tu sembles l'être. Un bonheur qui m'a donné à moi aussi de l'énergie et de la joie de vivre comme c'est pas possible. Par contre, j'ai constaté que depuis la levée des derniers groupes de casiers, ton humeur avait changé en voyant qu'ils étaient pratiquement vides.

— Ça adonne bien parce que moi aussi j'avais à te parler pour la stratégie à adopter pour demain matin, samedi.

— Et ça veut dire quoi ?

— Ça veut dire que tu vas te présenter cette nuit à 2 h 30 au quai des pêcheurs de l'Étang-du-Nord pour l'embarquement sur notre bateau que mon frère Benoît est censé conduire là en soirée, tout en faisant main basse sur des appâts constitués principalement de plies fraîches.

— Pourquoi un tel changement ? Ne dit-on pas qu'il ne faut pas abandonner une formule gagnante ?

— Oui, gagnante, mais seulement jusqu'à avant-hier…

En fait, Albert ne voulait pas lui avouer que ce changement de port d'attache allait lui servir sur deux fronts, dont l'un était qu'il prévoyait avoir son rendez-vous galant avec Marie-Clara dès le lendemain dimanche dans un secteur où il était un parfait inconnu. Aussi, afin de ne pas soulever de soupçons, il lui exposa sa stratégie.

— Pourquoi ne pas joindre l'utile à l'agréable, Justin ? L'utile, c'est que la météo mentionne encore pour demain sur l'heure du midi un nordet dans les 30 à 40 milles à l'heure.

— C'est en effet utile de le savoir, mais l'agréable lui ?

— C'est que le homard généralement ne *cage** pas avec un vent pareil, sauf s'il se trouve sur des fonds à l'abri, comme ceux en face de l'Étang-du-Nord et de Fatima.

— Pas bête, ton idée. Ça veut dire qu'on va devoir lever une bonne partie des cages pour les charrier lot par lot jusqu'à l'abri des falaises qui s'étendent de la dune de l'ouest jusqu'au rivage de Belle

---

* *Cager* : action d'entrer dans la cage (casier)

155

Anse. Et Benoît dans tout ça, va-t-il nous accompagner ? dit-il en pensant au partage des revenus.

— En plus de conduire le bateau au quai des pêcheurs de l'Étang-du-Nord, je lui ai demandé de prendre en note, chemin faisant, les emplacements des casiers de pêcheurs afin que je puisse me faire une idée sur la stratégie à adopter pour demain matin.

— Et puis, qu'est-ce qu'il t'a répondu ?

— Tu peux penser qu'il n'a pas aimé ça et qu'il m'a dit de l'oublier pour la journée de demain, samedi.

— Pas de problème, Albert. À demain matin 2 h 30.

Aussitôt couché vers les 20 h, Albert ne réussit pas vraiment à s'endormir. Comme toujours, lorsqu'il décidait de changer de cap vers l'inconnu, il était tiraillé par deux forces contraires dont l'une était l'appât du gain et l'autre, de se sentir aimé et considéré. Il avait aussi ressenti qu'un malheur le guettait, mais sans savoir lequel. Certes, il croyait ne pas s'être trompé de stratégie puisque les nordets annoncés avaient beaucoup plus d'influence sur les marées des eaux peu profondes au sud des Îles que sur celles du nord, qui font plus que le double. Qui dit marées dit également force des courants. Ces courants permettent, entre autres, une bonne stabilité des casiers qui reposent sur des fonds de pierre. C'est important parce que ça effraie les homards lorsque les casiers se mettent à danser en soulevant un *brouillard** de sédiments.

Le lendemain matin, Albert partit à l'heure prévue de son nouveau au port d'attache, pas très en forme à cause de sa nuit fortement écourtée. Il mit le cap sur les premiers lots de casiers qu'il avait l'intention de changer d'emplacement. Arrivé sur les lieux, il éprouva une nette satisfaction de ne pas s'être trompé, vu qu'au moins le tiers de ses casiers ne contenaient que quelques homards, et encore. Appréhendant toujours un malheur, il s'assura de prendre toutes les mesures de sécurité appropriées dans les circonstances. Il choisit de larguer ses groupes de casiers dans des fonds que le frère de Carlo, qui pêchait dans le secteur, lui avait recommandés. Cependant, le problème était que plusieurs pêcheurs avaient fait comme lui.

---

* *Brouillard* : nuage soulevé par un vif courant

Vers les 10 h, le vent commença à grossir, au point où Albert se demanda s'il ne devait pas retourner à son nouveau port d'attache de l'Étang-du-Nord.

— Et si on faisait un dernier voyage de cages? lui demanda Justin en voyant les autres pêcheurs qui continuaient à manœuvrer comme si de rien n'était.

— OK, mais il faut se tenir sur ses gardes, Justin. Enfile ta veste de sauvetage.

À peine était-il en route pour ces dernières et ultimes allées et venues qu'Albert reçut un appel au secours sur son radiotéléphone.

— *Mayday, mayday**, ici François du *Marie-Élise*, on est en train de couler. *Over.*

Plaçant son radio sur le canal d'urgence, Albert essaya de le contacter.

— Ici Albert du *Lady Armandine*. À quel endroit où tu te trouves? *Over.*

Ne recevant pas de réponse, il répéta sa question à plusieurs reprises, en vain.

— Qu'est-ce qu'on fait? demanda Justin, qui était en train de charger les derniers casiers sur le bateau.

— Tu largues les cages au plus vite à la mer et on décolle à toute vitesse pour l'endroit où je pense que François a l'habitude de pêcher à ces temps-ci de l'année, dit-il en lançant le moteur « en avant toute ».

Chemin faisant, Albert attrapa ses longues-vues et chercha à apercevoir le bateau en péril.

Garder le cap n'était pas facile. Les fortes bourrasques de vent qui soulevaient des vagues déferlantes, en plus de jeter leurs embruns sur les hublots de la timonerie, faisaient plonger le bateau qui se redressait par la suite comme s'il se trouvait sur des montagnes russes. La radio toujours branchée sur le poste d'urgence, Albert essaya, mais sans succès, d'établir une communication quelconque avec le *Marie-Élise*. Comme il s'apprêtait à mettre ses longues-vues de côté pour s'assurer d'affronter sans embûche une vague qui lui

---

* *Mayday*: du français « m'aider »

paraissait être jusqu'à trois fois la hauteur de la proue de son bateau, il aperçut droit devant la pointe d'un bote qui s'enfonçait dans la mer par l'arrière.

— Prépare-toi, Justin, cria-t-il pour se faire entendre dans le gémissement du vent et le bruit du moteur. Munis-toi d'une gaffe et d'une bouée de sauvetage. Je viens d'apercevoir un homme qui flotte pas très loin du *Marie-Élise* qui, lui, semble être en train de couler.

Une bonne dizaine de minutes plus tard, l'homme identifié comme étant l'aide-pêcheur du *Marie-Élise* et portant un gilet de sauvetage était hissé à bord du *Lady Armandine**.

— Apporte-lui une bonne couverture et donne-lui une rasade de gros gin, dit Albert à Justin tout en en dirigeant son bateau vers le capitaine, un dénommé François à Azade.

Arrivé près du naufragé, Albert resta bouche bée en le découvrant en train de se débattre avec une veste de sauvetage qu'il n'avait pas réussi à enfiler correctement et qui le retenait précairement à flot. S'approchant encore, il vit qu'il essayait de la détacher pour l'enlever et la remettre, mais l'opération semblait impossible à compléter. Il ingurgitait de l'eau de mer à chacune de ses tentatives. Sans penser plus loin que son nez, Albert, excellent nageur, se jeta à la mer avec l'une des bouées de sauvetage attachées à son bateau, qu'il perdit en arrivant à l'eau.

L'eau froide lui injecta une forte dose d'adrénaline qui lui permit de s'approcher de François, qui n'en menait pas large : après chacune des vagues qui le projetaient toujours plus loin de son sauveteur, il puisait dans ses dernières réserves pour essayer de se départir de la veste qui lui faisait comme un nœud coulant autour du cou et qui l'étouffait.

— Jette-moi l'autre bouée de sauvetage, cria Albert à Justin mort de peur.

Nageant avec la bouée, il réussit à s'approcher du naufragé pris de convulsions et agrippa sa veste.

---

* *Lady Armandine* : nom donné au bateau en l'honneur de l'épouse du propriétaire, par opposition au *Marie-Élise*, prénom d'un des enfants

— Allez, tire-nous vers le bateau, cria-t-il à Justin, assisté de l'aide-pêcheur rescapé.

Cet effort pour garder François à flot parut venir à bout des dernières forces d'Albert. Quelques minutes plus tard, tous les deux furent hissés à bord du *Lady Armandine*.

Le souffle court, Albert s'empara du combiné du radiotéléphone pour demander qu'on prépare les mesures d'urgence pour son arrivée au quai des pêcheurs de l'Étang-du-Nord qu'il devrait atteindre par vent arrière dans plus ou moins une demi-heure.

François fut installé dans la timonerie et couvert de plusieurs couvertures. Albert lui fit aussitôt renifler des sels. François régurgita de l'eau de mer mêlée à de la salive.

— Et puis, ça va ?

Albert n'eut pour réponse qu'un marmonnement. Ce dernier essayait d'attirer son attention en lui montrant une ecchymose près de sa clavicule.

— Tiens, bois cette boisson chaude à petites gorgées, lui dit Albert en s'apercevant que François était pris de tremblements incontrôlables. Ceux-ci lui rappelèrent qu'il avait lui-même souffert d'hypothermie par le passé. Aussi, afin de le réchauffer tout en douceur, il l'aida à prendre place sur une couchette où se trouvait un sac de couchage bien rembourré. Peu après, il s'aperçut que François avait tendance à s'endormir. Craignant qu'outre sa contusion à la clavicule, il puisse avoir une fracture du crâne, il lui demanda de lui raconter sa mésaventure.

D'une voix à peine audible et avec une locution difficile, François lui raconta tant bien que mal son aventure.

Le bateau de pêche de 35 pieds de François était équipé d'un puissant moteur de 90 forces. Tout comme bien d'autres capitaines, il avait capté l'annonce de mauvais temps. Aussi, afin de fuir la tempête qui commençait à faire des siennes, il avait hissé à bord de son bateau plus d'une trentaine de casiers. Il entendait les larguer en s'en retournant au quai de l'Étang-du-Nord pour se mettre à l'abri. Surchargé, il entreprit son périple par vent arrière. Très vite, l'eau s'était mise à recouvrir le pont arrière de son bateau. Il plaça aussitôt le moteur au point mort afin d'aider son aide-pêcheur à larguer les casiers à l'eau pour alléger la portance arrière de son bateau qui, malgré cela, s'enfonçait de plus en plus par la poupe. Voyant que la pompe de cale ne s'était pas mise en marche, François, aidé par son aide-pêcheur, utilisa des seaux pour évacuer l'eau qui leur montait déjà jusqu'aux genoux.

« Je voulais sauver mon bateau, mais surtout la vie de mon aide-pêcheur à qui j'avais ordonné de se jeter par-dessus bord », réussit-il à dire d'une façon plus ou moins ordonnée à Albert qui était tout ouïe.

S'étant assuré que son aide-pêcheur était dans une certaine mesure en sécurité avec sa veste de sauvetage qui le retenait bien à flot, François s'était précipité aussitôt dans la timonerie. Il avait constaté que l'eau lui arrivait aux chevilles et que le moteur s'était arrêté. Par la suite, il avait décroché le combiné du radiotéléphone et avait lancé un appel de détresse qu'il ne put répéter parce que l'eau avait occasionné un court circuit. Il s'était ensuite saisi d'une veste de sauvetage et avait essayé de s'en revêtir, mais l'eau qui montait rapidement l'en aurait empêché en l'obligeant à sortir pour se hisser sur le toit de la timonerie. Quelques minutes plus tard, même s'il se tenait fermement au petit mât sur le toit de la timonerie, il dut lâcher prise. Il vit alors son bateau disparaître dans plus de soixante pieds d'eau.

« Et c'est à partir de là que j'ai failli perdre la vie avec une veste de sauvetage que je n'avais pas réussi à enfiler et qui m'étranglait à chaque passage d'une grosse vague », parvint-il à dire d'une voix qui exprimait non seulement de l'angoisse mais également la douleur fulgurante qu'il ressentait dans toute la partie supérieure du corps. Albert, en l'écoutant, revit en quelque sorte le calvaire qu'il avait lui-même vécu lors de sa mésaventure sur la banquise.

Au quai, une immense foule les attendait, parmi laquelle des proches des rescapés, de même qu'un nombre considérable de curieux. Une ambulance et du personnel médical s'y trouvaient également. François fut transféré immédiatement dans l'ambulance en compagnie d'Albert et de l'aide-pêcheur du *Marie-Élise*, qui ressentaient de plus en plus les contrecoups de l'hypothermie. Les proches voulurent leur parler, mais le personnel soignant les invita plutôt à se rendre au Centre Hospitalier de l'Archipel, où les intervenants décideraient du moment propice pour les inviter à les rencontrer.

— J'insiste pour rendre visite à Albert à Joseph, dit Marie-Clara à l'infirmière en chef du pavillon de l'hôpital d'une voix ferme qu'on ne lui connaissait que très rarement.

— Vous êtes de sa parenté ? demanda l'infirmière qui avait vu une directive au dossier concernant les visites.

— Plus ou moins. Vous lui direz que Marie-Clara à Georges veut absolument s'entretenir avec lui.

— Attendez-moi, je vais aller voir si c'est possible, l'informa l'infirmière.

Piétinant sur place, Marie-Clara aperçut nombre de visiteurs qui se dirigeaient vers une chambre qui, avait-elle appris, était celle où le capitaine du *Marie-Élise* était hospitalisé.

— Vous pouvez y aller. C'est la chambre 332, mais pas plus qu'une quinzaine de minutes, l'avertit l'infirmière.

En ouvrant la porte de la chambre, Marie-Clara fut estomaquée de voir Albert qui était en train de discuter de la pluie et du beau temps avec une jolie femme qu'elle identifia comme une préposée aux bénéficiaires.

— Je vous dérange ? demande-t-elle en pinçant les lèvres.

— Mais non, répondit tout bonnement Albert. Marie-Clara, je te présente Lucie, ma cousine germaine.

— Je vous laisse seuls, dit prestement cette dernière en prenant congé.

— Ça va ? s'enquit Marie-Clara en s'approchant du lit pour lui donner deux petits baisers sur les joues.

— Ça pourrait aller mieux, mais ça coûterait plus cher comme on dit. Je récupère bien. Le pire, c'est cette migraine, dont je ne réussis pas à me débarrasser totalement.

— Et tu en as pour combien de temps avant de sortir d'ici ? s'enquit-elle en plissant le front.

— Probablement jusqu'à demain, lundi, dépendant du résultat de mes dernières radios crâniennes.

Marie-Clara aurait voulu qu'il lui parle d'abord du rendez-vous manqué qu'elle avait tant espéré. Aussi, lui avoua-t-elle son angoisse lorsqu'elle avait appris la nouvelle du naufrage du *Marie-Élise* et la mésaventure de son amoureux.

« J'ai eu peur, tu sais, qu'on ne puisse pas aller au fond des choses pour ce qui est de nos sentiments réciproques », se risqua-t-elle à lui rappeler, en insistant sur les derniers mots.

Albert ne savait quand pourrait avoir lieu le rendez-vous dont elle parlait du fait qu'il voulait absolument rencontrer François, qui était en mauvais état tant physiquement que moralement. Il voulait surtout s'assurer d'être suffisamment en forme pour s'embarquer sur le *Nadine* afin de démontrer à son père, Georges, qu'une carrière lucrative l'attendait, lui permettant de faire vivre la femme de sa vie.

— Tu sembles jongler, Albert. Dis-moi ce qui ne va pas.

— C'est qu'au moment où j'ai reçu le « Mayday » du *Marie-Élise*, mon mal de tête est réapparu, devenant par la suite une fulgurante migraine. Ça fait que je me suis dit que j'étais aussi bien de profiter de mon séjour à l'hôpital pour régler définitivement ce problème avant de recommencer à pêcher et…

— Et d'avoir avec moi une sérieuse discussion, le coupa Marie-Clara. Ce ne sont pas les médicaments qui vont régler ton problème. Comme toujours, tu fais passer tout le monde avant moi, enchaîna-t-elle en s'éloignant de lui.

— Mais le naufrage du *Marie-Élise* va me coûter les yeux de la tête si je ne récupère pas les caviers que j'ai largués sans avoir réussi à inscrire leur position, fit-il sans se soucier du profond ressentiment de Marie-Clara.

— C'est ça. Tu règles tes problèmes d'argent et tu laisses de côté ce qui, d'après moi, est primordial pour notre bonheur. N'oublie pas une chose, Albert à Joseph : quand le chat n'est pas là, les souris dansent !

Albert, qui s'était brièvement tourné pour prendre un médicament dans le tiroir de la table de chevet, s'aperçut que Marie-Clara avait disparu.

CHAPITRE 16

« Si jeunesse savait, si vieillesse pouvait »

Face à la décision qu'il avait prise de rencontrer son mentor Albérik à Médée, Albert essaya de trouver la cause de son hésitation, à savoir s'il allait ou non s'embarquer sur le *Nadine*. Certes, les semaines qui avaient suivi le naufrage du *Marie-Élise* avaient laissé des traces, chez lui et surtout chez François, qui ne s'estompaient pas assez rapidement à son goût. Aussi décida-t-il de donner priorité au capitaine du *Marie-Élise* avec qui il s'était lié d'amitié depuis sa sortie du Centre Hospitalier. Cette amitié s'était transformée en confidences, qui, dans un tête-à-tête, leur avait permis de cicatriser leurs plaies respectives.

Cinquième d'une famille de dix enfants, François à Onésime avait l'allure d'un Don Juan. On disait de lui qu'il aurait pu servir de modèle à Michel-Ange pour sculpter son fameux David. Il avait commencé la pêche au homard à l'âge de 12 ans pour devenir, à l'âge de 19 ans, capitaine propriétaire d'un bateau, du jamais vu aux Îles. Inspiré par son grand-père Onésime, son parrain, il avait appris en bas âge les rudiments de la pêche au homard, allant jusqu'à inventer avec lui des techniques pour alourdir et mieux camoufler les casiers utilisés dans le fond marin. Il s'était marié très jeune à une jolie femme qui lui avait donné deux filles et un garçon qui étaient encore bébés au moment de son naufrage. Reconnu comme libre penseur, il avait la langue bien pendue. À l'école de son village, il se fit remarquer en bâtissant un petit village de pêcheurs qui fit l'admiration de Monsieur l'Inspecteur qui voyait en lui un futur promoteur du «devoir de mémoire», dont il lui avait parlé lors de sa précédente visite.

— Peut-être te l'ai-je déjà fait savoir, mais je tiens encore à te remercier pour avoir risqué ta vie pour sauver la mienne, déclara cérémonieusement François à Albert au début de leur rencontre.

Ça prend un homme qui a *le diable au corps**** comme toi pour se jeter à l'eau sans veste de sauvetage, enchaîna-t-il en s'étirant le cou. Je crois, après y avoir bien pensé, que la pêche au homard, c'est terminé pour moi.

— Comment ça? Tu as reconnu l'autre jour que la saison de pêche qui vient d'aboutir fut l'une des plus lucratives de ta sainte vie.

— Oui, mais le fait d'avoir souffert d'hypothermie en plus de rester avec une contusion au cou qui m'empêche de respirer librement, j'en suis rendu à être tendu jusqu'à paniquer lorsque je me retrouve en mer.

— Mais comment as-tu appris ça, toi qui te vantais d'avoir le pied marin?

— C'est que lorsque j'ai essayé dernièrement de récupérer avec mon aide-pêcheur mes cages de même que mon bateau – une perte de plus ou moins 10 000 piastres, soit dit en passant –, j'ai viré sur le *top*. Mon docteur m'a dit qu'à cause des traumatismes que j'ai subis, je vais probablement rester avec des pertes de mémoire, un équilibre précaire et des crises d'anxiété qui pourraient se traduire par des périodes de grandes désorientations.

— Et du côté financier, comment tu t'en es tiré?

— Bah! J'ai eu 20 000 piastres de la CSST (Commission de la santé et de la sécurité du travail) comme compensation. C'est minime, mais que veux-tu? Dans la vie, on paie toujours pour nos erreurs.

— Des erreurs? lui demanda Albert en grimaçant.

— Eh oui! La première fut de mettre le moteur au neutre lorsque j'ai constaté que l'eau commençait à recouvrir le pont arrière et que je voulais aider mon aide-pêcheur à jeter ma trentaine de cages par-dessus bord.

— Ce qui a eu pour effet d'empêcher l'eau d'être évacuée par les orifices situés sur le pont arrière et d'atteindre le moteur, le coupa Albert qui avait tout compris.

---

* *Avoir le diable au corps*: se dit d'une personne qui n'a peur de rien

— Et le deuxième fut de ne pas m'être muni d'une veste de sauvetage, pas seulement par gros temps, mais tout le temps, en dehors de la timonerie. Comme toujours, on pense que ça n'arrive qu'aux autres. En fait, quand j'ai réussi à en attraper une, il était déjà trop tard pour l'enfiler puisque mon bateau était sur le point de disparaître.

— Mais tu n'as pas fait que des erreurs à ce que je sache.

— C'est vrai et ça me console. En fait, c'était la deuxième fois que je sauvais la vie de mon aide-pêcheur.

— Je connais la deuxième, en l'obligeant à quitter le bateau avant toi. Et la première, c'était à quelle occasion?

— C'était il y a une couple d'années lorsque mon tuyau d'échappement qui était situé de côté plutôt qu'en arrière de mon bateau, à l'endroit même où mon aide-pêcheur avait l'habitude de travailler. Ça fait que par un bon matin où on pêchait par vent de côté, il a respiré du gaz qui l'a rendu inconscient et, par le fait même, culbuter par-dessus bord. Sans prendre le temps de crier *lapin*, j'ai sauté à l'eau.

— Toujours sans veste de sauvetage, le coupa Albert.

— Comme de raison. En fait, je l'ai sauvé de justesse, poursuivit François avec un léger trémolo dans la voix.

— Et qu'est-ce que tu vas faire de ton corps, maintenant que tu ne pêcheras plus?

— Je vais me recycler dans le touriste qui commence à affluer aux Îles. En fait, j'ai comme projet de m'ériger un genre de site sur la vie d'*en premier**. J'ai toujours aimé travailler de mes mains et je crois avoir suffisamment la parole facile pour expliquer aux touristes la façon dont nos ancêtres pratiquaient la pêche. Mais dis-moi donc comment s'en tire Justin, ton aide-pêcheur, avec ce qui est arrivé? lui demanda-t-il en s'étirant le cou pour la énième fois.

— Lui, c'est comme s'il ne s'était rien passé. C'est vrai qu'il a l'habitude de travailler sur des chalutiers, et ceux-ci ne révèlent pas toujours les mésaventures qui leur arrivent! Par contre, c'est

* En premier : autrefois

165

avec sa femme qu'il a des problèmes, car elle lui met toujours sous le nez qu'il a de jeunes enfants à la maison. Des enfants qui ont un grand besoin de la présence de leur père, plus qu'une couple de jours par semaine !

— Et toi, Albert, as-tu toujours l'intention de faire ta vie comme hauturier ?

Sans trop aller en profondeur, Albert lui résuma la façon dont il entendait se prendre pour convaincre les intervenants de la pêche hauturière – et par ricochet lui-même – que le bonheur était plus souvent dans les désirs que dans leurs réalisations propres. François lui fit remarquer que les années de vaches grasses pour les hauturiers étaient peut-être en train de se terminer tandis que la pêche au homard s'apprêtait peut-être, elle, à vivre un début d'âge d'or.

— Mais l'important, c'est de faire un métier que l'on aime et dans lequel on croit. Et tes amours, comment ça va, Albert ?

— Pas si mal, mais ça reste à voir avec une prochaine rencontre qu'on est censés avoir pour en discuter.

— Tout de ce qui traîne se salit, mon Albert. À part ça ? ajouta-t-il en le voyant songeur.

— C'est que je ne sais pas comment m'y prendre pour amadouer le capitaine Vincent pour qu'il accepte de m'embaucher, tout au moins comme remplaçant sur le *Nadine*.

— Tu n'as qu'à l'appâter de façon à ce que tu l'accroches pour qu'il cède à ton désir.

— Je te remercie pour ton conseil, François. En tout cas, bonne chance dans ton nouveau projet, fit-il en se levant pour prendre congé.

— Je te souhaite aussi toutes les chances du monde pour que tes rêves se réalisent. Tu sais, peut-être que j'ai été négatif tout à l'heure avec mon histoire d'années de vaches grasses. Il me semble que je ne devrais pas accroître les tourments d'un ami qui vient tout juste de me sauver la vie.

— Au plaisir de se revoir, lui lança Albert en franchissant la porte.

Il croisa le grand-père Onésime qui venait offrir à son petit-fils François d'acheter un nouveau bateau de pêche qu'il avait dans sa mire depuis un bon bout de temps.

Même si François s'était montré encourageant à la fin de son entretien, Albert restait avec un arrière-goût qui l'obligea à remettre une fois de plus son rendez-vous galant avec Marie-Clara. Pour lui, c'était comme si depuis sa mésaventure avec le *Marie-Élise,* sa boussole ne réussissait pas à se stabiliser, et il ne pouvait prendre une décision appropriée. Il décida donc de mettre en application son plan de séduction auprès du capitaine Vincent de façon à faire d'une pierre deux coups. Il savait que faire une surprise à une femme était un moyen irrésistible de s'attirer ses faveurs. Or, comme il envisageait déjà de fonder une petite famille avec elle, il se devait de lui présenter un endroit de choix pour s'y installer dans une belle et grande maison en bordure de mer si possible. Croyant profondément que les choses qui nous arrivent ne sont pas le fruit du hasard, il décida d'appeler le capitaine Vincent dont la résidence faisait partie d'un vaste domaine de terrains non encore habités.

— Oui, allô! Qui est-ce qui parle? demanda le capitaine Vincent de sa voix caverneuse.

— C'est Albert à Joseph. Je vous appelle pour savoir si vous êtes toujours le capitaine du *Nadine*?

— Oui. Mais pourquoi tu me demandes ça?

— C'est que, je voudrais savoir si vous voulez m'engager comme remplaçant pour la saison de pêche à la seine qui approche?

— Peut-être bien. Mais qu'est-ce qui me dit que je dois le faire avec toi plus qu'avec n'importe qui d'autre?

— C'est que j'ai comme projet de me bâtir une maison. Ça fait que je me demandais si vous n'auriez pas un terrain à me vendre.

— Mais qu'est-ce qu'un terrain à vendre a à voir avec ton embauche?

— C'est que, pour vous payer le prix du terrain, je suis prêt à faire plusieurs quarts de travail, si évidemment vous croyez que je possède les qualités nécessaires pour faire un hauturier de valeur.

Il y eut un silence qui parut durer une éternité à Albert. Aussi au risque d'offusquer son interlocuteur, il ajouta :

— À part de ça, comme j'ai l'intention de monter en grade jusqu'à devenir un fier capitaine sans peur et sans reproche comme vous, et je suis prêt à faire le nécessaire pour y arriver.

— C'est quel terrain que tu as en vue? demanda le capitaine Vincent en pensant à ceux qu'il avait en réserve pour ses propres enfants.

Il y eut un long silence entre les deux interlocuteurs. Le terrain constitué d'une longue pointe de terre qui s'avançait dans la mer était situé sur l'Île-du-Havre-Aubert avec une vue imprenable tant sur les levers que sur les couchers de soleil. Encore mieux, l'érosion avait grugé un cap de grès rouge, créant une petite plage sur laquelle il voyait Marie-Clara se promener en toute quiétude avec ses enfants. Ce faisant, il croyait séduire son père Georges, qui le considérait comme un homme prévenant avec sa fille, qui lui donnerait des petits-enfants à chérir et qui l'aideraient à vieillir en toute quiétude.

— Tu es toujours là? lui demanda le capitaine dont les profonds soupirs démontraient son impatience.

— Le terrain qui ferait mon affaire est celui qui longe le cap de grès rouge près de l'ancienne saline des pêcheurs, lui dit-il promptement.

— Tu vises mon meilleur terrain, Albert. Ça va te coûter les yeux de la tête si tu veux l'acheter.

— Peut-être, mais êtes-vous vraiment disposé à me le vendre?

— Il faut que je te dise que si on y met le prix, chez nous tout est à vendre.

À nouveau Albert s'interrompit pour faire des calculs dans sa tête. Il compara le coût du terrain et ce que la saison de la pêche à la seine allait lui rapporter. Cette dernière pouvait lui permettre de se remplir les poches, mais également le laisser Gros-Jean comme devant.

— Pourquoi ne me feriez-vous pas une offre, capitaine?

— C'est pas dans mes habitudes, mais je vais le faire pour toi, qu'est-ce que tu dirais de 5000 piastres?

— Autant que ça? répondit Albert qui s'attendait à beaucoup plus.

— Écoute-moi bien, c'est à prendre ou à laisser. Tu achètes et tu t'embarques sur le *Nadine* d'ici une dizaine de jours ou tu laisses tomber et tu te cherches un autre chalutier qui veuille bien de toi.

— J'achète et je m'embarque, lui répondit vivement Albert, qui était à nouveau monté sur son nuage.

— Pardon ? ! Je t'embarque et tu me paies le terrain à même ton travail, l'informa le capitaine dans un grognement.

Pris de court, Albert se disait qu'il était beaucoup plus aisé d'être productif en se joignant aux forces communes d'une équipe, comme ce fut le cas avec l'escouade du Quatuor lors de la chasse au loup-marin.

— Et qui d'autre va s'embarquer avec nous ? J'entends des remplaçants, s'aventura de lui demander Albert.

— Pourquoi une telle question ?

— C'est que si vous vous rappelez la dernière expédition du *Nadine* à la chasse au loup-marin, c'est l'escouade du Quatuor, dont je faisais partie, qui a été déclarée championne en termes de quantité et qualité.

— Oui, mais le fait que tu as perdu le nord la dernière journée nous a coûté temps et argent. Qu'est-ce que t'as à dire sur ça ?

— Mais pas assez pour que vous puissiez en retirer quand même un bon profit.

— Ça va, je vais y penser.

— Merci bien, capitaine. J'attends votre appel pour connaître le moment de l'embarquement.

— Il n'y a pas de quoi, Albert. D'ici là, je te conseille de rencontrer quelqu'un qui a une grosse expérience de la pêche hauturière pour que je n'aie pas à me répéter trop souvent avec le travail qui t'attend à bord du *Nadine*.

— J'y verrai, capitaine.

En raccrochant le combiné, Albert ressentit un enthousiasme si débordant qu'il voulut en faire part à son mentor de toujours, Albérik à Médée. « Après tout, se dit-il, ce n'est pas la fin du monde si je remets à plus tard mon fameux rendez-vous avec Marie-Clara. »

— Entre et tire-toi une chaise, lui dit le vieil Albérik, qui alla quérir sa tabatière.

— J'ai une grande nouvelle à vous annoncer, déclara Albert en s'assoyant. Imaginez-vous donc que je vais m'embarquer sur le *Nadine* pour la prochaine saison de pêche à la seine. Ça fait que je voudrais savoir à quoi m'attendre comme défi.

— Bonne nouvelle, en tout cas ! J'ai pour mon dire que vous allez sûrement aller seiner dans le bout du Banc de l'Orphelin.

— Mais qu'est-ce qui vous fait dire ça ?

— C'est pour ces changements brusques de courants qui l'entourent. Ça adonne que les bancs de harengs en profitent pour se nourrir sans trop travailler. Mais avant d'aller trop loin, comment a été ta saison de pêche au homard ? lui demanda le Vieux en frottant une allumette pour allumer sa pipe.

Albert lui résuma en peu de mots la défection de Carlo et celle de Justin dans la semaine qui avait suivi le naufrage du *Marie-Élise*.

— À ce qu'on m'a dit de ton frère Benoît, il n'a pas son pareil comme agent négociant en homard frais. Mais pendant que j'y pense, comment vont tes amours par ces temps-ci ?

La question frappa Albert en plein cœur. Il constata qu'il avait la mauvaise habitude de toujours remettre à plus tard, lorsqu'il craignait d'être déçu.

— Tu sembles jongler, Albert, qu'est-ce qui se passe ? lui demanda le Vieux en soufflant plusieurs bouffées de fumée qui allèrent rejoindre le petit nuage qui avait pris forme au-dessus de sa tête.

— C'est rien. Mais pour en revenir au fait, qu'est-ce que je dois faire pour ne pas avoir l'air fou auprès du capitaine Vincent ?

— *L'air fou* ? répéta le Vieux en se raclant la gorge.

— C'est que je lui ai avoué que je rêvais de devenir un jour un capitaine hauturier tout comme lui. Ça fait qu'il doit y avoir des limites à ne pas franchir pour qu'il garde confiance en moi.

— Il y en a, pourvu que tu ne négliges pas tes amours au profit de ta carrière. Un homme qui fait passer sa carrière avant toute chose est souvent malheureux en amour. Et le contraire est tout aussi vrai. À toi de choisir, poursuivit-il avant de fumer sa pipe à petits coups.

—Mais pour en revenir à ma première question, comment ça se passe au jour le jour sur un chalutier comme le *Nadine* ?

— Il fallait me demander nuit et jour parce que la pêche se pratique généralement sur six quarts de quatre heures. Un quart pour travailler, un pour se reposer et ainsi de suite.

— Je le savais et c'est pourquoi j'ai dit au capitaine Vincent que j'étais prêt à coller plusieurs quarts de travail bout à bout afin de donner mon maximum de rendement.

— Rapport que le maximum de rendement en tant qu'hauturier, mon Albert, c'est le niveau d'ardeur au travail qu'il ne faut pas dépasser parce qu'autrement tu vas faire des erreurs qui peuvent occasionner des accidents. À toi de t'ajuster si jamais tes maux de tête dont du m'as déjà parlé te reprennent.

— Merci pour ces bons conseils, Albérik.

— Ha! «Si jeunesse savait et si vieillesse pouvait!», dit le Vieux en se levant pour aller regarder à la fenêtre du boudoir, signe qu'Albert devait prendre congé au plus vite.

— Une dernière question, si vous le permettez. C'est quoi la principale différence entre être capitaine d'un bateau dont on est le propriétaire et un qui est la propriété d'une compagnie, comme le *Nadine*, d'ailleurs?

Embêté par une cette question qu'il aurait voulu remettre à plus tard – l'heure de son somme étant arrivée –, Albérik s'allongea sur le canapé.

— Le capitaine d'un chalutier comme le *Nadine* subit jour après jour une énorme pression autant des travailleurs d'usine que des propriétaires du bateau. Les employés veulent faire leurs timbres à tout prix, et les plus gros si possible, tandis que les propriétaires veulent faire des profits tout en remboursant leurs emprunts. Un défi que bien des hommes d'affaires ne réussissent pas à relever, si ce n'est qu'au bout de quelques années.

— Mais il y a les subventions, ajouta Albert qui était déjà debout, prêt à franchir la porte.

— Les subventions, c'est juste bon pour le temps que ça dure. Tu vas devoir performer à chaque sortie en mer si tu veux satisfaire les uns comme les autres.

— Sans que cela nuise à ma conquête du cœur de Marie-Clara, dit Albert.

— Pour tes amours, Albert, murmura Albérik en fermant les yeux, oublie pas que lorsque tu laisses la brebis paître en toute liberté, les loups ne sont pas très loin et guettent ta moindre distraction.

Ce propos ne tomba pas dans l'oreille d'un sourd.

CHAPITRE 17

« Au-delà du devoir il y a le bonheur »

En montant dans son petit camion pour aller retrouver Marie-Clara sur la plage du Sandy Hook, Albert ressentit une immense anxiété qui lui causa un mal de tête lancinant. Et pour cause : quand il lui avait téléphoné pour lui donner rendez-vous à la plage près de la passerelle qui enjambe le buttereau où se déroulaient les concours de châteaux de sable, Marie-Clara lui avait planté une flèche dans le cœur : « Tu en as pris du temps pour m'appeler ! » Ce à quoi il avait répondu que c'était dû à des circonstances incontrôlables dont il lui ferait part lors de leur rencontre. Aussi, quand elle lui avait dit : « Peut-être ne le savais-tu pas mais mon père est arrivé d'hier soir pour assister aux cérémonies de clôture de la pêche au homard », il avait sentit poindre une migraine, qu'il espérait bien calmer au fil de leurs confidences et pourquoi pas des mamours qui apaiseraient en même temps ses pulsions sexuelles.

Chemin faisant, il se dit que cette fois-ci, il aurait toute la latitude et la quiétude nécessaire pour lui exprimer son attachement puisque beaucoup de monde avait déjà convergé vers la pointe de la Grande-Entrée, lieu des cérémonies de la fin de la saison de la pêche au homard.

— Tu ne sembles pas dans ton assiette, lui dit Marie-Clara en s'approchant pour l'embrasser, sans trop de conviction cependant.

— Bah ! J'ai toujours des maux de tête, lui avoua-t-il avant de s'efforcer de lui rendre son baiser. Et si tu veux le savoir, mon mal de tête s'est transformé en migraine quand tu m'as annoncé que ton père était arrivé aux Îles, enchaîna-t-il en lui saisissant la main pour l'inviter à faire une longue marche avec lui.

— Dis-moi, Albert, qu'est-ce qui était si important pour que tu m'oublies complètement pendant plus d'une semaine ?

— Le plus important, je crois, c'est que je me suis organisé pour m'embarquer sur le *Nadine* d'ici une dizaine de jours pour pratiquer la pêche à la seine. J'espère que tu conviens qu'il faut toujours frapper le fer quand il est chaud.

— Peut-être, mais si pour cela, tu ne t'arranges pas pour qu'on se fréquente plus régulièrement afin de savoir si on est capables de faire une vie à deux, ça ne nous avance pas à grand-chose. Qu'en penses-tu ?

Une telle révélation le piqua au vif. Aussi en profita-t-il pour lui lâcher le gros morceau.

— Si je te disais que je vais m'embarquer sur le *Nadine* d'ici une dizaine de jours comme remplaçant, mais aussi pour faire un stage pratique avec la pêche à la seine qui pourrait être combiné aux études que je vais poursuivre en navigation, qu'est-ce que tu dis de ça ?

Marie-Clara s'arrêta aussitôt et se tourna vers Albert pour lui parler dans le blanc des yeux.

— Comme d'habitude, tu fais toujours passer ta carrière avant moi, insista-t-elle d'un ton plutôt agressif.

— À vrai dire, j'ai organisé une combine avec le capitaine Vincent pour qu'il me vende un grand terrain en bordure de mer dans l'éventualité où nos fréquentations plus assidues en arriveraient à ce qu'on fasse vie commune...

— Formidable ! s'exclama Marie-Clara en lui sautant au cou.

Elle lui donna alors un long et langoureux baiser.

Heureux du résultat qu'il obtenait, il s'aperçut que sa migraine avait beaucoup perdu de son intensité. Marie-Clara, quant à elle, se demandait ce qu'entendait Albert par « faire vie commune », elle qui rêvait depuis sa tendre enfance d'un mariage faste et si possible religieux.

— Je pense que tes maux de tête sont causés par une situation que tu n'arrives pas à contrôler. J'ai constaté aussi que lorsque tu fais face à une forme d'adversité, tu veux toujours sortir gagnant. À d'autres occasions, tu as tellement peur d'avoir un refus que tu évites de trop t'avancer.

— Ça me fait du bien que tu me le dises, Clara, et je te promets d'essayer de travailler là-dessus. Tu sais que lorsque j'ai reçu le *mayday* du *Marie-Élise*, c'était comme si je m'étais frappé la tête sur du ciment, tellement elle faisait mal. Un mal de tête qui s'est atténué au point de disparaître quand François et moi avons discuté ensemble des séquelles dont nous souffrons.

— Et, aujourd'hui, y a-t-il quelque chose qui t'achale, à part savoir que mon père est actuellement revenu aux Îles ?

— Tu as deviné juste. Il me semble que ton père n'en a que pour mon frère Benoît et pourtant il connaît mon attachement pour toi.

— Peut-être que ton frère a commencé par charmer mon père avant de s'essayer avec moi. Qu'est-ce que tu en penses ?

— Avec toi ? Mais voyons donc !

— Tu ne comprends pas. En fait, mon père a vu en moi une future femme d'affaires lorsqu'on est revenu aux Îles au début de mai de notre résidence secondaire à Québec. Ton frère, qui n'a pas son pareil pour séduire quelqu'un, a réussi son coup de dé en lui faisant voir qu'il était un excellent agent négociant qui ferait éventuellement un bon mari pour sa fille.

Estomaqué par un tel aveu, Albert comprit que Marie-Clara voulait entretenir de cette façon le suspense.

— Mais toi, est-ce ton avis ? lui demanda-t-il quelque peu gêné par sa question.

— Non, pas du tout. Les affaires sont les affaires. Pour mon père, le succès en affaires passe avant tout. Voilà pourquoi il ne voit rien en toi qui puisse le faire changer d'idée. Nous sommes seulement deux enfants chez nous, moi et mon frère, avec qui il a un fort conflit de personnalités. Je pense que mon père souhaite de tout son cœur de pouvoir un jour chérir des petits-enfants qui vont l'aider à vieillir dans l'allégresse et la sérénité.

— Mais pourquoi avoir fait des études en tourisme plutôt qu'en administration ?

— C'était pour lui tenir tête et lui signifier que ce n'est pas seulement à lui de choisir mon futur mari. Cependant, ça arrangerait beaucoup de choses si tu profitais des cérémonies de clôture de la fin de semaine pour lui expliquer ce qu'il en est de la carrière de hauturier.

Albert chercha aussitôt dans sa tête quelque chose qui puisse épater son père Georges. Si jamais il arrivait à le trouver, il se promit de ne pas le dire à Marie-Clara, afin d'éviter qu'elle n'en informe son père.

— Et si jamais on en arrivait à faire vie commune, qu'est-ce que tu vas faire pendant les huit mois de pêche et les quatre autres qui vont suivre que je vais consacrer à parfaire mes études ?

— Je serai guide touristique aux Îles. J'ai déjà fait ça dans les restos de mon père à Québec, pour des clients qui souhaitaient visiter notre charmant coin de terre.

— Mais c'est seulement pour une très courte période durant l'été, protesta-t-il. Quoi d'autre pourrait t'intéresser ?

— Avoir des enfants que j'élèverai selon des valeurs qui feront d'eux l'orgueil de mon père et de ma mère et qui nous combleront nous deux d'une grande félicité.

L'enthousiasme de Marie-Clara rendit Albert si fébrile qu'il l'entoura de ses puissants bras pour l'embrasser.

— Tu vois comme c'est important de se parler, insista Marie-Clara avant de se laisser aller.

Enlacés, les amoureux prolongèrent leur étreinte jusqu'à ce que Marie-Clara s'écarte subitement.

« Pas ici et pas maintenant, si tu veux bien… », lui dit-elle d'une voix douce.

Contrarié, Albert ne put s'empêcher de lui poser la question qui lui brûlait les lèvres.

— À moins que je me trompe, tu as eu des amis de cœur à Québec, comme j'ai pu le constater lors de ma visite au dernier carnaval.

— Voyons donc, c'était de bons amis avec qui je m'amusais ! Tu oublies que j'ai toujours aimé impressionner mon entourage.

— Je m'excuse d'avoir douté de toi, Clara, lui dit-il, confus.

— Sois un peu patient et tu seras récompensé. Ne va pas t'imaginer que c'est plus facile pour moi. Trouve-toi une façon d'impressionner mon père qui est censé assister demain soir aux cérémonies de clôture de la saison de pêche au homard et tu verras qu'il t'appréciera comme un homme capable de faire vivre convenablement une femme. Je ne voudrais pas qu'on commence éventuellement notre vie commune du mauvais pied. Chez nous, le mariage est important et mon père ne le prendrait pas s'il n'était pas fait dans la pure tradition de nos ancêtres.

— Peut-être dans le sens qu'il voudrait que je lui demande d'abord ta main ? s'enquit-il. Marie-Clara garda le silence.

Plongés dans leurs pensées respectives, les tourtereaux prirent d'assaut le buttereau qui les ramenait vers leur point de départ. Selon Marie-Clara, Albert n'avait pas dit clairement qu'il désirait prolonger leurs relations intimes jusqu'à ce qu'elles aboutissent à une demande en mariage en bonne et due forme. Quant à Albert, il avait compris qu'il ne servait à rien de conquérir le cœur de sa dulcinée s'il ne réussissait pas à faire en sorte que le vent tourne dans le même sens que son père l'entendait.

À peine Albert était-il rentré chez lui qu'une idée germa dans sa tête. Une idée qui aurait – du moins l'espérait-il – eu une influence positive sur Georges. Aussi, afin de s'assurer de la justesse de son plan, il alla rencontrer un dénommé Édouard à Cyrice, l'organisateur, afin de lui offrir les services de son orchestre, le Quatuor madelinien, dont la dernière présentation datait de plus de dix-huit mois.

Usant de finesse, il réussit à le convaincre d'obtenir une rémunération basée sur la performance de chaque orchestre, présumant qu'il y en aurait au moins quatre à se faire valoir. Une performance – lui avait-il suggéré – qui serait calculée en tenant compte du nombre de convives qui occuperaient la piste de danse durant leur prestation. Quoi de mieux, se dit-il, pour démontrer au père Georges qu'il était de tous les métiers et qu'il était capable en tout temps de se hisser parmi l'élite madelinienne ?

Cependant, c'était une bonne chose que de conquérir la confiance de Georges, mais encore fallait-il qu'il soit absolument certain de la force du sentiment de Marie-Clara à son égard. Il décida donc de jouer le tout pour le tout en lui faisant part de son intention de la rencontrer à nouveau le lendemain matin, dimanche, au lever du soleil. Une rencontre qui avait pour but de sonder les desseins de Marie-Clara par le moyen peu orthodoxe d'une demande en mariage.

Astucieux comme pas un, Albert avait préparé une demande en mariage écrite qu'il avait enfouie préalablement dans une bouteille vide en s'assurant de l'avoir bien scellée avec un bouchon de liège.

Or, comme autant les calculs sur la force que la direction des vents et courants étaient innés chez lui, il s'était dirigé la veille au Bout du Banc pour y lancer sa fameuse bouteille du côté d'en dedans de la Baie de Plaisance. Il espérait de tout cœur que dans les 24 prochaines heures elle s'échoue sur une des plages les moins fréquentées par les marcheurs en quête de coquillages et de débris de toutes sortes.

Toujours est-il que le lendemain, à la barre du jour, tout en parlant de tout et de rien avec Marie-Clara, il attira son attention sur le lever de soleil d'un rouge éclatant.

— Ça annonce une très belle journée, dit-elle en se demandant pourquoi Albert avait tant insisté pour faire une marche sur le bord de la plage si tôt le matin.

— C'est le matin au lever du soleil qu'il faut arpenter les plages si l'on veut être les premiers à y trouver des petits trésors, dit-il sans savoir s'il avait réussi à lire dans ses pensées.

— Mais pourquoi tu dis ça?

— En fait, as-tu déjà vu des petits bateaux en bouteille, un truc bien connu des Gaspésiens?

— Oui. Je me rappelle en avoir vu lorsque, plus jeune, mon père m'avait amenée, avec le reste de la famille, au rocher Percé pour y passer des vacances.

— Savais-tu qu'il est déjà arrivé aux Îles qu'on retrouve une bouteille avec un message provenant de celui qui avait rêvé pendant de longues années qu'on lui fasse savoir qu'on l'avait retrouvée à un endroit tout à fait inusité?

— C'est spécial, en effet, concéda-t-elle, perdue dans ses pensées.

En marchant la main dans la main avec Marie-Clara, Albert s'efforçait d'entretenir la conversation avec des histoires de son cru tout en jetant de temps à autre un œil sur le clapotis au bord de la plage. Puis tout à coup...

— Albert, j'aperçois droit devant nous une bouteille, lui lança Marie-Clara dans un élan d'enthousiasme.

— Il n'y a rien là, l'assura-t-il à regret, c'est une bouteille de plastique jetée par-dessus bord par un pêcheur peu scrupuleux. On tourne de bord si tu le veux, dit-il en essayant de comprendre pourquoi son plan avait échoué.

Ils revinrent à leur point de départ, Albert s'arrêta et se risqua à lui demander d'une voix mal assurée : « As-tu déjà pensé à te marier, Marie-Clara ? »

Prise de court, elle lui répondit : « Et si on continuait notre randonnée en direction de l'Île-du-Havre-Aubert ? »

Albert prit Marie-Clara par la taille comme un danseur l'aurait fait pour l'amener au bord du rivage qui était couvert à cet endroit de galets à cause de l'érosion des caps de grès rouge tout près.

— Fais attention où tu marches, lui recommanda-t-il en écarquillant les yeux à la vue des éclats de verre de sa fameuse bouteille qui s'était fracassée sur les rochers.

Troublé par sa découverte, il se précipita pour aller retrouver Marie-Clara qui s'amusait à sauter d'un galet à l'autre quand elle glissa sur l'un d'eux recouvert de limon. Trempée jusqu'aux os, elle se releva en présentant bien malgré elle son corps qui, moulé dans ses vêtements de fin lainage imbibés d'eau, apparaissait comme nu à Albert ; abasourdi, il vit qu'elle lui souriait.

— J'espère que tu ne t'es pas fait mal, lui dit-il, le cœur qui battait la chamade, en la prenant dans ses bras pour la serrer contre lui.

— Non, ne t'en fais pas, répondit-elle en apercevant par-dessus l'épaule de son amoureux un bout de papier qui flottait non loin.

En moins de deux, elle se défit de son étreinte et alla prendre le papier qu'elle lut tant bien que mal, l'eau de mer ayant passablement dilué l'encre du texte. Puis levant les yeux, elle lui dit : « Mon amour, c'est oui. Et le plus tôt possible, si tu veux savoir. Je craignais que tu ne m'aimais pas assez pour m'épouser telle que je suis… », ajouta-t-elle en allant se jeter dans les bras d'Albert pour lui donner un long baiser langoureux. Albert, devinant la suite des évènements, aperçut quelqu'un qui les épiait ; il s'éloigna à contrecœur de Marie-Clara. Resplendissant d'allégresse, il lui dit :

— Il me reste encore à convaincre ton père, parce que j'ai lu en quelque part qu'au-delà du devoir, il y a le bonheur d'être deux pour affronter la vie !

— Je sais que tu en es capable, lui affirma-t-elle en espérant de tout son cœur que leur rêve devienne réalité.

CHAPITRE 18

« Ce que l'on ne sait pas
ne peut nous faire du mal »

Tel que convenu avec l'organisateur, les membres du Quatuor made-linien se présentèrent à 20 h 30 à la grande salle où avaient lieu les cérémonies de clôture de la saison de la pêche au homard, au moment où un orchestre faisait place à la chorale La Vague de Lavernière. Albert en profita pour saluer plusieurs de ses connaissances. Près de l'estrade, il aperçut une table où étaient assises les familles respectives de Samy et de Georges. En s'approchant, il vit Marie-Clara, plus belle que jamais, qui faisait tourner les têtes avec sa longue robe noire échancrée, recouverte en partie d'une écharpe d'un rouge vif portée obliquement. Les bijoux dont elle s'était parée jetaient des étincelles multicolores qui attiraient de multiples regards d'envie.

« Mesdames et messieurs, voici maintenant l'orchestre Le Quatuor madelinien », dit le maître de cérémonie au moment même où Albert s'apprêtait à aller saluer les familles et que Marie-Clara se levait pour lui faire la bise. « Avant de débuter, laissez-moi vous présenter les membres de l'orchestre ! Directement à ma gauche, au violon – sur le bras –, Carlo à Tannice ; au centre, à la guitare, Benoît à Joseph ; à ma droite, à la mandoline, son frère Albert et finalement, à la console, Justin à Télesphore. Et c'est parti ! » annonça-t-il en faisant signe à Justin, qui agissait en tant que chef d'orchestre.

Au début de la prestation, les convives étaient peu nombreux sur la piste de danse, si ce n'est quelques femmes qui voulaient s'initier à la danse en ligne. Justin, un musicien hors pair, s'était aperçu qu'il lui fallait changer son approche avec des pêcheurs fatigués qui ne demandaient pas mieux que d'aller se coucher. Sachant combien les gens n'aiment pas trop passer d'un type de danse à un autre, il choisit des pièces qu'il avait spécialement préparées pour les danses en ligne, fortement populaires. Il fit une courte pause et demanda aux femmes d'aller dans la salle se trouver un partenaire. Il y eut bientôt tellement de danseurs qu'il fallut tasser des tables afin de satisfaire des gens qui, tout au moins, voulaient « essayer juste pour voir ». Après avoir répondu aux nombreuses demandes des convives, les musiciens du Quatuor madelinien se trouvèrent finalement à bout de ressources.

« Nous allons maintenant faire une pause », dit le maître de cérémonie au milieu des applaudissements qui n'en finissaient plus. « D'autres belles surprises vous attendent », annonça-t-il avant de se retirer.

Gonflé à bloc, Albert se dirigea aussitôt vers la table de Georges et de son beau-frère Samy.

— Et puis, comment avez-vous trouvé le spectacle ? demanda-t-il en regardant Marie-Clara, dont le sourire éclatant en disait long.

— Extraordinaire, dit-elle en lui faisant signe de la tête alors que son père était en train de jaser avec son beau-frère Samy.

— Ça fait du bien de changer de tempo, avoua ce dernier. Ça nous obligeait à s'ajuster. C'est un peu comme dans la vie, n'est-ce pas Albert ?

— Et vous, Georges, qu'est-ce que vous en pensez ?

— Va, dis-lui tes impressions, le pria sa fille en mettant la main sur le bras de son père. D'ailleurs, je crois qu'Albert voudrait te parler dans le particulier.

Albert inspira profondément, s'approcha de Georges et lui dit :

— Si vous voulez bien me suivre, j'ai réservé un petit salon où nous pourrons discuter en toute tranquillité.

— Ah bon ! Je te suis.

— Et puis comment avez-vous trouvé notre prestation ? demanda Albert pour casser la glace.

— C'est bien, surtout qu'on m'a raconté que vous vous êtes organisés pour être payés en fonction de votre performance, qui fut grandiose, soit dit en passant. Quelque chose dans les quatre chiffres au moins, n'est-ce pas ?

Albert s'aperçut que, pour Georges, l'argent était primordial pour réussir sa vie. Aussi, risqua-t-il de s'enquérir :

— Et comme pêcheur de homard, qu'en pensez-vous ?

— Pas si pire. En fait, si tu as réussi, c'est surtout grâce à ton frère qui serait capable de vendre un réfrigérateur à un Esquimau si je le lui demandais.

— Oublions mon frère si vous le voulez bien et parlons plutôt de votre fille et de moi.

— Comme tu voudras.

— C'est que nous envisageons de faire vie commune et votre assentiment nous faciliterait bien des choses.

— Comme quoi ? reprit Georges en plissant le front.

— Comme le fait que je dois m'embarquer d'ici une semaine sur le *Nadine*, et que tant votre fille que moi, on voudrait unir nos destinées avant le départ, enchaîna-t-il avec un léger tremblement dans la voix.

— En fait, vous voulez vous marier. Voilà ce qu'il fallait dire. Mais pour l'amour du Bon Dieu, qu'est-ce qui presse tant que ça ?

— Vous pensez peut-être que je ne la mérite pas ? Allez, dites-le-moi !

— Pas encore.

— Comment ça ? lui demanda-t-il, étonné par une telle réponse.

— C'est que t'as pas encore fait tes preuves. Tu as assez bien réussi avec la pêche au homard. Cependant, à ce que j'ai pu comprendre, tu n'as pas voulu du permis de pêche de ton père qui te l'aurait sûrement cédé à un prix d'ami.

— C'était mon choix et je suis prêt à l'assumer, répondit-il en se disant qu'il avait besoin de réfléchir avant d'aller plus loin dans leur discussion.

La conversation s'éteignit comme un feu de paille. Albert songea alors à changer son approche sachant à quel point Georges accordait de l'importance à l'argent.

— Tu sembles jongler, lui dit Georges en se levant de son fauteuil pour lui signifier qu'il voulait prendre congé.

— Si je m'embarque sur le *Nadine*, c'est dans l'intention bien arrêtée d'en devenir un jour, pas très lointain, le capitaine. D'ici là, je pense être en mesure de pouvoir faire vivre votre fille sans soucis d'argent. Qu'est-ce que vous en pensez ?

— Tout comme en affaires, faute de preuves, je ne peux être certain qu'il en sera ainsi.

— Allez-vous empêcher votre fille de se marier si elle veut absolument?

— On verra. Je trouve que marier un homme qui a de l'ambition, c'est bien, mais reste à voir si tu as les capacités pour relever les défis qui l'attendent. Quand tu dis que tu t'embarques sur le *Nadine*, à moins que je ne me trompe, c'est seulement comme remplaçant.

— Je n'avais pas le choix, c'était à prendre ou à laisser, rétorqua Albert en pensant qu'il devait peut-être lui parler du terrain qu'il entendait acheter du capitaine Vincent.

— C'est bien de vouloir devenir un hauturier. Par contre, qui me dit que tu vas persister? Dans ce domaine comme dans bien d'autres, il y a beaucoup d'appelés, mais bien peu d'élus. Et j'ajouterai ceci: combien de fois le mariage de deux amoureux n'a pas tenu la route? À part de ça, de nos jours, les gens ne se marient presque plus et s'ils le font, c'est sûrement pas, comme dans notre temps, pour le meilleur et pour le pire. À la moindre discorde, on se sépare et c'est l'économie qui en profite avec le père et la mère qui ont chacun leur logis.

Albert n'en revenait pas de voir cet esprit tordu qui faisait constamment des calculs sur tout ce qui lui passait par la tête, incluant les sentiments de deux êtres humains. Aussi, afin de le faire plier et sachant qu'il était un croyant plus ou moins pratiquant, il lui présenta un ultime appât qui lui semblait irrésistible.

— Je suis prêt à me plier à vos exigences en termes de mariage traditionnel. Cependant, j'ai besoin d'une réponse aussi claire que possible.

— Tu auras mon assentiment quand j'aurai la preuve que ton plan de carrière n'est pas de la poudre aux yeux. Tiens, je vois ma fille qui s'approche, dit-il, en le quittant.

— Et puis, comment ç'a été avec mon père? demanda Marie-Clara en se collant à lui.

— Un pas en avant pour mon plan de carrière et deux pas en arrière, pour les preuves dont il a besoin.

— Que veux-tu dire par là? demanda-t-elle en lui tendant la main pour qu'il l'accompagne dans la grande salle.

— Je t'expliquerai plus tard. Pour tout de suite, je t'invite à m'accompagner à la messe des marins dans l'église de Lavernière qui va être concélébrée par tous les prêtres des Îles.

Surprise par une telle initiative de son amoureux, Marie-Clara lui demanda :

— Es-tu tombé sur la tête ? Toi qui m'as dit que tu n'étais pas plus pratiquant qu'il fallait.

— Tel que je connais ton père, il va y assister et...

— Et s'il nous voit tous les deux, le coupa Marie-Clara, il va se dire que tu as déjà commencé à entrer dans sa manche. Et si, malgré tout ça, il reste sur ses positions, qu'allons-nous faire ?

— Attendons d'être rendus à la rivière et on trouvera bien le moyen de la traverser, lui rétorqua-t-il avec un brin d'arrogance dans la voix.

Le lendemain, dans l'avant-midi, Albert et Marie-Clara firent leur entrée dans l'église de Lavernière et ils remontèrent l'allée centrale de la nef. Ils prirent place sur un banc suffisamment près du chœur pour être vus par leurs familles, de Samy et en particulier de Georges, qu'il savait présent.

La messe de l'Action de grâce pour les bienfaits obtenus avec la pêche débuta par des chants marins qui firent le bonheur des fidèles présents. Albert, qui se demandait encore ce qui l'avait amené là, aperçut son ancien confident spirituel de la polyvalente qui co-officiait la cérémonie. Une idée prit aussitôt naissance dans sa tête, mais qu'il trouva moins bonne lorsqu'il vit les offrandes en agrès de pêches divers qui étaient apportées au pied de l'autel. À l'eucharistie, Marie-Clara lui donna un formidable coup de coude pour lui signaler qu'il fallait qu'il l'accompagne pour recevoir la communion. Ce qu'il fit avec juste assez de conviction pour montrer à Georges qu'il était croyant.

La bénédiction finale ayant été donnée, le couple se dirigea aussitôt vers la sortie sans même attendre le dernier chant de clôture. Ce qui leur évita d'ailleurs d'être tous les deux l'objet de murmures souvent calomnieux. Sur le perron de l'église, un attroupement prit forme, particulièrement autour de la famille de Marie-Clara.

Albert s'excusa auprès de cette dernière et alla voir le père Louis pour tâter le terrain au sujet d'un mariage hâtif, et religieux, si nécessaire.

De retour sur le perron de l'église, où se trouvaient encore de nombreuses têtes grises, Albert agrippa Marie-Clara pour l'emmener à l'écart.

— Et puis, qu'est-ce qui pressait tant d'aller voir l'un des célébrants ?

— J'ai reconnu mon ancien directeur spirituel de la polyvalente, qui a accepté de nous marier pourvu qu'on assiste à trois séances d'une heure chacune, question qu'il soit assuré du sérieux de notre démarche.

— Même s'il n'a pas l'accord de mon père ?

— Oui. En parlant de lui, as-tu été capable de saisir des bribes de conversation à notre sujet ?

Sachant que tu vas t'embarquer prochainement, les gens disent toutes sortes de choses sur le *Nadine*. En fait, je me suis aperçue que mon père te ressemble à bien des points de vue...

— Comment ça ?

— Il devient angoissé lorsqu'il ne contrôle pas la situation. Les palabres sur le *Nadine* – qui, d'après plusieurs, est un chalutier qui aurait eu des problèmes dans le passé – semblent le préoccuper particulièrement.

— Mais, il n'a qu'à s'informer.

— Et toi, le connais-tu son passé ?

— Plus ou moins. Après tout, ce que l'on ne sait pas ne peut nous faire de mal.

— Sauf que tu fais partie du portrait qui est en train de se dessiner avec ton embarquement.

— Et peut-être que je me dirai par après : « J'aurais donc dû. » Allez, je t'invite pour le brunch du dimanche au Café de la Grave ! lui annonça Albert qui voulait absolument changer d'air.

— J'accepte, mais à condition que dès demain, tu fasses le nécessaire pour que tu n'aies jamais à te dire : « Si j'avais su. »

CHAPITRE 19

« Aide-toi et le ciel t'aidera »

— Tu te rappelles ce dont nous avons parlé hier midi sur le perron de l'église ? demanda Marie-Clara à Albert au téléphone.

— Oui, et j'imagine que ton père doit en avoir beurré épais avec ses questions sur le *Nadine*.

— Il n'a pas eu la chance de le faire parce qu'il est parti pour Québec en avion ce matin pour ne revenir aux Îles qu'au moment où tu vas t'embarquer. Et si je t'appelle, c'est que je t'ai organisé une rencontre avec mon oncle Samy, qui connaît sûrement une bonne partie de l'histoire du chalutier dont Pêcheries Madeliniennes a fait récemment l'acquisition. Ça va te permettre d'apaiser les craintes que tu ressens encore au sujet de tes capacités de pratiquer la pêche hauturière.

— Je suis d'accord, mais je voudrais être accompagné par mon mentor, Albérik à Médée, en qui j'ai une confiance absolue. Tu sais, j'ai jamais oublié ce qu'il m'a raconté sur son bon discernement lors de ma dernière chasse au loup-marin. Si ç'a n'avait pas été de lui, je crois que je serais actuellement dans l'autre monde.

— Il n'y a pas de problème. Moi, je vais avertir mon oncle et toi le vieil Albérik.

Dans un petit salon de la villa du marchand Samy, Albert demanda à ses deux confidents de lui exposer l'historique de la pêche hauturière depuis l'arrivée aux Îles de la défunte Gorton Pew Ltd. Samy, qui, après un cérémonial à n'en plus finir, avait allumé son éternel cigare, prit le premier la parole. Buvant à petites gorgées un cognac très réputé, il expliqua que le *Nadine* avait vu le jour aux Méchins en Gaspésie en 1975. Il s'agissait d'un chalutier qui quelques années plus tard avait été transformé en seineur.

Albérik, qui était en train de bourrer sa pipe d'Amphora, se permit d'intervenir pour dire que la principale raison d'une telle modification était que le gouvernement fédéral s'apprêtait à donner des quotas par navire de pêche, et qu'à l'avenir, il allait ouvrir et fermer certaines zones après l'analyse des prélèvements effectués par les chercheurs de Pêches et Océans Canada.

— On est dans un drôle de pays, se permit d'intervenir Albert dans la conversation. En fait, lorsque le poisson est vivant, il est de responsabilité fédérale, et lorsqu'il est mort, du Parlement de Québec. Mais pourquoi Les Pêcheries Madeliniennes ont-elles payé plusieurs millions pour faire l'acquisition du *Nadine* si justement ça s'en vient si compliqué que ça ?

Samy, féru des affaires de cents et de piastres, résuma en peu de mots l'aspect financier d'une telle démarche. Si Les Pêcheries Madeliniennes pouvaient se payer un tel bateau, c'était parce qu'elles avaient hérité des actifs de la défunte *Gorton* pour plus ou moins le solde du prêt garanti par le gouvernement, soit environ 700 000 piastres.

« Une vraie aubaine, intervint Albert, si on compte ce que comprenaient les actifs. »

Albérik, qui se retenait depuis un bon bout de temps d'ajouter son grain de sel, lui exposa que ces actifs étaient constitués de sept chalutiers, d'une grande usine et d'équipements à ne plus savoir qu'en faire.

— Des chalutiers baptisés du nom des principaux villages des Îles, enchaîna-t-il, pour donner un semblant de sentiment d'appartenance aux travailleurs du domaine des pêches.

— Il y avait entre autres un chalutier de la G.C.*, l'interrompit Samy, qui a coulé lors de sa première sortie en mer. La Gorton a eu toutes les misères du monde à se faire payer les réclamations par l'assureur. Lorsque j'étais enfant, mon père me disait : « *No money, no candy and no funny***. »

Albert, qui essayait tant bien que mal de suivre les propos tant de Samy que d'Albérik, fut frappé par l'idée qu'un malheur pouvait

---

* *G.C.* pour « Gorton Company »
** Traduction libre : « Pas d'argent, pas de bonbons et pas de plaisir. »

survenir avec le *Nadine*. Les mots *premier* tout comme *dernier voyage* raisonnaient dans sa tête et l'effrayaient.

Après tout, le chalutier n'était-il pas de dimension plus ou moins similaire au chalutier de la G.C., se dit-il. Aussi, afin de diminuer son angoisse, il demanda à Samy :

— Et les gouvernements, dans tout cela ? Comment ont-ils réussi à tirer leur épingle du jeu ?

— *Well...*, lorsque le fédéral a décrété la zone de pêche et de chasse à 200 milles des côtes, c'était...

— C'était, si je peux me permettre, trop peu trop tard, le coupa Albert.

— Si bien que la Gorton leva l'ancre, poursuivit-il d'un ton qui exprimait une certaine aigreur, pour céder peu après ses actifs au gouvernement Lévesque, qui a pris le pouvoir en 1976, je crois.

— Un gouvernement séparatiste qui ne voulait rien savoir d'Ottawa, dit le Vieux avec hargne.

— C'est à ce moment-là qu'une compagnie gouvernementale a été constituée par le gouvernement québécois, pas aussi séparatiste que le dit mon ami Albérik, lança Samy.

— « Maîtres chez nous », comme disait le premier ministre Jean Lesage à l'époque, d'ajouter Albérik. Mais à quel prix ?

— Que voulez-vous dire par là ? s'enquit Albert, qui ne s'y connaissait pas tellement en politique.

— C'est que la fameuse compagnie, qui faisait de l'argent aux Îles l'avait drainé pour combler le déficit d'une usine qu'une de ses coopératives possédait en Gaspésie et dans laquelle elle avait la majorité au conseil d'administration, tout comme avec Pêcheries Madeliniennes. Un genre de siphonnage qui a coûté plusieurs dizaines de millions au gouvernement du Québec.

— Et les rouges sont revenus au pouvoir et ont aussitôt privatisé les Pêcheries Madeliniennes, dit Albérik en rallumant sa pipe qui s'était éteinte.

— Et comme de raison, les nouveaux acquéreurs ont acheté les actifs des Pêcheries Madeliniennes pour une bouchée de pain, lança Samy, avec cependant la promesse de renouveler les infrastructures en construisant plusieurs usines ultramodernes et en renouvelant la flottille de chalutiers avec l'une de leurs dernières acquisitions, soit le *Nadine*, et son frère jumeau, le *Raly II.*

— Et c'est à partir de là que les années de vaches grasses ont commencé à s'espacer, intervint Albérik.

— Et quelle en est la raison ? demanda Albert à Samy, qui avait déjà vu neiger avec ses propres usines.

— *Well…*, il y a trop de bateaux et pas assez de poissons qui, en plus, sont pêchés au début de leur maturité. Il reste encore le poisson rouge, mais il est difficile à pêcher puisqu'il se tient entre deux eaux, comme on dit, d'où la modification que s'apprête à faire la compagnie du *Nadine* en chalutier pélagique.

— Mais à force de changer de type de bateau, n'y a-t-il pas des chances que le chalutier lui-même ne soit pas fiable ? demanda Albert, qui commençait à se tortiller sur sa chaise.

— Les compagnies n'ont pas le choix avec ces nouvelles usines qu'elles doivent approvisionner, intervint Samy.

— T'es aussi bien, Albert, de t'amariner au plus vite au *Nadine* avec la pêche hauturière à la seine, lui conseilla le Vieux.

— Et pourquoi ?

— Pour autant que je me souvienne, pêcher à la seine, c'est assez facile, à part du fait qu'il faut localiser les bancs de poissons et que c'est pas trop payant. Avec la pêche au chalutier pélagique, c'est tout ou rien.

— Quand c'est tout, l'argent coule à flots, intervint Samy et quand c'est rien, c'est tout juste si la compagnie peut payer ses frais.

— Cela ne me rassure pas plus qu'il faut, leur avoua Albert en se levant afin de prendre congé.

— Mais attend encore un peu, lui demanda le marchand Samy, en prenant une bonne lapée de cognac qu'il sirota longuement.

— On a oublié que tu rêves de devenir un capitaine de chalutier un de ces jours.

— *Well…*, dit Albérik, tout comme dans la vie d'un couple, il y a l'homme qui propose et la femme qui dispose, commenta Samy.

— J'ai déjà entendu ça, rétorqua Albert, toujours prêt à partir. Qu'est-ce que vous voulez dire par là ?

— Le capitaine, qui n'est pas le propriétaire d'un bateau, propose et c'est la compagnie à qui il appartient qui dispose, commenta Samy.

— Comme tu le sais sans doute, enchaîna le Vieux, à chaque retour d'une sortie en mer, il y a un tas de bris à réparer, causés par un incident, quand ce n'est pas un accident pouvant mettre en danger la vie des membres de l'équipage.

— Et alors? répliqua-t-il, pressé d'en finir avec l'adage que son mentor lui répétait trop souvent: « Si jeunesse savait, si vieillesse pouvait. »

— *Well...*, ça veut dire que c'est l'argent qui décide de tout, intervint à nouveau Samy. Les marins sont payés à leur performance de pêche, les propriétaires sont contraints de payer leurs dettes et les travailleurs d'usine veulent absolument faire leurs timbres. Voilà ce que vit tous les jours que le Bon Dieu amène le capitaine d'un bateau qui n'est pas sa propriété.

Tel fut le dernier avertissement que reçut Albert avant de prendre congé de ses deux confidents qui auraient bien voulu le retenir encore.

— Et puis? lui demanda Marie-Clara après qu'il l'eut rejointe dans un restaurant pour prendre un café.

— J'ai appris beaucoup de choses sur les impondérables de la pêche hauturière, si bien que j'ai besoin de rencontrer une personne en particulier qui va pouvoir *allumer mon fanal**.

À vrai dire, Albert voulait se marier au plus vite afin de connaître la volupté des premiers jours de mariage. Mais il pensa aussi à ce qui pouvait l'attendre en embarquant sur un bateau qui n'avait pas encore réellement fait ses preuves avec la pêche hauturière.

— C'est qui cette personne? lui demanda Marie-Clara en pensant aux histoires de marins qui ont presque tous une maîtresse dans chaque port où ils font escale. C'est bien sur le côté sud de Terre-Neuve que tu vas pêcher?

— Oui, et nos débarquements de hareng se feront dans divers ports de mer de l'Île.

— C'est qui? C'est qui? lui répétait sans cesse Marie-Clara en le voyant la quitter précipitamment.

---

* *Allumer son fanal*: l'éclairer, le renseigner

En allant rencontrer le père Louis, Albert s'aperçut que le mal tête que lui avaient causé les propos malveillants d'Albérik et de Samy au sujet de tout ce qui pouvait arriver de fâcheux sur le *Nadine*, était devenu une forte migraine.

«Tu as sûrement le mal de l'âme», lui dit le père Louis en le voyant apparaître dans l'embrasure de la porte de son bureau.

Assis dans un grand fauteuil moelleux, Albert s'efforça de lui parler de la situation qui le préoccupait.

— Mais tu as encore beaucoup de temps devant toi pour te marier, lui dit le père Louis. Se marier devant Dieu sur un coup de tête, ça n'a jamais donné de bons résultats, crois-moi.

— Il doit y avoir quand même des exceptions. Je crois au destin, vous savez. Ça fait qu'il n'en dépend que de votre bonne volonté pour qu'il se réalise. Vous y croyez, vous, au destin? se risqua-t-il à lui demander.

— Ça dépend. J'ai quand même des doutes parfois avec les guerres, les famines et les scandales de toutes sortes, incluant ceux qui affectent notre Sainte Mère l'Église. Qui peut prétendre comprendre les vues insondables du Tout-Puissant qui nous a envoyé son fils Jésus pour nous faire réfléchir? Je crois qu'il n'en dépend que de nous, les humains, pour rendre le monde meilleur. Et toi, Albert, as-tu déjà ressenti une forme d'illumination qui justifierait ta croyance dans le destin?

— Oui, et c'était pas plus tard que l'année passée lorsque j'ai fait la connaissance de Marie-Clara, qui était en visite sur l'Île-du-Havre-Aubert. Elle m'a appris à ce moment-là que sa mère souffrait d'une forme virulente de cancer, et que, malheureusement, ça ne s'améliorait pas, ce qui donnait une bonne raison à son père de s'opposer au mariage de sa fille.

— Ça se comprend, lui dit le père Louis, ce qui rendit Albert perplexe.

— Ça fait qu'au début de la pêche au homard, j'ai lancé un défi à Dieu en lui demandant de faire en sorte que la maladie de sa mère ne soit plus un obstacle à mon mariage, que j'espère d'ailleurs vous voir célébrer incessamment.

— Pourquoi t'en faire alors, puisque tu viens de me dire que tu croyais au destin ?

— Peu importe. Ça fait que je suis persuadé que le naufrage du *Marie-Élise*, pendant lequel j'ai failli me noyer, a été le prix à payer pour que je sois exaucé.

— Mais qu'est-ce qui te fait dire ça ? lui demanda le père Louis, curieux de connaître les profondes convictions de ses fidèles.

— Lors des cérémonies de clôture de la saison de pêche au homard, j'ai rencontré la mère de Marie-Clara. Elle m'a salué chaleureusement comme si on s'était toujours connus, contrairement à son mari Georges qui, comme d'habitude, faisait la moue. Curieux de nature, je lui ai demandé comment allait la santé de sa femme et il m'a dit que le médecin lui avait annoncé en mai dernier qu'elle était en totale rémission et que toute trace de cancer avait disparu. C'est pour ça que, même si mes maux de tête sont devenus de temps en temps des migraines, ça me console de savoir que ç'a marché.

— Et qu'envisages-tu, Albert, pour régler ton problème, à part lancer un autre défi au Seigneur tout-puissant ?

— Vous demander de me marier avec Marie-Clara avant que je ne m'embarque sur le *Nadine* !

— Mais c'est toute une commande que tu me réclames ! Il faut des témoins, un lieu de célébration et que sais-je encore.

— J'ai tout planifié. Benoît, mon frère cadet, est d'accord pour être mon témoin et je suis certain que Claudia, la cousine de Marie-Clara, va accepter de lui servir de témoin. Quant au lieu, pourquoi pas dans la sacristie de l'église, au cours de l'une des messes hebdomadaires que vous y célébrez ?

— Oui, mais c'est si petit.

— Et souvent trop grand pour les quelques têtes grises qui persistent à assister à la messe, lui fit remarquer Albert, à regret. En fait, on ne sera qu'une dizaine de personnes en incluant les témoins et les mariés. Qu'est-ce que vous en dites ?

— OK, mais je dois quand même m'assurer que votre mariage sera conforme au droit canon de l'Église catholique. Après tout, il sera fait devant Dieu. Je vous invite donc à venir me rencontrer pour une couple d'heures demain dans l'avant-midi afin de m'assurer que votre projet d'avenir est suffisamment sérieux.

— Comme ça, si tout va bien, nous serons unis, pour le meilleur et pour le pire, d'ici 48 heures?

— Et même contre vents et marées! Autre chose, Albert? lui demanda le père Louis qui le voyait s'étirer sur le divan.

— J'espère de tout cœur que l'affront que nous ferons à son père Georges en nous mariant sans son consentement ne va pas être un boulet que nous traînerons toute notre vie durant.

— Il n'en dépend que de vous deux, en donnant à Georges des petits-enfants à chérir, qui l'aideront à vieillir en toute quiétude, rétorqua le père Louis avec le sourire.

— Soyez assuré, mon père, que ce n'est pas le goût qui me manque.

— Moi non plus. Après tout, je suis un homme avec ses forces, mais aussi ses faiblesses et tentations de toutes sortes. À tout considérer, Albert, je crois que tu es choyé par la vie.

— Mais pourquoi donc?

— C'est que tu exerces un métier qui fait que tu te retrouves la plupart du temps dans la nature. Une nature dans laquelle on découvre Dieu et, par le fait même, son équilibre de vie.

— Mais pourquoi nous dit-on qu'il faut invoquer le Seigneur pour que soient exaucées nos prières?

— Pas nécessairement, mais tout au moins prendre le temps de méditer. Tu sais, Albert, dame Nature a toujours été conciliante avec les hommes. Il ne faut donc pas la défier. D'ailleurs, tu en es le meilleur exemple.

— Comment ça?

— J'ai entendu parler de ton ambition démesurée de vouloir être le meilleur chasseur lors de ta dernière expédition sur la banquise, au mépris des dangers qui y sont omniprésents. Il y a aussi la façon dont tu as traité ton père en refusant qu'il te fasse bénéficier de son permis de pêche. Tu veux devenir hauturier, bien que tu connaisses les effets négatifs de la pêche en haute mer sur le renouvellement des ressources. En plus, tu t'es permis d'obstruer intentionnellement l'accès aux meilleurs fonds de pêche au homard aux autres pêcheurs.

Ne crois-tu pas que c'est égoïste de ta part ? Un égoïsme qui a privé les autres pêcheurs de leur juste part, sans oublier les difficultés pour dame Nature de régénérer ses ressources pour tes futurs enfants, grands et petits !

— C'est comme si vous veniez de me confesser, père Louis, lui confia Albert, confus. Je crois avoir déjà eu ma pénitence avec le naufrage du *Marie-Élise*, qui a accru mes moments de forte anxiété, ne croyez-vous pas ?

— Tu es anxieux à cause de ta trop forte ambition de devenir un homme respecté qui ferait l'envie des autres. On appelle ça de l'orgueil mal placé.

— De recevoir une telle leçon de vie, ça fait du bien, lui avoua-t-il après s'être encore une fois étiré le cou. J'ai l'impression que ma migraine a pas mal disparu et que, grâce à ça, je me sens comme un petit oiseau.

— Va, aide-toi et le Ciel t'aidera !

Albert sortit du presbytère avec l'impression qu'il avait le vent en poupe. Un vent qui toutefois a ses caprices et qui peut surprendre au moment où on s'y attend le moins.

CHAPITRE 20

« Ce que l'on conçoit bien s'énonce clairement »

À la veille de s'embarquer sur le *Nadine* pour une excursion de pêche à la seine, Albert s'aperçut que les quatre derniers jours n'avaient pas été dans le sens qu'il avait espéré : il n'avait pas eu l'accord du père de Marie-Clara pour se marier et le mariage s'était tenu dans une si stricte intimité que des palabres de toutes sortes circulaient à qui mieux mieux.

Il avait tout d'abord réglé ses affaires avec sa propre famille, y compris avec son père, qu'il avait réussi à convaincre de transférer en toute fin de saison son permis de pêche au homard à son frère cadet Benoît. La saison avait été très bonne du point de vue financier, du fait surtout qu'il y avait maintenant un marché bien établi pour la vente de homard vivant à des restaurants tels que ceux de Georges, le père de Marie-Clara. Ce n'était plus qu'une question de temps avant que les grandes surfaces fassent de même, permettant ainsi à son frère de payer dans les prochaines années sa dette envers son père Joseph. Quant à sa mère Artémise, elle était heureuse de le voir réaliser son rêve de devenir pêcheur hauturier, qui lui garantissait du même coup de faire ses timbres chaque année. Des timbres d'assurance-chômage qui représentaient pour elle une forme de dividende sur le prêt de 700 piastres qu'elle avait accordé à son fils pour l'acquisition d'un puissant moteur qui avait fait toute la différence en termes de quantité et de qualité de homard. Aussi, afin d'amadouer son frère Benoît pour qu'il agisse comme témoin à son mariage, Albert avait fait la paix avec lui en lui promettant de lui ouvrir davantage les portes du marché d'exportation déjà entrouvertes pour le poisson de fond pêché par le chalutier Nadine. Certes, il n'avait pas encore été appelé par le capitaine, mais il ne s'en faisait pas outre mesure puisqu'il se doutait que ce dernier lui laisserait le temps de s'organiser pour qu'il soit fin prêt au moment voulu. C'est ce moment qu'il avait choisi pour se marier avec sa bien-aimée. Celle-ci s'était arrangée avec Claudia, sa cousine germaine, pour qu'elle lui serve de témoin. Les invités avaient été peu nombreux. Bien sûr, il y avait Carlo et Justin et les cousins et cousines d'origine madelinienne de Marie-Clara. Le voyage de noces n'en fut pas véritablement un puisque Claudia avait convenu avec son père qu'il prête au nouveau couple la maison d'invités de son vaste domaine, qui était devenu libre dès le lendemain de la fête de clôture de la saison de pêche au homard.

— Oui, allô!

— C'est toi, Claudia?

— Oui. Pour quoi faire? demanda-t-elle en reconnaissant la voix du capitaine Vincent.

— C'est que je cherche Albert à Joseph depuis une couple de jours. Ça fait que…

— Ça fait que vous avez tombé pile.

Elle passa le combiné à Albert, qui était en train de prendre un savoureux déjeuner à la mode des Îles.

— Oui, allô! Qu'est-ce que ça conte de bon, capitaine?

— Je voudrais te rencontrer demain matin à 7 h sur le quai des pêcheurs de Cap-aux-Meules.

— Mais pour quelle raison? demanda-t-il en regardant Marie-Clara qui prêtait l'oreille.

— Je t'expliquerai à ce moment-là. Ça te va, Albert?

— Oui, répondit-il prestement avant de raccrocher.

— Et puis, qu'est-ce qui presse tant que ça? lui demanda sa femme en grimaçant.

— Je ne sais pas. J'ai l'impression qu'il veut me montrer ou m'informer de quelque chose par rapport à mon embarquement sur le *Nadine.*

— J'espère que ce n'est pas grave, étant donné que mon père revient de Québec après-demain, lundi.

— Tout va s'arranger, la rassura son mari, avec un brin d'optimisme qu'elle ne lui avait pas souvent vu jusque-là.

Le lendemain, après une nuit fortement écourtée par les nombreuses interrogations qu'avaient les deux conjoints, Albert se dirigea vers le quai des pêcheurs de Cap-aux-Meules. Arrivé sur place, il aperçut le traversier *Lucy Maud Montgomery* qui venait d'accoster avec son flot de touristes. Curieux comme d'habitude et ayant une bonne heure devant lui, il s'approcha pour regarder de plus près le débarquement afin de se faire une idée des manœuvres maintes fois répétées par l'équipage. Faisant de l'ombre au *Nadine*, qui était accosté au quai des pêcheurs, parallèlement au débarcadère, il fut étonné de voir la différence en termes de dimension des deux bâtiments. Si le bote de son père faisait pitié à côté du chalutier, ce dernier ne faisait pas le poids à côté du traversier appelé dans une chanson typiquement madelinienne « le grand bateau blanc ».

S'approchant encore, il aperçut les passagers, pour la plupart des touristes, qui descendaient, le sourire aux lèvres en pensant aux vacances qui s'annonçaient prometteuses vu le soleil qui brillait de tous ses feux. Il les compara aux marins-pêcheurs, qui avaient souvent mauvaise mine lors du débarquement de leur cargaison de poisson. Fatigués, ils étaient pressés de rentrer chez eux en bougonnant à la moindre remarque que leur faisaient les préposés au déchargement. Quel contraste avec les officiers, dont le capitaine du *Lucy Maud*, qui souhaitaient un heureux séjour aux passagers qui commençaient à écarquiller les yeux devant ce cher petit coin de terre. Il n'en fallait pas plus pour que l'esprit d'Albert se mette à vagabonder.

Être un capitaine d'un navire traversier et pourquoi pas ? songea-t-il. La paie est bonne en plus d'être assurée quel que soit le nombre de passagers. Sa femme Marie-Clara pourrait agir comme agent de bord ou encore guide touristique, conjointement avec lui, dans un domaine de plus en plus prometteur d'avenir aux Îles. Finies les sorties en mer hasardeuses d'environ une semaine dont le salaire se calcule à la performance de pêche et qui aura été amputé au préalable des frais et dépenses qui n'ont pas réellement à voir avec l'effort au travail. Pire encore, de telles sorties en mer n'aidaient en rien à consolider l'unité du couple, qui avait tendance à croire que le gazon du voisin est certainement plus vert que le sien, sans parler de l'inquiétude qui ronge la femme et les enfants à cause des dangers inhérents à la mer.

En revenant sur ses pas, Albert vit Carlo et Justin qui étaient en train de réparer et de préparer des agrès de pêche qu'il identifia comme ceux appartenant au *Nadine*. Et s'il attendait d'avoir une opportunité pour s'embarquer plutôt sur le grand bateau blanc? se dit-il l'espace d'un instant en s'approchant d'eux. Non, il ne pouvait pas faire ça à ses compagnons pas plus qu'au père de Marie-Clara et surtout pas à son mentor Albérik, qui va sûrement douter de ses capacités à atteindre ses objectifs de vie.

— Ça tout l'air que vous allez vous embarquer sur le *Nadine*, leur dit-il en les saluant de la main.

— C'est plus que de l'air puisque le capitaine Vincent nous a dit d'être fin prêts pour le départ qu'il a fixé à 8 h pile demain matin, l'informa Justin.

— Et puis comment ça va, Carlo? demanda Albert en le voyant réparer un filet qui faisait état du cul du chalut.

— *De première classe**! Et toi, Albert? As-tu enfin consommé ton mariage? s'enquit-il avec un sourire en coin.

— Albert! Amène-toi, j'ai à te parler, lui lança de la passerelle du *Nadine* le capitaine Vincent de sa voix caverneuse.

Le voyant disparaître dans la timonerie, Albert franchit la passerelle en ayant l'impression qu'il s'embarquait sur un vaisseau fantôme. Il avait l'impression d'être un spectateur plutôt qu'un acteur dans un film dont le tournage allait débuter le lendemain avec l'embarquement des membres de l'équipage. Il se rappela que son médecin lui avait dit que l'hypothermie dont il avait souffert allait probablement le marquer pour toute sa vie. « Et si ça m'empêchait de gagner ma croûte comme marin-pêcheur, comme c'était arrivé à mon ami François? », pensa-t-il dans un moment de panique.

— Allez, suis-moi, le pria le capitaine en ouvrant la porte de la timonerie qui donnait accès au quartier des marins. On décolle de Cap-aux-Meules demain à 8 h et je souhaite que ton stage comme apprenti s'avère un véritable succès.

---

* *De première classe*: très bien

« Wow ! », se dit intérieurement Albert en entrant dans le quartier des marins pour y choisir une couchette dans l'une des deux chambres avec lavabos, douches et toilettes.

— Mais je n'ai rien apporté comme vêtements de rechange, dit-il au capitaine en choisissant la couchette la plus près de la sortie, au cas où…

— Ça ne presse pas. Ta femme va t'apporter le nécessaire demain matin à bonne heure.

— Mais pourquoi seulement demain matin ?

— C'est que tu vas coucher à bord afin de t'amariner comme il faut.

L'enthousiasme d'Albert s'estompa aussitôt en comprenant qu'il allait découcher après seulement quatre nuits de mariage avec une femme dont il n'avait pas encore découvert tous les charmes.

— Amène-toi dans la timonerie, le pria le capitaine. Je vais t'expliquer les diverses fonctions des appareils de navigation. Comme ça, lorsque tu seras à la barre, tu vas savoir quoi faire pour prendre le cap le plus court et le plus sécuritaire possible pour te rendre à destination.

De tels commentaires rendirent perplexe Albert, qui se demandait si le capitaine était au courant de son état de santé, dont la gravité aurait été largement été exagérée par des propos malveillants. Aussi, durant tout l'avant-midi, il prêta attentivement l'oreille aux explications du capitaine Vincent. Il nota celles-ci dans un petit calepin, tellement son appréhension de bien faire au moment voulu était grande. Afin d'augmenter son degré de confiance en ses moyens, il se risqua à demander au capitaine s'il pouvait appeler sa femme.

— Je n'ai pas d'objection que tu l'informes que tu ne rentreras pas chez toi avant le départ de notre sortie en haute mer prévue pour demain matin. Dis-toi cependant qu'elle ferait mieux de s'habituer tout de suite à des changements de dernière minute comme celui qui fait que je t'ai désigné comme gardien du *Nadine* pour toute la durée de la nuit prochaine.

— Bien compris, capitaine. D'ici là, qu'est-ce que vous voulez que je fasse ?

« Voilà une qualité que je n'avais pas encore détectée chez Albert », se dit le capitaine en essayant de lui trouver une tâche pour évaluer si son discernement était à la hauteur de ses espoirs.

— Tu vas vérifier tous les aspects de la sécurité à bord et me faire rapport au souper, que nous prendrons ensemble vers les 18 h.

— Parfait, capitaine. À vos ordres, dit-il avec promptitude.

Muni des données techniques, Albert commença par faire la visite de l'intérieur du chalutier en prêtant attention à tous les aspects théoriques de la sécurité, mais surtout à la façon dont se déroulerait concrètement l'évacuation si un sauve-qui-peut était lancé par le capitaine. Il commença par visiter le ventre du chalutier, là où des infiltrations d'eau pouvaient à tout moment causer des problèmes. Il entra tout d'abord dans un compartiment arrière, vérifia le calfatage aussi bien de l'arbre de l'hélice que celui du gouvernail, pour s'apercevoir que ces quelques infiltrations d'eau étaient tout à fait convenables pour un bateau à quai. Il prit note de les examiner occasionnellement lors de sorties en mer et surtout en temps de tempête, là où leurs points de rupture pouvaient se produire. Il s'introduit par la suite dans la cale à poisson par une écoutille. Dû à l'obscurité qui y régnait, il ne put voir s'il existait un détecteur de niveau d'eau et si tel était le cas, s'il était relié au tableau de centrale se trouvant dans la timonerie. Il nota cela en se rappelant que le naufrage du *G.C. Grosse-Isle* lors de sa toute première sortie en mer était dû aux pompes qui s'étaient arrêtées après avoir aspiré des milliers d'étiquettes autocollantes pour utilisation sur des boîtes en carton qu'il apportait à une usine de Terre-Neuve.

Il enjamba enfin un long tunnel intérieur qui, en juxtaposant la cale à poisson, reliait le centre avant du chalutier à sa poupe. Deux portes d'accès, une à l'avant, l'autre à l'arrière, devaient être fermées hermétiquement lorsque le Nadine était en mer, évitant ainsi au bateau de couler à pic comme un caillou si jamais… Seul bémol qu'il inscrivit dans ses notes : le mécanisme de fermeture n'était pas automatique et demandait l'intervention humaine. Il vérifia ensuite le système d'étanchéité tant des écoutilles d'accès de l'équipage à la cale à poisson que ceux servant à y introduire les captures, et n'y détecta aucune anomalie.

Il sortit ensuite sur le pont et alla examiner les deux barils qui contenaient des canots de sauvetage pneumatiques qui se déployaient automatiquement lorsqu'on les glissait par-dessus bord. Il lut les instructions et les autorisations décernées par les autorités compétentes et essaya d'imaginer un scénario d'évacuation sans toutefois y parvenir tout à fait. Il se rendit à bâbord pour repérer le canot qui servait de relais au cours des séances de pêche à la seine. Le canot pouvait être également utilisé en cas de naufrage pourvu que la bande prise par le bateau ne soit pas du même côté que le canot lui-même. Il se dit que tout ne peut être parfait en matière de sécurité : à preuve, le naufrage du *Titanic*...

Il se dirigea finalement sur le côté opposé du pont pour regarder l'activité qu'il y avait sur le quai. Il y vit en premier lieu un camion-citerne qui remplissait de fioul les deux réservoirs situés de chaque côté de la poupe du chalutier. Tout près du camion, il vit deux hommes qui s'activaient à brancher un tuyau pour remplir d'eau douce les deux réservoirs situés en bordure de la proue faisant contrepoids aux deux premiers. Enfin, des camions de livraison apportaient nourriture et boissons afin de nourrir une dizaine d'hommes pendant environ une semaine. Il nota que le capitaine et les premiers et deuxième maîtres se devaient de vérifier tant la qualité que la quantité des produits embarqués à bord, pour éviter les mauvaises surprises. Il jeta un coup d'œil à ses compagnons qui étaient en train de terminer le chargement des agrès de pêche réparés sur place.

— On dirait bien que t'es devenu l'inspecteur Clouseau ! lui dit Carlo, le sourire en coin, en le voyant s'approcher d'eux.

— C'est que, vois-tu, pour que mon stage soit reconnu, il faut que je note tout ce qui pourrait compromettre tant notre sécurité que le succès de notre expédition. Cela ne veut pas dire que je n'aurai pas à mettre la main à la pâte éventuellement.

— J'espère bien, fit Justin. Écoute donc, Albert : ton frère Benoît ne devait pas faire partie du voyage ?

— Il a décidé de rester auprès de l'un de nos frères qui doit passer des examens pour essayer de savoir quelle maladie le ronge.

— Ça nous force à revoir nos priorités, acquiesça Carlo. Quand on a la santé, on est riche.

— On se revoit plus tard, leur dit Albert en voyant le capitaine Vincent qui lui indiquait par signes de venir le voir immédiatement dans la timonerie.

— Et puis, comment va ton apprentissage ? lui demanda-t-il en remarquant qu'il cherchait à lui cacher son calepin de notes.

— Pas si pire. Je voudrais d'abord vous remercier d'avoir invité à bord mes deux compagnons Carlo et Justin. J'ai confiance qu'on va faire une bonne équipe et que vous allez être satisfait de notre rendement.

— J'espère bien. J'ai eu un contretemps qui va m'empêcher de souper avec toi. Ça ne devrait pas t'empêcher de passer une bonne nuit à bord. Qu'est-ce que t'en penses ?

— Pas de problème, lui répondit-il d'une voix qui trahissait sa déception.

Il voulait appeler sa femme pour l'avertir de son absence mais s'y refusa parce qu'il croyait qu'en se servant du radiotéléphone du *Nadine* il serait écouté par la base des Pêcheries Madeliniennes et qu'il serait l'objet, une fois de plus, de ragots malveillants.

Déçu d'avoir été laissé seul, il se dirigea aussitôt vers le quartier des marins. L'estomac dans les talons, il prit quelques biscuits, se prépara un café et se mit à table. Calepin en mains, il essaya de résumer ses notes qu'il devait remettre au second capitaine dès le lendemain matin. Il s'étendit ensuite sur sa couchette en se demandant pour la énième fois pourquoi il s'était embarqué sur ce bateau, tant au propre qu'au figuré. Les paroles que lui avait dites le capitaine Vincent en lui souhaitant bonne nuit le tourmentaient au point où il crut que son mal de tête allait revenir s'il les répétait sans cesse : « Un marin qui a de l'expérience, lui avait-il dit, en est un qui a fait des erreurs, mais qui ne les répète pas par la suite. » Il se leva, regarda par l'un des hublots en essayant de chasser cette vérité toute faite pour la remplacer par la maxime *Qui veut la fin, prend les moyens*.

Il sortit sur le pont pour y humer le grand air. Il regarda la Voie lactée qui fendait le ciel du nord au sud et y repéra l'étoile Polaire. Il supplia l'étoile qui avait guidé ses pas sur la banquise de lui insuffler cette fois-ci l'optimisme dont il avait besoin. Il fut tiré de ses pensées par les lumières clignotantes de l'avion qui commençait sa descente vers l'aéroport de Havre-aux-Maisons. Sachant que son beau-père Georges pouvait se trouver à son bord, il rentra en se rappelant les mots doux de la dernière conversation qu'il avait eue avec la femme de sa vie.

Il se coucha en pensant à l'inquiétude qui devait ronger sa femme en se rappelant les paroles du capitaine. « Aussi bien qu'elle s'habitue tout de suite aux impératifs de la pêche hauturière… » Réveillé par le bruit des bateaux de pêche qui quittaient le quai avant la barre du jour, il descendit de sa couchette avec une idée qui lui était venue dans son sommeil. Il fit une *toilette de chat** et se rendit aussitôt au quartier des marins pour y préparer le déjeuner de l'équipage dans la pure tradition madelinienne. Après s'être servi à satiété de boudin, pâtés à la viande et œufs sur le plat, il mit sur le réchaud les portions pour les membres d'équipage. Il sortit sur le pont en se disant qu'une bonne façon de commencer sa journée était de penser avant toute chose aux autres, c'est-à-dire à ceux qu'il voyait arriver sur le quai avec une appréhension mal dissimulée.

Ses yeux s'étant habitués aux puissants reflets du soleil levant, il aperçut le capitaine Vincent qui gesticulait en discutant avec le marchand Samy et son beau-frère Georges, lui-même accompagné de sa fille Marie-Clara. Celle-ci tenait à bout de bras une valise qu'il pensa contenir son linge de rechange. Il descendit de la passerelle pour avertir le capitaine qu'un succulent déjeuner l'attendait sur le réchaud. Il se dirigea ensuite vers sa femme qu'il embrassa longuement en l'entourant de ses puissants bras. Georges, qui avait laissé son beau-frère accompagner le capitaine vers la passerelle, s'approcha du couple.

— Vous avez toute la vie devant vous autres pour vous faire des mamours.

— Peut-être, mais quitter sa femme après avoir passé si peu de temps avec elle, ça prend tout un courage, croyez-moi…, lui dit Albert tout penaud.

— J'ai aimé que tu m'aies défié en mariant ma fille sans mon réel consentement, lui dit Georges le plus sérieusement du monde. C'est

---

* *Toilette de chat*: se débarbouiller sommairement

un signe de caractère. Rien ne dit que vous ne pourrez pas vous reprendre au cours de l'hiver prochain.

— Comment ça ?

— C'est que j'ai remis à ma fille – qui lui souriait tendrement – une paire de billets pour une croisière de dix jours dans les Caraïbes, l'informa Georges en s'assurant que les curieux qui les entouraient entendaient ce qu'il disait dans le but qu'ils le répètent ensuite.

— Je vous remercie, lui répondit Albert, en faisant mine de ne pas être surpris par un tel élan de générosité.

— En plus de ça, je t'offre de venir rester à Québec avec ma fille pour la durée de tes cours d'officier marin. Tu occuperas ma résidence secondaire pour tout le temps que dureront tes études en navigation.

— Merci bien ! lui dit Albert en lui serrant la main fermement, sentant qu'il commençait à réaliser ses objectifs de vie. Il embrassa passionnément et longuement Marie-Clara jusqu'à ce que la sirène du bateau annonce l'embarquement immédiat de l'équipage.

À peine avait-il franchi la passerelle qu'il entendit au haut-parleur : « Albert est demandé immédiatement à la timonerie. » Il y fut accueilli par le capitaine Vincent qui s'apprêtait à donner les ordres de remonter la passerelle et de larguer les amarres.

— Oui, capitaine, qu'est-ce que vous voulez ?

— Tu me regardes sortir le *Nadine* de l'emprise du port de Cap-aux-Meules. Par la suite, je vais te donner la barre pour qu'on s'éloigne de la Baie de Plaisance.

Très attentif aux manœuvres nécessaires à la sortie de l'emprise du port, Albert essayait d'imaginer en même temps l'endroit précis où le capitaine lui remettrait les commandes. Il s'aperçut que manœuvrer un bateau de pêche, tel que celui de son père, était d'une facilité déconcertante comparativement à un chalutier. Il fut surpris aussi de voir le capitaine jouer avec les manettes pour ajuster le pas de l'hélice pour quitter le port dans les meilleures conditions de sécurité certes, mais également par souci d'économie de temps et de fioul qui représentaient tous deux une part très importante des frais.

— À présent, tu prends la barre, l'informa le capitaine. J'ai des choses à faire dans ma cabine. Je t'envoie mon assistant, qui va me faire rapport.

Les yeux allant d'un appareil de navigation à l'autre, Albert tenait si fermement la barre qu'il eut mal à suivre le cap désigné sur la carte magnétique. Il lui fallait sortir de la Baie de Plaisance par le sudet plutôt que le nordet, une direction que les bateaux prennent généralement pour se rendre sur les hauts fonds de pêche au sud de Terre-Neuve. Il était en train de se dire que ça ne pouvait pas être une erreur du capitaine, que celui-ci avait probablement l'intention de faire un petit détour par la pointe de la Gaspésie, quand le second fit son entrée dans la timonerie.

— Ça va ? lui demanda ce dernier en regardant à travers les hublots où les dernières manœuvres d'Albert avaient amené le bateau.

— Pour tout de suite, ça va, répondit-il en plaçant la manette à vitesse moyenne.

Plus le *Nadine* s'approchait de l'Île d'Entrée, moins Albert savait ce qu'il devait faire devant le second qui, marchant de long en large de la timonerie, ressemblait à un surveillant d'examen à l'école de son enfance. Cette fois-ci par contre, l'examen consistait à choisir entre faire passer le chalutier soit entre l'Île d'Entrée et le Bout du Banc ou encore de contourner l'île afin d'éviter que le bateau touche le fond et risque de s'échouer sur la longue batture de roches qui longe l'île. Inquiet parce qu'il n'avait pas pris note de l'heure des marées, il choisit de traverser le chenal dit de la Passe en se disant que ce faisant, il allait sauver une bonne quantité de fioul.

À peine avait-il entamé la traversée du chenal à contre-courant que le *Nadine* se mit à piquer du nez. Se rappelant l'usage des deux réservoirs agissant comme ballasts, il décida d'actionner les pompes afin de les remplir d'eau de mer. En cours de remplissage, il ajusta le pas de l'hélice afin d'éviter que le bateau ne dévie trop de son cap et aille s'échouer soit sur la batture de l'île ou encore sur la longue plage du Sandy Hook.

Peu après avoir franchi cette première étape qui l'avait rendu fébrile, il vit le capitaine faire son entrée dans la timonerie.

— Et puis, fit-il en s'adressant à son second, comment ça s'est passé avec Albert ?

— Je ne lui donne pour tout de suite qu'une note de passage.

Une déclaration qui noua aussitôt l'estomac d'Albert.

— C'est quand même pas si pire que ça, répliqua-t-il en regardant le capitaine qui restait neutre.

— Oui, mais tu as décidé trop tard de remplir les ballasts et le pas de l'hélice n'était pas placé à son niveau optimal, lui révéla le second avec qui il n'avait sûrement pas d'atomes crochus.

— L'important, c'est que tu aies réussi cette première étape de ton apprentissage, lui dit le capitaine en invitant son second à prendre la barre et à brancher le pilote automatique au moment voulu. Tu peux aller retrouver tes amis, dit-il à Albert, qui vit dans le regard du capitaine un soupçon de compassion.

— Je vous remercie, capitaine, je ne suis pas pressé, vous savez. S'il y a autre chose que je puisse faire, je suis votre homme.

— Va les retrouver et dis-leur qu'ils t'accompagnent dans le quartier des marins dans une heure.

— Et puis, comment ça a été? demanda Justin qui avait déjà agi comme homme de roue sur l'un des chalutiers de la série G.C.

— Pas de première classe tout à fait, mais quand même satisfaisant. Ma seule crainte pour ce voyage de pêche, c'est que le *Nadine* n'est jamais encore allé sur les hauts fonds des baies de Terre-Neuve pour pêcher à la seine. Vous savez ce qu'on dit d'une première ou d'une dernière sortie en mer, qu'elles entraînent assez souvent des incidents graves?

— J'ai ma théorie sur ça, leur déclara pompeusement Carlo. Lors d'un premier voyage, l'équipage n'a pas eu le temps de s'amariner avec le bateau, ça fait que des erreurs combinées avec des équipements pas bien rodés sèment la pagaille, entraînant des pertes de biens et quelquefois de vies humaines.

— Soit dit en passant, le capitaine nous attend dans la timonerie dans une heure, le coupa Albert.

— Et pour le dernier voyage? voulut savoir Justin.

— C'est tout le contraire. La routine amenant un relâchement empêche d'être alerte au moindre signe de problème. Et c'est encore pire la nuit.

— Comment ça? s'enquit Albert.

— Ce n'est pas pour rien que les employés des manufactures ,contrairement à nous pêcheurs, ont droit à une prime de nuit.

Pêcher 24 h sur 24, ça dérangerait, selon des spécialistes, notre horloge biologique. J'ai l'impression qu'une demande de prime, ça pourrait faire partie de nos revendications lors des prochaines négociations syndicales.

— Peut-être bien, intervint à nouveau Albert. Le meilleur exemple de ça, c'est la disparition du chalutier *Marie-Carole* dans la nuit du 1er au 2 décembre 1964, même s'il y avait quatre capitaines d'expérience à bord. C'était son tout premier voyage sur l'océan Atlantique.

— Ça voudrait dire que quand ton heure est arrivée, il n'y a rien à faire : tu passes de l'autre bord, dit Justin. Et si on changeait de sujet ? Qu'est-ce que vous en pensez ?

— Et pourquoi pas ? lui répondit Carlo. Tiens, parle-nous donc, Justin, de tes amours depuis que ta femme a accouché d'une belle grosse fille.

— C'est drôle à dire, mais ça va comme au tout premier jour de mon mariage.

— Pas vrai ! C'est impossible, rétorqua Carlo.

— Mais avec moi, oui. Même si j'ai eu quelques blondes avant de rencontrer ma femme, ç'a cliqué tout de suite avec elle. On a encore le feu sacré. Ma femme me l'a encore rappelé hier au soir.

— Dans le lit peut-être ? lui demanda Albert avec un sourire narquois.

— Non, pas ça. Elle m'a tout simplement avoué que si c'était moi qui partais le premier, elle allait s'organiser pour me rejoindre au plus vite.

— Hein ? lui dit Carlo. Ça ressemble au livre que j'ai lu dernièrement *Ces femmes qui aiment trop*. Et si c'était elle plutôt que toi ?

— J'ai toujours attendu d'être arrivé à la rivière pour me demander comment je vais m'y prendre pour la traverser, lui répondit-il promptement. Que voulez-vous, avec ma femme, c'est tout ou rien.

— Comme ça, la naissance de ta fille a rien changé à vos amours passionnées ? s'enquit Albert, inquiet que ça ne soit pas le cas avec sa femme lorsqu'ils auraient des enfants.

— C'est comique à dire, mais pas du tout. Par contre, ç'a changé le portrait avec ma mère.

— Il me semblait qu'il y avait quelque chose en dessous d'un tel bonheur sans tache, dit Carlo.

— Je vous ai déjà probablement dit que j'étais le préféré de ma mère. Ce qui a changé, c'est que ma mère jette de plus en plus son dévolu sur ma femme, au point qu'elle en est devenue dépendante, tout comme de moi d'ailleurs.

— Il faudrait donc que, lorsque l'occasion s'y prête, tu mettes tes culottes, lui déclara Albert le plus sérieusement du monde.

— Et les baisser moins souvent, lança Carlo dans un grand rire.

— Que voulez-vous ? Être aimé autant que ça par une femme merveilleuse en sachant que ma mère veille sur elle lors de mes absences, n'est-ce pas là un beau cadeau que la vie me fait ? Et toi, Albert, qui ne cesse de fouiller dans mes états d'âme, comment ça va depuis ton tout récent mariage, célébré plus ou moins en catimini, à ce que je sache ?

Albert s'aperçut qu'aux Îles, une histoire peut se répandre comme une traînée de poudre, donnant lieu à une foule d'interprétations. Aussi, s'obligea-t-il à répondre.

— Pour le moment, tout va comme dans le meilleur des mondes. Cependant, je me dois de devenir au plus vite hauturier si je veux entretenir la confiance de son père Georges qui n'est pas trop patient avec moi.

— Mais pourquoi tu penses comme ça, Albert ? s'enquit Justin.

— C'est que je jongle à mon avenir. Vous avez vu ce qui s'est passé avec Claudia, la cousine de Marie-Clara, qui est fille unique ? Si Érik à Nathaël n'avait pas réussi à obtenir, et surtout conserver, la confiance du marchand Samy, il n'aurait pas pu hériter du beurre et de l'argent du beurre.

— Oui, mais c'est pas tout à fait pareil. Ta Marie-Clara, par contre, elle a une sœur plus jeune qui ferait bien mon affaire comme compagne de vie, avança Carlo quelque peu gêné par une telle révélation.

— Je sais, et si tu veux mon avis, tu devrais lui faire accroire que tu connais peu de chose de ses origines madeliniennes. Ces filles-là veulent se faire courtiser pour ce qu'elles sont et non pas pour ce qu'elles ont l'air. En tout cas, c'est ce que je pense. À part de Lina, la sœur de ma femme, as-tu des vues sur d'autres filles ?

— Il faut que je vous avoue à tous les deux qu'un homme qui a eu une maladie comme la mienne n'attire pas beaucoup les filles. Peut-être que je n'étais pas allé dans le détail avec vous autres lorsque je vous ai parlé de mon problème de santé, mais voilà : l'année passée, j'ai quitté les Îles avec deux reins et je suis revenu avec un seul, et pas trop en forme en plus de ça. Je peux vous dire que ça frappe l'imagination comme c'est pas possible de penser que je pourrais perdre mon unique rein.

— Je suppose qu'un pêcheur hauturier qui a besoin de dialyse doit être très nerveux quand il ressent la moindre douleur, surtout s'il est au large des Îles pour une semaine, dit Albert.

— C'est pour ça que, comme pêcheur de homard, c'est plus rassurant de partir et de revenir le même jour à son port d'attache, lui répondit Justin. Je dois m'arrêter parce que lorsque je parle de ma maladie, j'ai comme un énorme boulet dans l'estomac et mes battements de cœur s'accélèrent.

— Mais pourquoi t'as décidé de t'embarquer sur le *Nadine* ? J'ai toujours cru que tu voulais faire ton avenir dans la pêche au homard.

— C'est une longue histoire. Au décès de ma mère, vous vous en rappelez ? C'était un soir de Noël…

— Oui, et je sais combien tu as été traumatisé, lui dit Albert. Qui ne l'aurait pas été, en effet ?

— Peu longtemps après son décès, mon père a décidé de transférer à mon frère le plus vieux son permis de pêche au homard. Mon autre frère, le deuxième de la famille en fait, a réussi à obtenir à bon prix un permis de pêche au homard devenu disponible par le gouvernement pour cause d'innombrables *pêches en fraude** d'un pêcheur peu scrupuleux. Ça fait que depuis, je surveille ma chance. Mais pour y arriver, ça prend dans les 35 000 à 50 000 piastres. Des piastres que j'espère bien obtenir rapidement en m'embarquant sur un chalutier comme le *Nadine*.

— Hé, vous autres ! Le capitaine vous attend dans le quartier des marins, leur cria le second en entrouvrant la porte de la chambre commune.

---

* *Pêcher en fraude* : pratiquer la pêche en dehors de la période permise

— Dis-lui qu'on arrive dans les prochaines minutes, lui répondit promptement Albert, qui, en regardant sa montre, s'aperçut que l'heure fixée du rendez-vous était dépassée d'une dizaine de minutes.

Contrit en s'apercevant qu'il était le dernier à entrer dans le quartier des marins, Albert croisa le regard du second qui lui fit une grimace qui en disait long.

— Le hareng, le maquereau, la morue et le poisson rouge ont chacun leur façon à eux de se comporter lorsqu'ils sont en quête de nourriture et de reproduction, expliqua le capitaine Vincent en faisant une légère pause pour regarder Albert de travers. C'est avant tout la direction et l'intensité des courants qui les font réagir. La morue fait un peu exception à la règle en se plaçant à contre-courant sur un fond de pierre tout en attendant que la nourriture lui arrive dans sa grande gueule qu'elle tient ouverte, surtout de bonne heure le matin ainsi qu'à la tombée de la nuit.

— Pourquoi de tels agissements de sa part? se risqua à lui demander Albert d'une voix qui implorait le pardon du capitaine d'avoir été en retard.

— Les retardataires devraient s'abstenir d'intervenir dans l'unique but de se faire remarquer, lui signifia-t-il comme remontrance. Comme je le disais au début, la morue conserve de cette manière son énergie pour se nourrir et se reproduire. Voilà pourquoi, dans les bonnes années d'en premier, il y en avait à ne savoir qu'en faire.

— Et c'est pour ça qu'il est facile de la pêcher en draguant le fond de la mer, dit un jeune mousse inconnu d'Albert et qui lui jetait un coup d'œil de temps à autre.

— Et pour le hareng et le maquereau, qu'en est-il? demanda Carlo au capitaine.

— Pour le hareng en particulier, il se tient en banc serré pour faire peur aux prédateurs qui croient avoir affaire à de plus gros poissons qu'eux. Ils profitent de la confusion pour *raver** et se nourrir à même le krill que leur apporte le courant. Le pêcher à la clarté du jour autrement que par seine, c'est une perte de temps.

---

* *Raver*: pondre des œufs

— Et le maquereau ? s'enquit Justin qui ne voulait pas être à part des autres.

— Ça reste un poisson très bon pour la santé, peut-être l'un des meilleurs, mais tellement difficile à seiner et à conserver au frais par la suite que son prix est ridicule.

— J'ai entendu parler de la lune, une histoire de grand-père peut-être ? lui demanda Albert, qui espérait plaire au capitaine par une question dont, lui, connaissait la réponse, mais pas nécessairement ses compagnons.

— La lune et les grandes marées vont de pair, expliqua le capitaine. C'est la période la plus active pour le poisson, quel qu'il soit, puisque les marées, surtout les grandes, sont responsables de l'augmentation de l'intensité des courants qui charrient, comme vous le savez, de la nourriture.

— Et qu'en est-il du poisson rouge, qui est actuellement en train de remplacer la morue qui se fait rare ? demanda Carlo au capitaine qui avait perdu quelque peu le contrôle de la réunion en entendant de nombreux murmures d'impatience.

— Ça sera pour une autre fois. Contentons-nous pour tout de suite du hareng qui nous attend.

Le capitaine demanda à Albert de rester sur place avec le jeune mousse, un dénommé Charles à Aristide.

Une fois le quartier des marins vidé, le capitaine se versa une tasse de café.

— La raison pour laquelle je vous ai retenu tous les deux, c'est que Charles, qui est en cinquième secondaire à la polyvalente, a eu une dispense de cours pour l'excursion afin d'entreprendre un stage d'études sur la pratique de la pêche hauturière à la seine.

— Et qu'est-ce que j'ai à voir avec ça ? s'enquit Albert, qui avait hâte d'aller retrouver ses compagnons.

— C'est que, comme tu as l'intention de devenir un jour un capitaine de chalutier, j'ai cru bon de voir si ta façon de commander était suffisamment développée pour enseigner à Charles ce que tu vas apprendre au fil de notre voyage de pêche.

Celle-là, Albert ne l'avait pas vu venir. D'ailleurs, il éprouva aussitôt une forte contrariété qui lui noua l'estomac, l'empêchant de répliquer quoi que ce soit. Surtout que le capitaine Vincent lui avait fait savoir qu'un commandant qui se croit maître à bord après Dieu en est un qui, non seulement a la capacité de se faire respecter, mais également de transmettre son savoir-faire. Aussi, la phrase «Ce qui se conçoit bien s'énonce clairement et les mots pour le dire arrivent aisément» lui revint en mémoire à l'instant même où il allait poser une première question au jeune Charles à Aristide.

CHAPITRE 21

« Le verre à moitié plein plutôt qu'à moitié vide »

Issu d'une famille de cinq enfants, dont quatre garçons et une fille, Charles à Aristide avait une stature qui aurait bien fait l'envie d'un culturiste. Il l'avait développée en se tiraillant souvent avec son frère aîné pour le simple plaisir de savoir qui le premier allait se trouver à bout de forces. Résultat : leurs muscles se développaient au rythme de leur instinct de survie. Ce beau jeune homme – aux cheveux souples d'un noir d'encre, qu'il coiffait en y passant la main, au visage aux traits purs, aux yeux bleus et au sourire qui montrait des dents d'un blanc éclatant – faisait l'envie de ses deux frères parce qu'il attirait les regards de la gent féminine. Son entregent faisait même oublier son habillement très ordinaire. Il n'avait pas besoin de beaux habits pour plaire.

Son père Aristide, qui traînait malgré lui son passé d'orphelin de mère depuis l'âge de 13 ans, était sévère de nature et parlait peu, si ce n'était que pour demander à ses quatre garçons de suivre ses traces comme pêcheur de homard. Il lui arrivait souvent de dire que c'était un métier dur et peu prometteur d'avenir. Sa mère élevait ses enfants selon des valeurs basées sur l'amour, le pardon et l'entraide ; ces valeurs étaient mises à l'épreuve lorsque son fils Charles s'adonnait à son sport favori : la fugue. En réalité, ces escapades étaient pour lui une façon de découvrir comment ça se passait chez les voisins, qui le ramenaient chaque fois à la maison, à l'insu de son père. Il commença l'école à l'âge de cinq ans pour la quitter en troisième secondaire. Son but : aider à la gagne de la famille en pratiquant la pêche au homard avec son père, dont il était le préféré parmi ses trois frères. Et pour cause : il était toujours d'accord ou presque avec les consignes que son père transmettait à ses enfants.

À l'école, on le chicanait parce qu'il semblait souvent dans la lune, quand, en réalité, il pensait à la façon dont son professeur devrait s'y prendre pour mieux expliquer sa leçon. S'il était pris à partie dans une controverse, il répondait par un sourire désarmant.

Il avait la conviction qu'il existait une autre vie que celle sur terre. Pour que sa mère soit rassurée lorsqu'il sortait en mer par mauvais temps, il avait découpé dans un livre religieux la prière du pêcheur qu'il avait fait afficher dans le bateau de pêche de son père comme porte-bonheur.

— Quel âge as-tu? lui demanda Albert avec une légère hésitation dans la voix.

— J'ai 16 ans, même si j'en parais moins, à ce qu'on m'a dit.

— Et les études à la polyvalente, comment ça se déroule? demanda Albert afin de lui montrer son intérêt.

— Assez bien. J'ai des bonnes notes, mais il faut que je travaille fort pour les obtenir, au contraire de certains de mes *chums*.

— Je préfère les gens de bonne volonté à ceux qui ont toujours eu la vie facile, dit Albert. As-tu une petite amie?

— C'est pas mal personnel comme question, mais si vous tenez absolument à le savoir, je sors depuis peu avec la fille d'un capitaine de chalutier.

— Ah oui! s'exclama Albert.

— Mais pourquoi êtes-vous si surpris par ma réponse?

— C'est que l'expérience m'a appris que souvent, c'est *qui* tu connais et non pas *ce que* tu connais qui est le plus important pour gagner sa vie, surtout aux Îles.

— Je dirais que c'est plutôt une combinaison des deux qui fait le succès dans la vie, lui fit-il savoir avec une assurance peu commune chez un jeune de son âge.

Surpris par une telle audace, Albert s'efforça de lui tirer les vers du nez.

— Et qu'est-ce que tu entends faire de ton corps après tes études?

— Continuer à pêcher le homard avec mon père et m'adonner par la suite à la pêche hauturière qui, m'a-t-on dit, est très payante.

Le haut-parleur se fit entendre : « Albert est demandé immédiatement à la timonerie. »

Croyant avoir fait une bévue qui aurait été rapportée par le second capitaine qui le suivait partout avec l'oreille toujours tendue, Albert se rendit à la timonerie.

— Approche-toi, lui dit le capitaine Vincent avant de prier l'homme à la barre d'aller sur le pont pour préparer un premier trait de seine. Le temps qu'on est encore sur le pilote automatique, je m'en vais t'expliquer ce qui nous attend dans les prochaines heures.

— Je vous écoute, capitaine, dit-il, soulagé, lui qui s'attendait au pire.

— Seiner le hareng dans la Baie de Plaisance, c'est de la petite bière comparé à par ici, où il n'y a pas de terre ni de bateau en vue. Rien que la mer à perte de vue.

— À part les suiveux, dit Albert pour lui montrer qu'il connaissait les habitudes de certains pêcheurs.

— Évidemment ! Tiens, approche-toi et regarde l'écran de la sondeuse.

Ce qu'il fit aussitôt sans hésitation. Il vit que la sondeuse d'un chalutier ballotté constamment par la houle n'avait rien comparable à celle d'un bateau de pêche au homard.

— Tu t'aperçois sûrement que les profondeurs sont du double, voire du triple de celles des hauts fonds aux Îles. Et si tu regardes bien attentivement entre la ligne de surface et celle du fond, poursuivit le capitaine, c'est là que tu vas distinguer des ombres plus ou moins opaques qui, en réalité, représentent des bancs de poissons.

Les yeux fixés sur la sondeuse, Albert se concentra en regardant les variations de la distance qui séparait le chalutier du fond marin.

— J'imagine, se permit-il d'exposer au capitaine, qu'à l'approche d'un haut plateau, les bancs de poissons doivent s'y trouver en bordure pour se nourrir à contre-courant.

— Tu apprends vite, Albert. Cependant, il faut considérer que par ici le courant est beaucoup moins fort qu'aux Îles et que…

— Et que par le fait même, le coupa Albert avec enthousiasme, les marées sont plus fortes près des hauts fonds. Mais comment savoir exactement quelle espèce de poisson on voit sur la sondeuse ?

— Ça vient avec le temps. Il y a l'expérience, la rencontre des nuées d'oiseaux de mer qui plongent pour se nourrir, les autres bateaux qu'on peut distinguer à la longue-vue et enfin le nez.

— Vous voulez dire l'intuition, un peu comme avec nos femmes.

— Tu as raison. Dépendant de l'épaisseur évaluée du banc de poissons et de son étendue, il faut choisir l'une des trois seines qui sont à bord et dont les câbles de la plus grande mesurent jusqu'à mille pieds. Tu sembles troublé? s'enquit le capitaine en voyant Albert qui ne tenait pas en place.

— C'est que ça fait beaucoup de choses à retenir en même temps. Et puis, il y a les ordres à donner au moment voulu, je crois. En fait, qu'est-ce que vous attendez de moi, capitaine?

— Tu me regardes faire et tu tiens la barre dans la direction que je te l'ordonne. Oublie pas d'ouvrir tous les tiroirs de ta mémoire afin d'y mettre les bons comme les mauvais coups. Rappelle-toi qu'un capitaine d'expérience, c'en est un qui fait des erreurs, mais ne les répète pas.

Voilà la deuxième fois en autant de jours qu'Albert entendait cette phrase. Il empoigna la barre de ses larges mains et lança: «À vos ordres, capitaine.»

Longues-vues autour au cou, le capitaine Vincent fit de nombreux va-et-vient entre les deux sondeuses, dont l'une possédait un spectre beaucoup plus large mais moins précis que l'autre en termes de profondeur. Il regarda par la suite sur l'un des Loran la position du chalutier et évalua le temps et le cap à suivre pour arriver à l'endroit qu'il avait pointé sur la carte marine, un secteur propice pour la pêche aux harengs.

Barre à tribord par opposition à bâbord à X degrés à la de vitesse Y nœuds furent des équations dont Albert aurait bien voulu se passer tellement le capitaine Vincent était exigeant sur le respect du temps nécessaire pour accéder au secteur de pêche qu'il avait choisi. À l'occasion, il le voyait regarder sa montre tout en écoutant en même temps la radio marine, qui donnait l'heure des marées dans le secteur. À d'autres moments, il empoignait ses longues-vues pour scruter à l'horizon des nuées d'oiseaux de mer ou encore des bateaux qui naviguaient dans le coin.

— Comme tu vois, lui révéla le capitaine, c'est premier arrivé, premier servi. Que veux-tu, c'est comme découvrir un bon filon dans une mine d'or. Après l'avoir exploité, on quitte le gisement et on laisse les autres avec leurs illusions qu'il en reste peut-être encore assez pour couvrir leurs frais.

Les mains tellement serrées sur la barre qu'elles lui faisaient mal, Albert essayait d'être attentif aux propos du capitaine.

— Moteur au ralenti, barre à tribord à 20° ! lui ordonna-t-il tout à coup. Préparez le *skift** avec la seine numéro trois pour être prêts dans dix minutes, lança-t-il de sa voix forte au microphone.

L'attente qui s'ensuivit rendit Albert impatient jusqu'à ce qu'il voie le capitaine calculer à la fois la vitesse et la direction du courant en les comparant aux données sur l'étendue du banc de harengs qu'il avait aperçu sur la sondeuse au large spectre.

«Moteur au neutre, barre à bâbord à 10° !», commanda-t-il à Albert, qui devina que le capitaine entendait laisser le *Nadine* dériver à même le banc de harengs comme s'il en faisait partie.

«Larguer le skift à la mer à bâbord, lança-t-il au microphone, et attachez-y les extrémités des câbles de la seine numéro 3 !»

La tension était à son comble. Albert se rappela qu'un trait de seine mal conçu pouvait coûter en temps et en argent jusqu'à 50 % de plus qu'un bon.

Peu après, la sirène du bateau retentit, donnant l'ordre aux deux hommes embarqués dans le skift de partir à toute vitesse avec les cordages reliés à la seine. Leur objectif : entourer le banc de harengs en surveillant les signaux émis par le capitaine qui avait ouvert l'un des hublots frontaux de la timonerie. Albert n'en revenait pas de voir combien la technique, qui lui semblait compliquée au départ, était devenue une habitude pour les participants aux manœuvres.

Une vingtaine de minutes plus tard, le skift avait réussi à relier les cordages aux treuils. Sur les ordres du capitaine, ils furent mis en marche pour resserrer de plus en plus le filet de la seine et refermer le piège. Peu après, Albert aperçut nombre de harengs qui frétillaient en surface, preuve que le coup de seine avait réussi, du moins jusque-là.

«Sortez l'embout du tuyau de la pompe, ordonna le capitaine. Ouvrez quatre trous d'homme aux extrémités de la cale à poisson

---

* *Skift* : de l'anglais ; canot muni d'un moteur qui sert de relais

en forme de *X*, dont deux à bâbord et deux à tribord, et placez la moitié des barricades aux *sabords de décharge**! »

S'étant assuré que tout était prêt, le capitaine ordonna le démarrage de la pompe qui aspira les harengs à travers un tamis jusque dans les trous d'homme de la cale à poisson en prenant soin d'ajuster le débit de la pompe pour ne pas trop aspirer d'eau de mer. De l'eau de mer qui sera évacuée presque totalement des cales par le démarrage des pompes hydrauliques.

Albert, qui se tenait sur le pont en compagnie du jeune Charles à qui il essayait d'expliquer ce que lui-même venait d'apprendre, était surpris par le nombre de petits détails dont un capitaine de chalutier devait tenir compte. Parce qu'une bagatelle pouvait faire avorter un bon coup de filet en le faisant tourner à la débandade si la pompe s'embrayait soudainement en aspirant un requin en train de bouffer son petit déjeuner.

— Et puis, capitaine, qu'est-ce que vous évaluez comme tonnage ? demanda Albert qui essayait de cacher son exaltation.

— Bah ! Quelque chose comme une trentaine de tonnes. Ça va permettre à la compagnie de payer une bonne partie des frais pour se rendre ici.

— Et nous autres ? se risqua-t-il à lui demander.

— C'est que la part du bateau, comme on l'appelle, est de 75 % des 50 premières tonnes de poissons embarqués pour diminuer jusqu'à 25 % après.

Surpris par un tel calcul, Albert s'aperçut que la compagnie Les Pêcheries Madeliniennes voulait responsabiliser l'équipage et en particulier le capitaine de la performance de pêche pour que chacun y trouve son compte. « Pêchez, pêchez, avait-il déjà entendu de leur part, vous allez faire de l'argent sur le volume », lui revint en mémoire comme quoi la compagnie s'était arrangée pour repousser le plus loin possible la carotte que les marins essayaient sans relâche d'atteindre.

— Comme ça, capitaine, ce trait de chalut n'a pas été aussi bon qu'on l'espérait ?

---

* *Sabords de décharge* : ouvertures dans le muret du pont permettant l'évacuation de l'eau de mer

— Non. Il aurait pu être du double, voire du triple. Mais, tu connais l'expression « Petit lundi, grosse semaine » ? Ça fait que...

— Ça fait que je n'ai pas été à la hauteur, peut-être ? le coupa Albert, en soupirant.

— Non, c'est pas ça. Changement de sujet, comment va ton assistant ?

— Mon assistant ? Vous voulez parler du jeune Charles à Aristide ?

— Oui. Comment se comporte-t-il sous tes ordres ?

Albert avait essayé à maintes occasions de communiquer son savoir-faire à Charles, mais avait compris qu'il faut bien maîtriser une matière avant de l'enseigner à quelqu'un d'autre.

— Tu sembles perdu dans tes pensées, lui dit le capitaine qui avait donné l'ordre de quitter le lieu de pêche pour un autre plus près des côtes de Terre-Neuve.

— C'est que chaque fois que j'essaie de lui enseigner quelque chose, votre second n'est jamais trop loin pour m'espionner. Cela me rend nerveux au point où je me mêle dans mes explications.

— Ça fait partie de ton apprentissage, Albert. À l'avenir, quand tu devras prendre une décision en route vers un fond de pêche, pose-toi ces quatre questions : quand ? où ? comment ? et pourquoi ?

— Et ma note d'examen reprend-elle du bien ? s'enquit-il d'une voix à peine audible.

— Elle progresse, sans plus. Aussi, comme dernière épreuve, je te cède la barre pour que tu puisses suivre la route que j'ai tracée sur cette carte, dit-il en la lui glissant sous le nez.

À la barre, Albert s'aperçut rapidement qu'un chalutier qui venait d'embarquer le quart de sa capacité en cargaison de harengs ne se comportait pas de la même façon que lorsqu'il est vide. Pire encore, la brume, qui commençait à envahir le secteur de pêche et qui s'épaississait de plus en plus à l'approche des côtes de Terre-Neuve, l'inquiétait. Surveillé par le second, qui agissait comme vigie, il avait demandé à Charles de le regarder faire, quitte à ce qu'il lui explique par la suite pourquoi et comment utiliser le radar, la sondeuse, le Loran, enfin tout appareillage qui assurait au bateau de parcourir le plus court chemin, et ce, en toute sécurité.

S'ensuivirent pendant une heure des discussions avec le second qui exténuèrent Albert, si bien qu'à l'arrivée sur le site choisi pour un nouveau trait de seine, il souhaita de tout cœur l'intervention du capitaine.

— À te voir la mine, je crois que tu es prêt à me donner la barre, lui dit ce dernier en faisant irruption dans la timonerie.

— C'est seulement si vous y tenez absolument, capitaine. Je pourrais faire autre chose, ajouta-t-il en essuyant les gouttes de sueur sur son front malgré les 5 °C qu'il faisait.

— Un homme fatigué comme tu l'es, c'est bon à rien et ça commet des erreurs, dit-il avec un léger hochement de la tête vers son second. Ça fait que, bonne nuit !

Il était 22 h 15. Albert se dirigea aussitôt vers le quartier des marins et entra dans la grande chambre en compagnie de Charles, avec qui il espérait discuter de ses bons comme de ses mauvais coups. Il commença par prendre une douche pour se calmer et se rendit dans la petite cuisinette pour prendre une collation. Mais, hélas, il ne put rien manger… Il retourna dans la grande chambre du quartier des marins et y trouva Charles, couché tout habillé, qui dormait à poings fermés. Il s'allongea sur sa couchette et essaya de s'endormir, épuisé tant mentalement que physiquement. Peine perdue, certaines scènes de son apprentissage lui revenaient en mémoire.

« N'était-ce pas moi qui était à la barre lors de la récolte du banc de harengs au moyen de la seine ? », se dit-il en pensant au piètre résultat obtenu. Même si le capitaine lui avait dit de ne pas s'en faire, il n'était pas sûr d'avoir répondu correctement à ses ordres lorsqu'il lui avait demandé « barre à tribord à 30° ». L'avait-il vraiment fixée à 30°, ou plutôt à 28°, ou encore à 32° ? Une erreur suffisante pour que la seine n'ait emprisonné qu'une partie seulement du banc de harengs. Pire encore, les ordres concernant l'accélération du chalutier, contrôlée à la fois par la vitesse de rotation et de l'angle du pas de l'hélice, avaient-ils joué sur la rapidité de la fermeture du piège ? Autant de questions qui le faisaient se sentir responsable, étant donné qu'il avait bien vu, au préalable, sur l'une des sondeuses la densité du banc de harengs. Il essaya de chasser de ses pensées ces interrogations en pensant à Marie-Clara, qui, si elle avait été près de lui, lui aurait fait voir le verre à moitié plein plutôt qu'à moitié vide.

Il se l'imagina en train de promener leurs enfants le long de la plage du terrain qu'il avait offert d'acheter du capitaine Vincent. Cela ne l'empêcha pas cependant d'entendre le bruit des manœuvres qui lui apparaissaient être celles précédant un trait de seine. Il pria le Ciel pour que celui-ci ne soit pas si mémorable qu'on remettre en cause le précédent, auquel il avait participé. Il parvint finalement à s'endormir en pensant qu'il avait promis au capitaine de faire, au besoin, deux quarts de travail à la suite, ce qui lui permettrait d'expier ses fautes, imaginaires ou non.

CHAPITRE 22

« Loin des yeux, loin du cœur »

— Allez, debout, Albert, lui lança Carlo en lui secouant l'épaule.

Ouvrant les yeux, Albert se demanda l'espace d'un instant pourquoi il s'était endormi sur sa couchette tout habillé.

— Grouille-toi, le pria Justin. On est en route pour le port de Stephenville à Terre-Neuve.

— À Stephenville ! Mais pourquoi ? fit-il en essayant de rassembler ses idées.

— C'est que pendant que tu dormais, on a lancé un trait de seine qui nous a rapporté dans les cent tonnes de harengs, de quoi remplir la cale à ras bord.

Albert se leva, mit sa veste de travail en se rappelant que son dernier quart de travail, il l'avait passé à la barre quand la capture de harengs n'avait été que très ordinaire.

— Qui était à la barre lorsque vous avez procédé à ce trait de seine tout à fait phénoménal ? s'enquit-il auprès de ses deux amis.

— C'était moi, répondit Carlo, et Justin était aux commandes du skift.

— Et le capitaine que faisait-il ?

— Il donnait des ordres à qui mieux mieux, lança Charles en faisant son entrée dans le quartier des marins.

— C'est quoi, l'affaire ? demanda méchamment Albert. Vous m'avez laissé dormir pendant que vous étiez tous en train de pêcher ?

— Le capitaine nous avait demandé de te laisser te reposer jusqu'au départ pour le port de Stephenville, lui répondit Charles. C'est d'ailleurs lui qui m'a demandé de venir te chercher pour que tu ailles le retrouver dans la timonerie.

Sortant du quartier des marins, Albert pensa au pire. Quelque chose comme : « Tu n'as pas été à la hauteur de ce que j'attendais de toi. » Aussi, en entrant dans la timonerie, il lui lança avec un léger trémolo dans la voix :

— Vous vouliez me voir, capitaine ?

— Tu m'avais déjà dit que tu étais prêt à faire deux quarts de travail collés. Eh bien, voilà ta chance ! Tu vas nous conduire jusqu'au port de Stephenville pour y décharger notre cargaison de harengs.

— Je vous remercie, capitaine, dit-il en prenant une grande bouffée d'air. Si ce n'est pas trop vous demander, j'ai une question à vous poser.

— Vas-y, Albert.

— Lors de notre tout premier trait de seine, c'est moi qui étais à la barre en essayant de suivre vos ordres autant que possible.

— Et c'étaient tes amis Carlo et Justin aux commandes du skift, ajouta le capitaine.

— Malheureusement, les résultats n'ont pas du tout été bons, comparativement au trait que vous venez de réaliser.

— Pour faire une courte histoire, la pêche à la seine, c'est surtout une question de chance, qu'on doit tout de même provoquer au bon moment.

— Et à la bonne place, osa-t-il lui répliquer.

— Lorsque tu étais aux commandes, le banc de harengs était si éparpillé que mon choix du type de seine n'était pas approprié, d'autant plus que tes amis n'avaient pas su s'ajuster à temps. Cette fois-ci, par contre, les étoiles étaient alignées, du fait que Carlo était dans le skift avec mon second et Justin avec moi dans la timonerie.

— Ça veut dire quoi, justement ? s'enquit-il d'une voix qui trahissait une certaine appréhension.

— Dis-toi que ton comportement fait le poids jusqu'ici, surtout si je le compare à celui de mon équipage et même à celui de tes amis.

— Je vous remercie, capitaine.

— J'ai parlé avec ton assistant Charles, qui m'a dit que tu avais été des plus conciliants avec lui. Je crois que tu as le don de mettre de l'avant tes qualités. Ce qui, à mon point de vue, est un signe de caractère.

— Laissez-moi vous dire que ce n'est pas aussi facile que ça en a l'air. Si vous aviez pu lire dans mes pensées au moment où je me suis étendu sur ma couchette, vous m'auriez débarqué pour de bon à Stephenville.

— Je suis tenté de croire que tu t'en fais pour rien. La pêche avec un chalutier, c'est 75 % de chance et 25 % de savoir-faire. Je t'envoie mon second qui agira comme vigie dans la timonerie. À toi de t'ajuster à lui et non le contraire. Après tout, il est mon premier maître.

En attendant que le second se pointe le nez, Albert se mit à jongler à la ligne hiérarchique des officiers sur un chalutier tel que le *Nadine*. L'idéal était d'avoir trois maîtres, exception faite du capitaine qu'on disait « Maître à bord après Dieu », ce qui ne lui paraissait pas tout à fait clair. Le premier maître était en fait le second capitaine, tout comme le deuxième maître, le chef mécanicien et le troisième, son aide. Cela faisait beaucoup de maîtres à bord, songea-t-il, dont la ligne d'autorité prêtait souvent à confusion, d'autant plus qu'on y trouvait généralement un hauturier qui occupait le poste de maître de l'équipage. Il avait compris par là que les quarts de jour étaient travaillés sous l'autorité du capitaine et du mécanicien-chef et ceux de nuit sous celle du second capitaine assisté de l'aide-chef mécanicien. Il ne trouvait pas cette organisation judicieuse du fait que les accidents – surtout ceux touchant la sécurité – se produisaient généralement la nuit.

— Salut, Albert, lui lança le second en apparaissant dans la porte de la timonerie.

— Ça va mieux depuis que j'ai compris mon rôle de stagiaire, lui dit-il en évitant de détourner son regard des appareils de navigation qu'il était en train de consulter.

Au début du voyage, Albert s'était dit que le second capitaine agissait souvent comme vigie pour l'espionner, ce qui n'était pas totalement faux. Cette fois-ci, il le voyait, calepin en main, passant d'un instrument à l'autre, prendre des notes puis regarder la mer avec les longues-vues à la recherche d'indices révélateurs de bancs de poissons. Les quatre questions, quand ? où ? comment ? et pourquoi ?, lui revinrent en mémoire. Il estima que le travail d'un second capitaine n'était pas aussi facile qu'il paraissait. En fait, son problème était qu'il voulait devenir capitaine avant de gravir les échelons, dont le plus haut était celui de premier maître, un capitaine dont les responsabilités étaient sans commune mesure. Ne devait-il pas être le tout dernier à quitter son bateau en cas de naufrage ? Cela lui fit non seulement remettre en question son rêve de devenir capitaine, mais lui donna en plus un début de mal de tête. Sans qu'il s'en soit rendu compte, le second s'était approché de lui pour ajuster le niveau d'eau des deux ballasts afin de lester le chalutier dans une assiette qui optimisait l'utilisation du mazout. Ce dernier s'empara ensuite du microphone du radiotéléphone pour discuter avec la base de Stephenville de l'heure de leur arrivée, de l'endroit où ils devaient accoster ainsi que de la présence d'un représentant de l'acheteur pour vérifier tant la qualité que la quantité des harengs capturés.

« Et dis-leur que la plupart sont des harengs bien dodus », dit le capitaine à son second qui venait d'entrer dans la timonerie.

— Et puis comment ça s'est passé, s'enquit-il auprès d'Albert.

— De première classe. J'ai compris que ce n'est pas demain la veille que je serai un capitaine hauturier.

— Tu sais, Albert, le temps arrange souvent les choses. On a coutume de dire aux Îles qu'on n'a pas d'heure mais le temps. C'est lui qui va s'adapter à tes désirs. Il n'en tient qu'à toi de réaliser tes rêves. Va retrouver tes amis maintenant que nous nous approchons de l'emprise du port de Stephenville.

En sortant de la timonerie, Albert remarqua que son mal de tête s'était estompé comme par magie.

— Tu n'as pas l'air que t'avais tout à l'heure lorsque tu nous as quittés, l'informa Carlo lorsqu'il vit Albert pénétrer dans le quartier des marins.

— C'est que quand je ne sais pas à quoi m'attendre, j'ai la mauvaise habitude de broyer du noir.

— À propos de quoi *Savoir à quoi s'attendre* plus exactement ? lui demanda Justin.

— De mon apprentissage comme hauturier.

— Et de la paie peut-être. As-tu appris quelque chose d'intéressant ? lui demanda-t-il en fouillant dans son portefeuille pour voir combien d'argent il pourrait dépenser à Stephenville.

— C'est compliqué, mais équitable en même temps.

— Explique-toi, dit Carlo.

— En fait, l'argent de la vente de nos 130 tonnes de harengs va servir à payer en grande partie le fioul, l'eau douce et la nourriture. D'après mes calculs, il devrait nous rester dans les trois cents piastres pour les deux derniers jours.

— C'est pas beaucoup, riposta Justin, qui avait bien de la misère à boucler ses fins de mois avec une petite famille qui dépendait de son salaire.

— Ça va être surtout payant lors de nos prochaines sorties, pourvu évidemment que la chance soit au rendez-vous. J'en ai déduit que si on réussissait à faire entre deux et trois voyages par jour, au bout de la semaine, on aurait un bon 1000 à 1500 piastres en poche.

La surprise de ses amis fut tellement grande qu'Albert, n'étant plus certain de son évaluation, changea immédiatement de registre.

— Il y a-t-il quelqu'un de vous deux qui a déjà été à Stephenville ?

— Moi, lui répondit, promptement Justin. Pour commencer, tu vas t'apercevoir que les côtes de Terre-Neuve, au contraire des Îles, c'est pratiquement que du roc. À part de ça, c'est la senteur du moulin à papier qui va te prendre au nez dès que tu vas mettre le pied à terre.

— Et le port de mer se trouve-t-il près des banques, bars et restos, enfin, tout le tralala ? lui demanda Carlo.

— Avec des téléphones publics, j'espère, ajouta Albert, qui avait un urgent besoin d'appeler sa femme Marie-Clara.

— Au contraire des Îles, tout est concentré dans la même ville. D'ailleurs, le port de mer où on va s'accoster est en activité 24 heures sur 24 afin de desservir le commerce extérieur de toute l'île de Terre-Neuve.

— N'en dis pas trop. J'ai toujours aimé découvrir des choses par moi-même, intervint Albert, qui s'aperçut d'un changement du régime du moteur, preuve que le chalutier s'approchait de l'emprise du port de mer.

S'emparant des jumelles, il vit qu'il régnait une telle fébrilité sur les quais qu'il s'imaginait mal comment leur chalutier allait s'y prendre pour accoster. Comparé aux nombreux gros bateaux de pêche et aux cargos qui y étaient amarrés, le *Nadine* lui semblait être devenu une simple chaloupe.

Aussitôt le chalutier amarré au quai, la plupart des marins-pêcheurs se précipitèrent sur la passerelle, à l'exception d'Albert, qui voulait connaître le processus de débarquement de la cargaison de harengs. Une fois les équipements de déchargement installés, il ne put faire abstraction des signes de ses deux amis qui l'invitaient à les rejoindre sur le quai.

En s'y rendant, il remarqua quelques bateaux de pêche dont l'enregistrement était de Saint-Pierre et Miquelon. Plus loin, il comprit encore mieux le rôle que jouait ce port de mer situé à l'extrémité de la Baie St-Georges. Il y accueillait en effet de nombreux chalutiers des provinces maritimes, et même quelques-uns de la Colombie-Britannique. Ses deux compagnons l'invitèrent à les accompagner dans une taverne qui annonçait des steaks d'orignal au menu du midi avec un rabais sur la bière en fût.

— Ça va, je vous suis. N'oubliez pas que le capitaine veut nous voir arriver dans une couple d'heures. Ça fait que faites attention de ne pas arriver *chaudasses* parce qu'il est bien capable de refuser de vous embarquer.

— Toujours prêt à nous faire la morale, cet Albert! dirent à l'unisson Carlo et Justin avant de s'attabler et de voir arriver une jolie et aguichante serveuse qui ne demandait pas mieux que de servir ces «French Acadians».

— À quelle place que je peux trouver un téléphone? demanda Albert à la serveuse qui comprenait assez bien le français.

— À côté du *restroom*, lui dit-elle en le lui montrant du doigt.

— Oui, allô, répondit Marie-Clara.

— C'est moi, Albert. Je t'appelle de Stephenville à Terre-Neuve. Qu'est-ce que ça conte de bon par chez nous?

— Tu ne sais pas le nombre de fois que j'ai pensé à toi depuis que tu es parti.

— Moi aussi, lui avoua-t-il en lui mentant à sa façon. Et ton père, comment va-t-il?

— Pas si mal, dit-elle en se faisant la remarque que son mari aurait bien pu s'informer d'elle d'abord.

— Et toi, comment ont été tes premiers jours d'apprentissage ? J'espère que tu as été prudent et que le poisson était au rendez-vous.

— Je vais bien. Pas trop de maux de tête. Mon truc, c'est que dans les moments de tension, je pense à ce que tu m'as dit de faire. Tu te rappelles ?

— Comme ça, je suis dans tes pensées assez souvent ? Je m'ennuie terriblement, tu sais. J'ai hâte que tu reviennes pour qu'on puisse faire ensemble les plans de notre future maison. Crois-tu que tu vas pouvoir payer l'achat du terrain à la fin de ce tout premier voyage de pêche ?

— Peut-être, mais pas totalement. Ça va en prendre plusieurs autres, enchaîna-t-il en évitant de lui annoncer que le capitaine Vincent l'avait informé d'une halte aux Îles d'une couple de jours seulement avant de repartir pour une autre sortie en haute mer. Aussi, afin d'amadouer sa femme, il lui annonça un retour aux Îles au plus tard en fin de semaine avec un bon 1500 piastres en poche.

— Et pour d'autres voyages de pêche, c'est pour quand ? s'enquit-elle après un silence.

— Pour l'instant, ça dépend de ce que le gouvernement voudra bien accorder comme quota à Pêcheries Madeliniennes.

— J'espère que tu ne dépenses pas trop d'argent parce que la chance pourrait bien tourner de bord, dit-elle en souhaitant que son mari lui rapporte un petit cadeau en souvenir d'une première absence qu'elle trouvait assez pénible.

— Non, je me tiens à l'écart des tentations, répondit-il en regardant l'heure sur sa montre pour s'apercevoir qu'il lui restait à peine une demi-heure avant l'embarquement.

— Que veux-tu dire par tentation, Albert ? demanda-t-elle en pensant aux histoires de marins qui avaient une maîtresse dans chaque port de mer, ou presque, qu'ils fréquentaient.

— De toutes sortes. Dis-moi, Clara, que faisais-tu au moment où le téléphone a sonné ?

— J'étais couchée, vêtue de mon négligé – tu sais celui de notre première nuit de noces – et je lisais un livre sur la maternité.

— Il faut que je raccroche, Clara. Je te rappelle au retour du prochain voyage en mer. Fais attention à toi. Je t'aime, tu sais, dit-il en simulant un bruit de bécots.

— Que j'ai donc hâte que tu reviennes ! répondit-elle en faisant de même.

* * *

Étendu sur sa couchette, Albert revoyait les moments forts des sept derniers jours de pêche à la seine. D'abord, il était flatté de s'en retourner aux Îles avec un bon magot qui lui permettrait non seulement d'acquérir le terrain appartenant au capitaine Vincent, mais aussi d'offrir un cadeau de valeur à sa femme. Une femme qu'il devra convaincre de le laisser partir à nouveau pour un deuxième voyage de pêche après une relâche de seulement quelques jours…

Aucun incident de parcours n'avait eu lieu, le capitaine ayant motivé chaque membre de l'équipage, dont ses deux compagnons, à mettre tout leur cœur à l'ouvrage. Les trois amis avaient partagé les tâches en rotation : l'un aux commandes du skiff, le deuxième à la timonerie, pendant que le troisième agissait comme vigie et opérateur des treuils. Le capitaine avait fait savoir en tout dernier à Albert que son stage avait été une réussite sur toute la ligne et qu'il allait faire savoir à qui de droit que cette première sortie en mer comptait pour un mois d'enseignement en technique de pêche et de navigation.

Par contre, il avait dû promettre au capitaine de l'accompagner pour sept à dix jours de pêche à la seine à la sole grise sur les hauts fonds des Grands Bancs de Terre-Neuve. Il l'avait caché à sa femme lors des appels qu'il lui avait faits chaque midi lors des escales pour le déchargement des captures à Stephenville. Ne l'entendant parler que de pêche et d'argent, elle lui avait mentionné à répétition « loin des yeux, loin du cœur », et lui avait demandé si, tout comme elle, il avait tenu sa promesse de regarder chaque soir leur étoile porte-bonheur. Hélas, il avait oublié…

Voulant se racheter, il lui avait dit que, contrairement à Stephenville, une ville sans véritable âme, les Îles lui offriraient de

228

belles opportunités dans le domaine touristique. Ce à quoi elle avait répondu que cette avenue l'obligerait tout de même à être sa maîtresse lors des quelques jours de relâche en pêche hauturière tout en étant le père et la mère de ses enfants pour les sept à dix jours qu'il serait parti au large des Îles. Elle avait beaucoup insisté pour savoir si le retour du chalutier aux Îles allait leur permettre de savourer comme il se doit les premières semaines de leur mariage.

Il se demanda s'il pouvait se contenter de cette première sortie en haute mer, quitte à remettre à plus tard une autre expédition en pêche hauturière. Il évalua ce que chaque journée de pêche lui avait appris pour tenter de voir si c'était suffisant pour obtenir du capitaine Vincent de ne pas être de la prochaine sortie en mer.

Il se rappela que lors des deux premières journées qui avaient suivi leur première sortie, ils avaient connu d'excellents résultats. À chacun des traits de seine, ils avaient presque rempli à ras bord le bateau au point de permettre à un autre chalutier de pomper l'excédent des captures de harengs dans leurs propres cales. « Un service en attire un autre », lui avait dit le capitaine comme pour lui dire qu'il avait déjà bénéficié dans le passé d'une telle générosité d'un chalutier de la Nouvelle-Écosse.

Comme toute bonne chose a une fin, ce fut au cours des jours suivants que la sauce se gâta. Si l'équipage avait réussi à faire jusqu'à cinq sorties en mer en 24 heures, les pauses en avaient souffert. Le capitaine Vincent fut accusé de favoritisme envers Albert parce qu'il s'arrangeait pour qu'il prenne ainsi le plus d'expérience de pilotage possible. Conscient qu'il en était ainsi, Albert avait pris les devants en accomplissant différentes tâches qui n'avaient pas d'impact direct sur la performance de la pêche, qui avait décru lors des dernières journées de pêche.

Aussi, afin de faire preuve de bienveillance envers le capitaine, il lui avait offert de faire deux quarts de travail comme vigie dans la timonerie pour le voyage de retour aux Îles. Il avait utilisé ces quarts de travail à bon escient en notant dans un calepin toutes les données qui pourraient intéresser le capitaine s'il avait à revenir sur place pour y pratiquer une forme quelconque de pêche hauturière. Comme ça, il pourrait lui exprimer l'impossibilité dans laquelle il se trouvait de l'accompagner, vu que Marie-Clara n'accepterait pas qu'il aime davantage son travail qu'elle-même.

— Albert, le capitaine m'a demandé de venir te chercher, lui annonça Charles en entrant dans le quartier des marins.

— J'arrive. Pourquoi tu ne m'assisterais pas à la vigie? Ça va te permettre de t'amariner avec les divers appareils de navigation qu'on va utiliser pour la prochaine sortie de pêche à la sole grise.

— À la sole grise?

— Oui. De quoi faire fortune en moins d'une dizaine de jours.

— Ça pourrait m'intéresser, mais mon projet d'études prend fin avec mon retour aux Îles. Et toi, y seras-tu?

— Peut-être que oui, peut-être que non. Ça dépend de bien des choses, enchaîna-t-il avec une pointe de tension dans la voix.

Il pensait au cadeau qu'il avait acheté à sa femme, un cadeau coûteux, pas tout à fait personnel et, pire encore, susceptible de lui donner l'impression de passer une fois de plus comme deuxième violon.

CHAPITRE 23

« On ne peut pas vivre
d'amour et d'eau fraîche »

Loin de se passer comme Albert l'avait prévu, l'arrivée du *Nadine* aux Îles après sept jours de pêche à la seine fut de bon augure pour l'avenir du couple. Marie-Clara, accompagnée de son père, était venue l'accueillir sur le quai ; s'ensuivirent des accolades et embrassades qui en disaient long sur leur joie de se retrouver. Ses gains lui avaient permis non seulement d'acheter le terrain convoité, mais également d'offrir à ses proches cadeaux et souvenirs d'une excursion de pêche qui traçait en quelque sorte la route à suivre pour un avenir prometteur, du côté financier du moins. Un bémol, cependant, il avait dû annoncer à sa femme qu'une dernière sortie en mer était au programme pour le chalutier avant qu'il ne soit remorqué en cale sèche pour sa transformation en *chalutier pélagique**.

— Oui, allô ! beugla Albert dans le téléphone après avoir dû interrompre des ébats amoureux qui venaient tout juste de commencer.

Après quelques minutes de conversation, Marie-Clara ne put se retenir de faire signe à son mari de mettre fin à l'entretien, ce qu'il fit sans toutefois trop se presser.

— C'était qui ? s'enquit-elle en le voyant se précipiter vers le petit bureau près de la fenêtre de la chambre.

— C'était le capitaine Vincent. Il m'a demandé de tracer la route pour notre prochaine sortie en mer. Il m'a informé de la latitude, de la longitude et du secteur où on devait se rendre pour expérimenter de nouvelles techniques de pêche.

— Tu n'as pas besoin de voir à ça tout de suite, de lui répliquer sa femme en l'invitant à la rejoindre.

---

* *Chalutier pélagique* : se dit d'un chalutier capable de draguer le poisson à divers niveaux de profondeur.

— Ça ne sera pas long. Il faut que je l'écrive avant de l'oublier.

Étalant une carte marine du secteur de pêche convoité, Albert traça la route à suivre au moyen d'un compas.

— Tu viens ? demanda à répétition Marie-Clara qui commençait à grommeler.

— J'arrive, fit-il en ayant en tête que la prochaine excursion commençait le lendemain pour s'étaler sur dix jours dans un secteur fortement problématique, du moins pour la saison automnale de pêche.

— Tu n'étais pas là, lui dit Marie-Clara après qu'ils eurent satisfait un peu trop rapidement leurs pulsions.

— *Chassez le naturel, il revient au galop*, comme on dit. J'ai peur que tu sois déçue de ce que je vais t'apprendre pour les jours à venir.

— Vas-y, confie-toi. On se marie pour le meilleur et pour le pire.

— Voici. Le capitaine Vincent m'a dit que la compagnie avait obtenu un quota de pêche pour une centaine de tonnes de harengs gras dans une zone située dans la partie supérieure des Grands Bancs de Terre-Neuve. Comme ça prend au-delà d'une douzaine d'heures pour s'y rendre, on est censé commencer à remplir notre quota de harengs en cours de route puis expérimenter par la suite différentes techniques de pêche en vue de modifier le *Nadine* en un chalutier pélagique.

— Un chalutier pélagique, c'est quoi la différence avec un traditionnel ?

— C'est dû à la diminution des stocks de morue, un poisson qui se tient tout près des fonds de pierre, et à l'abondance en retour de poisson rouge.

— Tu veux dire du sébaste ? l'interrompit sa femme, qui s'apercevait que l'intérêt que lui avait porté son mari ces derniers mois était en train de s'émousser au profit d'une carrière qui lui demanderait bien du renoncement.

— En fait, c'est un poisson qui nage entre deux eaux en banc serré en se déplaçant à différentes profondeurs, le tout dépendant des marées, des courants et surtout de la période de la journée.

— Mais pourquoi qu'il t'a demandé de tracer la route à suivre pour s'y rendre ? Cela n'aurait pas pu attendre ?

— Pour tout dire, on devra partir demain ou après-demain, lorsqu'une fenêtre de beau temps va apparaître. Comme le second capitaine prend congé, il m'a demandé d'inviter mon frère Benoît pour me remplacer. Ça fait que...

— Ça fait que tu ne seras pas du voyage, trancha Marie-Clara. C'est à la fois une bonne nouvelle pour moi et probablement une mauvaise pour toi.

— C'est tout le contraire, puisque le capitaine voudrait – si la compagnie le tolère – que j'agisse comme son second sans toutefois en avoir les responsabilités. De cette manière, on sera à nouveau rassemblés en Quatuor, dont certains ont besoin de timbres d'assurance-chômage pour se qualifier et passer un hiver sans soucis d'argent.

— Et nous autres, dans tout ça?

— Peut-être que la paie ne sera pas aussi bonne que la dernière fois. Cependant mon stage comme second capitaine devrait raccourcir mes heures d'études théoriques en plus de me donner l'opportunité de devenir un permanent sur le chalutier dès le printemps prochain.

— Comme tu voudras, lui répondit sa femme en essayant de lui cacher une moue qui en disait long.

Voulant ne pas avoir de doute sur la façon dont elle lui avait répondu, il tenta de connaître le sens des mots « Et nous autres, dans tout ça? » Ce à quoi elle avait répondu en soupirant que c'étaient les femmes surtout qui en connaissent la profonde signification.

Parti sur l'heure du midi dès le lendemain, Albert dut manœuvrer le *Nadine* sous l'œil attentif du capitaine Vincent afin de le sortir d'abord de l'emprise du port de Cap-aux-Meules et par la suite de la Baie de Plaisance. Aussitôt que le pilote automatique fut mis en marche, il s'empressa d'expliquer à son nouveau second ce à quoi il devait s'attendre en allant pêcher sur les Grands Bancs.

— La pêche dans le golfe, lui dit-il, c'est comme se promener dans une étendue de broussailles comparativement à la grande forêt que représentent les Grands Bancs de Terre-Neuve. Ayant plus ou moins la superficie du Québec, ils englobent quatre hautes montagnes sous-marines aux noms aussi sinistres que Aux Veuves.

Cette appellation nous rappelle que le poisson n'est pas toujours celui qu'on croit, enchaîna le capitaine qui vit Albert écarquiller les yeux.

— C'est pour ça que le chalutier *Marie-Carole*, comme plusieurs autres d'ailleurs, a disparu corps et biens au début de décembre 1964, lui rappela Albert comme pour essayer de voir ce que le capitaine Vincent en pensait.

— Tu mélanges des pommes avec des oranges, Albert! Le *Marie-Carole* était parti pêcher tout près de l'Île de Sable dans le secteur de la queue des Grands Bancs tandis que nous autres en nous dirigeant vers la tête, on espère y trouver du hareng gras dont la demande est très forte en ce temps-ci de l'année.

— Donc, le prix devrait être en conséquence.

— Certainement. Cependant, on va devoir faire face à une forte houle constante, des marées et courants qui changent du tout au tout quand ce ne sont pas des tempêtes inattendues, surtout dans le secteur où le courant chaud du Gulf Stream côtoie celui du Labrador. On va pêcher dans des genres de vallées sous-marines d'une profondeur de 500 à 5 000 pieds avec des pics de roches qui s'élancent vers la surface. Et crois-moi, Albert, il y en a du poisson. De la morue, pour ce qui en reste évidemment, du poisson rouge à n'en savoir qu'en faire, du flétan noir, de l'aiglefin en moindre quantité et du gros hareng qui a déménagé sur les Grands Bancs tard au printemps.

Après ces révélations, Albert était encore moins certain d'avoir choisi le bon métier. Certes, il y avait de l'argent à gagner rapidement, mais le fait que son boulot l'obligeait à laisser sa femme seule, et elle qui subissait contre son gré cette situation, lui faisait craindre, chaque fois que le pire pouvait arriver. « Et si c'était le cas, se dit-il en pensant aux quelques pouces de métal qui le séparaient d'un abîme pouvant atteindre parfois 5000 pieds d'eau, je ne serai peut-être plus de ce monde pour me dire que j'ai pris la mauvaise décision… » Il se réconforta en se disant que le chalutier flottait à merveille, mais encore fallait-il qu'il puisse faire face à de multiples impondérables.

— Tu sembles jongler, lui dit le capitaine.

— J'étais en train de penser de quelle manière vous alliez vous y prendre pour localiser un banc de harengs dans une si grande étendue d'eau et à de telles profondeurs.

Comprenant qu'il ne lui disait probablement pas la vérité, le capitaine, qui commençait à mieux connaître son second en titre, lui expliqua en peu de mots la façon de s'y prendre.

— Un trait de seine, tout comme un de chalut, c'est comme un match des lignes majeures, lui dit-il. C'est le pêcheur contre le poisson. Il y a la préparation, l'exécution et le dénouement, en ayant toujours en tête un plan B... si jamais. Ça prend beaucoup de concentration et plusieurs choses peuvent nous distraire.

Piqué par la curiosité, Albert lui demanda :

— Comme quoi ?

— Toutes sortes de choses, comme la faim, la fatigue, et même les remarques désobligeantes de l'équipage. C'est pour ça qu'après le capitaine, les deux hommes les plus importants sur un bateau, c'est le cuisinier et le second, qui, en quelque sorte, est le souffre-douleur du capitaine. Un hauturier avec la bedaine pleine et un premier maître qui sait se faire respecter au doigt et à l'œil travaillent avec ardeur pendant de longues heures !

— Et pour que le match se déroule de la meilleure façon possible ?

— Il faut en premier lieu localiser le banc de harengs le plus abondant et le moins éparpillé possible. Également, ça prend du nez et aussi de l'habileté. Il est ensuite primordial de choisir le type de seine dont les dimensions seront suffisantes pour entourer le banc autant par le bas que par le haut. Une fois qu'il est pris dans une forme d'entonnoir, il faut resserrer les cordages avec grand soin, ce qui n'est pas toujours évident dans des profondeurs comme celles que nous allons traverser. Et pour terminer, il faut savoir à quel moment donner l'ordre de fermer le piège. Trop vite et tu risques de te priver d'une bonne partie du banc de harengs et trop lentement, tu laisses filer les poissons qui, faut-il te le rappeler, sont rapides comme l'éclair.

— Mais pourquoi faut-il toujours ajuster la profondeur du trait de seine par rapport à la période de la journée ? s'enquit Albert, comme s'il ne le savait pas.

— C'est que plus le soleil monte dans le ciel, plus le banc de poissons nage vers le fond et, au contraire, lorsqu'il décline, il revient près de la surface.

— Tout le monde sait que c'est au lever et au coucher du soleil que le poisson mord généralement à l'hameçon, dit Albert.

— Je te ferai remarquer, mon Albert, qu'une seine, ce n'est pas un hameçon mais plutôt un piège.

— Et c'est pourquoi il vaut mieux l'utiliser le matin et le soir puisque, tout comme nous autres, les poissons se reposent durant la nuit.

— Et ça oblige les pêcheurs hauturiers à travailler à l'aube et à la brunante, d'enchaîner le capitaine avant de prendre congé de son assistant en titre.

Les trois premiers jours de pêche au hareng gras sur le *Nadine* furent beaucoup plus ardus que ce qui avait été anticipé. Elle devait être pratiquée dans des vallées qui longeaient plusieurs pics de montagne dont les dépressions n'étaient pas si faciles à franchir. Il s'agissait de reliefs parsemés de petits monts dont les pointes, coupantes comme un rasoir, tranchaient par endroits le filet de la seine, qui devait être remonté pour réparation. Certes, on se dépannait avec un autre, mais il n'était pas toujours approprié. Aussi, comme les profondeurs faisaient plusieurs centaines de pieds comparativement à des dizaines lors du premier voyage, le skiff avait eu beaucoup de difficulté à encercler les bancs de harengs, dont une bonne partie avait fui soit vers le bas du filet, les pesées étant largement distancées du fond, soit vers le haut qui, lui, était à demi submergé par le poids des captures.

À une autre occasion, c'était les harengs qui avaient eu le dessus sur les pêcheurs au moment même où le treuil de tribord resserrait les câbles de la seine. La quantité des captures était telle que les harengs se mirent subitement à plonger plutôt que de rester en surface. Pris de panique, l'homme qui opérait le treuil resserra encore plus les câbles de la seine dont le poids en suspension donna une dangereuse bande au chalutier. Ne sachant que faire, le capitaine donna l'ordre de tout relâcher, libérant ainsi la totalité de dizaines de milliers de harengs.

Les distances à parcourir pour localiser les bancs de harengs de même que celles pour décharger la cargaison étaient du double, voire du triple de celles de leur première sortie en mer. Heureusement, en compensation, le prix était élevé, vu la demande sur les marchés européens. Des marchés qui s'étaient vu couper l'herbe sous le pied avec le récent décret du gouvernement canadien sur les eaux privées de chasse et de pêche à 200 milles nautiques des côtes. Contournant le décret, les bateaux-usines qui sillonnaient en bordure des Grands Bancs acceptaient bon gré mal gré de charger les captures sur leurs propres navires à un prix qui compensait en quelque sorte le fait de n'avoir pas à subir les complications entourant la pêche à la seine sur les Grands Bancs.

Néanmoins, ce fut le dernier jour de pêche à la seine que l'équipage fut témoin de la méthode de pêche des bancs de harengs des chalutiers provenant de la Colombie-Britannique. Ils commençaient par plonger une coupole qui contenait de puissants réflecteurs à demi-eau en pleine nuit afin que les harengs, croyant au lever du jour, se rassemblent en bancs serrés pour se nourrir. Ils étaient par la suite encerclés et emprisonnés dans un piège qui était remonté à la surface pour être aussitôt pompés dans les cales. À la question d'Albert, à savoir si une telle méthode était permise, le capitaine lui répondit que ce procédé était réservé aux aquaculteurs de saumons du Pacifique qui transformaient le hareng en moulée pour leur vaste réseau de piscicultures.

À la fin de la troisième et dernière journée de pêche, le capitaine avait annoncé aux membres de l'équipage que leur rémunération serait identique aux sept jours qu'avait duré leur première excursion. Albert était heureux du déroulement de cette pêche malgré les nombreuses heures de travail harassant et il espérait avoir répondu aux attentes du capitaine Vincent.

« Et puis, comment progresse mon apprentissage ? » demanda-t-il au capitaine qui était en train de tracer la route à suivre pour naviguer vers des fonds propices à la pêche au sébaste.

Le capitaine Vincent n'avait pas fréquenté l'école bien longtemps. Préféré de sa maîtresse malgré son fort caractère, celle-ci était convaincue qu'une bonne tête comme lui était vouée un jour à devenir un fier capitaine. Aussi, pour répondre à Albert, il se mit à réfléchir aux situations où son protégé lui aurait montré certains traits forts de sa personnalité.

Voyant le capitaine perdu dans ses pensées, Albert dit :

— Et si je vous demandais en plus comment ç'a été pour mes compagnons ?

— Je n'ai pas encore assez travaillé en leur présence pour me faire une opinion. Quant à toi, je crois que tu es d'abord un homme de cœur, c'est vrai que tu as un caractère passablement fort, mais ton grand cœur le dépasse largement.

— Et ça veut dire quoi ?

— En fait, et ça me fait de la peine de te l'avouer, tu as tout ce qu'il faut pour devenir rapidement un excellent second. Quant à être un jour capitaine, rien n'est certain. Que veux-tu, on est comme on est ! Je tiens quand même à te dire que tes longues heures de travail vont raccourcir ta période d'apprentissage pour devenir un jour un officier en pêche et navigation. J'aime mieux avoir affaire à un homme au « bon vouloir » qu'au « fort savoir » ! Va, maintenant, et avertis l'équipage que nous allons procéder à l'essai d'agrès pour la pêche aux poissons rouges.

— À vos ordres, capitaine ! lança-t-il. Puis-je leur dire que tout autre poisson que le sébaste qui sera pêché pourra leur servir de réserves de nourriture pour l'hiver qui approche à grands pas ?

— Tu lis dans mes pensées. Ça va certainement éviter un mécontentement général, ajouta-t-il en se disant qu'il avait vu juste : son protégé était vraiment un homme de cœur.

Le voyage de retour vers les Îles avait à peine débuté qu'Albert apprenait une bonne nouvelle. Une dépêche reçue par radiotéléphone accordait au bateau un quota de pêche de vingt tonnes en sole grise, de quoi lui permettre d'être à l'aise financièrement, du moins jusqu'au printemps de l'année prochaine. Un coup d'argent qui n'avait pas été au rendez-vous avec la capture des cinq tonnes de sébastes chargés dans la cale par couches de poisson et de glace en alternance. L'opportunité que le capitaine avait donnée à son équipage de faire des réserves de nourriture pour l'hiver, en même temps que l'expérimentation des techniques de pêche au sébaste, avaient créé de l'espoir. L'espoir d'un avenir prometteur comme hauturier.

Aussi, comme le chalutier n'avait fait qu'une seule escale à Terre-Neuve pour s'approvisionner en eau douce, fioul et nourriture, les communications avec les proches avaient été réduites au strict minimum. Pour Albert, c'était une bénédiction du ciel du fait qu'il n'avait pas eu à justifier trop souvent auprès de sa femme son absence, vu son désir de devenir le plus rapidement possible un officier hauturier. Une carrière dont sa femme n'avait peut-être pas évalué les impacts, du fait qu'on ne peut pas « vivre d'amour et d'eau fraîche ».

« Albert est attendu à la timonerie dans une dizaine de minutes. », entendit ce dernier au haut-parleur au moment même où il prenait une collation avec ses compagnons.

— Ça paraît que tu es le chouchou du capitaine, lui lança Carlo avec un sourire méprisant.

— Peut-être bien. C'est à chacun de saisir sa chance au moment où elle se présente. Et si je te disais que ma belle-sœur s'est informée de ton comportement lors de nos escales, penses-tu qu'on se renseigne sur quelqu'un qui n'est qu'un ami de passage ?

Rêvant de conquérir le cœur de la belle-sœur de son ami Albert, Carlo fut rassuré par ce propos ; il pourrait donc entreprendre une fréquentation plus assidue avec elle. C'était pour lui une très bonne nouvelle.

— Tu vas voir, mon Carlo, que dans la vie de tous les jours, une femme qui t'a donné des enfants dont tu dois assurer la sécurité financière, c'est comme une mère supérieure, lui dit Justin qui avait déjà un enfant de quatre ans à sa charge.

Des mots qui ne tombèrent pas dans l'oreille d'un sourd, puisque Marie-Clara avait annoncé à Albert la possibilité qu'elle soit enceinte. Chemin faisant, il huma un air qui lui parut d'une douceur peu commune en ce temps de l'année. Il crut sur le moment que le *Nadine* était en train de traverser une partie du courant chaud du Gulf Stream du fait qu'il apercevait à plusieurs reprises des marsouins qui faisaient des pirouettes spectaculaires. Comprenant que c'était le signe que le bateau s'approchait d'un haut fond propice à la pêche à la sole grise, il se précipita aussitôt dans la timonerie.

— Tiens, prends les commandes et, en même temps, regarde-moi faire, l'informa le capitaine. Tu vas t'apercevoir que sortir un bateau de l'emprise d'un port de mer, c'est assez aisé comparativement à la pêche à la seine danoise.

— Et ça parle de quoi une seine danoise, capitaine ?

— L'étape de la préparation est à peu près la même que pour les autres techniques de pêche. Cependant, c'est avec l'exploration et l'exécution que ça se corse.

— Puis-je savoir pourquoi que vous m'avez choisi pour vous assister dans une technique si complexe ? demanda-t-il en voyant le capitaine qui allait d'une sondeuse à l'autre.

— C'est pour que tu profites de cette expérience, pour que tu t'y connaisses un peu mieux. En fait, jusqu'où tu peux aller sans trop faire d'erreurs et surtout ne pas paniquer si ça tournait au vinaigre.

— Je vous promets d'essayer, capitaine.

— Tu écoutes mes ordres, surtout ceux qui te concernent, et tu jettes un œil de temps à autre sur la sondeuse près de toi, lui conseilla-t-il en lui remettant les commandes.

Une bonne heure plus tard, Albert était au bord de la crise de nerfs, essayant, sous les commandements du capitaine, de stabiliser le chalutier. « Barre à tribord à X degrés, vitesse à Y nœuds pas de l'hélice à telle position ». Une équation qui résonnait dans la tête d'Albert. Un calcul qui lui semblait être celui d'un canonnier qui devait ajuster son tir par rapport à un ennemi invisible à l'œil nu, en l'occurrence le banc de poissons.

« Préparez mille pieds de câble d'acier sur le treuil à bâbord et autant sur celui à tribord, ordonna le capitaine au microphone. Attachez-y les deux bras des ailes de la seine », enchaîna-t-il dans une sorte d'exaltation que ne lui connaissait pas encore Albert.

— Qu'est-ce que tu regardes ? demanda-t-il à Albert en le voyant scruter une sondeuse.

— L'effet des manœuvres pour assurer la stabilité du bateau par rapport à la force du courant qui nous fait constamment dévier à bâbord, l'informa-t-il, sans toutefois avoir pu y déceler la présence de soles.

— Larguez le skiff à la mer avec deux hommes aux commandes et dirigez-le vers la poupe pour y attacher l'extrémité du cul de la seine, ordonna le capitaine de sa voix caverneuse.

— Pourquoi un tel procédé ? se risqua à lui demander Albert en levant la tête.

— Tu sauras, mon Albert, que contrairement à tout autre poisson, la plie se cache sur le fond en prenant soin de garder la gueule face au courant prédominant pour y puiser sa nourriture. On ne doit pas essayer de piéger un poisson par la queue, surtout avec un fort courant comme celui qui nous fait dévier actuellement.

Albert, qui n'avait pas tout à fait compris l'explication, vit le skiff, qui, en s'accostant à l'arrière du chalutier, agrippa l'extrémité du cul de la seine pour le retenir en plaçant le moteur à la position souhaitée.

— Barre à tribord à 10°, vitesse à cinq nœuds, pas de l'hélice à la position plus 20, ordonna-t-il à Albert, qui aurait voulu regarder en même temps sur la sondeuse les manœuvres de déploiement de la seine.

— Ça va, je prends ta place maintenant, lui dit le capitaine en l'invitant à regarder sur la sondeuse au large spectre le trait de seine qu'ils s'apprêtaient à réaliser.

Albert y vit pour la première fois de sa vie une seine danoise à l'œuvre sur un fond de sable qui retenait de nombreuses soles. Petit à petit, il aperçut la magie qui opérait sous les trois cents pieds d'eau qui séparaient la coque du bateau du fond marin. « Quelle belle invention ! », se dit-il lorsqu'il constata que les deux ailes de la seine brodée en filet à fines mailles formaient un entonnoir se terminant par une longue et étroite poche qui constituait en réalité le piège. Il remarqua en ajustant la vision de l'écran de la sondeuse que la seine était étirée en largeur par le cordage supérieur muni de flotteur et par celui en acier qui traînait au fond de la mer. Il entendit le capitaine qui donnait diverses consignes pour que l'engin de pêche fasse son travail. L'une de ces consignes était de faire vibrer le câble d'acier des deux treuils par coups saccadés afin de créer un brouillard qui, affolant les soles à demi enfouies dans le sable, les amenait immanquablement vers l'ouverture du collet où elles se mêlaient aux autres déjà emprisonnées. Albert s'imaginait tel un cultivateur qui, assis sur son tracteur, labourait son champ.

Comme le *Nadine* se laissait dériver à même la force du courant marin, Albert s'aperçut que la bataille n'était pas gagnée pour autant. Le capitaine se devait de racler le fond de la mer en utilisant diverses variations du pas de l'hélice afin que la seine fasse un grand cercle se rapetissant jusqu'à ce que la tension exercée sur les câbles reliés aux treuils lui indique qu'il était temps de la remonter.

— On hale la seine à bord, ordonna-t-il à son équipage très attentif pour que la phase finale de l'opération ne tourne pas à l'échec.

— Et puis, capitaine? lui demanda Albert, heureux d'avoir pu participer à la pratique de cette technique de pêche.

— Bah… dans les cinq à sept tonnes. De quoi donner à chacun plus ou moins 1000 piastres.

— Seulement ça?

— Ça ne fait que commencer. Dépêche-toi d'aller retrouver les autres sur le pont. Une job de bras t'attend.

— Mais avant de partir, j'aimerais savoir comment vous avez pu tomber pile comme ça en plein milieu d'une grande étendue d'eau.

— Ça vient avec le temps. Comme toujours, il y a les marées et les courants, enfin tout ce qui peut influencer le comportement du poisson. Pour la plie, c'est un peu spécial parce qu'elle se cache des prédateurs en s'enfouissant dans un fond de préférence en sable. Pour se nourrir, elle reste sur place face à un courant qui lui apporte de la nourriture, comme celui du Labrador qui est très riche en plancton. L'idéal, c'est de détecter un haut fond de sable en bordure des courants du Labrador et du Gulf Stream qui, soit dit en passant, change d'endroit à la nouvelle lune ou si tu veux aux grandes marées. De la nourriture et une ambiance propice à la reproduction, voilà ce qui fait l'affaire des poissons jour après jour.

— Merci, capitaine. J'espère bien arriver un jour à vous ressembler.

Albert vit que les hommes de pont avaient réussi à embarquer la seine, sauf son extrémité qui baignait encore à la surface de l'eau, laissant voir des milliers et des milliers de belles soles qui frétillaient à qui mieux mieux.

Pour une job de bras, c'en était vraiment une, d'autant plus que le capitaine s'égosillait à leur demander de faire vite. La raison : une tempête commandant des vents d'est atteignant les 60 km/h devait les frapper dans les 24 prochaines heures. Des heures dont la moitié au moins devait être utilisée pour lancer à nouveau un trait de seine afin de capturer ce qui pouvait rester encore de plies.

L'embarquement des soles fut des plus laborieux. Muni de *salebarbes**, l'équipage s'affaira à puiser à même la gueule du piège les soles pour les envoyer sur le pont où plusieurs trous d'homme avaient été ouverts. Les intrus, tels que flétan noir, sébaste et morue, étaient mis de côté afin de servir de réserves pour les membres de l'équipage. Une attention particulière fut donnée au chargement des soles dans les compartiments de la cale à poisson de façon à éviter que le glissement de la cargaison ne donne au bateau une bande trop prononcée au point de causer son naufrage.

Après trois autres traits de seine danoise, le chalutier avait à son bord une vingtaine de tonnes de soles avec de bonnes réserves de poisson pour l'équipage.

— Et si vous songez à le vendre sur le marché noir, dit le capitaine aux membres de son équipage rassemblés, soyez conscients que c'est la compagnie qui vous paie et qu'elle pourrait voir ça d'un mauvais œil.

— D'après vous, lui demanda Justin, qui avait la mauvaise habitude d'être toujours au bout de ses sous, à quoi peut-on s'attendre ?

Calepin en main, le capitaine fit des calculs qu'il montra d'abord à Albert avant d'en dévoiler le contenu. Au milieu des chuchotements plus ou moins malveillants à l'endroit de ce dernier qui, d'après plusieurs, prenait trop de place, le capitaine reprit :

— J'ai une bonne et une mauvaise nouvelle à vous annoncer.

— D'abord la bonne, lui demanda Carlo, qui s'était approché pour faire un clin d'œil à son ami Albert.

— Vous allez retirer plus ou moins 4000 piastres.

— Mais c'est pas tout à fait net, je crois ? dit Carlo.

— En effet, lui répondit le capitaine. Il y a les déductions obligatoires faites par la compagnie et les impôts qui vont suivre au printemps.

---

* *Salebarbe* : du basque *salabarbeur*, « épuisette »

— Et la mauvaise nouvelle ? lui demanda Justin qui pensait que le gouvernement puisait trop à son goût dans ses poches en taxes et impôts exorbitants.

— La tempête de vent d'est qui est annoncée pourrait bien nous frapper avant notre arrivée aux Îles demain matin. Ça fait que du vent à écorner les bœufs pendant notre retour à Cap-aux-Meules par le nord des Îles, ça signifie des possibilités de problèmes de toutes sortes. Je ne vous apprendrai rien en vous disant que la vie de l'équipage passe avant tout. Pour ce qui est de notre précieuse cargaison, qui commence à se faire brasser, il ne faut pas que l'eau salée, en s'introduisant dans la cale à poisson, fasse fondre la glace sur les plies, rendant ces dernières juste bonnes pour faire de la bouette !

Entendant les grognements de la plupart des membres de l'équipage qui voyaient leur argent fondre comme neige au soleil, le capitaine demanda le silence.

— Allez, chacun à son poste. Vous savez ce que vous avez à faire. Et toi, Albert, tu t'en viens dans la timonerie avec moi.

— Une dernière question, capitaine, lui dit le chef mécanicien qui voyait bien que l'équipage, à quelques exceptions près, bougonnait en voyant que le capitaine donnait presque toujours la préférence à son protégé Albert pour le déroulement des tâches à venir.

— Oui, c'est quoi ta question ?

— Qui est responsable sur un bateau de l'application des mesures de sécurité, tant pour l'équipage que pour la cargaison ?

— C'est moi en premier et mon second, lorsque je ne suis pas de garde.

Il n'en fallait pas plus pour qu'Albert sente son estomac se nouer, il savait fort bien qu'il serait à nouveau mis à l'épreuve.

— En somme, ça veut dire, d'ajouter le chef mécanicien, que si la qualité de la cargaison se détériore, il n'en dépendrait que de vous et de votre second en titre, n'est-ce pas ?

— Oui, confirma le capitaine, qui enchaîna en lui assurant qu'il allait surveiller de près l'application des mesures de sécurité.

Un sourire malicieux apparut sur le visage de plusieurs membres de l'équipage qui considéraient Albert comme un rival.

CHAPITRE 24

« Savoir diriger, c'est ne pas gêner l'orchestre avec sa baguette »

Essayant de se détendre sur sa couchette, Albert fit un retour en arrière pour déterminer ce qui l'avait rendu si angoissé. Une fébrilité qui pourrait lui faire faire des erreurs si, justement, il se trouvait à la barre du *Nadine* au moment de la tempête de forts vents annoncée, dont il entendait le tonnerre gronder au loin.

Son frère Benoît, de même que Carlo et Justin, n'avaient pas été trop contrariés de voir qu'Albert était le favori du capitaine du fait qu'il leur avait suggéré certaines tâches plutôt que de les leur imposer. Il en allait cependant tout autrement avec la plupart des autres marins pêcheurs qui, en le voyant préoccupé, se réjouissaient en quelque sorte qu'il paie pour être son préféré.

Sur les ordres du capitaine, Albert s'était fait accompagner par le chef mécanicien afin de remettre au « maître à bord après Dieu » la liste des mesures de sécurité qu'il croyait appropriées pour affronter la tempête. Il se souvenait d'avoir fait le même exercice lorsque le chalutier était à quai, mais il en allait tout autrement cette fois-ci avec une cargaison de poissons qui occupait la moitié de la cale. Une cargaison dont les mouvements donnaient au bateau une bande dont il avait de la difficulté à l'occasion à se relever.

Avec le chef mécanicien, dont il s'était fait un allié, il avait commencé par consolider les agrès de pêche situés sur le pont, dont la seine danoise qui avait été malmenée lors du dernier trait. Priorisant le problème des fuites d'eau à l'intérieur de la coque, il avait inspecté toutes les issues vers l'extérieur, telles que celles de l'arbre de l'hélice, du gouvernail, de même que les divers capteurs situés sous la coque. Il vérifia en particulier le calfeutrage de la sortie de l'arbre de l'hélice qui, entouré d'un collet, ne ruisselait pas suffisamment d'eau de mer pour qu'il en prenne note. Faisant appel à ses camarades, il examina ensuite si les quelque quinze trous à poissons sur le pont avaient été fermés correctement pour éviter l'inondation pure et simple des deux principales cales à poissons. Il entra dans le ventre du chalutier et circula dans le tunnel qui reliait l'arrière au compartiment du moteur situé directement sous la timonerie. Un tunnel étanche devait permettre au chalutier de rester à flot même si les autres compartiments sous le pont étaient inondés. S'étant aventuré sur le pont malgré les vagues qui y déferlaient à l'occasion, il s'approcha des deux barils – l'un à bâbord et l'autre à tribord – qui contenaient tous deux un radeau pneumatique pouvant contenir une douzaine de personnes. Il lut du mieux qu'il le put les instructions d'utilisation qu'il trouva assez simples étant donné qu'il avait déjà vu une démonstration à quai. C'était plus aisé à mettre à l'eau que l'embarcation de sauvetage qui, elle, ne pouvait contenir que huit personnes. Par contre, cette dernière était munie, entre autres, d'un moteur, de rames, d'une voile. Il fallait cependant que cette embarcation, qui servait de skift, soit mise à l'eau avant que le bateau ne prenne en temps de pêche une trop forte bande si, justement, elle se produisait du côté où se trouvait l'embarcation. Il compta le nombre de vestes et de bouées de sauvetage qui lui sembla suffisant.

N'en pouvant plus de rouler d'un bord et de l'autre dans sa couchette, il se leva, alla allumer les réflecteurs du pont et sortit prendre de grandes bouffées d'air frais vu que le roulis constant le rendait nauséeux. Appuyé sur l'un des treuils pour ne pas tomber, il fut tout autant surpris qu'émerveillé de voir de multiples *éloises** qui lézardaient le ciel par moments droit devant lui, laissant présager le pire. Jetant un coup d'œil à travers l'un des hublots de la timonerie, il vit le capitaine qui lui faisait signe de venir le rejoindre.

— Oui, capitaine ? Et puis, comment avez-vous trouvé mes remarques au sujet des mesures de sécurité ?

— Utiles, sans doute, mais pas pratiques pour le moment.

— Mais, comment ça ?

------

* *Éloise* : éclair de chaleur

— C'est que d'après ce que j'ai pu capter à la radio marine, le vent a tourné et il est de force 4, soit presque la moitié de ce qu'il était.

— Vous voulez dire de plus ou moins 30 km/h, dit-il afin de lui démontrer son intérêt.

— Tu as deviné juste. Par contre, on s'en va droit sur un fort orage.

— Ce qui signifie du vent fort mêlé à des précipitations de pluie, peut-être?

— Y compris la possibilité que la foudre nous tombe dessus d'ici une quinzaine de minutes, enchaîna aussitôt le capitaine, agacé de devoir toujours préciser sa pensée à un second en pleine période d'apprentissage.

— Pourquoi ne pas essayer de le contourner?

— Le fioul, mon ami. Si on dévie de notre route, c'est ta paie et celle des autres qui va en souffrir. Qu'est-ce que tu as à dire de ça?

— C'est à vous de décider, lui lança Albert, en espérant que les notes que feuilletait le capitaine lui soient utiles pour prendre une décision éclairée.

— Voilà ma décision. Tu prends les commandes et tu suis le cap que j'ai tracé sur la carte qui se trouve tout près de la barre.

— Ça veut dire pas trop de pilotage automatique, mais beaucoup de manœuvres avec les ballasts de bâbord et tribord, lui signifia Albert de façon à montrer au capitaine qu'il pouvait avoir confiance en lui.

— Et tu prends un homme avec toi comme vigie. J'ai affaire dans ma cabine pour un bout de temps. Tu viendras me chercher si jamais tu te sens incapable de faire face à la musique.

— À vos ordres, capitaine! lança-t-il dans un élan d'excitation qui agaça le capitaine.

Voyant que tous les appareils nécessaires à une navigation sécuritaire étaient en fonction et qu'il ne pouvait tout faire en même temps si jamais les conditions l'exigeaient, Albert choisit son frère Benoît pour l'assister.

À peine eurent-ils commencé les manœuvres nécessaires dans les circonstances qu'ils furent rassurés en entendant la voix du capitaine qui parlait avec la base radiotéléphonique de la compagnie propriétaire du *Nadine* au sujet des conditions météorologiques convenables – mais l'avenir allait le dire – pour leur retour prévu au lever du jour. Le capitaine évalua également en termes d'heures de travail le déchargement de la cargaison de même que sa transformation de façon à ce que la fraîcheur des captures n'en souffre pas.

— Il y a de plus en plus de parasites au radiotéléphone, signala Albert à son frère qui, penché sur l'écran du radar, l'informa qu'ils approchaient d'une zone de perturbation.

Allumant les réflecteurs extérieurs du pont, il fut estomaqué d'y voir des brouillards de pluie qui, charriés par le vent et les embruns, balayaient le chalutier de toutes parts. Il éteignit aussitôt les réflecteurs pour ne par surcharger inutilement la génératrice. Il vit alors une brève et intense lueur à l'extrémité de l'un des mâts. Un coup de tonnerre d'une puissance phénoménale se fit entendre suivi de l'interruption de tous les appareils de navigation, y compris les génératrices.

— Qu'est-ce qui se passe ? beugla le capitaine en arrivant dans la timonerie peu après le redémarrage des divers appareils par le système de survoltage.

— Je crois qu'on a été frappés par la foudre, répondit Albert, blanc comme un drap.

— Mais que fait la manette du pas de l'hélice placée à la renverse ? lui fit-il remarquer.

— Je ne sais pas, balbutia Benoît, qui n'en menait pas large lui non plus. Peut-être l'ai-je accrochée au passage ?

En moins de deux, le capitaine Vincent replaça les commandes à leurs positions originales et s'adressa aux deux frères qui craignaient comme la peste de ne pas avoir été à la hauteur de la situation.

— En arrivant dans ma cabine après vous avoir laissés, leur avoua le capitaine, j'ai eu comme une intuition. C'est alors que j'ai feuilleté les instructions à suivre en cas de panne majeure du courant.

— Et ces instructions nécessitaient-elles une intervention humaine ?

— Tout a fonctionné comme il se devait. Si la manette du pas de l'hélice s'est placée à la renverse automatiquement au moment de la panne, c'est par mesure de sécurité, je crois, sans que je ne sache vraiment ce qui le justifie. Ne vous en faites pas avec ça, dit-il tout en se promettant de tirer l'affaire au clair dès son arrivée au port d'attache.

— Pensez-vous que le pire est passé ? s'enquit Albert, toujours soucieux de répondre aux attentes du capitaine Vincent.

— Sans doute, puisqu'on vient tout juste de sortir de la zone orageuse. Vous pouvez disposer maintenant et aller vous préparer pour notre arrivée aux Îles dans plus ou moins une couple d'heures.

L'arrivée aux Îles fut saluée par les parents proches des membres de l'équipage, heureux de retrouver les leurs en cette fin de saison de pêche hauturière. Pour plusieurs employés de l'usine de la compagnie, le retour à quai avec plus de cinquante tonnes de plie arrivait à point, la qualification à l'assurance-chômage étant leur principal souci.

Une semaine après que le chalutier fut hissé en cale sèche pour sa transformation en chalutier pélagique, Albert tomba dans une sorte de lassitude étant donné qu'il n'avait pas eu de nouvelles du capitaine Vincent. Aussi, Marie-Clara qui, voyant son mari se tourner les pouces, commençait à le trouver plus encombrant qu'autre chose.

— Dis-moi, Albert, qu'est-ce qui ne va pas ?

— C'est bien beau de l'argent vite fait, mais qu'est-ce qui me dit que ça va m'aider à obtenir un poste d'officier hauturier ?

— Mon Dieu Seigneur de la vie, comme tu es compliqué ! Si je te disais que, soit par gêne ou, pire encore, par orgueil, tu n'as pas offert ton aide au capitaine Vincent pour la transformation du *Nadine*.

— Ce n'est pas que j'y ai pas pensé, répondit-il en essayant de cacher à sa femme son embarras.

— Je crois, mon chéri, que tu ressens un besoin constant de savoir si ta future carrière de hauturier va réussir à nous faire vivre.

— Peut-être. Cependant, qui me dit que nous connaîtrons toujours le bonheur d'être à deux pour en profiter ?

— Viens, approche-toi, Albert, et touche mon ventre, lui demanda sa femme. Vois, je suis à peu près certaine d'être enceinte. Ça pourrait t'aider à voir l'avenir sous un autre jour ?

Bouche bée, Albert se sentit à nouveau sur un nuage et il prit la décision d'entreprendre le plus tôt possible les actions nécessaires pour réaliser ses projets d'avenir. Aussi comme une bonne nouvelle arrive rarement seule, il décrocha le combiné téléphonique et appela aussitôt le capitaine Vincent.

— Allô, Albert, lui dit le capitaine. Ça fait une *traille** que j'attends ton appel.

« Eh bien ! Ça m'apprendra », se dit Albert en réfléchissant à ce qu'il allait lui dire.

— C'est que j'ai pensé que je pourrais former une équipe avec mes amis pour travailler à la modification du *Nadine*. Qu'est-ce que vous en pensez ?

— Si tu en es le responsable, oui. Ça va te préparer à commander des hommes même s'ils sont plus ou moins de ton âge. À part de ça, as-tu pensé à tes études pour l'hiver prochain ?

Albert fit une pause qui lui permit de réfléchir à un scénario qu'il soumit sans tarder au capitaine.

— En fait, les modifications du chalutier vont requérir une job de bras pour se débarrasser des anciens gréements, ce que mon équipe pourrait faire d'ici la fin de l'année.

— Et puis après…

— Mais, avant d'aller plus loin, comment allons-nous être rémunérés ?

— Bah ! Comme d'habitude, juste assez pour que vous ayez droit à vos prestations d'assurance-chômage.

— À part de ça ? se risqua-t-il à lui demander.

— Comment ça, à part de ça ?

— C'est que pour tenir la cadence entre nous quatre, on va sûrement dépasser en heures de travail la rémunération allouée, ce qui va réduire nos indemnisations.

— Ça reste à voir.

---

* *Traille* : une longue durée

— Et ça veut dire quoi ?

— Ça veut dire qu'il ne faut pas toujours s'attendre à être payé pour du travail qui pourrait nuire à tes prestations. C'est du donnant donnant et la compagnie va sûrement s'en souvenir au moment des embauches au printemps prochain. Puis-je te rappeler que tu n'as pas encore répondu à ma question au sujet de tes études ?

— Oui, lui répondit Albert, en voyant sa femme qui prêtait l'oreille. Comme je vais devoir payer les coûts de voyagement à Québec pour mes études, il n'y aurait pas moyen de…

— Il n'en est pas question, le coupa le capitaine qui savait bien ce qu'Albert avait en tête. De toute façon, tu retireras ton assurance-chômage pour tes études à plein temps. Ça te suffit, non ? Cela ne devrait pas t'empêcher de revenir aux Îles durant la période de relâche. Alors là, on verra ce qu'on pourra faire.

— Ça va, capitaine. On débute quand ?

— Lundi matin à la cale sèche de Cap-aux-Meules.

— À vos ordres, capitaine ! lui lança Albert en raccrochant.

Pêcheries Madeliniennes, en transformant le *Nadine* en chalutier pélagique, voulaient en faire un chef de la flottille des chalutiers qui en comptait huit de la série des *G.C.* en plus de son petit frère le *Rallye II*. Deux équipes, dont celle d'Albert, travaillaient à l'extérieur et à l'intérieur, en alternance, afin de ne pas se marcher sur les pieds tout en tenant compte de leurs précieuses prestations d'assurance-chômage.

Les travaux nécessaires à la transformation du *Nadine* en chalutier pélagique étaient de diverses natures, dont le premier concernait les agrès de pêche. Il fallait d'abord changer la structure des portes afin qu'elles puissent réussir à étendre le piège à la profondeur souhaitée par rapport à la détection d'un banc de sébastes. Des portes dont l'angle d'attaque se faisait par l'ajout d'un troisième câble qui était relié à une extrémité à une sonde fixée à la partie supérieure du chalut immergé. L'autre extrémité du câble qui, en étant abouté à un treuil, permettait à l'homme qui opérait de suivre les instructions du responsable des sondeuses. Sans contredit, cela laissait peu de chances aux poissons, quels qu'ils soient, voire aux intrus, qui composaient le banc visé.

L'aménagement intérieur avait été revu pour que les marins pêcheurs puissent mieux s'y retrouver. Le capitaine, le second et le chef mécanicien avaient leur propre cabine au pont supérieur qui, en étant juxtaposée à la timonerie, permettait à son occupant d'intervenir en cas d'urgence. Pour le reste de l'équipage, il y avait deux chambres, dont une grande à bâbord et une plus petite à tribord. La chambre la plus spacieuse contenait six couchettes avec garde-robe, trois lavabos, deux toilettes et autant de douches tandis que la plus petite ne possédait que deux couchettes avec dans la même proportion que la plus grande les autres installations de service.

Adjacent aux deux chambres, le quartier des marins avait été aménagé de façon à utiliser rapidement les commodités d'une cuisine moderne équipée de tous les ustensiles nécessaires à la préparation des repas de façon à satisfaire les plus gros appétits. Aussi afin de créer une atmosphère de bonne entente, une grande table permettait de rassembler plus d'une dizaine de personnes, incluant les officiers qui n'étaient pas de garde. La compagnie avait voulu, en rassemblant tous les services personnels sous un même toit, faciliter leur proximité, ce qui ne faisait pas nécessairement l'affaire de tout le monde.

La sécurité à bord avait été revue en fournissant à l'équipage, en plus des bouées et vestes de sauvetage neuves, des habits d'immersion en eau froide. Il le fallait, puisque le chalutier allait prolonger sa saison de pêche jusqu'au début de l'hiver. Tous les habits, exception faite de celui du capitaine, qui était rangé dans sa cabine, étaient enfouis dans un sac, lequel était entreposé dans un placard sous le pont adjacent à la timonerie. De toutes les mesures de sécurité dont disposait l'équipage, l'utilisation d'habits de survie en eau froide était celle qui était la moins prise au sérieux. Une démonstration avait été faite par des volontaires, dont plusieurs n'étaient pas membres de l'équipage, lorsque le bateau se trouvait à quai.

Pour Albert, qui avait participé autant que faire se peut aux aménagements avant de partir étudier à Québec, la transformation du navire en chalutier pélagique s'était déroulée couci-couça. Il avait travaillé avec son équipe avant les fêtes de Noël. Il avait ainsi visé juste puisque l'examen intérimaire qu'il venait de passer, et dont il attendait les résultats, portait principalement sur le fonctionnement de divers engins de pêche et en particulier sur le fonctionnement approprié d'un chalut pélagique. Il avait eu maille à partir cependant avec son équipe durant les deux premières semaines de janvier, celles qui avaient précédé son départ pour Québec. Il avait pris conscience qu'il n'était pas donné à tous de savoir diriger des hommes et encore plus lorsqu'ils sont des amis d'enfance.

Du côté familial et financier, tout avait été pour le mieux du fait qu'il avait su concilier – du moins l'espérait-il – ses longues absences avec le déroulement de la grossesse de sa femme. Il avait prolongé ces absences en révisant, au besoin, le produit du travail de ses amis, allant jusqu'à en reprendre une certaine partie. Le capitaine Vincent, qui s'en était aperçu, l'avait informé du fait que cela n'était pas nécessairement une bonne façon de procéder, mais qu'en retour, cela pourrait le bien faire voir de la compagnie lorsque viendrait le moment des embauches au printemps prochain.

Son départ à la mi-janvier pour ses études comme officier en pêche et navigation avait été facilité financièrement par son beau-père, qui en avait assumé les frais de transport et de séjour. Il n'était pas aussi confiant cependant lors de son arrivée aux Îles pour la période de relâche qui coïncidait avec l'inauguration du *Nadine* en chalutier pélagique. Le capitaine Vincent, qui l'avait invité à pendre la crémaillère durant ce séjour, avait semblé préoccupé par il ne savait quoi. Était-ce que ses amis, qu'il avait laissé faire un peu à leur guise sans instruction précise, n'avaient pas répondu à l'appel du capitaine ou encore que lui-même n'entrait pas dans les plans de la compagnie ? Nul ne pourrait le lui dire. Il lui fallait donc faire face à la réalité en se rappelant la remarque de sa femme qui lui avait répété maintes et maintes fois « que savoir diriger, c'est ne pas gêner l'orchestre avec sa baguette ».

« La connaissance parle,
mais la sagesse sait écouter »

En revenant de Québec, Albert fut accueilli aux Îles à sa descente d'avion par sa femme Marie-Clara, qui ne lui apprit rien de spécial si ce n'est que le capitaine Vincent attendait son appel.

— Oui, capitaine. Qu'est-ce que ça conte de bon? s'enquit Albert.

— C'est que, comme tu me l'as promis, il paraît que je n'ai pas à m'en faire avec les frais de la musique pour l'inauguration des modifications du *Nadine* en chalutier pélagique?

— Absolument, capitaine. Dites-moi, qu'est-ce qui vous inquiète tant?

— C'est que, connais-tu quelqu'un qui pourrait s'occuper de la bouffe, j'entends des amuse-gueules pour un genre de 5 à 7?

Albert, tout en réfléchissant à quelqu'un de ses connaissances, se demanda si le capitaine ne lui cachait pas quelque chose de plus important.

— Je connais assez bien mon beau-frère, un dénommé Ferdinand à Jos, qui, à ses heures gratte la guitare en attendant la fin de la cuisson de ses recettes préférées.

— Et qu'est-ce que tu penses lui présenter comme appât pour qu'il accepte?

— Je crois que ça pourrait lui donner le goût de s'embarquer éventuellement sur le chalutier du fait que son projet de collecte des ordures ménagères aux Îles est tombé à l'eau. Son seul défaut, c'est que quand il ouvre, disons, un dix onces de boisson forte, il jette le bouchon à la mer afin de s'assurer qu'il va le boire au complet, lui dit-il afin de voir la réaction du capitaine.

— Bah! Ça pourrait aller.

La réponse du capitaine laissa Albert perplexe.

Ferdinand à Jos avait une quinzaine d'années de plus qu'Albert, il était issu d'une famille de *barbocheux** de neuf enfants, dont il était considéré comme le mouton noir. Son père, Jos, qui avait un gosier qui lui rappelait sans cesse les plaisirs d'un petit coup, avait adhéré au Cercle Lacordaire, genre d'Alcooliques anonymes de l'époque. Catholique pur et dur, il avait la Sainte Vierge en adoration. Il était toujours prêt à aider les autres à se relever d'une épreuve, quelle qu'elle soit, ce qui l'aidait lui-même à persévérer. Son plus vieux, Ferdinand, détestait son prénom : il n'avait jamais compris pourquoi ses parents n'avaient pas pu simplement lui donner le prénom de Fernand !

Au décès de son père, Jos, à l'âge de 54 ans, il dut s'expatrier des Îles et aller résider dans la ville de Verdun avec plusieurs de ses frères et sœurs afin d'y gagner sa croûte. Une ville où vivent plus de la moitié des Madelinots comparativement aux 12 000 qui résident en permanence aux Îles. Marié à une Madelinienne d'origine, il y fonda une petite famille composée d'un garçon et de deux filles. Il était très attaché à sa plus vieille du fait qu'elle avait été amputée d'un pied, à la suite d'une étrange maladie. À l'exemple de son père, il était croyant, mais sûrement pas aussi pratiquant !

Cheveux longs, petite moustache, et grandes lunettes légèrement teintées donnaient à Ferdinand une allure sympathique. Soigneux de sa personne, son habillement l'avantageait, surtout lorsqu'il se rendait à une fête. Bon boire, bonne bouffe et musique étaient sa devise de vie. Néanmoins, lorsqu'il était question d'aider quelqu'un, même éméché, il le faisait sans que quiconque s'aperçoive de son état.

Divorcé – son problème de boisson n'aidant en rien –, il arriva aux Îles en 1987 dans l'espoir de décrocher le contrat de collecte et de compostage des déchets pour la Municipalité. Or, plutôt que de boire sa peine de ne pas l'avoir obtenu, il se tourna vers la mer en espérant y avoir son gagne-pain, quel que soit le métier qu'on voudrait bien lui faire faire.

---

* *Barbocheux* : pilier de taverne

— Et puis? demanda le capitaine à Albert après s'être assuré qu'il avait rencontré Ferdinand.

— Il accepte. Cependant, il ne voudrait pas que cette fête soit gâtée par une beuverie qui va se terminer par des chicanes. Combien la compagnie a-t-elle l'intention d'inviter de gens? Il faut que j'en avertisse Ferdinand.

— Bah! Plus ou moins une douzaine.

— Et qui sont-ils? osa-t-il insister.

— Ça change quoi? s'enquit le capitaine d'un ton cassant.

Albert était maintenant certain que le capitaine lui cachait quelque chose d'important.

— C'est que je n'ai pas pris ces quatre jours de relâche uniquement pour pendre la crémaillère pendant quelques heures. J'ai besoin de coller la théorie à la pratique en vue du prochain examen qui va traiter surtout des équipements et appareils de navigation.

— Et ce fameux examen, ça t'amène à quoi, Albert?

— À quelque chose comme un poste de troisième maître.

— Ça tombe bien. Edmond à Pamphile, qui pêche avec son père qui est second capitaine sur le *G. C. Gorton*, est actuellement en train de terminer les branchements des appareils dans la timonerie. Ça fait que, comme il sera lui aussi de la fête, il n'en tient qu'à toi de voir à ce qu'il t'inculque son savoir-faire.

Edmond à Pamphile était l'aîné d'une famille de six enfants, dont trois garçons et trois filles. Son père, Pamphile, gros travaillant, pêchait depuis sa jeunesse comme hauturier en faisant ses classes. Il était devenu second capitaine, appelé communément premier maître. Or, lors de ses sorties en mer, ce poste l'obligeait à travailler surtout de nuit. Résultat: lorsqu'il y avait relâche de quelques jours, il appelait sa femme Philomène pour qu'elle réunisse leurs enfants pour un bon repas, bien arrosé, qui se terminait souvent par une petite fête familiale. L'expression « Il y a un temps pour travailler et un pour s'amuser » résumait bien sa façon de vivre sa vie de pêcheur. Fervent catholique, Pamphile pardonnait à ses garçons leurs écarts de conduite et acceptait même qu'ils aient leurs ébats amoureux dans la résidence familiale. Il en allait tout autrement avec les filles. Celles-ci, avec l'accord de leur mère, profitaient des absences de leur père pour faire de même.

En réalité, Pamphile s'en doutait, mais il faisait comme s'il l'ignorait, comme ça il avait la conscience tranquille.

Sa mère, Philomène, qui agissait à la fois comme père et mère de ses enfants lors des sorties en mer de son mari d'environ une semaine, s'organisait pour lui cacher, autant que faire se peut, les mauvais coups de ses enfants. Des mauvais coups et écarts de conduite dont ils étaient tous deux complices. Ainsi, son père lui avait donné quelques cigarettes pour qu'il aide sa mère à faire la vaisselle en l'avertissant de ne pas lui en parler. Le lendemain, sa mère demandait à son plus vieux d'aider son père à réparer la porte d'entrée du tambour en lui remettant pour le récompenser un plein paquet de cigarettes *Players* avec la consigne de ne pas l'avouer à son père.

Jeune adolescent, Edmond était muni d'une forte ossature, mais il était peu musclé. Une chevelure épaisse et de beaux yeux bruns, une forte et large moustache d'un noir d'encre et une barbe toujours bien taillée le rendaient fort séduisant. Peu importe les circonstances, il était toujours coiffé d'une casquette de capitaine en feutre, ce qui lui donnait un air d'autorité.

Dans une salle de Pêcheries Madeliniennes où coulait à flots un plein baril de *bagosse**, le capitaine Vincent prit le premier la parole pour présenter l'un des vice-présidents de la compagnie. Comme ce dernier avait passé une bonne partie de sa vie active en dehors des Îles, il demanda à chacun – ils étaient huit – de se présenter en mentionnant ses objectifs de vie.

— On va commencer par le plus jeune, si vous le voulez bien, leur annonça-t-il. N'oubliez pas que si c'est la compagnie qui paie les salaires, ça revient au capitaine de choisir son équipage.

— Et vous, capitaine, dit-il en le fixant du regard, qu'est-ce qui pourrait nous faire croire que vous allez revenir pour l'ouverture de la pêche hauturière au printemps prochain ? s'enquit Albert.

— Si je peux me le permettre, lui dit le vice-président en s'avançant, le capitaine Vincent ne sera pas des nôtres, pour cette année tout au moins.

---

* *Bagosse* : bière artisanale des Îles

— Et qui sera le nouveau capitaine? demanda-t-il auprès du vice-président.

— Rien n'est décidé jusqu'à maintenant. Tout dépend du quota que le fédéral va décider d'accorder à la compagnie pour l'année prochaine. Aussi, pour nous aider à choisir l'équipage, j'aimerais en connaître un peu plus sur vous autres, en commençant par le plus jeune. Dis-moi pourquoi tu veux t'embarquer sur le *Nadine* au printemps?

Âgé d'à peine 17 ans, Charles à Aristide prit la parole. Il lui annonça qu'il avait été enchanté de son séjour en haute mer comme stagiaire sur le *Nadine*. Un séjour qui fut agrémenté par le fait que le capitaine Vincent lui avait assigné Albert comme maître de stage. Il termina en informant le vice-président de son intérêt de gagner sa vie comme pêcheur hauturier. Comme il fréquentait depuis peu la fille de l'un des capitaines sur un chalutier de la série des *G.C.* qui appartenait à la compagnie, il lui fit comprendre qu'il serait enchanté de faire carrière comme pêcheur hauturier. Et pourquoi pas sur le *Nadine* qu'il voyait promis à de grandes performances comme chalutier pélagique, ajouta-t-il en terminant.

Edmond à Pamphile, qui s'en allait sur ses 21 ans, informa le vice-président qu'il comptait d'abord terminer ses études en moteur diesel en les combinant avec des heures de navigation pratique sur l'un des chalutiers dont son père était second capitaine. Il n'écartait pas pour autant la possibilité de s'embarquer plus tard sur le chalutier

Quand vint le tour de Benoît, le frère d'Albert, qui avait fêté tout dernièrement ses 24 ans, il avoua qu'il était plus ou moins intéressé à faire carrière comme pêcheur hauturier. Certes la paie était bonne, cependant comme il venait tout juste d'acheter un permis de pêche au homard, il se devait de verser au vendeur des paiements pour pas mal d'années encore. Pour lui, le *Nadine* représentait un plan B si justement à l'automne les timbres d'assurance-chômage étaient insuffisants pour avoir droit aux prestations.

Carl-Aubert à Tannice, dit Carlo, qui était de l'âge de ses compagnons, informa le vice-président de sa disponibilité de s'embarquer comme homme de pont. Il avait comme objectif de vie de s'acheter un permis de pêche au homard parce que, croyait-il, la pêche hauturière était à son déclin contrairement à la pêche au homard. Il termina en insistant sur le travail d'équipe dont la compagnie pourrait bénéficier avec ses trois alliés, dont Albert, qui s'avança pour prendre la parole.

Le chouchou du capitaine, comme plusieurs l'avaient baptisé, parla d'abord des études qu'il entendait faire dans les prochaines années – du moins l'espérait-il – et de son désir de devenir capitaine hauturier. Pour lui, la mise à niveau tant des agrès de pêche que des nouveaux équipements et appareils de navigation lui permettrait d'appliquer la théorie – ses études – avec la pratique – la pêche hauturière sur le *Nadine*. Comme il devait s'en retourner à Québec pour passer un examen sur les fonctions de tout l'appareillage et l'instrumentation de la timonerie, il se permit de remercier Edmond à Pamphile qu'il avait assisté pour terminer les branchements. « Si les agrès de pêche sont les bras d'un chalutier, la timonerie en est le cœur », déclara-t-il au vice-président, qui ne fut pas très impressionné. Sentant qu'il n'avait pas fait mouche, il passa aussitôt la parole à son ami Justin.

Dans la trentaine, Justin à Télesphore exposa son intérêt pour la pêche hauturière sur le *Nadine* en peu de mots. Être l'unique pourvoyeur d'une petite famille nécessitait avant tout que la paie soit bonne, lança-t-il. Il vit alors le vice-président froncer les sourcils. Il enchaîna en l'informant qu'il aimerait être du prochain équipage sur le chalutier en soulignant le fait qu'il devait emprunter chaque printemps pour payer ses impôts de l'année précédente. Le vice-président lui répliqua que d'être payé à la performance de pêche pour chaque sortie en mer empêchait la compagnie de faire les déductions d'impôt appropriées. « À vous autres de prévoir », lui conseilla-t-il, ce à quoi Justin répliqua qu'il estimait travailler les six premiers mois pour sa poche et le reste de l'année pour celle du gouvernement.

Âgé de 42 ans bien sonnés, Ferdinand à Jos fut le dernier à prendre la parole. Avec une certaine éloquence dans la voix, il n'apprit rien à personne en se disant déçu de ne pas avoir obtenu le contrat pour la collecte des ordures de la Municipalité des Îles. Il désirait tourner la page en faisant carrière comme hauturier sur le chalutier, qu'il trouvait bien équipé, et satisfaire ainsi son penchant pour la bonne bouffe. Il termina en rappelant au vice-président combien il était important de bien manger sur un chalutier afin d'obtenir un maximum de productivité.

Peu après ces présentations, la fête put commencer sur l'invitation du vice-président à lever son verre à la santé du capitaine Vincent pour le remercier de ses années de loyaux services pour Pêcheries Madeliniennes. Albert dut rester à la fête un peu trop tard à son goût afin d'essayer d'apaiser les esprits échauffés par les trop nombreux toasts.

Le lendemain ne fut pas plus rose pour lui. Il avait passé la nuit à se demander pourquoi il avait passé ses quatre jours de relâche à parler de tout et de rien avec ses compagnons plutôt que d'étudier. Certes, il avait été par le passé à la barre du *Nadine*. Sa récente mise à niveau en tant que chalutier pélagique appelé à naviguer au début de l'hiver lui était totalement inconnue jusqu'à ce qu'il fasse une visite de la timonerie en compagnie d'Edmond le mécanicien. Une visite qui s'était faite plutôt superficiellement étant donné que ce dernier n'en était qu'à ses débuts d'apprentissage comme officier mécanicien.

Aussi, afin de se rattraper, il profita des quelques heures que devait durer son voyage en avion vers Québec pour réécrire ses notes d'une façon plus ordonnée. Soucieux de réussir son examen, il ne voulait rien laisser au hasard puisque 70 % de celui-ci traitait des manœuvres pour toutes les circonstances dans lesquelles se trouverait un chalutier pélagique de la taille du *Nadine*.

Photos en mains, il commença par réviser l'aménagement de la timonerie qui comprenait deux grandes consoles. Celle qui était fixée au mur avant contenait les appareils et les manettes nécessaires à la navigation en plus d'un établi qui comptait une dizaine de cadrans sur les conditions des moteurs, génératrices, treuils et autres mécanismes en mouvement. L'autre console fixée au mur arrière comprenait l'appareillage nécessaire aux diverses fonctions de pêche au chalut pélagique en plus d'un tableau mural qui affichait plus de deux douzaines de commutateurs lumineux, dont il se rappelait plus ou moins l'utilité.

Considérant qu'une bonne partie de l'examen portait sur les mesures de sécurité en mer lorsque le chalutier était aux prises avec un incendie ou encore en présence des vents de tempête, il examina les dispositions à prendre en cas de naufrage. Il savait d'ores et déjà que le *Nadine* pouvait accommoder un équipage de douze marins pêcheurs, incluant les officiers, dans un assez bon confort. Cependant, si un sauve-qui-peut était lancé, la situation pourrait se gâter. Comment faire ? se dit-il en regardant ses notes qu'il comparait aux instructions de mise à l'eau des canots de sauvetage ou de la manière de revêtir un habit de survie en eau froide. Il comprit que la théorie était très loin de la pratique. Plus son imagination l'effrayait, plus le mal de tête qu'il n'avait pas ressenti depuis des lunes s'intensifiait.

« La connaissance parle, mais la sagesse sait écouter », lui avait maintes fois rappelé son mentor Albérik lorsqu'il discutait avec lui de la poursuite de ses études supérieures en navigation. Une maxime qui depuis le début du voyage lui martelait la tête. Aussi afin d'apaiser son anxiété, il rangea d'instinct ses documents et photos dans son porte-document. Fermant les yeux, il vit une scène dont il rêvait depuis fort longtemps. Une scène dans laquelle il voyait sa femme courir cheveux au vent autour d'une magnifique et grande maison aux couleurs vives avec de jeunes enfants aux rires joyeux.

« Hé, monsieur ! Attachez votre ceinture, nous allons atterrir à Québec d'ici une dizaine de minutes », lui lança l'agente de bord en lui secouant l'épaule. Ouvrant les yeux, Albert mit plusieurs secondes à se resituer dans le temps et l'espace. Il leva la tête et regarda vers le devant de l'avion. Voyant le poste de pilotage – la porte était restée ouverte –, il le prit pour la timonerie du *Nadine*. Il se leva d'instinct et voulut s'y rendre.

— Monsieur, assoyez-vous et attachez votre ceinture, lui répéta, exaspérée, l'agente de bord en lui barrant la route.

— À vos ordres, lui répondit-il, le cœur battant.

PARTIE III

ÎLES-DE-LA-MADELEINE, DÉCEMBRE 1990

CHAPITRE 26

« Hésiter, c'est déjà prendre une décision »

— Oui, allô !

— C'est pour toi, papa, lança le jeune fils d'Albert, qui était en train de ranger les affaires qu'il avait ramenées du dernier voyage du *Nadine*.

— Oui, allô ! Qui est-ce qui parle ?

— Voyons, Albert, c'est François à Onésime du Site d'en premier.

— Excuse-moi, François. Mon fils, le plus vieux, ne t'avait pas reconnu.

— Ça se comprend : la dernière fois qu'on s'est rencontrés en personne, il n'était pas encore né. Soit dit en passant, Albert, je suis peiné de ne pas avoir assisté l'année passée aux funérailles de ton frère Gilbert.

— C'est pas grave. Mais au fait, que me vaut ton appel ? Je viens tout juste de débarquer.

— C'est que j'ai un service à te demander avant que tu fasses ta dernière sortie en mer de l'année.

— Et c'est quoi, ce service ? reprit Albert, qui ne comptait pas faire un autre voyage de pêche.

— Je ne veux pas t'en parler au téléphone, au cas où nos enfants entendraient nos propos.

— Ça va. Je te retrouve d'ici une demi-heure.

Tu diras à ta mère, fit-il en levant la tête vers son fils qui était en train de faire ses devoirs, que je suis parti chez François à Onésime.

— Et tu reviendras pour le souper ? demanda son fils qui n'avait pas vu son père à la maison depuis une bonne semaine.

— Sans doute, mon garçon, laissa-t-il tomber en prenant au passage ses clefs qui reposaient sur la table de la cuisine.

Chemin faisant, Albert essaya de se rappeler la dernière fois qu'il s'était entretenu en personne avec François. Une rencontre qui avait coïncidé avec la réussite digne de mention de son dernier examen comme officier en pêche et navigation. Or, ce succès l'avait propulsé depuis comme second capitaine sur le *Nadine*. Il se rappelait aussi que pendant ce temps-là, François avait abandonné définitivement la pêche au homard pour se dédier à plein temps au Site d'en premier, qui avait pris un essor considérable. À preuve, il avait gagné pendant plusieurs années le grand prix du tourisme de la région Gaspésie-les Îles.

— Et puis, qu'est-ce que tu as de si important à me demander ? s'enquit Albert en voyant François en train de réparer le tracteur dont il se servait pour réaménager chaque année son fameux Site.

— C'est que j'ai pensé célébrer la prochaine fête de Noël sur mon site telle qu'elle se passait dans le temps où nous avions nous-mêmes l'âge de nos enfants.

— Excellente idée, d'autant plus que tu as le décor qu'il faut. Ne me demande pas de faire le père Noël : mon plus vieux est sur le bord de ne plus y croire.

— Non. Le père Noël, les lumières, la distribution des cadeaux, même la messe, je m'organise avec ça. Par contre, pourrais-je me fier à toi pour la musique, le chant et la bouffe ?

— C'est beaucoup me demander, tu sais.

— Je n'ai jamais oublié le plaisir fou qu'on a eu lors de l'inauguration du *Nadine* transformé en chalutier pélagique. J'espère que je peux compter sur le Quatuor madelinien pour la musique de Noël, et sur Ferdinand à Jos pour la bouffe, et…

— Et sur les frères du capitaine pour le chant, enchaîna Albert. Peut-être ne le sais-tu pas, mais ils forment une vraie chorale qui est demandée un peu partout aux Îles. Ton idée est bonne, mais je ne suis pas certain que tout ce beau monde va accepter, si jamais on en arrive à faire une dernière sortie en mer avant les fêtes.

— Comment ça ? demanda-t-il en voyant son rêve prendre une tout autre allure.

— C'est qu'il a été question d'une possible sortie pour une pêche dite « exploratoire ». Si jamais c'était le cas, je ne suis pas sûr qu'on va revenir à temps pour au moins avoir la possibilité de répéter.

— Et la santé, avec le mal de tête dont tu m'avais parlé, comment ça va ?

— Pas si pire. Il a fallu cependant un coup du hasard pour m'apprendre comment le faire disparaître petit à petit.

— Vas-y, raconte-moi.

— Une autre fois. Je dois m'en retourner à la maison pour le souper.

— Comme tu voudras. Et ta propre famille, comment va-t-elle, surtout depuis le décès de ton frère?

— En fait, mon père a été très touché. Depuis, il est beaucoup plus inquiet pour moi avec mes sorties en mer d'environ dix mois par année, de même pour mon frère Benoît qui pêche au homard.

En écoutant son vis-à-vis, François se dit qu'il n'y avait pas que le père d'Albert qui avait été touché par le décès de Gilbert à 39 ans, après une brève maladie. Il avait remarqué la photo de ce dernier sur le porte-clés d'Albert. Un porte-bonheur, peut-être. Ou plutôt un mauvais souvenir dont il ne savait pas comment se départir.

— Et ton frère Benoît, comment va-t-il? demanda François de façon à briser le silence qui s'était installé entre eux.

— Avant de te parler de Benoît, j'aimerais te dire combien la perte de mon frère Gilbert a brisé l'entrain qu'on avait dans nos réunions familiales, dans nos parties de cartes du vendredi et surtout, au moment de la danse du samedi soir à la Légion canadienne...

— Oui, je m'en rappelle comme si c'était hier du temps où vous vous ameniez et monopolisiez plusieurs tables.

— Qui sont presque vides depuis, le coupa Albert avec un léger chevrotement dans la voix. En ce qui concerne mon frère Benoît, reprit-il en essayant de paraître le plus naturel possible, depuis qu'il a fait l'acquisition du permis de pêche au homard d'un Anglais de Grosse-Isle, ça va pas si pire, malgré qu'il ait vendu son permis à bon prix en août dernier.

— Mais voyons donc! Je ne savais pas ça.

— Eh oui! Il était tanné de quêter chaque automne des timbres d'assurance-chômage pour se qualifier. Comme tu le sais probablement, le fédéral a dernièrement converti en heures les semaines que ça prenait dans le passé pour se qualifier. Une façon pour le gouvernement de mettre des bâtons dans les roues des travailleurs de la mer. En plus de ça, les mois de mai et juin de cette année n'ont pas été fameux en termes de capture avec la taille réglementaire de la carapace qui a augmenté, le nombre de cages qui a diminué, de même que le plan conjoint acheteur – producteur – pêcheur qui mêle les cartes plus que jamais.

— Comme ça, il se pourrait qu'il change son fusil d'épaule?

— Autant la pêche hauturière est en début de décroissance, autant celle du homard est en train de prendre un tournant qui pourrait s'avérer assez dangereux, ajouta Albert sans ménagement. Le homard se vend bien avec un dollar US plus fort que notre dollar. Je crois cependant qu'avec la mondialisation des marchés, la pêche au homard, comme bien d'autres, va connaître des années de vaches maigres. Benoît a décidé de devenir négociant en poisson et fruits de mer, un rêve qui ne l'a jamais quitté depuis qu'adolescent, il pêchait avec moi. Il aurait bien voulu marier la sœur de ma femme qu'il avait dans l'œil au moment de mes fréquentations avec Marie-Clara. Cependant, c'est mon beau-frère Carlo à Tannice qui a mis la main dessus. Cela ne l'a pas empêché pour autant de marier une femme qui lui a donné deux beaux enfants qui ont tout près de l'âge des miens.

— Penses-tu quand même avoir des bonnes chances de réunir à nouveau le Quatuor pour célébrer Noël prochain sur mon site?

— Il va me falloir user de beaucoup de persuasion, surtout que depuis le décès de mon frère et avec ma carrière de hauturier, nos rencontres familiales du vendredi et du samedi soir ont été mises de côté.

François se demandait bien comment s'y prendre pour que son ami Albert fasse l'impossible, qu'il y ait ou non une autre sortie en mer, pour que la magie de Noël opère auprès des enfants.

— J'ai trois enfants, tu en as deux, de même que ton frère Benoît. Combien en ont Carlo et Justin, les deux autres membres de votre Quatuor?

— Justin en a deux et Carlo, qui fait une carrière de hauturier sur le *Nadine*, en a un âgé d'à peine un an. Quant à Ferdinand à Jos, un cuistot à ses heures sur le chalutier, il en a trois, dont la plus vieille a quelque chose comme vingt ans.

— Mais, c'est parfait. Imagine-toi de voir tous ces enfants, grands et petits, célébrer la nuit de Noël en pleine nature avec leurs parents renouant avec de vraies valeurs dont ils vont se souvenir toute leur vie durant.

— Peut-être bien, mais pourvu qu'il n'y ait pas une autre sortie en mer qui pourrait mettre Ferdinand mal à l'aise vis-à-vis des autres membres de l'équipage.

— Pourquoi lui plutôt qu'un autre ?

— Comme tu le sais peut-être, Ferdinand est issu d'une famille de barbocheux dont les enfants ont vécu leur enfance et adolescence à Verdun près de Montréal. Au début de la quarantaine – il en a 47 actuellement –, il est revenu aux Îles comme célibataire pour essayer d'y gagner sa vie ; en fait, ce qui en reste étant donné sa santé chancelante. Sa vie l'a rempli de bonnes bouffes très arrosées, ce qui lui permettait en quelque sorte de chasser de sa mémoire un divorce qui le hantait de tous les instants. Par contre, il n'y en a pas deux comme lui pour offrir son aide, entre autres sur le *Nadine* comme aide-cuisinier, il y a de ça trois ans environ, sans pour autant avoir pu se guérir totalement de son problème de boisson. Notre capitaine l'a déjà renvoyé chez lui lorsqu'il s'était présenté chaudasse. Sur le *Nadine*, s'il y a quelque chose que le capitaine n'accepte pas, c'est la boisson et la drogue. En débarquant avant-hier après-midi, il m'a informé que c'était son dernier voyage de l'année, quoi qu'il arrive. Il m'a dit être rendu au bout du rouleau à force de se battre contre son démon, si on peut l'appeler ainsi. Il n'est même pas certain de vouloir s'embarquer au printemps prochain, si jamais l'un des frères du capitaine, qui est maître d'équipage, quittait son poste sur le chalutier pour quelque raison que ce soit.

— Et qu'est-ce qui te fait dire ça ? lui demanda François qui comprenait que vivre en communauté avec des hommes 80 % du temps, pendant presque dix mois par année, devait apporter son lot de problèmes.

— C'est que tous les deux s'efforcent d'oublier leurs tracas de tous les jours avec de la musique et des chansons. Parfois, lorsque Fernand est en mer, il gratte sa guitare en chantonnant de tristes chansons de marins. Un jour qu'il n'était pas dans son assiette, il m'a dit que, tant qu'à mourir, il désirait le faire au moment où il se trouverait en pleine mer.

— D'après ce que je viens d'entendre, je peux probablement compter sur lui. Et toi, Albert, y a-t-il quelque chose qui pourrait t'empêcher d'être des nôtres, qu'il y ait ou non une autre sortie en mer ?

Pris au dépourvu, il essaya de faire un parallèle entre son rêve de jeunesse et sa réalité d'adulte. Un parallèle entre la maison dont il rêvait avant son mariage et le pourvoyeur de sa petite famille qu'il était devenu.

— Une femme qui a un mari hauturier et officier en plus, elle doit mettre un X sur sa propre carrière. Quant au terrain que j'avais acheté du capitaine Vincent pour y construire une belle et grande maison, ça n'a servi qu'à jeter de la poudre aux yeux de Marie-Clara, que je voulais séduire. En fait, pour parvenir à me construire, j'ai dû vendre – à profit heureusement – le fameux terrain afin de pouvoir donner le dépôt de base nécessaire à l'obtention d'une hypothèque pour me construire un bungalow avec l'aide de mon père et de mes frères sur un terrain que le paternel m'a cédé. Heureusement, Marie-Clara a su s'en accommoder.

— Et ta carrière, à travers les saisons, comment as-tu pu concilier argent, enfants et épouse ?

— L'argent, c'est du pareil au même pour presque tout le monde. Quand on en a plein les poches, on ne regarde pas trop aux dépenses. Quand arrive l'impôt, cependant, c'est là que ça nous rattrape. Là, on est obligés d'emprunter sur la promesse que la compagnie va nous embaucher à l'ouverture de la prochaine saison de pêche.

— En fait, ça ressemble un brin à ce qui se passait en premier avec les marchands. Ils vendaient à crédit aux pauvres pêcheurs les aliments de base durant l'hiver en exigeant d'eux la garantie qu'ils leur vendraient le produit de leur future pêche.

— Et pour la famille, avec tes absences de la maison qui sont presque le double de tes présences ? s'enquit François.

— En janvier, février et mars, il n'y a presque pas de sorties en mer à cause de la glace et aussi parce que les poissons sont en hibernation. Pendant ces mois-là, les enfants sont contents de nous retrouver au retour de l'école comme au matin lorsqu'ils doivent s'y rendre. Pour leur mère cependant, ce n'est pas tout à fait la même chose, surtout vers la fin de l'hiver lorsqu'elle voit son mari tourner en rond en essayant de se rendre utile et devoir se faire pardonner certains écarts de conduite ou d'attention. En fait, elle a plutôt hâte que son mari s'embarque à nouveau sur son chalutier, d'autant plus qu'elle craint moins les accidents malheureux, vu que le chalutier a été réparé et astiqué au cours de l'hiver.

— C'est un phénomène qui dure généralement jusqu'à la fin des classes, intervint François, qui savait que son ami Albert ne révélait ses états d'âme qu'à quelqu'un qui, comme lui, avait un peu d'écoute.

— Oui, et c'est à ce moment-là que ça se corse puisque le père que je suis n'est pas à la maison très souvent pour participer aux activités préférées de ses enfants. C'est encore pire pour ma femme qui, en plus de s'occuper des enfants, doit voir à la bouffe, à l'entretien et aux réparations les plus urgentes.

— Et en automne et au début de l'hiver, comme à l'heure actuelle? lui demanda François, qui voyait son ami sous un autre jour.

— En novembre et décembre avec les vents de tempête, ma femme, et ça doit être la même chose pour la plupart des autres, devient maussade et surtout inquiète. Son inquiétude gagne petit à petit mes enfants, qui réalisent qu'en fait leur père devient pour eux un étranger, qu'il n'est pas là pour le souper et encore moins lorsqu'arrive le temps de faire dodo.

— Et le *Nadine*, lui, comment se comporte-t-il à ce moment-ci de l'année?

— Ce que je peux te dire, c'est que, comme second capitaine, je fais presque toujours les quarts de nuit et que ce n'est pas facile de faire le pont avec ceux qui, durant le jour, sont sous la responsabilité du capitaine. Qu'il y ait ou non une autre sortie en mer, je serai de ta fête! le rassura Albert qui avait deviné une certaine inquiétude dans le regard de François.

— À t'entendre me dire ça, il faudrait un vrai coup de malchance pour que tu ne sois pas de retour suffisamment à temps pour la fête de Noël. Quant aux deux autres membres du Quatuor, comment t'arranges-tu avec eux?

— Tu n'as pas à t'inquiéter pour mon beau-frère Carlo, qui est toujours prêt à rendre service. Cependant, il a son lot d'inquiétudes, surtout quand il se retrouve au large des Îles avec son unique rein.

En plus de son travail de marin pêcheur, il doit assister depuis mars dernier le chef mécanicien, un dénommé Edmond à Pamphile. Ce qui le motive à continuer la pêche hauturière, c'est qu'il veut s'acheter un permis de pêche au homard afin de rassurer son père avec qui il demeure depuis le décès de sa mère, qui est arrivé en plein jour de Noël, imagine-toi donc.

— Mais pourquoi Edmond à Pamphile a-t-il besoin d'un aide comme Carlo, même si ce dernier s'entend en mécanique ?

— C'est que, faute de trouver un chef mécanicien de classe IV, tel que le spécifient les règlements, la compagnie a obtenu une dispense pour en embarquer un de classe III, comme Edmond, quitte à ce qu'il se fasse assister par quelqu'un d'autre.

— Comme ça, en voilà un autre sur qui je peux compter. Et pour Edmond, penses-tu qu'il va s'embarquer, si justement vous avez à faire une dernière sortie en mer avant Noël ?

— Sûrement pas aussi certain qu'avec Carlo ! Sa femme est enceinte de sept mois d'un premier enfant et il y a le risque qu'elle accouche avant terme. D'ailleurs, Justin à Télesphore, le quatrième membre de notre Quatuor, ne s'est jamais remis tout à fait d'avoir appris, l'année dernière que sa mère, dont il est le préféré, était tombée dans un profond coma lorsqu'il se trouvait à plus d'une douzaine d'heures de route des Îles.

— Et comment cela s'est terminé ?

— En apprenant la nouvelle au radiotéléphone, le capitaine a décidé de tourner de bord et crois-moi, crois-moi pas, sa mère est sortie de son coma au moment même où il lui a marmonné un dernier adieu à son chevet.

François, qui présumait une autre forme de vie après la vie terrestre, fut heureux de voir combien l'existence pouvait être fertile en évènements souvent inexplicables.

— Tout ça pour te dire que si jamais on faisait une autre sortie en mer, Justin serait peut-être le plus dur à convaincre de s'embarquer.

— Comment ça ? reprit François qui commençait à voir qu'il pouvait compter sur Albert pour choisir la musique et les chants appropriés à une fête de Noël qu'il voulait basée sur les valeurs chrétiennes.

— C'est qu'il m'a dit en débarquant avant-hier qu'il avait attrapé une terrible grippe qui va durer une dizaine de jours, médicaments ou non. À part de ça, il a une femme qui a toujours eu de la misère à le voir découcher pour de si longues périodes de temps. Elle a l'habitude, quand son mari est absent, de demander à quelqu'un de la belle-famille de venir coucher chez elle, même si leur maison est située tout près de celle du beau-père. Je crois qu'il ne souhaite pas être appelé pour une autre sortie en mer avant Noël, quoiqu'il ait l'habitude d'être toujours ou presque derrière sa bouée. Il s'est déjà vanté d'aimer sa femme comme aux premiers jours de leur mariage et pour le lui prouver, il pourrait bien profiter d'une escale à Terre-Neuve pour lui acheter un collier serti d'un diamant, gage de leur amour éternel. La seule chose qui pourrait attirer une bonne partie de l'équipage, sinon tout l'équipage, c'est que le capitaine nous a révélé que dans l'éventualité d'une pêche, dite exploratoire, il permettra à tout le monde à bord de se faire une réserve en poissons et fruits de mer pour l'hiver prochain.

— C'est quoi que tu veux dire par là, une pêche exploratoire ? demanda François.

— C'est que la pêche hauturière a changé du tout au tout ces dernières années. Il n'y a presque plus de morue, le gouvernement fédéral devrait annoncer un moratoire permanent d'ici une couple d'années. Quant au poisson rouge, sa taille est de plus en plus réduite, au point où il est déjà arrivé que la moitié au moins de la cargaison a été vendue pour faire de la farine d'engrais, avec le résultat qu'une forte diminution de la paie en a fait maugréer plus d'un. De nos jours, on pêche selon le quota qui est accordé pour l'ensemble des chalutiers de la compagnie. À partir du moment où Pêches et Océans Canada ouvre une zone de pêche, il n'hésite pas à la fermer aussitôt que le quota global de la zone est atteint.

— Je vais t'avouer une chose, Albert, je suis vraiment heureux de m'être sorti des aléas de la pêche. Je ne sais pas comment tu fais pour vivre constamment avec tellement d'impondérables.

— En plus de ça, le gouvernement a décidé ces dernières années de choisir certains chalutiers qui devront obligatoirement avoir à leur bord quelqu'un d'instruit en biologie marine pour faire des échantillonnages, des analyses sur la température, sur la salinité de l'eau, l'alimentation des poissons et incluant leurs types de fonds préférés.

— Et tu penses que ça va faire la différence, quand on pense à tout ce que mangent les loups-marins durant une année?

— Je ne sais pas vraiment. Ce dont je suis certain, par contre, c'est que le *Nadine* devrait avoir à bord quelqu'un de connaissant d'ici la fin de l'année.

— À part toi comme officier, qui sont les autres membres d'équipage qui ont une responsabilité semblable à la tienne, j'entends par quart de travail?

Voyant l'intérêt de son ami grandir, Albert pensa l'espace d'un instant que François pourrait peut-être le dépanner si jamais l'un ou l'autre des membres permanents de l'équipage refusait d'embarquer. Il écarta toutefois cette possibilité en se rappelant que son ami était resté avec un handicap, plus psychologique que physique, depuis le naufrage de son bateau de pêche, le *Marie-Élise*.

— Quelle était encore ta question, François? demanda Albert.

— À part toi, qui sont les officiers sur le chalutier?

— À part le chef mécanicien et moi, c'est une affaire de famille. Le capitaine, le maître d'équipage et le chef cuisinier sont de la même famille. Et si tu veux le savoir, ça fait bien mon affaire!

— Je ne comprends pas tout à fait à quoi tu veux en venir.

— Le capitaine est un hauturier émérite qui, tout en étant sévère, est juste avec tout le monde sans distinction, qu'il soit ou non de la famille. En fait, tant au figuré qu'au sens propre, si je peux m'exprimer ainsi, on forme une grande famille et c'est le maître d'équipage qui réussit à tous nous tenir ensemble. Je ne t'apprendrai rien si je te dis que la performance de pêche hauturière du bateau fait beaucoup de jaloux. C'est grâce au capitaine, qui a le don, comme on dit, d'arriver au bon moment au bon endroit quand il est question de remplir nos cales de poissons. Comme tu le sais, un chalutier attaché au quai, ça rapporte rien. On a comme devise sur le *Nadine* de faire vite mais aussi de faire bien, autant que possible évidemment.

— Ça voudrait dire que la sortie dont tu me parlais tout à l'heure pourrait peut-être ne durer que trois ou quatre jours?

— Pas *peut-être*, *sûrement*, mon François, lui répondit prestement Albert.

— Excuse-moi, je crois que je viens d'entendre le téléphone sonner.

— Oui, allô ! Oui, il est bien ici. Albert, c'est pour toi.

— C'est qui ? lui demanda ce dernier, surpris que quelqu'un sache qu'il était sorti de chez lui. Ma femme, peut-être ?

— Non. C'est quelqu'un dont je ne reconnais pas la voix.

François compris aux fortes exclamations et aux expressions du visage de son ami Albert que cela n'augurait rien de bon.

* * *

— Et puis ? demanda François en se pinçant les lèvres.

— C'était Edmond à Pamphile, le chef mécanicien qui tient absolument à me rencontrer pour connaître mon opinion, à savoir si oui ou non on va être capables de faire une autre sortie en mer avant la fin de l'année.

Albert, qui savait son ami François philosophe à ses heures, se permit de lui rappeler avant de partir que « l'hésitation est en fait une forme de décision ».

CHAPITRE 27

« L'oisiveté est la mère de tous les vices »

— Tu parles d'une heure pour arriver pour le souper, dit Marie-Clara à son mari qui entrait dans la cuisine. J'espère que François avait quelque chose d'important à te dire pour te retenir si longtemps, ajouta-t-elle en sortant le souper de son mari du réchaud.

— Je pense que oui. En fait, il voulait savoir si j'étais disposé à réunir à nouveau le Quatuor pour renouer avec la musique et les chants de Noël pour une fête qu'il veut organiser sur son Site d'en premier.

— Une fête ?

— Oui, la fête de Noël, en pleine nature à part de ça, avec la plupart des jeunes enfants de l'équipage du *Nadine*.

— C'est une bonne idée. Mais à voir l'heure qu'il est, avez-vous seulement parlé de ça ?

— C'est que... Les enfants sont-ils au lit ?

— Oui et ils auraient tant aimé que tu sois là pour leur raconter une histoire avant de s'endormir. Qu'est-ce qu'il y a de si grave ? demanda-t-elle en voyant son mari picocher dans son assiette, lui qui, habituellement, dévorait ses petits plats préférés. Es-tu malade ou quoi ?

— Non, pas physiquement, mais plutôt de la tête.

— Pas encore ton mal de tête qui revient ? Vas-y, raconte-moi ce qui ne va pas. Ah oui, le temps que j'y pense : le vieil Albérik a appelé pendant ton absence pour que tu le rencontres. Il croyait que tu avais déjà fait ta toute dernière sortie en mer de l'année.

— Je vais m'en occuper plus tard. Ce qui m'inquiète le plus pour tout de suite, c'est que la chef biologiste de l'Institut Maurice-Lamontagne de Rimouski est arrivée aux Îles par avion hier au soir.

— Et qu'est-ce que cela va changer dans notre vie ?

— Ça veut dire que le fédéral a décidé qu'il y aurait au moins une autre sortie en mer pour le Nadine avant Noël, pour des fins exploratoires tout au moins.

— Des fins exploratoires ?

— Oui, avec la permission en plus de pêcher du poisson rouge pour la partie du quota qu'il nous reste d'ici la fin de l'année en cours.

— Est-ce que ça veut dire que, pour toi, la pêche hauturière n'est pas encore terminée pour cette année ? reprit sa femme en voyant son mari repousser son assiette presque pleine.

— Il faut que tu saches, Clara, que je ne peux pas passer à côté de mes responsabilités comme second capitaine. Comme il y a une bonne partie de l'équipage, sinon la totalité, qui se qualifie pour l'assurance-chômage depuis le début de l'automne, j'ai bien peur d'avoir toute la misère du monde à en convaincre plusieurs de s'embarquer à nouveau. J'ai en tête quelques remplaçants, mais quand ils vont apprendre que la biologiste en chef pourrait être du voyage, ils vont peut-être hésiter à faire une dernière sortie en mer.

— Mais pourquoi donc ? lui demanda Marie-Clara, qui apprenait pour la première fois la présence possible d'une femme à bord du chalutier.

— C'est qu'il n'y a pas plus superstitieux que des marins et en particulier des hauturiers. À l'époque des chalutiers en bois des années 1950, avoir une femme à bord était signe de malchance, voire de naufrage. Cela a changé quelque peu avec l'apparition des chalutiers en acier tels que le *Marie-Carole*, qui est arrivé aux Îles à l'été de 1964. Les capitaines de l'époque acceptaient une femme à bord – autant que possible la leur – lors d'une période de relâche qui coïncidait ordinairement avec un dimanche et surtout si elle était accompagnée de leurs enfants. Avec l'industrialisation de la pêche cependant, les relâches furent utilisées pour procéder à des réparations urgentes et à la mise à niveau des agrès de pêche. La performance d'un bateau est calculée maintenant sur le nombre de sorties en mer avec le moins d'arrêts possible à quai, sauf en cas de nécessité absolue. Plus question, depuis une couple d'années, d'analyser le comportement des poissons lors de nos débarquements. Ces analyses se font maintenant sur le terrain ou, si tu veux, plutôt en mer.

— Mais qu'est-ce que cela a à voir avec une autre sortie en mer avec une biologiste à bord ?

— C'est que, généralement parlant, une biologiste à bord d'un bateau de pêche, et qui en plus est une chef, c'est considéré par plusieurs comme de l'embarras plus qu'autre chose. Ça pourrait toujours aller. Cependant, si jamais on a un *coup de tabac**, comme ça arrive souvent au début de l'hiver, j'espère de tout cœur que cela ne la gênera pas dans son travail.

— Et dans le vôtre également. Elle doit être assez jeune ? lança sa femme qui avait hâte d'être rassurée.

— D'après ce qu'on m'a dit, elle aurait une quarantaine d'années. Par professionnalisme, elle veut que les analyses dont elle est responsable se fassent dans les meilleures conditions possible, ce qui pourrait l'inciter à s'embarquer pour le dernier voyage de l'année. Peut-être qu'elle hésitera puisque, d'après ce qu'on m'a appris, elle un voyage en mer par année, tout au plus, et elle en a déjà fait un au mois de juin dernier.

— À part elle, qui d'autre pourrait mêler les cartes pour que ce fameux voyage se fasse ou pas avant la fin de l'année ?

— C'est que le maître d'équipage, qui était en compagnie du chef mécanicien lorsqu'il m'a appelé, m'a dit que son frère, qui est le chef cuisinier d'office à bord du chalutier, était rendu à Québec pour le tirage hebdomadaire de la Roue de Fortune de Loto-Québec.

— Chanceux qu'il est celui-là ! Mais encore une fois qu'est-ce que cela a à voir avec le fait qu'il y aura ou non une dernière sortie en mer ? lui demanda sa femme, quelque peu exaspérée.

— C'est que le tirage doit avoir lieu aujourd'hui en soirée. Donc trop tard pour prendre l'avion pour revenir aux Îles. Souhaitons qu'il gagne le gros lot et que cela ne l'empêche pas de revenir dans la journée de demain.

— En autant qu'il fasse beau, le coupa sa femme.

— Oui, surtout à cette période-ci de l'année. Cela pourrait donc m'obliger à prévoir son remplacement non seulement comme cuisinier, mais également comme homme de pont.

---

* *Coup de tabac* : forte tempête inattendue

— Et pourquoi qu'il en faut deux plutôt qu'un ?

— C'est que Ferdinand à Jos – si jamais je réussis à le convaincre de s'embarquer – le secondait, surtout pour les repas, tout en agissant comme homme de pont. Tu sais, l'homme le plus important sur un chalutier, après le capitaine et son second, ajouta-t-il avec un sourire en coin, c'est le chef cuisinier. Cela dit, ça va prendre tout mon petit change pour persuader Ferdinand d'occuper le poste de chef cuisinier, m'obligeant ainsi à trouver un autre remplaçant pour occuper le poste d'homme de pont.

— Qu'en est-il de ses deux autres frères dont tu ne m'as jamais parlé ?

Albert raconta à sa femme ce qu'il savait ou avait appris par la famille des trois frères qui faisaient généralement partie de l'équipage.

La famille d'Hypolite à Théophile était composée de douze enfants, dont sept garçons et cinq filles. Leur père se comportait à la maison avec la sévérité dont il avait été imprégné dans ses années de service militaire. À l'époque, il avait fait participer ses garçons à la construction du plus gros bateau de pêche des Îles. Un bateau pour la pêche au homard en mai et juin, de celle aux pétoncles au cours de l'été et à la morue au début de l'automne. Voulant occuper ses garçons, puisque «l'oisiveté est la mère de tous les vices», il traçait les plans de maisons avec leurs futurs propriétaires – dont ses garçons – pour les ériger ensuite avec eux, soit à leur propre bénéfice ou à celui de leurs connaissances.

Surnommée «Mémée la galette», leur mère était considérée comme une boulangère hors pair. Elle gâtait ses enfants de même que leurs innombrables amis qui, chaque fin de semaine, guettaient les multiples fournées de galettes au sucre, à la poudre, à la confiture, dans le trou, à la mélasse et enfin à la cannelle, leurs préférées. Excellente ménagère, elle trouvait quand même le temps pour chantonner du western avec ses enfants en les accompagnant à l'harmonica. Ainsi, au fil des ans, une véritable chorale s'était constituée et elle était très en demande, surtout en hiver, un peu partout à travers les Îles.

— Mais pourquoi le capitaine ne demanderait pas à l'un de ses autres frères de remplacer celui qui est pris à Québec avec un beau problème ? demanda Marie-Clara.

— C'est que d'être déjà trois de la même famille sur le *Nadine*, en plus de Charles à Aristide, dont l'amie de cœur est la fille du capitaine, ça fait jaser bien du monde. Certes, c'est lui qui embauche et entraîne l'équipage, mais, à compétence égale, il s'assure de faire entériner sa décision par la compagnie, qui, faut-il te le rappeler, est propriétaire du chalutier. Cette fois-ci, il m'a laissé savoir qu'il avait appelé un dénommé Paul à Alcide, qui a refusé parce que ça faisait belle lurette que ses timbres étaient largement suffisants pour se qualifier à l'assurance-chômage.

— Pourquoi ne pas demander alors à ton frère Benoît ? s'enquit sa femme en se disant que frère pour frère, le capitaine devrait être d'accord.

— Pourquoi lui plutôt que n'importe qui d'autre ? lui demanda Albert qui n'avait jamais oublié à quel point, dans le temps où il avait connu sa femme, son frère Benoît s'entendait bien avec elle, du moins du point de vue affaires.

Marie-Clara, qui n'était pas très chaude à l'idée que son mari entreprenne une autre sortie en mer avant la fin de l'année, se permit d'insister.

— Sa femme m'a avoué qu'il lui manquait un gros timbre pour se qualifier à l'assurance-chômage. Alors, pourquoi ne pas le choisir comme homme de pont pour remplacer le frère du capitaine ?

— Benoît n'a pas souvent pêché sur des chalutiers. En plus, il ne fait pas partie du syndicat qui représente les travailleurs de la mer. De toute façon, on ne sait pas encore s'il y aura ou non une autre sortie en mer avant les fêtes.

— Et qu'est-ce qui te fait dire cela ?

— C'est que Edmond à Pamphile, qui occupe le poste de chef mécanicien, tient absolument à me rencontrer avec, comme témoin, le maître d'équipage.

— Si j'ai bien compris, cette rencontre pourrait faire ressortir le fait que le bateau n'est pas exactement prêt pour son dernier voyage de pêche de l'année ?

— Je n'en sais rien. Mais c'est à la rencontre que je vais pouvoir m'en assurer. Sur un bateau, il y a toujours parmi les officiers des cachotteries qu'ils ne dévoilent que si des vies sont en danger.

Surprise par une telle révélation, Marie-Clara essaya d'apaiser son inquiétude en lui rappelant que le vieil Albérik avait appelé plusieurs fois en après-midi pour le rencontrer.

— Et ne fais pas comme avec moi, en remettant à plus tard ce que tu peux faire dès aujourd'hui.

CHAPITRE 28

« Advienne que pourra, les dés sont jetés »

Troublé par les moyens dont il s'était servi pour convaincre plusieurs réticents à s'embarquer sur le *Nadine* pour une dernière sortie en mer, Albert n'en finissait plus de jongler avec les problèmes, en cette journée de fou qui allait prendre fin d'ici une quinzaine de minutes. Il essayait en vain de s'endormir, mais une sorte de lassitude l'en empêchait. Il regardait de temps à autre sa femme dormir. Il l'avait convaincue qu'il n'y avait pas de danger réel pour lui à prendre la mer dès le lendemain matin, le mercredi 12 décembre 1990 à 8 h pile. Le capitaine, de concert avec Pêcheries Madeliniennes, avait prévu une excursion de pêche au sébaste de quatre à six jours tout au plus, avec la possibilité d'une escale à Terre-Neuve. La durée du voyage qui dépendait de plusieurs facteurs, dont l'analyse au moyen d'échantillonnages des causes de la décroissance et de la diminution de la taille des sébastes. Aussi, afin d'atténuer le coût d'une telle opération, tant pour la compagnie que pour l'équipage, Pêches et Océans Canada avait autorisé le chalutage de sébaste jusqu'à la limite du quota annuel de pêche qui restait, soit 325 000 livres.

Voulant chasser ses pensées plus ou moins objectives, il s'était levé à maintes reprises pour regarder ses enfants dormir. Il leur avait raconté des histoires qui faisaient état d'une féerie de Noël semblable à celle que lui-même avait connue dans son enfance.

Il se rappela que la journée avait commencé par la rencontre avec le maître d'équipage qui était accompagné pour l'occasion par le chef mécanicien en titre depuis mars dernier. Il avait trouvé ce dernier sur son trente-six, portant sa casquette de capitaine en feutre qui jurait avec son habillement de tous les jours. Quant au maître d'équipage, il lui trouva un air très préoccupé.

— Commençons par une bonne nouvelle, dit-il à Albert, qui n'avait cessé de regarder Edmond qui semblait tendu.

— Et ça regarde qui et quoi ? demanda-t-il en plissant le front.

— Vous savez peut-être que mon frère était à Québec pour jouer à la Roue de Fortune ? Eh bien, il a gagné tout près de 20 000 piastres. Voilà pour la bonne nouvelle. La mauvaise, c'est qu'une tempête de neige fait rage dans la région, obligeant les autorités à fermer l'aéroport. Autant s'y faire : il ne pourra pas revenir aux Îles avant une couple de jours.

— Donc, trop tard pour un dernier voyage de pêche, intervint Albert en regardant Edmond qui évita son regard. Pendant que j'y pense, François, du Site d'en premier, aimerait bien que la fête de Noël, qui approche à grands pas, se fasse dans la pure tradition d'autrefois et que certains membres de ta famille, dit-il en levant la tête vers le maître d'équipage, s'occupent des chants de Noël avec nous, du Quatuor madelinien. Qu'est-ce que tu penses de ça ?

— Bonne idée ! Par contre, ça ne va pas nous laisser beaucoup de temps pour répéter si justement on est appelés d'ici quelques heures pour faire une autre sortie en mer.

— Et qu'est-ce qui te fait croire cela ? demanda Albert.

— C'est que mon frère – celui qui est capitaine – m'a informé ce matin qu'il devait passer une bonne partie de la journée avec les boss de la compagnie pour décider à quel moment on va partir et dans quel secteur on va pêcher.

Voyant Edmond qui faisait la grimace à l'annonce d'une telle éventualité, Albert essaya de lui tirer les vers du nez.

— Et puis, Edmond, qu'est-ce que tu as à dire de ça ?

— Ce que j'ai à dire ne plaira pas plus à toi qu'au maître d'équipage. Si je me suis endimanché pour vous rencontrer, c'est pour vous faire comprendre que je tiens mordicus, à partir d'aujourd'hui, à gagner ma vie en chemise et cravate. Ça fait que, pour moi, la pêche hauturière, c'est terminé.

La nouvelle frappa Albert. Il regarda le maître d'équipage qui grimaçait, comme s'il doutait de la justesse des dires d'Edmond. Aussi, lui demanda-t-il :

— Dis-moi franchement : qu'est-ce qui ne va pas avec la mécanique du *Nadine* que je ne sais pas ?

— J'aime mieux laisser Edmond te le dire, dit-il avant de le prier de l'excuser et d'aller retrouver son frère, le capitaine, dans le bureau de la compagnie.

Après que le maître d'équipage les eut quittés, Edmond alla droit au but.

— Tu sais, Albert, que je suis une personne préoccupée par la moindre défectuosité de la mécanique d'un navire, lui dit Edmond d'un ton qui exprimait une forte contrariété.

— Et quelqu'un qui ne laisse jamais rien traîner, tels tes outils, intervint Albert.

— Entre autres. Je veux plutôt te parler de tous les bruits persistants qui se font entendre un peu partout sur le bateau. Si je m'en rappelle bien, au moment où je me suis embarqué au mois de mars, on aurait dit que le *Nadine* roulait comme une Mercedes sur une autoroute. Par contre, au fil des mois, les réparations effectuées, ou celles en attente de l'être lors de nos nombreuses sorties en mer, ont fait du chalutier un vrai chantier.

— À part de ça ? reprit Albert qui avait fait le même constat par le passé.

— C'est que j'ai toujours de la misère avec le calfeutrage de l'arbre de l'hélice et celui du gouvernail.

— Ce qui est un peu normal lorsqu'on est en pleine mer et qu'on rencontre des grosses vagues qui mettent le calfeutrage à rude épreuve.

— Je le sais, mais encore faut-il que j'aie le temps, de même que les outils et les pièces nécessaires, pour le réparer au moment voulu.

— À part de ça, Edmond ?

— C'est qu'il y a une des deux portes du tunnel à double cloison qui ne ferme pas à mon goût depuis le mois dernier.

— À part de ça ? reprit Albert en sachant fort bien qu'Edmond cherchait des raisons plus substantielles qui l'empêchaient de s'embarquer à nouveau.

— Si tu vérifies la liste des revendications sur la santé et sécurité au travail que le syndicat a inscrites à la convention des travailleurs de la mer et qui seront en vigueur au printemps prochain, les cheveux vont te dresser sur la tête. Prends par exemple les habits de survie en eau froide… Personne sur le chalutier n'a été capable de me dire si des exercices en temps réel avec tous les membres de l'équipage avaient eu lieu. Si j'en crois certains, tout ce qui s'est passé comme simulation, c'est avec des volontaires, et lorsque vous étiez à quai en plus de ça.

— Je sais que tu as la sécurité à cœur. À preuve, tu détiens un certificat en bonne et due forme dans ce domaine. Quant aux clauses inscrites à la convention collective, elles vont s'appliquer dès mars prochain. Ce qui va donner le temps à la compagnie de faire le nécessaire durant l'hiver. Je ne crois cependant pas que ce soient les seules choses qui t'empêchent de t'embarquer à nouveau.

— À vrai dire, ma femme est enceinte de sept mois et cela m'inquiète au plus haut point.

— Mais pourquoi, si tout va pour le mieux ? À moins que je me trompe, peut-être…

— Pour tout de suite, tu as raison. Tu ne te rappelles pas, sans doute, Albert, comme tu étais à bout de nerfs lorsque ta femme était enceinte de votre premier enfant, surtout les derniers mois de sa grossesse.

Albert s'en souvenait plus ou moins. C'était au moment où sa carrière comme officier hauturier commençait et elle lui avait fait oublier qu'il pouvait y avoir un accouchement au moment même où il aurait pu se retrouver au large des Îles. Il se dit qu'Edmond, étant chef mécanicien de classe III et en train de faire les heures de navigation nécessaires pour passer à la classe IV, ne devait pas avoir les mêmes préoccupations que lui. Aussi, il essaya de le rassurer autant que possible.

— J'ai toujours admiré ton sens du devoir. D'ailleurs, ton assistant Carlo m'en a déjà parlé. Si ta femme te veut vraiment à ses côtés d'ici son accouchement…

— Prévu au début de février, tel qu'on l'a planifié, lui dit Edmond avec un léger trémolo dans la voix.

— Donc, il y a peu de chances que ça arrive au cours du prochain voyage qui, de toute façon, ne devrait pas durer plus de quatre ou cinq jours. S'il y a quelque chose de positif dans cette dernière sortie en mer de l'année, c'est que le capitaine va nous permettre de faire nos provisions d'hiver en poissons et fruits de mer.

Albert vit à l'expression d'Edmond qu'il avait touché un point sensible du chef mécanicien en lui parlant du sens du devoir accompli

— Ça va, je m'embarque pour le prochain voyage, dit Edmond sans hésitation. Cette sortie en mer comme hauturier sera, et je te le promets, la toute dernière de ma sainte vie.

Satisfait de cet aveu, Albert prit congé pour aller rencontrer Carlo et Justin, tous deux membres du Quatuor madelinien qui, l'espérait-il, seraient enchantés de faire une prestation en musique et chants de Noël.

— On est tous les deux prêts à accepter l'invitation de François à jouer de la musique de Noël à son Site d'en premier, lui annonça Carlo au début de leur rencontre. Par contre, pour la dernière sortie en mer de l'année avec le *Nadine,* on a chacun nos réserves.

— Et quelles sont-elles? s'enquit-il.

— Faut-il te rappeler que je n'ai pas eu la vie aisée depuis le décès de ma mère, précisément un jour de Noël passé? lui dit Carlo. Puis-je ajouter à cela que je demeure depuis ce temps-là dans la maison familiale avec mon père, ma conjointe et mon petit garçon qui vient tout juste de fêter son premier anniversaire de naissance?

— Je te comprends. Cependant, ne crois-tu pas que sortir ton père de sa routine en t'accompagnant avec ta conjointe et ton fils à la fête de Noël sur le Site d'en premier, ça pourrait lui faire un grand bien?

— Peut-être. Par contre, lui apprendre que je vais m'embarquer à nouveau en plein milieu de décembre pourrait fort bien gâter son plaisir de fêter Noël en dehors de chez nous. Ça n'a jamais été facile pour moi de laisser mon propre père vivre près de ma femme, qui, par surcroît, s'occupe d'un jeune enfant qui a des caprices. Chaque fois que je quitte la maison pour une sortie en mer, je vois dans les yeux de mon père combien il aimerait que ma mère soit avec lui pour partager sa joie de voir grandir mon petit garçon. C'est comme s'il me disait: «Pourquoi tu me quittes si souvent et si longtemps? Je n'ai plus personne à qui me confier.»

Albert ne s'attendait pas du tout à une telle réplique de son ami Carlo. Aussi, réfléchit-il à quelque chose qui le déciderait à s'embarquer.

— J'ai rencontré tout à l'heure notre chef mécanicien en titre et il m'a dit combien il appréciait ton aide.

— Mais pourquoi t'a-t-il dit ça ? Serait-ce que lui aussi n'est pas tellement porté à faire un autre voyage de pêche avant la fin de l'année ? Il me semble l'avoir entendu te dire en débarquant l'autre jour qu'il en avait soupé du *Nadine*.

— Tu sais, Carlo, dans la vie, on a chacun des motivations qui nous font avancer. Tu es mon beau-frère et tu as finalement épousé la femme de ta vie.

— Toi aussi, d'ailleurs ! lui dit Carlo.

— Et ta femme t'a donné un fils qui assurera ta descendance quoi qu'il arrive. Pour Edmond que je viens de rencontrer, c'est le sens du devoir, il est un officier, ça se comprend. Malgré tout, ce qui a fait pencher la balance est le fait que chacun d'entre nous pourra se rapporter une réserve de poissons pour l'hiver qui est à nos portes.

— Wow ! s'écria Justin. Là, j'hésite moins à m'embarquer, même avec la vilaine grippe que j'ai attrapée à la fin de notre dernière sortie.

Carlo, en entendant Justin s'exciter avec les réserves, se mit à faire des calculs dans sa tête. Depuis toutes ces années qu'il économisait pour s'acheter un permis de pêche au homard, il espérait en s'embarquant que le voyage lui serait bénéfique, surtout financièrement. Il pourrait utiliser une partie des réserves en poissons et fruits de mer comme monnaie d'échange pour le dépôt de garantie nécessaire au paiement d'un permis de pêche au homard qui lui avait été offert tout dernièrement sur un plateau d'argent. Un permis qui lui permettra d'être enfin à la maison chaque jour que le Bon Dieu amène. Encore mieux, cela lui enlèverait l'inquiétude d'être au large s'il se trouvait obligé un jour ou l'autre avec son unique rein d'avoir recours à des séances de dialyse. N'était-ce pas ce à quoi rêvaient son père de même que sa conjointe qui pourrait de cette manière être aussi près de son mari que du beau-père qu'elle aimait bien quand même ?

— Tu sembles perdu dans tes pensées, lui dit Albert, qui attendait que son ami Carlo prenne une décision avant de décider lui-même ce qu'il allait annoncer à Justin pour qu'il les accompagne.

— Si je comprends bien, pour les réserves, il n'y a pas vraiment de limite, hein ?

— Pourvu qu'il n'y ait pas de sébaste bon pour l'usine, lui répliqua Albert. La limite dépend en partie de ton quart de travail et de ta rapidité à t'emparer des autres poissons autres que la morue et le sébaste, évidemment.

— Dans ce cas-là, tu peux compter sur moi, lui confirma Carlo avec un signe de tête affirmatif.

— Et toi, Justin ? s'enquit Albert, qui savait qu'il avait souvent des difficultés à boucler ses fins de mois.

— J'accepte, mais à la condition que l'on ne revienne pas trop tard pour qu'on puisse répéter et ne pas avoir l'air fou au moment de notre prestation.

— Même avec la grippe que tu as ? lui demanda Carlo.

— Le docteur m'a dit qu'avec ou sans médicament, une bonne grippe dure de dix à douze jours. Comme j'en ai plus de la moitié d'endurée, elle deviendra rapidement chose du passé. En tout cas, je l'espère.

— Cette grippe ne va-t-elle pas te nuire pour donner ton plein rendement ? s'enquit Albert.

— Vous devez vous en être déjà aperçus tous les deux, je n'ai jamais touché à une cigarette et même pris une seule gorgée de bière de ma vie ! Ça fait qu'une grippe de plus ou de moins pour un homme en santé comme moi, ça ne devrait pas faire la différence pour ce qui est de mon ardeur au travail.

Albert ne pouvait demander mieux, pour le moment en tout cas. Il regarda sa montre : il était 10 h 30.

— Ça ne te fait rien si je me sers de ton téléphone, Carlo ? Il faut que j'appelle ma femme.

— Vas-y, tu peux t'en servir.

— Il n'y a pas de problème à l'horizon ? demanda Carlo après qu'Albert eut raccroché.

— Bah ! Le vieil Albérik a appelé plusieurs fois ma femme pour que j'aille le rencontrer pour qu'il me fasse la leçon comme à son habitude au début et à la fin de la saison de pêche.

— Quelle sorte de leçon ? lui demandèrent à l'unisson ou presque Carlo et Justin.

— De ne pas forcer la chance, surtout en ce temps-ci de l'année.

Chemin faisant pour aller prendre un café avec Charles à Aristide, Albert se remémora la période pendant laquelle il était responsable du stage d'études du jeune Charles, à la demande du capitaine Vincent. Âgé d'à peine 16 ans, il avait déjà à l'époque comme objectif de vie d'être un fier hauturier. Or, depuis ce temps-là, il avait grandi plutôt en sagesse en fréquentant assidûment la fille du capitaine qui ne demandait pas mieux que de voir son père surveiller de près la bonne conduite de son bien-aimé. Il avait déjà informé Albert du fait que plus il y avait de sorties en mer, plus il avait des sous à dépenser, mais pas nécessairement de la bonne façon. Il avait comme projet de se bâtir une maison sur un terrain face à celle de son père pour y élever une petite famille. Hélas, l'argent lui brûlait tellement les doigts qu'à chacune de ses paies, ou presque, il faisait la fête avec des amis, dont plusieurs profitaient de sa grande générosité. Il n'avait jamais écarté le projet d'acheter le permis de pêche au homard de son père, tout en sachant fort bien que la pêche hauturière à outrance menaçait d'être une histoire du passé. Cependant, le fait qu'il n'était pas le plus vieux des garçons de la famille le mettait mal à l'aise vis-à-vis son frère aîné qui, de toute façon, ne voulait pas vraiment du permis de pêche du paternel.

— Les carottes sont cuites! annonça-t-il tout de go à Albert, qui prenait place à la table du restaurant où il se trouvait.

— Et ça veut dire quoi exactement? demanda-t-il en faisant signe à la serveuse de lui apporter un café.

— D'abord, la mauvaise nouvelle. Tu sais, le frère du beau-père qui était pris à Québec? Eh bien, il ne sera pas de retour demain matin.

— Et en quoi est-ce une mauvaise nouvelle, Charles?

— Le beau-père m'a demandé que tu fasses en sorte qu'il soit remplacé par un ou plusieurs hommes de compétence semblables à lui. Un à la cuisine et au ménage et un comme homme de pont.

— Et puis, y a-t-il autre chose? reprit Albert en sirotant son café, content qu'il était d'avoir pensé à l'éventualité d'un autre voyage de pêche.

— C'est à peu près tout. Ah oui, j'oubliais. Le beau-père m'a dit que ça le dérangeait pas qu'on embarque la biologiste en chef, une dénommée Marie-Louise, je crois. Moi je trouve ça intéressant de découvrir l'utilité de son travail. Et puis, plus vite on reviendra de ce voyage, le moins de messes de l'Avent j'aurai ratées!

Ce n'était pas la première fois qu'Albert entendait Charles se plaindre des offices religieux auxquels il ne pouvait assister lorsqu'il était au large des Îles. Il lui avait avoué que, pour lui, la religion catholique était le chemin le plus sûr pour atteindre le paradis à la fin de ses jours. Cela l'amena à penser au père Louis qu'il n'avait pas revu depuis les funérailles de son frère Gilbert, il y avait à peine un an. Il se rappela que le père Louis avait bien essayé pendant l'homélie de faire croire à l'assistance que les voies de Dieu étaient totalement impénétrables. Peut-être bien, mais encore fallait-il qu'il soit juste, s'était-il dit en pensant combien son frère n'aurait pas voulu mourir avant d'avoir pu goûter au nectar de la vie sur terre…

— Et c'est quoi que je pourrais dire au capitaine pour le rassurer? lui demanda Charles, qui voyait Albert perdu dans ses pensées.

— Tu lui diras que s'il veut trouver quelqu'un pour s'occuper du fioul, de la bouffe, enfin de tout le nécessaire pour notre prochaine sortie en mer de demain matin, je veillerai en personne à trouver les remplaçants qu'il faut.

— À demain matin, Albert, lui lança Charles en s'emparant des deux additions qui avaient été déposées sur la table.

À peine Charles avait-il quitté le restaurant qu'Albert regrettait d'avoir pris la responsabilité de trouver des remplaçants au frère du capitaine prisonnier d'une tempête de neige à Québec. En terminant son café à petites gorgées, il réalisa que, comme d'habitude, il s'était fixé un défi de taille. S'il ne réussissait pas à le relever, il pourrait en subir les conséquences. Des remontrances, entre autres, pour ne pas avoir pu concilier travail et problèmes personnels, comme chez les hauturiers sous sa responsabilité, avec, en plus, le combat que livrait Ferdinand contre la boisson.

Son café terminé, il se leva de table et se présenta à la caisse, ayant oublié que Charles s'était chargé de l'addition. Voulant sortir de sa poche son portefeuille pour payer, il accrocha son porte-clés qui tomba par terre. Il se pencha pour le ramasser, mais heurta Ferdinand à Jos, qui était là pour payer lui aussi et qui avait été plus rapide que lui pour le ramasser. Ferdinand lui tendit le porte-clés avec le pendentif renfermant une petite photo de son frère Gilbert décédé.

— Mais qu'est-ce que tu fais ici?

— Je fais comme toi. Du café, ça stimule de la bonne façon, contrairement à la maudite boisson! Je t'ai vu tout à l'heure en prendre un avec Charles. En fait, qu'est-ce qu'il conte celui-là? demanda-t-il en se tassant pour laisser passer les gens derrière qui venaient payer.

Albert, qui craignait il y avait quelques minutes à peine de ne pouvoir tenir promesse, crut rêver en voyant en chair et en os la personne la plus difficile à convaincre de s'embarquer lui remettre son trousseau de clés avec une certaine lenteur. Il savait que Ferdinand était très attaché à son frère décédé. Un coup du destin peut-être, se dit-il.

— Si tu veux savoir pourquoi je me trouvais avec Charles, c'est que le frère du capitaine, dont tu étais l'aide-cuisinier sur le *Nadine*, ne pourra pas revenir à temps de Québec pour s'embarquer demain matin.

— Parce qu'il y aura un autre voyage? s'enquit-il en invitant Albert à s'asseoir avec lui à une table.

— Eh oui! Un voyage qu'on a l'habitude d'appeler *exploratoire*, avec la possibilité d'avoir une biologiste en chef à bord. Si ça peut t'intéresser, on va pouvoir pêcher le reste du quota en poisson rouge avec, en plus, la garantie de se faire des réserves pour l'hiver.

— Bah, les réserves pour moi, ça me sert que de troc avec des amis qui me fournissent en retour de quoi prendre un petit coup. Peut-être que je te l'apprends, mais je n'ai pas bu une seule goutte de boisson depuis une dizaine de jours.

— Hein? Comment ça?

— Ç'a commencé avec notre dernière sortie en mer, qui a duré un bon six jours, je crois.

— Et si tu t'embarquais demain matin comme chef cuisinier remplaçant, tu pourrais de cette façon continuer ton pèlerinage. Qu'en penses-tu?

— Pas question, lui répondit-il sur un ton brusque. J'ai des amis dans les A.A.* et ils m'ont dit de prendre le taureau par les cornes – j'entends la boisson – un jour à la fois en évitant de me servir d'une bouée de sauvetage.

— Une bouée de sauvetage ?

— Nos sorties en mer avec notre capitaine, c'est ma bouée de sauvetage du fait qu'il ne veut pas avoir d'homme en boisson à bord. Cette fois-ci, c'est décidé. Fini, tout au moins pour cette année la bouée de sauvetage, surtout que j'ai bien l'intention de fêter mon quarante-huitième anniversaire.

— Dans quelques jours, je crois, l'interrompit Albert qui se demandait de quelle façon il pourrait le convaincre de s'embarquer.

— Je compte fêter mon anniversaire les pieds bien ancrés sur terre. Comme ça, si je réussis, je serai prêt à passer à travers les fêtes.

Si, au départ, Albert avait un tout petit espoir de persuader Fernand, il ne put faire autrement que de jouer sur ses sentiments, en dernier ressort. Il fouilla dans sa poche, sortit son porte-clés et plaça la photo de son frère décédé devant Ferdinand, qui fit la grimace.

— Je l'aimais bien, ton frère, dit-il à Albert, qui s'aperçut de l'embarras qu'il avait suscité chez son confrère de travail. Je pense souvent à lui, surtout quand je suis aux prises avec une gorge un peu trop sèche à mon goût.

— Ça me ressemble à moi aussi, se risqua-t-il à lui avouer, lorsque je lui demande de m'aider à trouver un remplaçant, peut-être même deux, au frère du capitaine pris à Québec, si jamais tu persistais à ne pas t'embarquer, enchaîna-t-il en remettant ses clés dans la poche de son survêtement.

Un long silence s'ensuivit, qui fut brisé par Ferdinand.

— Dis-moi, Albert, le maître d'équipage t'a-t-il déjà parlé de moi sur le plan personnel, à part mentionner mon maudit problème de boisson ?

— Surtout en bien, lui répondit-il prestement. Soit dit en passant, il m'a dit qu'il sera de ce tout dernier voyage et qu'il aimerait bien que tu nous accompagnes.

---

* *A.A.* : Alcooliques Anonymes

— Mais pourquoi ne demandes-tu pas à ton frère Benoît de monter à bord comme homme de pont ? Ça va l'aider pour les timbres qui pourraient lui manquer.

— C'est déjà fait. Mais lui, contrairement à toi, n'a jamais su comment faire cuire un œuf. Sans toi, rien ne va plus. Et toi, sans lui, ça va être le même problème au moment où on aura besoin de tout l'équipage, surtout pour embarquer le chalut comme tu le sais.

Un nouveau silence s'installa entre eux.

— J'embarque, dit-il à Albert tout à coup. Et j'espère que ça fera l'affaire de tout le monde, incluant ton frère Benoît.

— Sans doute, rétorqua Albert, plus que satisfait. Mon frère Benoît m'a fait la même promesse que toi hier matin après la messe anniversaire du décès de notre frère Gilbert lorsqu'on a été prier sur sa tombe avec mes parents.

Heureux comme pas un, Albert rentra chez lui pressé d'annoncer à sa femme qu'il venait de combler l'absence de l'un des frères du capitaine avec deux hommes de grand courage.

Il fut accueilli cependant, par une remontrance de sa femme.

— Tu n'aurais pas pu m'appeler pour t'informer si quelqu'un essayait de te joindre ? lui lança Marie-Clara.

— L'important, c'est que tout soit réglé. On part demain matin avec tout l'équipage nécessaire à bord… du moins, je l'espère.

— Sauf que le vieil Albérik est dans tous ses états. Ne lui avais-tu pas promis de le rencontrer après son coup de téléphone d'avant-hier ?

— À ce moment-là, je ne savais pas devoir faire une dernière sortie en mer. Ça fait que j'y verrai après mon retour. Qu'est-ce que t'en penses ?

— Ce que j'en pense, c'est que tu remets toujours ce que, toi, tu juges pas important. Je suis persuadée qu'il a des choses à te dire qui pourraient faire en sorte que ce voyage se déroule dans les meilleures conditions possible.

CHAPITRE 29

« À chaque jour suffit sa peine »

— Je te jure que je vais être de retour avant que tu ne couches les enfants, promit Albert à sa femme avant de quitter la maison.

J'espère bien. Ça fait si longtemps que je ne t'ai pas vu leur raconter une histoire, lui rappela-t-elle.

Au volant de son petit camion, Albert se demandait pourquoi le Vieux tenait tant à le rencontrer, et ce, même s'il savait qu'il s'embarquait le lendemain matin pour la dernière sortie en mer de l'année. Il se remémora toutes les fois qu'il lui avait parlé avant l'ouverture et la fermeture de la pêche hauturière, question de suivre son cheminement en tant que hauturier. Ce cheminement n'avait pas vraiment évolué ces dernières années, si ce n'est qu'Albert était devenu second capitaine sur le *Nadine*. Cette fois-ci, cependant, il trouvait étrange que son mentor s'en fasse tant pour une question de pêche qui intéressait surtout les gouvernements et les employés d'usine en quête de fameux timbres d'assurance-chômage.

— Tire-toi une chaise, lui dit Albérik en l'accueillant dans le boudoir où était installé son fauteuil préféré.

Albert fut étonné de constater à quel point son confident avait pris un coup de vieux depuis sa dernière rencontre avec lui au printemps dernier. Il se permit de faire le parallèle entre la vieillesse prématurée du Vieux et celle d'un chalutier en fin de saison de pêche. Habillé de son linge de semaine, il n'avait pas réussi, depuis le décès de sa femme, à apprendre à agencer couleurs et vêtements appropriés pour la saison en cours. De plus, ses vêtements s'étiraient sur la partie supérieure de son dos, vu la forte scoliose dont il était affligé. Albérik n'était pas pour autant peu fier de sa personne. Même s'il négligeait ses cheveux d'un gris cendré, il n'en était pas de même pour sa barbiche, qu'il taillait parfaitement. La barbe qui entourait sa bouche était brunie par la fumée de la pipe, qu'il avait presque toujours aux lèvres.

— Ça adonne que ça augure bien mal pour ton prochain voyage, dit-il à Albert. Apparence qu'il y a une femme à bord, ce qui, à mon point de vue, est malchanceux. À part de ça, il y a pas de membre d'équipage pour contredire le capitaine si jamais il était tenté d'exagérer sur les capacités d'un bateau de pêche qui, à mon avis, est passé dû.

Albert n'avait jamais vu le Vieux aussi négatif dans ses propos. Peut-être, se dit-il, que l'âge y était pour beaucoup et que son mentor voulait le mettre en garde contre les impondérables de la pêche au début de l'hiver.

— Je pense que vous jonglez trop, fit-il d'un ton doux pour ne pas l'offusquer.

— Mais voyons donc! Ça adonne que le capitaine, qui, à moins que je me trompe, est de classe III, aura toujours le dessus sur le chef mécanicien, qui n'est que de classe IV.

— C'est que la compagnie a eu une dispense, tout au moins pour cette année, en engageant Edmond à Pamphile, intervint Albert avant qu'il n'aille plus loin.

— Et qu'en plus, c'est le frère du capitaine qui est maître d'équipage, avec son gendre comme homme de pont. Un trio que tu ne pourras pas contredire aussi facilement que tu crois.

Albert se demanda si le Vieux ne cherchait pas la bête noire parce qu'il avait été par le passé le chouchou du capitaine Vincent. Aussi essaya-t-il de lui faire entendre raison.

— J'ai autant confiance dans le capitaine que dans le chalutier, même si vous souhaitez que je ne fasse pas ce dernier voyage. Que voulez-vous? Je ne peux pas laisser tomber tout le monde à la dernière minute après la peine que je me suis donnée pour réunir un équipage qui sera à la hauteur des attentes tant du capitaine que de la compagnie.

Albérik ne pouvait contredire son protégé, qui s'aperçut combien sa ténacité à arriver à ses fins n'avait pas de commune mesure. Il se leva, prit sa tabatière et bourra tranquillement sa pipe de tabac Amphora afin de mieux se concentrer sur ce qu'il allait dire. Prenant place à nouveau dans son fauteuil, il alluma sa pipe par petites inhalations avant de lui rappeler :

— Du temps des chalutiers en bois des années cinquante et soixante, il n'y avait pas d'accidents malheureux avec pertes de vie. Du bois, ça flotte naturellement et de l'acier, ça coule à pic tout aussi naturellement. Tu te rappelles la disparition du *Marie-Carole* au début de décembre 1964 ?

— Pas vraiment, j'avais à peine cinq ans. Je sais par contre qu'il était fait d'acier et qu'au contraire du *Nadine*, on y pêchait de côté. Comme il n'a jamais été retrouvé, rien ne dit que c'est sa trop petite dimension ou encore le métal utilisé pour le construire qui l'ont fait disparaître au fin fond de l'océan.

Albérik fit une pause pour rallumer sa pipe et en profita pour comparer la portance des chalutiers qui furent bâtis ces quatre dernières décennies.

— Du temps des chalutiers de bois et de ceux en acier, comme le *Marie-Carole*, toutes les installations étaient situées à l'arrière. À moins que je ne me trompe, c'était dû au fait qu'ils pêchaient de côté. Depuis l'arrivée des chalutiers de la série des G.C., la pêche se pratique par *la fesse**.

— Qu'est-ce que vous voulez... À cette époque, il y avait du poisson à ne plus savoir qu'en faire. La rareté qui a suivi a obligé les constructeurs à revoir leurs plans pour faciliter la pêche avec un chalut pélagique.

— Pour pouvoir pêcher entre deux eaux, tu veux dire. Certain que ça pourrait être au détriment de la sécurité de l'équipage, fit-il remarquer en se calant dans son fauteuil pour se lisser la barbe.

— Comment ça ? demanda Albert en regardant l'heure sur sa montre pour être certain de retourner à la maison à temps pour le dodo des enfants.

— Avec le *Nadine*, qui a le nez retroussé et la fesse à fleur d'eau, vous seriez chanceux de vous en tirer s'il y avait une tempête de vent du sudet.

— On n'aurait qu'à changer de cap si ça nous arrivait. Même si ça coûte plus cher de fioul, la sécurité de l'équipage prime avant

---

* *La fesse* : la poupe (l'arrière), par rapport à la proue (le nez) d'un bateau n'importe quoi d'autre, lui dit le second d'une voix exprimant une confiance inébranlable tant dans le chalutier que dans son équipage.

— Si tu en es capable, lança le Vieux, en se levant de son fauteuil pour s'étirer l'échine. Avec les pilotes automatiques d'aujourd'hui, il se peut que cela soit, comme on dit couramment, « trop peu, trop tard ».

— Je crois que vous êtes en train de me dire que le destin du *Nadine* a été tracé d'avance et qu'il n'y a pas grand-chose à faire pour le changer.

— Beau dommage ! Cependant, moins il y a d'erreurs humaines, comme dans le cas du naufrage du *G.C. Grosse Isle*, moins le destin prendra le dessus sur vous autres, lui dit Albérik en traversant le boudoir pour se rendre près de la fenêtre qui donnait sur la mer.

Il déposa sa pipe dans le cendrier sur pied, puis joignit les mains dans son dos en regardant le soir tomber, comme s'il voulait revoir le film du naufrage du *G.C. Grosse Isle*, propriété à l'époque de la Gorton Pew Company Ltd.

Dernier-né de la flottille des chalutiers de la série de G.C., le *Grosse Isle* fut bâti au printemps 1974 au chantier maritime des Méchins, en Gaspésie. Acheté à coups de subventions et de prêts des divers ordres de gouvernements en place, le chalutier, qui faisait environ six pieds de moins que le *Nadine,* avait été construit à l'origine, au contraire de ce dernier, comme chalutier pélagique. Au printemps 1975, lors d'une escale à Terre-Neuve pour s'approvisionner, un homme d'équipage tomba à la mer et disparut entre le chalutier et le quai où il était attaché sans qu'il fut possible de le secourir. Au retour du chalutier aux Îles, en avril, pour se préparer à une première expédition de pêche au sébaste, la Gorton éprouva certaines difficultés avec ses employés d'usine, qui exigeaient de meilleures conditions de travail. Aussi, pour les contrarier dans leurs revendications syndicales, la compagnie décida de recruter un équipage madelinien sur mesure. Le but non avoué était que le produit de cette toute première sortie en mer soit traité par des Terre-Neuviens de Stephenville plutôt que par des Madelinots. La compagnie avait demandé au capitaine de charger au départ des Îles les cartons et étiquettes nécessaires à l'empaquetage du poisson.

Motivé par le plaisir de conduire un chalutier flambant neuf équipé des dernières technologies de l'époque, le capitaine avait réussi à remplir les cales du *G.C. Grosse Isle* de sébaste après seulement trois jours de pêche au chalut pélagique. En route vers Stephenville, dans des conditions tout à fait acceptables, le chalutier se mit à tanguer dangereusement. Le capitaine voulut en connaître la raison, étant donné que c'était le baptême en pêche hauturière de son bateau. Il s'aperçut que la cale à poisson était presque remplie d'eau de mer, ce qui était dû – du moins le croyait-il – aux chargements consécutifs des six traits de chalut sans que les pompes de cale aient pu en diminuer le débit. Il constata avec stupeur que l'eau avait envahi les cales, dont celle où se trouvaient boîtes et étiquettes. Celles-ci avaient flotté jusqu'aux pompes et les avaient totalement obstruées.

En pleine nuit – comme cela arrive la plupart du temps –, le capitaine sonna le rassemblement de l'équipage, qui eut le temps de quitter le bateau dans les canots avant qu'il ne coule, une quinzaine de minutes plus tard dans plus de 400 pieds d'eau. Récupéré sain et sauf, l'équipage laissa au fond de la mer le produit de son labeur avant même d'avoir eu le temps de s'amariner au bateau de pêche, lequel n'avait été leur demeure qu'une centaine d'heures tout au plus. Le capitaine, traumatisé par l'accident, a dû continuer à gagner sa vie les pieds sur la terre ferme.

— Et puis, avez-vous pensé à quelque chose qui pourrait m'assurer que le destin ne sera pas trop sévère avec moi ? s'enquit Albert lorsqu'il vit le Vieux reprendre place dans son fauteuil après un silence qui n'en finissait plus. Et j'ajouterai ceci, poursuivit le second, avec toutes les mesures de sécurité qu'il y a à bord du *Nadine*, il est presque impossible qu'il coule, comme ça été le cas avec le *G.C. Grosse Isle*.

— Ça se dit bien de la part d'un premier maître qui a, permets-moi de te le dire, une confiance aveugle dans son bateau de pêche tout comme dans l'équipage qui en prend soin. Il y a apparence que la météo maritime annonce rien de bon, ajouta-t-il en rallumant sa pipe. Quelque chose comme du gros vent – il prit une première bouffée –, de la neige mêlée à du grésil, et parfois de la pluie forte. Un vrai *chiard** qui va te donner beaucoup de troubles, mon Albert.

— Je suis presque certain que vous pensez à la glace qui peut se former sur le pont, rendant précaire l'assiette du chalutier.

— *L'assiette*? s'enquit le Vieux en plissant son large front.

— Le ballant, si ça peut faire votre affaire. En tout cas, j'ai navigué dans le passé dans de telles conditions et je pense m'en être tiré assez bien.

— Oui, mais avec un équipage expérimenté, lui répondit-il à travers un nuage de fumée. Avec des remplaçants, en plus d'un maître mécanicien de classe inférieure par rapport au règlement en usage, c'est pas du pareil au même.

— Je sais que ce n'est pas facile de remplacer des marins par d'autres qui n'ont pas pris leur expérience sur le *Nadine*. Par contre, ils ont en tête la satisfaction du devoir accompli tout en ayant la possibilité de se faire des réserves de poissons pour l'hiver. En fait, je crois que c'est la compagnie qui va en profiter pour pêcher la partie du quota qui lui restait.

— Je comprends, mais ça adonne que les réserves de poissons pour l'hiver, c'est comme de la bouette que la compagnie vous offre pour vous attirer. Une fois accrochés, vous ne pouvez plus tourner de bord. Les fonctionnaires du gouvernement, ce sont des bons à rien dont la grande majorité n'ont jamais navigué de leur vie. Ils sont censés s'occuper de vous autres, des vrais pêcheurs hauturiers, et, au lieu de le faire, ils vous envoient une femme qui va être une distraction plus qu'autre chose.

— On verra à ça dans le temps comme dans le temps. De toute façon, comme dit le dicton, « À chaque jour suffit sa peine », enchaîna Albert en regardant l'heure sur sa montre. Il faut que je rentre à la maison à temps pour le coucher des enfants.

Il prit congé du vieux après lui avoir donné une accolade bien sentie.

En montant dans son petit camion, Albert fut si perturbé par les propos prémonitoires d'Albérik qu'il se demanda s'il ne devait pas

---

* *Chiard*: mélange d'aliments

aller en discuter avec le père Louis. «Après ma dernière sortie en mer de l'année», se promit-il, en se disant que la promesse qu'il avait faite à sa femme pour le dodo de ses enfants devait passer avant ses propres tourments.

CHAPITRE 30

« Une femme, c'est un complément et non un supplément »

Albert allongea le bras et attrapa le réveille-matin pour regarder l'heure ; il s'aperçut qu'il ne lui restait que quelques heures à dormir avant qu'il ne se lève pour s'embarquer sur le *Nadine* avec un équipage complet, du moins l'espérait-il. Si jamais il devait manquer un seul membre, il savait que le capitaine ne lui pardonnerait pas de ne pas avoir fait le nécessaire pour cette dernière sortie en mer de l'année. Cette sortie en mer se devait de répondre aux attentes tant sur le plan de la rentabilité que de la recherche en biologie marine.

— Pourquoi ne m'as-tu pas réveillé avant ? demanda-t-il à Marie-Clara, quelques heures plus tard.

— C'est que j'ai eu comme impression que tu t'étais endormi aux petites heures alors j'ai fermé le réveil pour que tu aies fière allure en t'embarquant. Dépêche-toi si tu ne veux pas être en retard, ajouta-t-elle en quittant son mari pour aller réveiller les enfants.

Campé devant le miroir de la salle de bain pour se faire la barbe, Albert se rappela le rêve que sa femme avait écourté en le réveillant.

— Bonjour, les enfants ! leur dit-il en arrivant au rez-de-chaussée à toute vitesse pour prendre son déjeuner. Je vous promets tous les deux que c'est mon dernier voyage de pêche de l'année, fit-il en regardant sa femme qui semblait être de mauvaise humeur.

— C'est par où que tu vas pêcher ? lui demanda son plus vieux. J'espère que tu vas revenir assez vite pour qu'on aille ensemble couper le sapin de Noël.

— On est aujourd'hui…

— Le mercredi 12 décembre 1990, lui confirma sa femme en lui remettant une assiette remplie de victuailles à saveur madelinienne.

— Ça fait qu'on devrait être de retour vers le 17 ou le 18, pourvu cependant que la température soit de notre côté, dit-il à son fils en regardant la neige qui fouettait les fenêtres de la cuisine. Ça donne une bonne semaine pour se préparer à la fête de Noël, qui va se célébrer cette année d'une façon tout à fait spéciale, enchérit-il en regardant sa femme qui souriait à peine.

— Cela a-t-il à voir avec le père Noël ? lui demanda sa petite fille avec des yeux qui brillaient d'émerveillement à l'approche des fêtes.

— Tu as deviné. En fait, on s'en va pêcher près de Terre-Neuve, donc pas très loin du pôle Nord, où réside en permanence le père Noël. Je vais essayer de m'organiser pour le rencontrer et lui remettre ta liste de cadeaux et celle de ton frère, si vous êtes gentils, évidemment !

— Et qu'on suive les consignes, répliqua son plus vieux. Albert se demandait si, influencé par ses amis, il croyait encore au père Noël.

— Allez, les enfants, laissez votre père terminer son déjeuner. Il est attendu à 8 h à Cap-aux-Meules pour le départ du *Nadine*. Albert, je t'ai préparé du linge de rechange, de quoi avoir chaud pour travailler en dehors de la timonerie, si nécessaire.

— Comme quoi ?

— Tes survêtements pour faire de la motoneige, avec, en plus, de quoi te sucrer le bec pour te donner de l'ardeur au travail.

— Dieu, que tu es prévenante, Clara ! Je ne sais pas ce que je ferais si je ne t'avais pas comme épouse.

— Bah, tu en aurais une autre, sans doute différente de moi, mais sûrement amoureuse de toi.

— Peut-être bien, mais moins inquiète, reprit-il en ne sachant pas vraiment ce qui trottait dans la tête de sa femme.

— Allez, les enfants, on s'habille comme il faut pour prendre l'autobus, leur recommanda leur mère d'une voix ferme.

Se retrouvant seule avec son mari, elle lui avoua :

— Tu sais, j'ai peur pour toi, enfin pour nous autres. J'en suis rendue à souhaiter qu'il manque trop de membres d'équipage et que ce voyage ne se fasse pas. Ça n'a pas de bon sens que vous partiez par un temps pareil à une dizaine de jours à peine de Noël.

— Que veux-tu ? fit-il en la prenant dans ses bras. Tu sais à quoi j'étais en train de rêver quand tu m'as réveillé ? demanda-t-il en lui massant le dos de ses larges mains.

— Vas-y, raconte-moi. Ça va peut-être m'aider à rêver à des jours meilleurs.

— Imagine-toi donc que je me trouvais à la barre comme capitaine d'un bateau de croisière qui faisait la navette entre les Îles et Montréal.

— Et que j'étais une hôtesse qui voyait au bien-être des passagers, renchérit Marie-Clara, qui devinait souvent ce que son mari avait comme objectif de vie. Je sais qu'il faut rêver dans la vie. Cependant, à l'heure actuelle, tout ce que je demande au Bon Dieu, c'est que tu reviennes au plus vite pour qu'on puisse passer de belles fêtes ensemble. Promets-moi d'être prudent et de regarder notre étoile – tu te rappelles? –, si le ciel te le permet, évidemment. Cela va m'aider à croire que la divine Providence a étendu son manteau de bonheur une nouvelle fois sur nous deux. Oublie pas de passer prendre ton frère Benoît de même que Carlo, lui rappela-t-elle en l'embrassant si tendrement qu'il en fut troublé.

Albert sortit presque à reculons de la maison qu'il occupait à l'Anse-à-la-Cabane. Il se demanda s'il avait bien agi en forçant la main de deux des membres de l'équipage pour qu'ils s'embarquent pour cette dernière sortie au large des Îles. Il jeta sa valise sur la banquette arrière de son petit camion, prit place devant et mit la clef de contact pour faire démarrer le moteur. Attendant que l'habitacle se réchauffe, il regarda son porte-clés avec la photo de son frère décédé, qui se balançait, comme s'il lui demandait de choisir entre sa femme, qui ne voulait pas de ce voyage, et lui, qui espérait de tout cœur que Ferdinand, entre autres, ne lui ait pas fait faux bond.

En arrivant près de la résidence qu'avait louée son frère Benoît à Portage-du-Cap, il s'aperçut qu'il ne l'avait pas encore décorée avec des lumières de Noël, comme il avait l'habitude de le faire depuis plusieurs années.

— Qu'est-ce qui t'a pris d'attendre pour placer tes lumières de Noël? lui demanda Albert quand il ouvrit la porte du camion pour y prendre place.

— C'est que j'ai fait comme toi avec ton sapin de Noël! Ça fait que j'ai demandé à deux de nos frères de s'en occuper pendant qu'on sera sortis en mer. J'ai apporté une bonne douzaine de petits seaux vides pour qu'on se fasse de la morue salée pour la famille comme réserve pour l'hiver qui approche.

— Bonne idée ! Quoi d'autre, Benoît ? lui demanda-t-il quand il eut pris place avec lui sur le siège avant de son camion.

— Bah ! Pas beaucoup de linge, mais de quoi aider à me faire mieux accepter avec la demi-douzaine de pâtés à la viande que m'a remis ma femme pour que je les partage avec le reste de l'équipage !

En allant chercher Carlo, qui demeurait lui aussi à Portage-du-Cap, Albert se demanda si les pâtés à la viande à eux seuls feraient accepter son propre frère par certains membres de l'équipage qui avaient la critique facile, même sur certains aspects qui ne les regardaient pas.

— Je crois, Benoît, que tu devrais faire semblant de vouloir devenir un hauturier, même si cela n'est pas tout à fait vrai, suggéra-t-il.

— Mais comment faire ?

— Comme tu es reconnu toi aussi pour être curieux de nature, je vais m'organiser pour prendre les commandes au départ des Îles en suggérant au capitaine que tu agisses comme vigie dans la timonerie. Comme ça, il va s'apercevoir que tu veux t'amariner au *Nadine* dès le début du voyage.

— Ça va. Mais pour la pêche, qu'en est-il ?

— Je vais faire en sorte qu'on soit ensemble lors du tout premier trait de chalut. Moi, dans la timonerie, et toi, portant mes vêtements chauds, sur le pont lors de la récupération du chalut avec le reste de l'équipage. Oublie pas qu'on garde ça pour nous deux.

— J'ai eu une nuit assez difficile, annonça Carlo en prenant place auprès des deux frères. Mon petit garçon qui vient d'avoir un an a braillé une bonne partie de la nuit, expliqua-t-il dans un bâillement.

— On dirait que les enfants sentent des choses que nous les adultes ne prévoyons pas du tout, répondit Benoît.

— Comme quoi ? s'enquit Carlo, qui se demandait si ce n'était pas aussi dû aussi à son père qui l'avait achalé jusqu'à tard en soirée pour qu'il conclue une offre d'achat pour l'acquisition d'un permis de pêche au homard.

— C'est que tu laisses toujours ton enfant avec ta femme et ton propre père, qui doit se chagriner de te voir les quitter si souvent.

— C'est bien possible, surtout que j'ai dû encore une fois le rassurer en lui disant que le *Nadine* ressemblait à un cap de roche impossible à démolir.

— Même en présence d'une mer démontée, intervint Albert, qui avait déjà entendu une telle affirmation.

Voyant que la dernière remarque de son ami Carlo avait fait grimacer son frère Benoît, Albert reprit :

— Écoute donc, Carlo, es-tu prêt pour les fêtes qui s'en viennent ?

— Oui. J'ai coupé deux sapins de Noël. Un pour mon frère le plus vieux et un autre pour que mon père le décore durant mon absence. Ça va l'occuper et il s'inquiétera moins pendant que je vais être au grand large. Ce dont je suis certain, cependant, c'est que ce voyage de pêche en haute mer va être le dernier de toute ma vie. Faute de pouvoir m'acheter un permis de pêche au homard à un prix raisonnable, je vais faire une demande pour travailler comme mécanicien à la mine de sel.

— Ou à Hydro-Québec, qui est en train de construire une nouvelle usine, ce qui veut dire de nouveaux postes, intervint Benoît, qui avait déjà pensé à offrir ses services à la compagnie.

Traversant le Havre-aux-Basques, qui les amenait au centre du village de Cap-aux-Meules, près de la butte du Marconi, pour y chercher Ferdinand comme remplaçant du chef cuisinier, chacun parla de son désir de gagner sa vie en toute quiétude financière aux Îles. Selon Benoît, avoir réuni l'Île de Havre-Aubert et Cap-aux-Meules, il y avait de ça une quarantaine d'années auparavant, avec une longue jetée, avait fait en sorte que le homard se pêchait maintenant de plus en plus au large des Îles. Ça lui prenait maintenant trois fois plus de temps de navigation pour se rendre sur les fonds de pêche, sans compter l'augmentation du prix du fioul qui ne suivait pas nécessairement le prix obtenu pour ses captures. Arrivés tout près du secteur de la Martinique, ce fut au tour de Carlo d'exprimer ses doléances. Il rappela à ses deux compagnons les contraintes que l'homme faisait subir jour après jour à dame Nature.

— Le beau terrain en bordure de mer que mon père m'avait cédé, leur dit-il, a été tellement grugé par l'érosion que j'ai dû le laisser aller l'année passée pour les taxes. D'un côté des Îles, on enroche les bords de mer qui servent de route et de l'autre, on perd du terrain sur lequel j'aurais pu me bâtir une maison.

— Tout comme moi, lui confirma Albert, qui commençait à être nerveux en approchant de la roulotte qu'occupaient Ferdinand et son amie de cœur.

Ferdinand à Jos avait fait la grasse matinée parce qu'il avait eu une discussion avec sa compagne jusqu'à tard en soirée. Elle lui avait dit être heureuse de le voir se battre contre ses démons et, pour l'en remercier, elle voulait fêter ses 48 ans en invitant ses amis qui avaient le même problème d'alcool que lui. Il lui avait répondu que la nuit portait conseil. Cependant, la veille, en fin d'après-midi alors qu'elle cuisinait plusieurs douzaines de galettes à la cannelle, en plus d'une vingtaine de pâtés à la viande, elle savait qu'il penchait plutôt du côté d'une dernière sortie en mer. Elle gardait tout de même le faible espoir qu'il refuse de s'embarquer si, justement, le maître d'équipage, avec qui il était ami, n'était pas du voyage.

— Et puis ton cœur a penché du bon bord, lui dit Albert alors qu'il arrivait avec sa valise et une pleine glacière d'aliments.

— Mon cœur, oui, mais ma raison, rien de certain, surtout depuis qu'Edmond à Pamphile m'a informé que la météo annonçait plusieurs jours de mauvais temps d'ici la fin de semaine.

Une telle information mit Albert dans tous ses états, lui qui espérait de tout son cœur qu'Edmond ne lui fasse pas faux bond.

Mais, loin de vouloir se soustraire à ses responsabilités de chef mécanicien, Edmond à Pamphile s'était levé à la barre du jour. Il avait commencé par demander à sa femme s'il pouvait prendre une décision importante pour leur avenir : faire vie commune avec leur premier enfant à naître en février. Après de multiples pourparlers, il avait tout de même décidé de s'embarquer… En lui caressant tendrement le ventre, il lui annonça qu'il allait inspecter le *Nadine* pour s'assurer qu'il n'y avait rien qui pourrait mettre en péril la vie de l'équipage. Il lui avait dit en la quittant qu'il n'avait pas le choix, maintenant qu'ils étaient deux à attendre son retour.

En montant dans son petit camion pour quitter Gros-Cap, où il habitait un appartement depuis peu, il pensa faire un petit détour par la maison paternelle pour demander à sa mère de prendre soin de sa conjointe enceinte, au cas où. Néanmoins, il s'y refusa du fait qu'il ne voulait pas être pris au dépourvu si quelque chose clochait avec le *Nadine* avant qu'il ne quitte son port d'attache de Cap-aux-Meules.

Justin, quant à lui, s'était levé avec ce qu'il est commun d'appeler une grippe d'homme. Sa femme avait essayé, mais en vain, de lui faire comprendre qu'il n'était pas en état et elle lui rappela qu'il faudrait bien un jour qu'il mette fin à ses absences prolongées de la maison pendant plus de huit mois par année. À la place, lui avait-elle rappelé, il pourrait poursuivre les études en administration qu'il avait abandonnées à l'adolescence afin d'en arriver ainsi à avoir un travail avec les deux pieds sur la terre ferme. Elle avait évoqué pour la énième fois comment il était difficile pour elle, depuis le décès de sa belle-mère Justine, d'avoir quelqu'un de sa famille à lui pour la remplacer pendant la nuit, quand il était au large des Îles. Il avait essayé de la rassurer en lui disant qu'il y aurait possiblement une docteure en biologie à bord du chalutier et qu'elle saurait remédier à son malaise, le cas échéant, en lui fournissant de quoi le guérir rapidement. Elle lui avait rappelé qu'il se devait d'être en forme à son retour puisque le réveillon se tenait chez son père devenu veuf, en compagnie de ses sœurs jumelles. « N'oublie pas, Justin, que tu es ma seule et unique raison de vivre », lui avait-elle confié en l'enlaçant pour l'embrasser. Bouleversé par une telle révélation, il quitta sa maison située tout près de celle de son père. La neige qui balayait la route lui rappela que l'appel de la mer pouvait, hélas, être plus fort que n'importe quel autre appel.

Charles à Aristide, le plus jeune des membres de l'équipage, était allé visiter ses parents avec l'un de ses chums la veille du départ afin de terminer la pellicule de son appareil photo qu'il avait commencée lors de sa dernière sortie en mer. Voulant profiter de la présence de son frère aîné, avec qui il avait une certaine complicité, il avait demandé à sa mère de les prendre tous deux en photo. Voyant que son frère refusait, l'un de ses chums – il en avait d'innombrables – prit sa place. Repentant d'avoir décliné l'invitation de son frère Charles, le plus vieux de la famille essaya le lendemain matin, en vain, de communiquer avec lui. Trop tard : il était parti pour s'embarquer sur le *Nadine* afin de voir au chargement des aliments périssables, de l'eau douce et du fioul nécessaires pour une semaine de pêche en haute mer. Sachant que les forces motorisées du chalutier allaient être très sollicitées au cours des jours à venir – les cales à poissons étant situées juste à côté des salles des machines, où il faisait une chaleur atroce –, il s'assura de faire embarquer près d'une cinquantaine de tonnes de glace. De la glace qui devait servir à garder le poisson au frais pendant environ une semaine, et ce, même si la température extérieure était sous zéro.

En arrivant sur le quai des pêcheurs de Cap-aux-Meules, Albert ressentit un profond soulagement en voyant qu'aucun membre de l'équipage ne manquait à l'appel.

— Vous ne pouvez pas vous imaginer comme ça me fait plaisir de vous voir réunis à nouveau, dit-il au maître d'équipage, qui était en train de discuter avec Ferdinand de ce qui semblait être une question de denrées périssables.

— Mon frère est parti au bureau de la compagnie pour prendre les dernières instructions, l'avisa le maître d'équipage.

— Surtout avec le temps de chien qu'il fait présentement, on va avoir besoin de tout notre *petit change* si on veut plaire à ceux qui s'attendent à faire leurs timbres, les prévint Carlo en ajustant son casque en peau de loup-marin.

— Et pour la question d'une pêche exploratoire, il y a du nouveau avec la biologiste? s'enquit Albert auprès du frère du capitaine.

— À moins que je ne me trompe, la biologiste en chef est actuellement dans les bureaux de la compagnie. Elle va effectivement s'embarquer avec nous autres.

En provenance de l'aéroport de Mont-Joli, situé tout près de l'Institut Maurice-Lamontagne, où elle occupait un poste de direction, la biologiste en chef était arrivée aux Îles juste avant que ne débute la tempête de neige qui avait empêché l'un des frères du capitaine de revenir aux Îles à temps pour s'embarquer. Marie-Louise, de son prénom, avait passé les trois dernières journées à faire un bilan provisoire de l'année en cours pour s'apercevoir qu'il restait encore plusieurs analyses critiques à faire vu la diminution effarante du sébaste, tant en quantité qu'en qualité. Elle avait comme habitude de faire un seul voyage par année – surtout au début de l'été – afin de procéder à l'essai de nouvelles techniques d'analyse. Cette fois-ci, par contre, elle avait passé une bonne partie de la nuit à se demander si ces prélèvements n'étaient pas trop compliqués à effectuer adéquatement pour que la tâche soit confiée à une simple technicienne. Cette technicienne, contrairement à elle-même, était mère de jeunes enfants.

Or, à son réveil, son sens du devoir avait pris le dessus, et elle avait averti les personnes concernées qu'elle serait du voyage. « Pourquoi ne pas en profiter, s'était-elle dit en préparant sa valise, pour utiliser une nouvelle technique de calcul par ordinateur ? » Elle s'était assurée que l'équipage au complet serait du voyage. Ce voyage demanderait la disponibilité de chacun, non seulement pour l'aider à faire son travail, mais également pour assurer en tout temps son bien-être et surtout sa sécurité. Elle craignait, entre autres, que la tempête qui s'achevait dans la région de la Vieille-Capitale ne vienne frapper la région du Golfe 24 à 48 heures plus tard.

Après avoir pris un copieux déjeuner, elle s'était dirigée vers les bureaux de la compagnie, pour vérifier qu'il n'y avait pas d'entrave à sa sortie en mer.

Après avoir rangé ses affaires personnelles dans sa cabine, Albert, qui perdait patience, se demandait ce qui pouvait bien retarder le capitaine et la biologiste à arriver au quai. Voulant en avoir le cœur net, il décida de se diriger vers les bureaux de la compagnie en espérant de tout cœur que la biologiste en chef s'embarque sur un autre chalutier que le *Nadine*. Comme ça, se dit-il, à son retour, il pourra mettre sur le nez du Vieux qu'il serait grandement temps qu'il révise sa position sur la question des femmes à bord d'un bateau de pêche. Comme il allait entrer dans les bureaux de la compagnie, il vit sortir le capitaine avec le chef de la flottille qui, chargé de plusieurs bagages, accompagnait Marie-Louise.

— Bienvenue à bord, lui lança Albert. Le voyage va être très animé avec de forts vents, de la neige et peut-être même du verglas mêlé à de la brume, ajouta-t-il dans l'espoir de la faire changer d'idée à la toute dernière minute.

— Quand je prends une décision, il n'y a rien à faire pour que je vire capot, lui assura-t-elle avec une teinte de hardiesse dans la voix

Albert était maintenant certain que Marie-Louise avait choisi le *Nadine* à la fois pour réaliser ses objectifs scientifiques mais aussi faire rapport à ses supérieurs des dommages collatéraux d'une pêche non responsable.

« Larguez les amarres ! », ordonna le capitaine en regardant l'horloge de la timonerie qui indiquait 8 h 37. Personne d'autre que quelques employés de la compagnie, qui étaient restés sur le quai, ne souhaita bon voyage au *Nadine*. Il faisait −8 °C, il neigeait à plein ciel et des rafales de 50 km/h commençaient à faire monter la mer sur ses grands chevaux.

CHAPITRE 31

« Ventre affamé n'a point d'oreilles »

— Ça te va si je prends mon frère comme vigie dans la timonerie lorsque tu auras sorti le chalutier de l'emprise du quai ? demanda Albert au capitaine.

— Mais pourquoi donc ? répliqua-t-il en fronçant les sourcils.

— C'est qu'il voudrait devenir éventuellement un remplaçant régulier, peut-être même un hauturier permanent étant donné qu'il a vendu l'été dernier son permis de pêche au homard et qu'il…

— Et qu'il a besoin de timbres pour son assurance-chômage, le coupa le capitaine. J'ai pas de problème avec ça. Vous viendrez prendre la relève lorsqu'on sera arrivés à la bouée du large.

— Tout est arrangé, confirma Albert à son frère Benoît, qui l'attendait dans la partie inférieure du pont réservée à l'équipage.

Jetant un regard circulaire sur le quartier des marins, Benoît n'en revenait pas de voir toutes les transformations effectuées sur le bateau depuis la fois où, en compagnie de son frère, il était allé à la chasse au loup-marin, il y avait de ça une dizaine d'années. Il pénétra dans le dortoir, situé au niveau du pont principal, et entra dans la grande chambre qui contenait six couchettes, dont cinq avaient un hublot avec vue sur la mer. Il salua les membres d'équipage qui s'y trouvaient et accompagna son frère à tribord. Là se trouvait une petite chambre avec deux couchettes, dont l'une était occupée par la biologiste Marie-Louise, la deuxième lui servant pour ranger les produits et contenants dont elle avait besoin pour ses analyses. Benoît se dirigea vers l'escalier qui montait à la timonerie et y découvrit deux petites cabines, l'une occupée par son frère Albert, et l'autre, par Edmond, le chef mécanicien.

— Et puis, qu'est-ce que t'en dis, Benoît, de telles commodités pour un bateau de pêche ?

— C'est bien, mais je me doute que, contrairement à la maison, ici, on doit faire son lit et ranger ses affaires dans le garde-robe !

— Et participer aussi au ménage des aires communes ! En plus, avec la salle des machines située juste en dessous de nous, il est interdit de fumer à l'intérieur… ajouta-t-il en invitant son frère à ranger ses affaires à la place qui lui était assignée.

— En fait, à moins que je ne me trompe, le chalutier a été aménagé pour un équipage de douze hauturiers, y compris les officiers, non ?

— Oui, mais avec les années, on s'est aperçus qu'en étirant les quarts de travail de plusieurs heures, une équipe de huit ou neuf hommes, c'était suffisant.

— Et sans doute plus payant, reprit Benoît en l'accompagnant à la cuisinette pour une pause.

Dégustant les galettes qu'ils avaient réchauffées dans le fourneau, Albert s'efforça d'expliquer à son frère les tâches que chaque hauturier à bord avait à accomplir pendant les dix heures que durerait le voyage avant de lancer un premier trait de chalut.

— À quelques exceptions près, les quarts de travail de jour seront sous la responsabilité du capitaine et ceux de nuit, sous la mienne. Quand on va prendre la relève du capitaine dans plus ou moins une heure, celui-ci va se retirer dans sa cabine, juxtaposée à la timonerie, pour s'occuper d'un tas de paperasse, des communications avec d'autres chalutiers, avec la base VHF de la compagnie ou encore avec les diverses stations météorologiques. Il devra aussi voir aux constatations qui vont lui être rapportées par l'équipage tout au long du voyage. Il est le « maître à bord après Dieu », mais pas entièrement, si on songe à la salle des machines, qui est sous la responsabilité d'Edmond, le chef mécanicien.

— Où il y fait très chaud, dit Benoît pour faire comprendre à son frère qu'il ne souhaitait pas y travailler vu la claustrophobie dont il était affligé.

— En fait, la chaleur est causée par le frottement incessant des pièces métalliques qui doivent être huilées et graissées régulièrement par Edmond et Carlo, à tour de rôle. En plus de ça, ils doivent s'assurer du bon fonctionnement des autres composantes mécaniques dont plusieurs se trouvent à l'extérieur de la salle des machines.

— Et en particulier celles qui sont sous la ligne de flottaison, je suppose, intervint Benoît pour ajouter son grain de sel à ce qu'il savait déjà.

— Ça a l'air de rien, mais il y a aussi le maître d'équipage, qui doit vérifier, avec des hommes de pont, les mécanismes des deux dragues qu'on a à bord, les filets, les flotteurs, les pesées, les câbles, enfin tout ce qui pourrait, en cas de mauvais entretien, faire échouer un trait de chalut, ce qui engendrerait une perte de plusieurs milliers de dollars.

— Et les ouvriers à terre qui s'occupent du *Nadine*, qu'est-ce qu'ils ont fait de leur corps tout ce temps-là?

— Lorsqu'on arrive d'un voyage de pêche, il revient à chacun de nous de rapporter à la compagnie les défectuosités qu'on a constatées lors de notre sortie de façon à ce que ses ouvriers puissent y remédier.

Benoît savait, pour l'avoir appris à ses dépens, que l'humiliation suprême pour un pêcheur est d'être blâmé pour une défaillance mécanique, due à sa négligence, obligeant le bateau à faire demi-tour pour revenir à son port d'attache.

— À part de ça, Albert?

— Il y a certains travaux légers, mais combien importants, comme l'inspection des cales à poissons, qui doivent être nettoyées à fond à chaque voyage, ainsi que celles de tous les compartiments qui sont sous la ligne de flottaison, et…

— Albert, tu es demandé avec ton frère Benoît à la timonerie, indiqua Charles en arrivant dans le quartier des marins.

— On arrive, lui répondit Albert en le voyant disparaître dans l'embrasure de la porte. Je disais donc…

— Qu'il fallait peut-être faire des inspections un peu partout, reprit son frère Benoît.

— Tu as raison. En particulier chacune des ouvertures vers l'extérieur, telles que les trous à poissons, les écoutilles, l'arbre de l'hélice et celle du gouvernail, enfin tout ce qui pourrait prendre l'eau.

— Ç'a pas l'air d'être du gâteau de travailler sur un chalutier au début de l'hiver avec un temps de chien comme maintenant… opina

Benoît, qui se rendit compte qu'il allait devoir déployer beaucoup d'efforts et faire preuve de bien du courage pour obtenir les timbres qui lui manquaient!

— On a quand même droit à nos trois repas avec autant de collations! Si je calcule bien, on peut travailler jusqu'à quatorze heures par jour avec plus ou moins huit heures de sommeil, qui peuvent par contre être interrompues, pour aller aider à embarquer le poisson dans les cales, ajouta-t-il en entrant dans la timonerie, afin de bien paraître aux yeux du capitaine.

— Ça ne me fait rien, mais avec un pareil temps, t'as pas fini d'en montrer à ton frère si tu veux qu'il nous aide pour la peine, l'avertit le capitaine.

— T'as pas à t'inquiéter pour ça.

La première chose que fit Albert fut d'inscrire au livre de bord l'heure qu'indiquait l'horloge de la timonerie et la position du bateau, puis il apposa ses initiales: il voulait aussi montrer les règles de bonne conduite à son frère. Il jeta ensuite un coup d'œil aux divers cadrans et releva les données sur les appareils de navigation pour s'assurer que le chalutier était prêt à être mis en mode pilote automatique pour suive le cap que lui avait tracé le capitaine. Il prit place dans le fauteuil destiné au commandant et pria son frère de faire le tour de la timonerie afin de se familiariser avec les divers instruments, appareils, manettes, commutateurs et témoins sonores et lumineux de toutes sortes.

Ce n'était pas la première fois que Benoît examinait les deux consoles d'un chalutier équipé pour la pêche au chalut pélagique. Néanmoins, question d'être au fait des nouvelles technologies dont était équipé le *Nadine*, il regarda un à un la vingtaine de cadrans qui, avec leurs aiguilles et les informations se trouvant sur leur base, renseignaient sur la condition des génératrices, du moteur, etc. Il s'arrêta ensuite devant un grand panneau de témoins lumineux afin d'essayer de comprendre la fonction de chacun d'eux. Il revint regarder plus attentivement la console du mur arrière de la timonerie où se trouvaient plusieurs manettes, cadrans et interrupteurs, qui servaient surtout au moment de la pêche au chalut et, en particulier, à sa récupération. Il scruta ensuite la console se trouvant sur le mur avant, là où son frère, bien installé dans le fauteuil du commandant, surveillait les données qui lui étaient fournies par les appareils du pilote automatique. Il remarqua qu'Albert avait à portée de main une boussole, deux radars, trois sondeuses, deux Lorans, deux radiotéléphones, un gyrocompas et un système d'auto-pilotage. Il s'en approcha et vit une manette servant à orienter le pas de l'hélice, un levier de commande passerelle et un instrument servant de commande de direction.

Il vit son frère corriger le cap en comparant la lecture de position sur les écrans des Lorans à celle du compas, ce qui lui permettait de compenser, au besoin, les écarts en se servant de la manette de commandes du gouvernail. Satisfait d'y être parvenu en moins de cinq minutes, il brancha le pilote automatique et demanda à Benoît ce qu'il en pensait.

— Ça prend presque un cours classique pour parvenir à se servir de tout ça, répondit-il en voyant Albert gonfler le torse pour lui montrer qu'il n'était pas né de la dernière pluie.

— Tu vas t'apercevoir que chacun de ces appareils et instruments va nous servir, surtout dans des moments critiques comme ceux qui nous attendent à la jonction des changements de cap, en route vers la zone de pêche qui nous a été assignée.

— Si ça ne te fait rien, frérot, commence donc par le début afin que je comprenne à quoi tu veux en venir ! Comme ça, j'aurai moins l'air fou si jamais le capitaine s'informait de mon intérêt à devenir hauturier.

Albert expliqua à son frère que l'objectif du voyage était de satisfaire à la fois les instances gouvernementales, pour ce qui était de l'étude des comportements de la population de sébastes, et la compagnie, qui avait à sa disposition d'ici le 31 décembre un quota de 325 000 livres. Donc du travail de transformation bienvenu pour ceux et celles qui aspiraient à se qualifier pour l'assurance-chômage avant les fêtes. La destination pour un premier trait de chalut était la zone 4RD, à environ 30 milles marins au large de Cape-St-Georges à Terre-Neuve, avant de poursuivre le voyage jusqu'à la zone 4SS, beaucoup plus au large des côtes.

— Et si tu veux mieux comprendre, regarde cette carte marine. Tu vas y distinguer les divers endroits où on va devoir changer de cap.

Benoît, qui savait lire une carte marine depuis sa jeunesse, y distingua jusqu'à quatre lieux où la route à suivre changeait de cap. Le premier, et non le moindre, était la Pointe-de-l'Est. Suivaient le Rocher aux Oiseaux, le troisième, à l'embouchure du fleuve Saint-Laurent et le quatrième, au moment d'arriver dans la zone de pêche désignée.

À peine avait-il terminé son analyse qu'il s'aperçut que le chalutier arrivait près de la fameuse Pointe-de-l'Est, un endroit périlleux pour tout marin un peu trop téméraire. Il vit son frère, qui, en changeant l'angle du pas de l'hélice, régla sa vitesse de rotation de façon à ce que le bateau puisse bien prendre de front ce qu'il est communément appelé la « sixième vague », réputée la plus dangereuse.

Au changement de cap, Benoît s'aperçut que son frère Albert misait sur les ballasts afin de donner au *Nadine* une assiette qui optimisait à la fois le temps de navigation et, par ricochet, la dépense en fioul. Il constata que chaque fois qu'une vague déferlante s'écrasait sur le pont, l'eau de mer, mêlée à de la neige, prenait une éternité à s'évacuer par les ouvertures latérales pratiquées dans les murets. Il souhaitait de tout cœur que tant les écoutilles que les trous à poisson soient bien fermés, surtout qu'il ne savait pas s'il y avait des alarmes de niveau d'eau dans les cales à poisson ni dans celles contenant les composantes du gouvernail. À la question de savoir comment se comporteraient les deux radios balises en cas de naufrage éminent, son frère lui répondit que, tout comme les habits de survie en eau froide, ces mesures de sécurité n'étaient pas vraiment prises au sérieux.

Albert, en tant que second capitaine d'office, avait réussi à contourner la Pointe-de-l'Est sans encombre pour prendre le nouveau cap qui devait le ramener près du Rocher aux Oiseaux. Ce parcours semblait sans problème, en apparence, mais les conditions atmosphériques s'étaient dégradées depuis le dernier changement de cap. La hauteur des vagues qui frappaient de biais le bateau avait presque doublé. De plus, la neige qui s'était transformée en pluie verglaçante balayait les ponts en y laissant une couche de glace.

— Ça ne t'inquiète pas ? demanda Benoît à son frère qui travaillait très fort à régler le pilote automatique pour contrer les conditions exécrables qui sévissaient.

— Pas plus qu'il faut. Il n'y a rien là, comparativement à ce qui nous attend à notre prochain changement de cap près du Rocher aux Oiseaux.

— Comment ça ? Il me semble que c'est suffisant comme situation critique. Tu ne crois pas ?

— C'est que le Rocher, avec ses deux îlots près de la surface de l'eau, se trouve tout près du circuit utilisé par les bateaux transatlantiques qui entrent dans le fleuve Saint-Laurent.

— Il va falloir qu'on utilise les radars si on veut éviter une collision, déclara le capitaine en entrant dans la timonerie. Benoît, tu ressembles à ton frère avec ton calepin, enchaîna-t-il.

— Merci pour le compliment ! lui répondit ce dernier avant d'être appelé par Albert, qui désirait lui montrer comment utiliser les deux radars.

— Bon, je vous laisse, leur dit le capitaine en prenant congé.

— Bien le bonjour, leur lança Carlo en entrant à son tour dans la timonerie, le visage plein de suie à cause des émanations du moteur, dont une infime partie restait en suspension dans la salle des machines.

— Vous avez les salutations d'un homme frais et dispos qui vient de faire un roupillon, leur dit Justin, qui accompagnait Carlo.

— Il me semble que c'est tôt dans la journée pour faire un somme, non ? s'enquit Carlo en s'essuyant le visage avec un torchon qui ne le quittait que rarement.

— C'est que ma femme m'a empêché de dormir une partie de la nuit, en me répétant que depuis que ma mère Justine est décédée, elle perdait quasiment le goût de vivre lorsque je devais m'absenter trop longtemps de la maison.

— En parlant du goût de vivre, avez-vous remarqué que c'est la première fois depuis bien des années que notre Quatuor est rassemblé ? Pourquoi on n'en profiterait pas pour répéter nos partitions de musique et de chants de Noël avec le maître d'équipage pour être fin prêts pour notre prestation au Site d'en premier ?

— Qu'est-ce qui se passe par ici ? s'enquit ce dernier en pénétrant dans la timonerie comme s'il les avait entendu parler de lui.

— C'est qu'on se disait qu'on pourrait en profiter, à un moment donné, pour répéter pour la fête qu'on est censé célébrer ensemble au Site d'en premier, lui dit Justin.

— J'aime aussi bien vous dire que mon frère, le capitaine, n'est pas plus enchanté que nous de ce voyage si tard en saison.

— Surtout avec le temps de chien qui continue à nous embêter, reprit Albert, qui veillait à ce que le chalutier garde son cap. Avec ce qui est annoncé dans les prochains jours, je ne suis même pas certain qu'on va pouvoir lancer un premier trait de chalut à notre arrivée dans la zone de pêche.

— À part ça, intervint Carlo, pour bien performer en musique, il faut que le cœur soit à la fête et non au bord des lèvres, comme je l'ai à l'heure actuelle.

— Ça pourrait-y aller, demanda Benoît à son frère, si, pour tout de suite, Carlo me faisait visiter les aménagements autres que ceux au niveau du pont principal ?

— Ma foi damnée, as-tu peur ? s'enquit Justin, qui n'était pas très curieux de nature.

— Ce n'est pas la peur, pas plus que le mal de mer, mais plutôt l'impression que tout ne tourne pas aussi rond que ça en a l'air avec les paquets de mer qui balaient le pont.

— Mais voyons donc, Benoît, tu t'en fais pour rien, répondit son frère, qui avait réussi à replacer le *Nadine* dans une assiette convenable. Va avec Carlo pour t'en assurer ; Justin va rester avec moi jusqu'à ce que tu reviennes.

— En un seul morceau, ajouta ce dernier en plaisantant.

Sortis de la timonerie, les deux amis furent aussitôt pris d'assaut par la mer en furie qui balayait le pont de toutes parts. S'accrochant l'un à l'autre pour ne pas glisser sur la glace qui se formait, ils réussirent à se rendre jusqu'à l'écoutillon qui donnait accès au tunnel à double cloison qui séparait la cale à poisson à bâbord de celle d'à tribord. Au moment où il entra dans le tunnel, Benoît fut pris d'un début de claustrophobie dû non seulement à la petitesse des lieux, mais également à la sensation de manquer d'air. Lorsque son compagnon lui demanda de fermer la porte derrière lui, celle-ci lui résista passablement. À petits pas, ils se rendirent à l'autre extrémité du tunnel, là où Carlo ouvrit une porte qui donnait accès aux compartiments arrière renfermant à la fois la sortie de l'arbre de l'hélice et celle du gouvernail.

— Ça semble ruisseler à travers l'étoupe, dit Benoît à son compagnon qui, plutôt que de lui répondre, prit une petite échelle pour aller voir les instruments de contrôle du gouvernail.

— Viens-t'en par ici, ordonna-t-il à Carlo, qui commençait à avoir des étourdissements dus au tangage du chalutier et à la forte odeur de fioul. Tiens, regarde, ici aussi ça coule, mais juste assez pour que l'étoupe fasse son travail de calfeutrage en se gonflant au contact de l'eau.

Carlo n'apprenait rien de nouveau à Benoît. Cependant, il s'aperçut que la plaque qui retenait l'étoupe autour de l'arbre de l'hélice en laissait peut-être passer plus qu'il n'en fallait au moment de la sortie du bateau du creux d'une vague. Voyant que son compagnon s'attardait, Carlo ne put faire autrement que de le rassurer.

— Si les fuites deviennent trop importantes, Edmond, notre chef mécanicien, n'aura qu'à utiliser les outils nécessaires pour visser les boulons de la plaque qui retient l'étoupe en place.

— Mais comment s'en apercevoir puisque je n'ai pas vu de détecteur de niveau d'eau, pas plus ici que dans les cales à poisson ?

— Tu demanderas ça à d'autres personnes que moi, rétorqua Carlo, qui comprit aux agissements de son compagnon qu'il ne serait probablement jamais un hardi pêcheur hauturier.

— Fais-moi sortir d'ici au plus vite, Carlo, avant que je ne perde connaissance.

Revenu blême comme un mort auprès de son frère, Benoît lui fit part de sa dernière expérience. Albert essaya de le rassurer avec des mots qui en disaient long sur la confiance qu'il avait autant dans le chalutier que dans ses confrères officiers.

— Le dîner est servi, leur annonça pour la énième fois Ferdinand en se montrant le bout du nez dans la porte de la timonerie.

— Après qu'on aura dépassé le prochain changement de cap au nord du Rocher, lui lança Albert, qui, aux yeux de Ferdinand, justifiait le dicton « Ventre affamé n'a point d'oreilles ».

— Comme vous voudrez, dit-il avant de s'en retourner écouter la conversation qu'avait le capitaine avec la base VHF de la compagnie aux Îles.

« Je me demande bien ce qui se brasse par chez nous depuis notre départ en matinée pour que soient si animés les propos du capitaine », songea Ferdinand en regardant, avant de sortir, l'horloge de la timonerie qui indiquait 14 h 30.

CHAPITRE 32

« La seule véritable réponse à une défaite, c'est la victoire »

Aux Îles, lors du départ du *Nadine,* les proches des membres de l'équipage avaient entrepris leur journée sous le signe de confiance en la divine Providence. Les jeunes enfants, par contre, qui devaient faire face bien malgré eux à l'absence de leur père deux semaines avant les fêtes de Noël, souhaitaient que cette privation soit récompensée par encore plus de cadeaux, dont ils rêvaient depuis fort longtemps. Dû à l'absence de leur mari, les femmes ne savaient où donner de la tête avec la préparation des victuailles et les décorations de Noël qui ne pouvaient attendre.

Les chants de Noël étaient omniprésents à la radio communautaire CFIM, vu que l'espoir d'un Noël blanc grandissait au rythme des accumulations de neige qui modifiaient le paysage madelinien en faisant ressortir les maisons en une féerie de couleurs et de contrastes. Cette féerie avait malheureusement pris une tout autre allure en après-midi lorsque le vent mêlé à de la pluie s'était mis de la partie pour redonner au relief madelinien un aspect grisâtre et mélancolique.

Toute la soirée, les conjointes des membres de l'équipage, dont deux sœurs, l'une mariée à Albert à Joseph, et l'autre, à Carlo à Tannice, se téléphonèrent. Elles affirmaient que le *Nadine* allait devoir mettre fin à son aventure étant donné les conditions météorologiques exécrables.

* * *

En début d'après-midi, sur le chalutier, le changement de cap pour contourner le Rocher aux Oiseaux avait été beaucoup plus laborieux qu'anticipé. La neige fondante s'était transformée en une fine brume qui avait abaissé le plafond. Albert, toujours aux commandes avec l'assistance de Benoît, s'aperçut que le plan de la route à suivre les faisait entrer dans une vaste enceinte dont ils estimaient l'autre extrémité aux abords du Rocher aux Oiseaux qui, avec ses deux îlots à moitié submergés, avait la sinistre réputation de retenir des bancs de brouillard si opaques qu'on ne voyait pas à plus d'une dizaine de pieds devant. Pire encore, le vent avait grossi et tourné, et les contre-courants étaient très puissants à cause du barrage de hauts-fonds qui entouraient les îlots.

Devant les difficultés qu'il s'attendait à rencontrer, Albert avait fait appel à Carlo, l'aide-mécanicien, de même qu'à Justin, homme de pont, afin d'assister son frère Benoît, qui ne pouvait répondre à autant de ses ordres, et qui, par bouts de temps, traversait des états cauchemardesques.

— Dites-moi pas que vous avez déjà vécu une situation aussi pire, dit Benoît après qu'ils eurent mis en commun leurs expériences pour réussir à changer de cap sans heurt apparent.

— À vrai dire, lui avoua Carlo, je dirais *presque* aussi pire, mais en prenant cette route dans le sens contraire pour revenir aux Îles avec une bonne charge de poisson à bord.

— Et qu'est-ce que cela avait donné comme résultat?

— Pas très concluant, lui répondit Albert, puisque la moitié au moins de la cargaison a dû être vendue pour faire de l'engrais.

— On nous a fait savoir, enchaîna Carlo, que le voyage avait été trop long et qu'on avait laissé trop d'eau de mer entrer dans les cales lors des chargements du poisson.

— Et peut-être aussi par d'autres moyens, le coupa Benoît.

— Je m'en allais le dire, intervint Justin, de telle sorte que l'eau salée avait fait fondre la glace beaucoup trop rapidement.

— Avec comme résultat que la paie a dû fondre également, intervint Benoît en pensant à ses fameux timbres.

— Le voyage de pêche le plus payant pour tout le monde, leur révéla Albert, est celui qui ne dure pas plus de quatre jours. Des jours pendant lesquels on pêche de nuit avec la drague pélagique et en plein jour avec celle de fond.

— Et quand le temps est couvert comme présentement? lui demanda Benoît.

— Il faut choisir une drague pélagique qui est capable de pêcher à petite eau, c'est-à-dire à plus ou moins la moitié de la distance qui nous sépare du fond. Ça prend du flair, et je crois que le capitaine l'a comme nul autre de la flottille des chalutiers de la compagnie.

Le dernier changement de cap qui eut lieu en bordure du canal sous-marin Laurentien avait nécessité l'intervention du capitaine. Une intervention qui avait duré une bonne heure en communication avec les nombreux bateaux qui sortaient du fleuve Saint-Laurent plutôt que d'y entrer, puisque la voie maritime donnant accès aux Grands Lacs était en cours de fermeture pour l'hiver.

Albert en avait profité pour occuper le plus possible l'esprit de son frère afin qu'il ne soit pas tenté de répéter devant le capitaine certaines remarques désobligeantes qu'il lui avait déjà faites depuis le début de leur quart de travail. Aussi avait-il commencé par lui expliquer que vu la profondeur d'environ 600 pieds du canal Laurentien, le chalutier se comportait beaucoup mieux avec des vagues plus en largeur qu'en hauteur. Néanmoins, il fallait user de prudence en se faufilant entre les nombreux bateaux, dont plusieurs capitaines n'étaient pas toujours d'arrangement pour laisser passer des chalutiers à travers leur route de navigation. Sachant qu'il ne lui apprendrait rien sur le phénomène, il demanda à son frère de l'accompagner pour regarder avec lui la carte marine du secteur dans lequel ils se trouvaient.

— Ça y est, leur lança le capitaine, maintenant qu'on est en position d'atteindre notre zone de pêche dans plus ou moins quatre heures, vous pouvez retourner tous les deux au quartier des marins, à moins que Benoît…

— Parfait, le coupa Albert, qui fit aussitôt signe à son frère de l'accompagner hors de la timonerie.

Pour les deux frères, la pause débuta par un copieux repas qui fit office de dîner et de souper en même temps, les nombreuses collations ayant réussi jusque-là à apaiser leur fringale. S'ensuivirent les activités préférées des membres de l'équipage qui étaient en relâche en même temps qu'Albert et Benoît. Certains jouaient au cribbage, d'autres écoutaient la radio ou encore de la musique sur un lecteur

CD qu'ils se partageaient. Sous la direction du maître d'équipage, certaines corvées furent exécutées à tour de rôle. Il fallait laver la vaisselle, faire le ménage des aires communes, etc.

— Benoît, on est demandés dans la timonerie, avertit Albert, qui s'était reposé dans sa cabine au cours des dernières heures.

— Comme ça, on doit être près d'arriver dans la zone de pêche, lui dirent plusieurs de leurs compagnons qui durent suspendre leurs loisirs.

— C'est bien ça. Aussi, je vous demande à tous de vous vêtir chaudement et de vous présenter à l'extérieur pour préparer les agrès de pêche.

— Et moi? lui demanda Benoît qui venait de remporter trois parties de cribbage de suite.

— Pour tout de suite, tu m'accompagnes dans la timonerie. Je t'avertirai du moment où tu devras aller rejoindre les autres sur le pont.

Albert avait demandé au capitaine de lui confier la responsabilité entière du tout premier trait de chalut, question de démontrer à son frère que ce n'était pas pour rien que les hauturiers avaient le *Nadine* et son équipage comme modèles de performance. La première phase concernait le choix du type de drague à utiliser selon la profondeur, le lieu de pêche et également les conditions atmosphériques.

— Préparez la drague numéro 2, ordonna Albert, qui fut entendu grâce au haut-parleur situé sur le mur extérieur avant de la timonerie.

— Pourquoi plus la 2 que la 1 ou encore la 3?

— En réalité, il n'y a pas de drague idéale pour pêcher par un temps pareil. Ça fait que j'ai choisi celle qui est la plus facile à manœuvrer en tenant compte de la direction et de la force des courants prédominants, qui, par moments, peuvent rencontrer des courants contraires, comme...

— Comme celui du Labrador, dit Benoît en lui coupant la parole.

La deuxième étape du processus consistait à prendre une décision cruciale, c'est-à-dire le moment idéal pour larguer le chalut à la mer. Un moment qui dépendait cependant de ce que les sondeuses voudraient bien leur révéler comme présence de sébaste.

— Pendant que je me concentre sur notre position indiquée au Loran par rapport aux sillons d'ombrages qui apparaissent de temps à autre sur nos sondeuses, donne-moi donc les variations de tes profondeurs, demanda Albert à son frère.

— Et ça va durer combien de temps ? s'enquit ce dernier.

— Autant qu'il le faudra, Benoît, répondit Albert en précisant de ne lui annoncer que les variations les plus importantes.

En regardant l'horloge de la timonerie qui indiquait 17 h 35, Albert essaya d'ajuster sa course en rapport avec l'effet de la marée montante de même qu'avec la direction et la force du vent et des courants. Sachant que c'était la période de la journée où les sébastes se regroupaient et quittaient les profondeurs pour se nourrir, il réussit, en actionnant diverses manettes de commande, à placer le chalutier dans le même axe que celui emprunté par les bancs de sébastes à la tombée du jour.

— Préparez-vous à larguer le chalut à la mer, annonça Albert au microphone, peu après avoir été averti par son frère d'une importante dépression à tribord.

Albert aperçut sur sa sondeuse une recrudescence des sillons d'ombrages qu'il identifia comme étant la présente d'un important banc de sébastes, qui nageaient à contre-courant.

— Larguez le chalut avec neuf cents pieds de câble, ordonna-t-il dans un état d'euphorie qui était le sien depuis qu'il était aux commandes.

Benoît, qui avait rejoint depuis peu les hommes sur le pont, participa aux manœuvres qui devaient se faire avec le plus de dextérité et de rapidité possible. Les panneaux de la rampe d'accès à la poupe avaient été ouverts afin de laisser dériver en premier le cul de la drague, suivi du piège avec les pesées et les flotteurs des deux ailes, qui étaient gardées bien tendues, tant en longueur qu'en largeur par les deux portes qui les retenaient. S'ensuivit une longue attente de deux heures environ, dont profitèrent la plupart des marins pour se réchauffer et prendre une collation.

Pendant ce temps-là, Albert, qui était toujours aux commandes, se fit assister pour les manœuvres par plusieurs de ses compagnons pour ajuster la longueur des cinq câbles à des profondeurs parallèles au banc de poissons, tout en changeant l'angle d'attaque des deux portes afin de leur permettre d'emprisonner le maximum de sébastes possible. Ces manœuvres mirent les connaissances d'Albert à dure épreuve étant donné que dame Nature avait décidé de ne pas collaborer, avec des vents de travers à plus de 65 km/h.

— On doit se préparer pour commencer à haler le chalut, ordonna-t-il aux hommes qui s'étaient présentés peu avant sur le pont. Tu peux aller rejoindre les autres, dit-il à son frère Benoît qui, en sortant, faillit se heurter au capitaine qui entrait dans la timonerie.

— Tu fais bien, Albert, de ne pas essayer de te battre avec le mauvais temps qu'il fait, lui dit-il en prenant la relève. Tu peux aller retrouver les autres sur le pont afin de t'assurer que ce premier, et peut-être dernier, coup de chalut ne laissera pas échapper trop de poissons.

— Et c'est quoi qui t'a fait décider qu'il en était ainsi ?

— Plutôt le mauvais temps et aussi le fait qu'on a souvent accroché le fond. J'espère que la drague n'en a pas trop souffert.

Peu après être allé chercher Marie-Louise, la biologiste, pour qu'elle puisse faire ses premiers échantillonnages, malgré le roulis incessant, Albert remarqua que la tension sur les câbles s'était relâchée beaucoup trop rapidement sur les deux treuils qui halaient le chalut. « Un mauvais signe », se dit-il en se rendant près de la rampe d'accès située sur le pont arrière. Il distingua d'abord les portes du chalut puis les deux ailes en filet de la drague qui, sous l'effet des câbles auxquels elles étaient attachées, donnaient l'impression qu'elles ne faisaient qu'un avec les pesées et les flotteurs qui étaient fixés à leurs extrémités supérieures et inférieures.

— Fais bien attention de vérifier, après qu'on aura embarqué la drague, si la poche fait surface d'elle-même, dit-il à son frère Benoît.

— Mais pour quelle raison ?

— C'est que, d'habitude, lors d'un excellent trait de chalut, si jamais la poche est bombée de sébastes, elle se retrouve d'elle-même à fleur d'eau.

— Ce qui veut dire qu'il faudrait s'attendre à quoi dans notre cas ? demanda Benoît qui essayait de se rassurer en regardant les remous que faisait l'hélice en action.

— Ça veut dire qu'on en a à peine le tiers de la capacité de la poche étant donné qu'elle n'a pas encore fait surface, l'avertit Albert, déçu d'avoir échoué dans sa tentative de lui montrer ses talents de hauturier hors pair.

En voyant le cul du chalut hissé sur la rampe arrière, les deux frères s'aperçurent que plusieurs déchirures de la poche laissaient passer nombre de poissons, ce qui réduisit d'autant leur évaluation à 25 000 milles livres de sébastes, soit le quart de la capacité totale du piège.

Si les phases nécessaires au succès d'un trait de chalut fabuleux étaient des plus importantes, il en était de même pour celles qui consistaient à son embarquement, au tri des captures et à leur entreposage dans chacun des vingt compartiments coiffés d'un trou à poisson. Aussi, dès que le chalut fut palanté sur le pont, la première action fut de barrer toutes les sorties vers la mer, notamment les deux portes de la rampe d'accès située à l'arrière, de même que les sabords latéraux de décharge qui permettent à l'eau de mer circulant sur le pont de s'échapper. Le nœud qui retenait le cul du chalut fermé fut défait en s'assurant qu'il se vide le plus près possible des trous à poissons situés aux quatre coins des deux cales, l'une à bâbord et l'autre à tribord.

— J'ai jamais vu embarquer un chalut sur le pont par un temps pareil, précisa Albert à Benoît, qui s'apprêtait à prêter main-forte à ses compagnons pour ouvrir, au moyen d'une clé, quatre trous à poissons.

— J'espère qu'on ne va pas trop embarquer d'eau de mer… dit Benoît en s'approchant de ses compagnons.

— Tu as raison, parce que qui dit baisse de fraîcheur du poisson, dit baisse de la paie ! lui répliqua Albert. Et tu as constaté qu'en plus de ça on n'a pas remis le chalut à l'eau, ajouta-t-il en regardant les hommes qui étaient en train d'attacher les portes à leur potence. D'après moi, le capitaine a décidé d'aller se mettre à l'abri pour attendre de nouvelles instructions de la compagnie et d'en profiter pour faire les réparations nécessaires aux agrès de pêche.

— Et peut-être bien aux issues sous la ligne de flottaison, risqua de lui dire Benoît.

Il quitta ensuite son frère pour se diriger vers les écoutilles qui donnaient accès à l'une des cales à poisson.

Le tri des poissons ayant été fait, on s'activa ensuite à les faire glisser vers les trous donnant accès à des compartiments choisis selon un plan, dans lesquels deux hommes faisaient alterner une couche de poisson et une de glace. Ainsi, on s'assurait que le compartiment situé au coin inférieur à bâbord et celui localisé au coin supérieur à tribord de la cale étaient remplis en premier.

— Voilà notre façon de procéder, dit Albert à son frère, qui venait de surgir de la cale tribord. Comme ça, on est sûrs de la stabilité du chalutier, quel que soit le temps.

Étendu sur la couchette de sa cabine, Albert ne réussissait toujours pas à dormir bien qu'il fut tout près de minuit. Ses remises en question étaient sa principale source d'anxiété. Avant de se retirer dans sa cabine, il avait décidé d'aller sonder le terrain auprès du capitaine, qui lui avait dit qu'il était inutile de pêcher par un temps pareil, d'autant plus que la radio annonçait un fort vent de sudet jusqu'au lendemain. Conséquemment, il avait décidé d'aller se mettre à l'abri dans la Baie St-Georges, question de donner un second souffle au *Nadine*.

Certes, il ne pouvait lire dans les pensées du capitaine ni lui demander la teneur des discussions qu'il avait eues avec les directeurs de la compagnie. Cependant, aller se mettre à l'abri aussi précipitamment que ça pouvait cacher quelque chose qu'il ne pouvait s'expliquer, si ce n'est que certaines réparations devaient être faites aux agrès de pêche avant de revenir dans la zone qui leur avait été désignée. « Ça fait plus de quinze heures qu'on est en mer », se dit-il en regardant sa montre qui indiquait 1 h 30. S'il fallait, pour quelque raison, qu'on doive mettre définitivement fin au voyage, il ne pourrait faire abstraction du fait qu'il avait forcé la main à plusieurs membres de l'équipage pour qu'ils embarquent dans une aventure qui avait bien mal débuté. « La seule véritable réponse à une défaite, c'est la victoire ! », lui avait dit le vieil Albérik lors de leur dernière rencontre. Ce dicton incitait Albert à relever le défi de vaincre dame Nature.

CHAPITRE 33

« Semer des cailloux sur son chemin, c'est être capable de se tourner de bord »

Le bruit que faisait la chaîne qui était en train de faire descendre l'ancre au fond de la mer réveilla Albert. Il regarda sa montre, qui indiquait 9 h 15. Il se leva, enfila son survêtement de second capitaine et se précipita dans la timonerie. Il y trouva le capitaine en train de terminer la manœuvre pour mouiller le *Nadine* dans un secteur de Baie St-Georges qui faisait obstacle aux vagues soulevées par un fort vent du sudet.

— Ça fait plus de 24 heures qu'on est en mer, capitaine, et on a seulement 10 pour cent du quota des 325 000 livres de sébaste de pêché…

— En effet, Albert. Et si on compare nos prises jusqu'à maintenant avec le coût du fioul, de la glace et de la mangeaille, on n'est pas prêts d'avoir une paie, si petite soit-elle. On n'a pas le choix pour tout de suite d'attendre les prévisions de la météo, qui, si elles ne s'améliorent pas, vont nous obliger à aller au port de Stephenville pour être plus à l'aise pour procéder aux réparations.

— Du chalut, je sais, et peut-être de certaines choses qui, sans être primordiales, pourraient nous occasionner une perte de temps et de qualité pour nos captures.

— On verra. Pour tout de suite, si tu veux profiter de la disponibilité de mon frère et répéter pour votre invitation à vous produire lors de la fête de Noël au Site d'en premier, il n'y a pas de problème.

— Il y a un problème, lui confia Albert, qui essayait de garder son équilibre en s'appuyant au mur de la timonerie. J'aime mieux attendre les évènements des prochaines heures avant de décider quoi que ce soit.

— Comme tu voudras, rétorqua le capitaine, en le quittant pour retourner dans sa cabine.

Après avoir déjeuné, Albert alla rejoindre ses compagnons dans le quartier des marins.

— Et puis, lui demanda Carlo, qui était en train de prendre son énième café, que va-t-il se passer dans les 24 prochaines heures ?

— Si j'ai bien saisi les intentions du capitaine, il va attendre de voir ce que dira la météo et décider si on reste sur place ou si on retourne pêcher.

— Dis plutôt qu'on s'en va à Stephenville, intervint Charles, le gendre du capitaine.

— Et qu'est-ce qui te fait dire ça ? lui demanda Justin, qui n'était pas très en forme à cause de sa grippe et du roulis constant du chalutier.

— Tout comme Albert, j'ai appris à lire dans ses pensées. On a tendance à oublier qu'un capitaine non propriétaire de son bateau, n'est pas totalement « maître à bord après Dieu », dit Charles.

— C'est vrai, l'interrompit Albert en se servant des œufs brouillés et des saucisses. C'est le fédéral qui décide des zones de pêche, des quotas dédiés à la compagnie pour l'ensemble de sa flotte de chalutiers et enfin du moment de pêcher dans les secteurs choisis jusqu'à ce que le quota soit atteint.

— En avantageant ceux qui ont voté du bon bord, insinua Justin en regardant Albert de travers.

— Ça, je ne peux l'affirmer. Il en revient donc à la compagnie de distribuer les quotas de pêche par chalutier, dépendant d'un tas de facteurs, entre autres de la capacité de chacun de pêcher dans des circonstances particulières.

— Comme les nôtres actuellement, dit Justin. C'est quand même le capitaine qui décide.

— Et qui négocie avec la compagnie, intervint Charles.

— Et croyez-moi que ce n'est pas facile, leur dit Albert, lorsqu'il y a une cinquantaine d'employés d'usine qui attendent après nous autres pour faire leurs timbres. Bon, je vous laisse pour aller retrouver la biologiste Marie-Louise qui doit trouver difficile de travailler par un temps pareil.

— Je vais avec toi, lui proposa Charles, qui voulait en savoir plus sur l'utilité d'avoir à bord une docteure en biologie marine dont le travail les obligeait à faire une pêche responsable.

Carlo, Justin et même Benoît exprimèrent aussitôt le désir de les accompagner.

— C'est Charles qui, en plus d'être le plus jeune, a été le premier à me le demander, dit-il en pensant que ses compagnons devaient peut-être être attirés par la beauté de cette femme, malgré la douzaine d'années qu'elle avait de plus que la plupart d'entre eux.

Marie-Louise commença par expliquer aux pêcheurs en quoi consistait son travail lorsqu'elle s'embarquait à bord d'un chalutier pour une pêche dite exploratoire.

— Mais avant tout, dites-moi à quoi ça sert ? lui demanda le jeune Charles, soucieux de savoir s'il y avait espoir qu'il fasse carrière comme hauturier.

— Ça va nous servir, du moins on l'espère, expliqua Marie-Louise, à ne pas laisser faire comme si tout allait bien quand on sait que les stocks de morue ont diminué de 50 % par rapport à ce qu'ils étaient au début des années 1970.

Chiffres à l'appui, la biologiste dressa la chronologie des évènements qui avaient forcé le classement de certaines familles de morue de l'Atlantique Nord comme une ressource en voie de raréfaction. Il faudra éventuellement en arriver à imposer un moratoire. Si la morue fut prisée, dès la découverte du Nouveau Monde, par les explorateurs, qui disaient la pêcher à même un panier déposé sur un haut-fond, il a fallu attendre le milieu du XIXe siècle pour découvrir des bancs de sébastes, qui, évidemment, ne faisaient pas le poids avec la noble morue qui est considérée exclusivement comme un poisson de fond qui a une espérance de vie de sept à dix ans, quand celle du sébaste peut atteindre le double. Celui-ci nage dans le premier tiers du fond de la mer le jour pour remonter au deuxième tiers lorsque arrive la nuit.

— Voilà pourquoi on doit utiliser une drague qui peut se mouvoir à diverses profondeurs, précisa Albert, comme s'il voulait montrer que lui aussi connaissait les habitudes de ce poisson.

— Soit dit en passant, connaissez-vous, Albert, la raison qui fait que le sébaste emprisonné dans le cul du chalut remonte à la surface par lui-même ? lui demanda Marie-Louise avec le sourire.

— Non, pas vraiment,

« À l'avenir, pensa-t-il, il allait devoir se tourner la langue sept fois dans la bouche avant d'interrompre une docteure en science. »

Marie-Louise expliqua le phénomène par le fait que le sébaste se pêchait à une profondeur cinq fois plus grande que la morue et que, lorsqu'il remontait à la surface, le changement brusque de pression faisait qu'il arrivait les yeux exorbités et les tripes gonflées à l'air.

— C'est pas très ragoûtant comme phénomène, lui fit remarquer Ferdinand, le chef cuisinier.

— Mais ça sert quand même de nourriture aux petits, comme quoi, et vous l'avez peut-être déjà entendu, « rien ne se perd, rien ne se crée, tout se transforme ».

Elle étala ensuite sur une petite table un graphique où l'on pouvait voir la courbe de la diminution des stocks de morue due à une pêche intensive. Il montrait qu'en 1950, il se pêchait – toutes zones de pêche confondues – plus ou moins 600 000 tonnes de morue. Quelque vingt années plus tard, ce chiffre grimpait à deux millions de tonnes métriques. Une augmentation due en grande partie aux flottilles de bateaux-usines européens qui s'en donnaient à cœur joie, sans limites de quotas ni de territoires de pêche.

— Et pendant ce temps-là, on bâtissait chez nous des usines à coups de subventions, dont plusieurs ont dû fermer leurs portes pour toutes sortes de raisons, intervint Benoît. Pour les Européens, c'était du gâteau de pêcher, de transformer et de congeler sur place avec leurs bateaux usines qui, après un mois de pêche, s'en retournaient livrer à leur port d'attache leur cargaison déjà prête à être consommée.

— Si je me rappelle bien, raconta Charles à la biologiste, mon père m'a dit que le gouvernement de l'époque avait fait un règlement pour étendre les zones privées de pêche à quelque chose comme deux cents milles des côtes canadiennes.

— En effet, mais c'était trop peu trop tard, parce qu'en 1977, le mal était déjà fait. Il ne faut pas oublier aussi que tant le nez que la queue des Grands Bancs de Terre-Neuve, très poissonneux en espèces de toutes sortes, se retrouvent à l'extérieur de la zone des deux cents milles des côtes canadiennes.

— Et la chasse aux loups-marins, de plus en plus contestée, n'est-elle pas en grande partie responsable de la diminution des stocks de morue ? s'enquit Albert afin de sonder les convictions de la biologiste à ce sujet.

— Oui, mais en partie seulement. C'est le manque de contrôle de la surpêche qui en est la principale cause. Peut-être ne le savez-vous pas, mais pour chaque million d'œufs que pond une morue femelle, il y a seulement environ une douzaine de poissons qui réussissent à se rendre à l'âge adulte.

— Wow ! s'écria Charles, tout surpris. Et pour le sébaste, qu'en est-il ?

— Toutes proportions gardées, les stocks de sébaste ont subi eux aussi – mais dans une moindre mesure – la surpêche des années 1970, étant donné qu'une femelle met au monde à peu près 30 000 petits déjà formés, dont une certaine proportion réussit à vivre une trentaine d'années.

— Et en 1990, à quoi doit-on s'attendre tant pour la morue que pour le sébaste ? reprit Albert qui trouvait que Marie-Louise était non seulement généreuse de son temps, mais également passionnée par son travail.

— Pour la morue, même si le quota actuel est de l'ordre de 200 000 tonnes pour l'ensemble des zones de pêche du golfe Saint-Laurent, les chalutiers ne réussissent qu'à en pêcher 70 %. En outre, la taille d'une bonne partie des captures est de plus en plus petite. Voilà la principale raison qui me fait dire que d'ici quelques années, il y aura un moratoire afin de permettre au stock de se reconstituer en mâles et femelles en leur donnant la possibilité de se rendre à maturité.

— Sans oublier que depuis une couple d'années, le gouvernement s'est mis à racheter à fort prix les permis de pêche côtière à la morue des pêcheurs qui se sont fait couper l'herbe sous le pied par les chalutiers, ajouta Albert.

— Pour le sébaste, qu'en est-il ? demanda Charles, qui était tout ouïe.

— Pour le sébaste, c'est une tout autre histoire. Vu sa petitesse et sa lente croissance jusqu'à sa pleine maturité, il devient une proie facile qui, au même titre que la surpêche des années 1970, a collaboré à la diminution des stocks. Une diminution qui a obligé le gouvernement à établir le quota pour cette année à 70 000 tonnes métriques avec l'obligation d'élargir les mailles de la drague pour que les sébastes non matures puissent s'échapper. Comme le sébaste ne migre pas entre les familles contrairement à la morue, et que la période de reproduction se situe entre avril et juillet, il devient plus facile d'ouvrir et de fermer par la suite les zones de pêche qu'ils fréquentent. D'après moi, ce n'est pas demain la veille que le gouvernement va décréter un moratoire sur le sébaste, vu que nos analyses à ce jour ne le justifieraient pas.

— Mais pour en revenir à votre travail d'échantillonnage et d'analyse, lui demanda le jeune Charles, j'aimerais que vous m'expliquiez le processus par lequel vos données en viennent à influencer le gouvernement dans ses prises de décisions.

— Dis-moi pas que tu voudrais devenir éventuellement un employé de Pêches et Océans? s'enquit Albert, qui vit le visage de Charles rougir aussitôt comme une tomate.

— Et pourquoi pas? Je crois que plus la technique de pêche évolue, plus il y aura des gratte-papiers qui vont mettre des bâtons dans les roues des pêcheurs.

— Comme ça s'est fait avec le crabe des neiges, opina Albert, qui s'aperçut de l'embarras qu'avaient suscité chez Marie-Louise les dernières remarques de Charles. Je crois qu'il vaut mieux attendre que nos traits de chalut soient plus rentables avant d'embêter la biologiste, ajouta-t-il en la voyant vaciller dû au roulis du chalutier qui ne cessait de s'amplifier.

«Albert est demandé à la timonerie» entendirent-ils au moment où ils s'apprêtèrent à quitter Marie-Louise, dont le visage exprimait un besoin pressant d'aller prendre un coup d'air frais, qui, combiné à des médicaments pour le mal de mer, allaient lui faire le plus grand bien.

— On lève l'ancre et on s'en va au port de Stephenville, lui dit le capitaine lorsqu'il pénétra dans la timonerie.

— Aussi vite que ça? lui répliqua Albert, qui sentit que le *Nadine* se comportait plutôt bien depuis qu'il était à l'ancre.

— C'est qu'on annonce pour demain vendredi des vents encore plus forts qui devraient durer jusqu'à 48 heures d'affilée.

— Et qu'est-ce que les *boss* de la compagnie pensent de ça? se risqua-t-il à lui demander.

— Ce sont des décisions à plusieurs niveaux. On n'a pas le choix. On ne peut pas pêcher à l'aise avec un temps pareil. De plus, la drague a besoin d'être réparée, et peut-être même autre chose, dont le chef mécanicien est censé m'informer en arrivant à Stephenville.

— Je prends les commandes jusqu'à notre arrivée près de l'emprise du quai, lui confirma Albert, qui demanda au capitaine s'il ne pourrait pas lui envoyer plusieurs de ses compagnons pour agir comme vigies et l'aider ainsi à passer le temps que prendra le voyage dont il estima l'arrivée vers 21 h du soir.

— J'y verrai. De toute façon, arrivera ce qui arrivera. On n'y peut rien, lui dit-il en le quittant.

La réponse du capitaine frappa Albert. « Arrivera ce qui arrivera, on n'y peut rien… », des mots qui lui rappelèrent la discussion qu'il avait eue avant le départ avec le vieil Albérik sur le destin du dernier voyage de l'année. Un destin qui laissait présager un malheur. Il lui fallait donc ne rien laisser paraître et communiquer du positivisme à l'équipage, quoi qu'il advienne.

À peine le capitaine était-il installé dans sa cabine que plusieurs de ses compagnons, dont Benoît, Justin, Carlo, Edmond et Charles, s'amenèrent dans la timonerie dans l'intention bien arrêtée de lui tirer les vers du nez pour ce qui regardait les intentions du capitaine sur les évènements à venir. Il leur demanda d'aller se camper devant les divers appareils de navigation de façon à les rassurer sur leur bon fonctionnement.

— Vous voyez bien qu'il n'y a rien qui cloche, leur dit-il.

— Peut-être bien ! répondit son frère Benoît. Je voudrais savoir si quelqu'un de vous autres a déjà vécu une situation identique à la nôtre ? Comme vous savez, nous avons commencé à pêcher après neuf heures de navigation pour nous retrouver avec plus ou moins 5 % du quota. Nous avons dû ensuite nous mettre à l'abri pendant une dizaine d'heures et maintenant, finalement, nous devons nous rendre à quai à Stephenville.

À tour de rôle, ils y allèrent de leurs propres expériences, qui, prises individuellement, n'avaient pas eu d'impact malheureux sur leur voyage de pêche.

— Je sais que jusqu'ici, ça n'a pas été bien, concéda Albert, mais il faut se mettre dans la tête que tout n'est pas fini pour autant. On est partis des Îles le 12 au matin, et notre voyage pour se rendre dans la première zone de pêche s'est quand même bien déroulé malgré les intempéries qui sévissaient. Je suis d'accord avec vous autres que 20 000 livres de sébaste, ça ne paie même pas tout à fait la part du bateau, que j'évalue à deux mille piastres au moins.

— Et c'est ça le problème, l'interrompit Justin, dont la toux ne semblait pas vouloir lui laisser de répit.

— Des traits de chalut de 20 000 livres par un temps pareil, j'ai déjà vu ça dans le passé, leur confia Albert, en essayant de garder leur attention.

— Peut-être, mais aucun n'a été suivi de la dizaine d'heures qu'on a perdue en nous mettant à l'abri avec, en plus, les cinq heures qu'on va prendre pour se rendre à Stephenville et peut-être y rester pour combien de temps encore, le corrigea Edmond, le chef mécanicien.

Ayant deviné par les propos d'Edmond qu'il fallait être à quai pour procéder à la révision et aux réparations de toutes sortes, incluant celle des agrès de pêche, Albert s'efforça de leur rappeler la responsabilité qui leur incombait.

— Peut-être ne le saviez-vous pas, mais on a une cinquantaine de travailleurs d'usine qui attendent après nous pour faire leurs timbres. Ceci dit, on va passer probablement la journée entière du 14 à Stephenville en attendant la fenêtre de beau temps annoncée pour les journées du 15 et du 16. Des journées pendant lesquelles on va pêcher 24 heures sur 24 dans la zone 4SS de Cape Anguille, dont la réputation pour ce qui est des bancs de sébastes n'est plus à faire. Le seul bémol, c'est qu'il y aura sûrement d'autres chalutiers dans le secteur et qu'il faudra être rusés pour ne pas avoir d'anicroches avec eux.

En entendant dire que le dimanche 16 décembre allait être un jour de pêche, Charles, qui avait horreur de manquer la messe, se demanda si cela ne constituait pas un affront au Seigneur Dieu. Aussi, afin de ne pas risquer qu'une telle offense leur apporte de la malchance, il se promit de chercher lors de son séjour à Stephenville une forme de mortification qui lui éviterait les calamités du Tout-Puissant.

— Et pour la nuit du 16 au 17, qu'est-ce que la météo annonce? lui demanda son frère Benoît.

— Dans le temps comme dans le temps, Benoît. Si on fait vite et surtout bien, peut-être pourrons-nous arriver aux Îles dimanche en soirée.

Plus ou moins satisfaits, les compagnons d'Albert le quittèrent, sauf Charles. Puis arriva Marie-Louise, la biologiste.

— Et puis, avez-vous quelque chose à me communiquer? s'enquit-elle auprès d'Albert.

— Non, pas vraiment. Le destin suit son cours.

— On est dépendants de la météo et des capacités du chalutier à l'affronter, ne pensez-vous pas?

— Et aussi de l'équipage, qui doit bien faire son ouvrage. Puis-je savoir le but de votre visite dans la timonerie?

— Je suis venue retrouver Charles, qui voudrait savoir quel travail fait une biologiste au cours d'une sortie en mer.

— Est-ce que ça voudrait dire, Charles, que tu envisages de travailler pour le gouvernement?

— Et pourquoi pas? Je crois que plus ça va avec la pêche hauturière, plus il y aura des jobs de ce genre-là.

— Bien dit, Charles, lui dit Marie-Louise. Peut-être ne saviez-vous pas, mais l'une des raisons qui m'a incitée à m'embarquer pour une deuxième fois dans la même année, c'est que, connaissant ma passion, soit la recherche sur le comportement du sébaste, les hauts dirigeants du gouvernement m'ont demandé de resserrer les liens avec les pêcheurs hauturiers, qui ne comprennent pas toujours ce qu'est la pêche hauturière responsable.

— Et aussi, cette fois-ci, afin de remplacer une technicienne qui est mère de jeunes enfants, intervint Albert.

— Si je peux me permettre, j'aimerais avoir plus d'auditeurs, demanda Marie-Louise à Albert, qui comprit par là qu'elle voulait s'assurer que sa mission puisse avoir un réel impact.

— Pas de problème. Charles, va avertir le capitaine qu'on attend tous les hommes disponibles dans la timonerie dans quinze minutes.

Marie-Louise informa les participants qu'elle souhaitait commencer par leur expliquer l'utilité de son travail au sujet de la conservation des stocks de sébaste encore disponibles. À cet effet, elle leur montra les outils dont elle se servait pour effectuer son travail, tels que des planches à mesurer, une balance, divers types de couteaux, un capteur de profondeur et de température de l'eau, de même qu'un ordinateur, qu'elle emportait pour la première fois en haute mer.

— Ça va nous servir à pêcher plus de sébaste ? lui demanda le jeune Charles en écarquillant les yeux.

— Ça reste à voir parce que je n'avais pas encore réussi à programmer l'ordinateur lors du premier trait de chalut, avec le résultat qu'il ne fut pas très bon.

Ne voulant pas avoir l'air fou en la questionnant sur une machine que la plupart, sinon la totalité de l'équipage voyait pour la première fois, Albert se crut obligé de briser le silence.

— Comme ça, vous travaillez pour que le gouvernement sache comment éviter une diminution des stocks de sébaste comme c'est le cas avec la morue.

— Plus précisément, il nous demande d'évaluer les populations de poissons – pour moi, c'est le sébaste – qui font l'objet d'une commercialisation à grande échelle.

— Aussi bien dire une pêche qui va rapporter de gros sous, insinua Carlo.

— Oui. Mais, en plus de ça, il nous faut élaborer des cartes marines des zones de pêche les plus propices à la reproduction et, dans certains cas, à la migration de diverses espèces.

Un nouveau silence tomba sur l'assistance, dont une partie avait compris tandis que l'autre se disait : « Pourvu que ça nous rapporte une bonne paie. »

— En fait, pour chaque trait de chalut qui est hissé à bord, je dois tenir compte de la date, de l'heure de la journée, de la température de l'eau, de la profondeur et du genre de fond marin.

— Pourquoi nous demander de mettre de côté quelque chose comme 250 sébastes pris au hasard ? lui demanda Charles, qui trouvait la biologiste très avenante.

— C'est que d'après nos modèles mathématiques, 250 poissons est un échantillon représentatif de la population qui se trouve dans la partie de la zone où la pêche a eu lieu. Or, comme les sébastes ne sont pas des poissons migrateurs – enfin, si peu –, cela nous donne un bon aperçu de leur poids, de leur âge, de la famille dont ils font partie, de ce qu'ils mangent et de leur sexe, enfin de tout ce qui pourrait influencer le niveau des stocks. En conclusion, ces recherches permettent à d'autres spécialistes d'établir des quotas avec des restrictions pour telle ou telle zone, et d'autoriser par la suite la pêche à une date donnée et de l'interdire lorsque les quotas sont atteints.

— Wow! Et pourquoi vous avez mis à congeler une bonne douzaine de sébastes de différentes grosseurs? intervint le jeune Charles.

— C'est pour des analyses en laboratoire, afin de déterminer l'âge ainsi que la famille à laquelle ils appartiennent, un peu comme on le fait avec des arbres.

— Des arbres! s'exclama Justin, en faisant la grimace. Pour le peu qui en pousse aux Îles, ce doit être très difficile.

— C'est un exemple que je vous donne. En fait, on analyse la structure osseuse d'une partie de son crâne qui lui permet de se tenir en équilibre en nageant et on compte le nombre d'anneaux dont il est recouvert.

— Je gage que chaque anneau correspond à une année, dit Albert, qui se demandait si Marie-Louise pourrait avec son ordinateur les aider à tomber pile sur un banc de poissons pour les prochains traits de chalut.

— C'est exact. Et en comptant les rayons de leurs nageoires dorsales, on peut déterminer leur famille parce qu'il y a environ une dizaine de familles de sébaste.

— Et qu'est-ce que cela change de pêcher du sébaste d'une famille plutôt que d'une autre? s'enquit Charles.

— C'est qu'il y a des familles qui, par leurs gênes, sont en meilleure santé que d'autres, d'où la nécessité de les préserver plus particulièrement.

Le bavardage qui s'ensuivit fit comprendre à Marie-Louise qu'elle était peut-être allée trop loin. Aussi, afin de leur faire prendre conscience de la nécessité de son travail, elle reprit d'une voix ferme qui en fit sursauter plusieurs:

— Si jamais les prochains traits de chalut devaient être...

— Si on décolle d'ici, la coupa Justin.

— Je disais donc que si les prochains traits de chalut s'avéraient supérieurs au premier, vous allez devoir me donner raison. Je dois retourner aux Îles avec de quoi prouver que nos recherches et analyses sont garantes d'une pêche responsable, précisa Marie-Louise.

À peine avait-elle terminé son exposé que le capitaine entrait dans la timonerie. Il commença par faire le tour des divers appareils de navigation pour s'arrêter sur l'écran du Loran qui donnait la position exacte du bateau. Il prit place au poste de commandement qu'Albert avait laissé libre et décrocha le microphone.

— Tout le monde à son poste pour l'accostage au quai des pêcheurs de Stephenville prévu à 20 h 30, annonça-t-il au haut-parleur.

Son message terminé, il se tourna vers Albert, qui s'apprêtait à aller sur l'avant du pont supérieur :

— Rien à signaler ?

— Non, rien d'important, si ce n'est qu'on a bu de l'eau de mer plus qu'à l'habitude et que la drague dont on s'est servis est dans un état épouvantable.

Après que le chalutier eut accosté, le capitaine distribua les ordres. Il réquisitionna en premier trois marins qui devaient, en alternance, agir comme veilleur de nuit pour un quart de quatre heures. Il demanda ensuite que tout le monde se présente à 8 h pile le lendemain, le vendredi 14, au quartier des marins afin de recevoir les instructions pour la journée.

Malgré les efforts de Ferdinand, le souper ne fut pas très apprécié des membres de l'équipage. Tout simplement parce qu'ils avaient perdu l'appétit au moment où le *Nadine* avait dû se mettre à l'ancre.

Ayant subi pendant plus d'une douzaine d'heures le roulis incessant du chalutier, plusieurs membres d'équipage avaient des problèmes d'équilibre. Déçus, se sentant à la merci des conditions météorologiques, ils passèrent une nuit fortement agitée, ce qui fait qu'à peu près tout le monde se présenta au quartier des marins vers 6 h le lendemain matin.

Assisté du maître de l'équipage et de son second, le capitaine dicta les ordres pour les trente-six prochaines heures, car les prévisions météorologiques offraient une fenêtre de beau temps seulement pour le lendemain, le samedi 15, à la barre du jour. Encore plus désappointés qu'ils ne l'étaient la veille au soir, les membres de l'équipage se mirent aux travaux qui leur étaient demandés. Il fallait voir non seulement à la réparation, mais également à la mise à niveau des dragues afin qu'elles soient prêtes pour chaluter dans une zone de pêche fortement poissonneuse, grâce à des profondeurs en dents de scie.

Qui dit poissonneux, dit achalandage de bateaux de pêche, d'où la nécessité de revoir le bon fonctionnement tant des appareils de navigation que de ceux qui devaient assurer que la cargaison ne soit pas contaminée par l'eau de mer. Depuis leur dernier trait de chalut, plusieurs pompes de cale avaient dû être démarrées à l'occasion. S'ils voulaient retourner aux Îles avec une bonne charge de sébaste, il leur fallait pêcher vingt-quatre heures d'affilée sans aucune escale, en prenant en compte les quantités de fioul et de glace nécessaires au déroulement sans encombre des traits de chalut à venir.

Les membres de l'équipage allaient donc pouvoir bénéficier d'une pause de plusieurs heures durant la journée pour aller faire un tour en ville. Ils pourraient en profiter pour appeler leurs proches, acheter de menus articles et pourquoi pas des cadeaux de Noël, quoique la paie jusque-là ne le leur permettait pas tellement. La journée devait se terminer par la célébration des 48 ans de Ferdinand dans le quartier des marins, une surprise pour lui.

— Mais où est passé Charles ? demanda le capitaine à son second avant de commencer la distribution des tâches pour la journée.

— J'en suis pas trop certain, mais quand il est sorti du quartier des marins, vers les 6 h, il m'a confié qu'il allait en ville, mais qu'il serait de retour à temps pour la réunion.

Après la réunion, Albert fut interpellé à nouveau par le capitaine.

— Peux-tu me dire ce qui se passe avec Charles ? Il ne s'est pas présenté à la réunion !

— Je crois qu'il est allé en ville pour voir s'il n'y aurait pas une église, il voulait assister à une messe.

— À une messe en plein vendredi matin ? Mais qu'est-ce qui te faire dire ça ?

— C'est en partie à cause d'une discussion qu'on a eue hier au soir sur le fait qu'il déteste manquer la messe du dimanche pour quelque raison que ce soit.

— C'est pourtant vrai. Mais quand même...

— C'est que, d'après les conditions de température qu'on annonce, il se peut qu'on ne soit pas aux Îles avant lundi matin.

— En tout cas, si ça peut l'aider avec sa conscience, j'ai pas de problème avec ça. Si je le vois, je te l'envoie pour que tu puisses lui faire comprendre qu'il ne peut nous fausser compagnie trop souvent pour des affaires de bondieuseries.

Une quinzaine de minutes après qu'Albert eut réintégré sa cabine, Charles, à bout de souffle, lui apparut.

— Le capitaine m'a dit que tu voulais me parler.

— En fait, je voulais savoir ce que tu as pu faire pendant presque trois heures en ville.

— Ça m'a pris une heure pour trouver l'église qui célébrait encore des messes en semaine, une autre heure pour y participer – en fait elle a lieu à 7 h 30 –, et le reste du temps à discuter avec le célébrant qui est originaire de Saint-Pierre et Miquelon. Il faut bien que je te l'avoue : tout comme mon père, ça m'a toujours dérangé de pêcher en plein dimanche.

— Mais voyons donc, on n'a pas le choix. On n'est plus dans les années 50 où le dimanche était considéré comme jour de repos et...

— Et pour pratiquer les activités en famille, le coupa Charles. Ça fait que j'ai assisté à la messe pour remplacer celle de dimanche prochain parce que, faut-il te le rappeler, au rythme où vont les choses, on ne pourra pas être aux Îles avant lundi matin et encore.

— Dis-moi, Charles, crois-tu au destin ? lui demanda Albert en pensant qu'il avait devant lui quelqu'un qui lui ressemblait à certains points de vue.

— Au destin ? Qu'est-ce que tu veux dire par là ?

— Que notre cheminement est tracé d'avance et que, quoi qu'on fasse, il va suivre son cours.

— Tu veux dire par là que le Maître de l'univers a tout planifié et qu'on ne peut rien changer ? En fait, j'y crois dans une certaine mesure. Cependant, il m'arrive que je fasse du chantage avec Lui pour connaître ses intentions.

— Une forme de chantage ? s'enquit Albert, qui apprenait qu'il n'était pas le seul à agir de la sorte lorsqu'il pensait qu'un évènement pourrait lui être néfaste.

— Oui, de façon à essayer de connaître l'avenir pour que je puisse me soustraire à son dessein.

— Et qu'est-ce que ça changerait ? demanda-t-il en pensant aux diseuses de bonne aventure.

— C'est que, par moments, j'ai peur. J'ai peur de me marier, j'ai peur de ne pas être aimé, de ne pas bien paraître, de faire de la peine aux autres. En fait, j'ai peur de tout ce qui m'est inconnu et de tout ce que ma petite tête ne réussit pas à comprendre. En assistant aux offices religieux, mes peurs ont tendance à s'effacer, pour un bout de temps du moins.

— Un peu comme avec ceux qui font de la méditation, lui dit Albert, qui avait déjà partagé ses moments d'incertitude avec le père Louis, très estimé pour son écoute. On a tous nos peurs et nos doutes, mais cela ne devrait pas nous empêcher de vivre un jour à la fois.

— Quand ça fait trois jours qu'on est partis et qu'il pourrait s'en ajouter d'autres avant de s'en retourner aux Îles, crois-moi que ce n'est pas facile de se dire « au jour le jour ».

— Je te comprends. Tu devrais faire comme moi et discuter de tes états d'âme avec un vieux loup de mer tel Albérik, dont la grande sagesse m'aide à y voir plus clair dans ma vie.

— Comment fait-il ?

— En me faisant voir qu'il est toujours possible d'influencer le destin comme l'avait fait le Petit Poucet, qui, en semant des cailloux sur son chemin, avait été capable de retrouver celui de sa maison.

— Te voilà rendu que tu philosophes, lui dit Charles en appréciant le parallèle qu'il avait fait.

Peu après, Albert avertit le capitaine qu'il allait passer une bonne partie de la journée à écouter les divers postes de radio des Maritimes, question de se faire une idée bien précise des conditions atmosphériques pour les prochains jours.

La raison en était que le capitaine avait prévu que les prochains et ultimes traits de chalut avant de retourner aux Îles devaient se faire dans la zone 4SS en bordure du chenal Laurentien qui longe Cape Anguille, plus au sud, à environ 80 milles marins des Îles-de-la-Madeleine. En outre, les vents de 35 à 50 km/h annoncés au départ des Îles avaient été, dans les faits, plutôt de 50 à 65 km/h. Ce qui les avait obligés à écourter leur période de pêche, les contraignant à se mettre à l'abri et finalement accoster à Stephenville. Il fit donc le tour des stations pour s'apercevoir qu'à quelques exceptions près, les prévisions pour les 24 prochaines heures étaient des vents de 60 à 75 km/h avec une forte probabilité de diminuer par la suite à plus ou moins 35 pour les 24 à 48 prochaines heures. Ils pourraient donc quitter Stephenville et s'en aller pêcher avant que ne se lèvent les vents de tempête annoncés pour le dimanche en début de soirée, ceux-ci pouvant atteindre jusqu'à 95 km/h et plus. Il se demandait s'ils pouvaient se fier aux prévisions annoncées et quitter Stephenville dès cette nuit. En fait, si tel était le cas, et qu'ils quittaient trop rapidement Stephenville pour pêcher, et que la fenêtre de beau temps était trop courte, il en résulterait le même phénomène que lors de leur premier trait de chalut. Si, au contraire, ils attendaient d'avoir la preuve de ce qu'annonçait la météo, ils se priveraient d'un bon cinq heures de pêche, utilisant ce temps à naviguer en direction de la zone 4SS, prisée par de nombreux chalutiers.

En fin d'après-midi, il discuta de plusieurs scénarios avec le capitaine afin de savoir ce que lui en pensait. Il lui révéla qu'il devait tenir compte d'autres facteurs, tels qu'un bateau à l'ancre ou encore à quai avec un équipage à entretenir, ça ne rapporte pas à la compagnie. Une autre considération était que d'autres bateaux qui s'apprêtaient à pêcher dans des zones proches de Cape Anguille ne voulaient pas voir d'intrus venir pêcher dans le même secteur qu'eux. Il lui rappela que tout est relatif si l'on considère la dimension d'un chalutier de 121 pieds, comme le *Nadine*, comparé à un chalutier de 175 pieds en provenance de Terre-Neuve. Il lui confirma également que la compagnie avait embauché une cinquantaine d'employés pour lundi matin, le 17, question de leur faire faire leurs timbres et de s'assurer ainsi que la cargaison soit le plus rapidement possible transformée en filets surgelés.

* * *

Couché dans sa cabine en fin de soirée le vendredi 14, Albert essaya de voir le côté positif de l'escale que le chalutier avait dû faire au port de Stephenville en espérant de tout cœur qu'elle se termine le lendemain en cours de journée. Cette halte avait permis aux membres de l'équipage, dont lui, de communiquer avec leurs proches aux Îles. Ceux-ci avaient discuté de cadeaux de Noël de même que des nouveaux gadgets électroniques non encore vendus aux Îles, tout en prenant note des recommandations de leur conjoint respectif. Munis de leur liste, ils s'étaient rendus en ville pour les acheter, en ajoutant quelques surprises qu'ils avaient placées dans la grande chambre du quartier de marins. Albert avait remarqué, entre autres, la belle guitare que le jeune Charles à Aristide avait achetée à sa blonde, la fille du capitaine, pour qu'elle puisse accompagner les membres de la famille de son père reconnus dans toutes les Îles comme étant un chœur de chant sans pareil.

Un autre point positif fut la fête, en début de soirée, pour les 48 ans de Ferdinand avec les deux gâteaux au fromage – le préféré de Fernand – dont l'un comportait douze petites chandelles et l'autre quatre moyennes, de telle sorte que leur multiplication donnait l'âge vénérable du plus vieux membre de l'équipage !

Albert avait appris par sa femme que le Vieux appelait chez lui au moins deux fois par jour pour avoir de ses nouvelles. Avait-il appris de la compagnie ou de quelqu'un d'autre quelque chose que lui ne savait pas ? Il ne pouvait le dire. Avait-il la présomption que le voyage de pêche pouvait se terminer en catastrophe ? Il se devait donc, comme second capitaine, de s'assurer de prendre les bonnes décisions au cours des quarante-huit heures suivantes, du fait qu'il allait prendre le commandement de nuit alors que celui de jour était réservé au capitaine.

Qu'il aurait donc aimé que le vieil Albérik soit du voyage, comme il l'avait été lors de son expédition à la chasse au loup-marin il y avait de ça une quinzaine d'années ! Ce n'était pas qu'il ne faisait pas confiance au capitaine, loin de là. Il considérait que l'équipage, dont il était le chef, formait une grande famille. Une famille qui, avec autant de personnalités différentes, réussissait quand même à se tirer d'affaire, quelles que soient les situations qui se présentaient.

Il se rappela que, lors de cette fameuse expédition à la chasse au loup-marin, il avait dû user de discernement lorsqu'il s'était perdu en pleine tempête de neige imprévue. Un discernement que lui avait inculqué le vieil Albérik, qui, pour l'occasion, avait pris le commandement pour finalement se retrouver sain et sauf avec un chalutier qui, à l'époque, n'en était qu'à ses débuts en navigation en haute mer. Or, depuis, le *Nadine* avait été converti en seineur, puis en chalutier pélagique sur lequel il avait fait ses classes comme second capitaine. Oui, il aurait aimé que son mentor soit près de lui afin que le proverbe « Si jeunesse savait, si vieillesse pouvait » puisse s'avérer juste si jamais la situation tournait au vinaigre. Il essaya de percer le voile qui lui cachait les prochains jours en se disant que, finalement, les choses se produisent rarement de la façon qu'on l'avait imaginé au départ. À preuve, le retour de son expédition à la chasse au loup-marin avait révélé chez celle qui était devenue sa femme le fort attachement qu'elle avait pour lui.

Il essaya de s'endormir au plus vite, car il savait que dans les prochains jours, il ne pourrait faire que des courtes siestes, et d'un œil seulement puisque les activités de pêche se dérouleraient 24 heures sur 24. Il se concentra sur la veine qu'il avait d'être marié à celle qu'il aimait plus que tout au monde et qui, par surcroît, lui avait donné deux beaux enfants. Encore mieux, sa carrière lui permettait d'exercer un métier qui payait très bien et faisait l'envie de plusieurs, dont son frère Benoît, qui, lui, n'était sûr de rien avec les fameux timbres qui, pour le moment, lui donnaient un second souffle… mais pour combien de temps encore ?

Il lui avait toujours semblé difficile, sinon impossible, d'être heureux en amour et en affaires en même temps. Il lui semblait qu'il y avait toujours quelque chose qui clochait d'un côté ou de l'autre, mais il espérait comme tout le monde que les périodes de bonheur soient plus longues que celles de malheur et de chagrin.

Il essaya à nouveau de s'endormir en visualisant le retour triomphal du *Nadine* aux Îles avec dans ses cales de quoi faire gagner des timbres à tous ceux et celles qui aspiraient à une saison morte sans inquiétude.

Finalement, il sombra dans un sommeil agité, jusqu'à ce qu'il entende la voix du capitaine : « Allez, Albert, lève-toi, on quitte Stephenville pour Cape Anguille à 4 h 30 pile ! »

CHAPITRE 34

« Le destin mêle les cartes
avec lesquelles nous jouons »

Peu après avoir quitté l'embouchure de la Baie Saint-Georges, samedi le 15, Albert avait entendu Edmond le chef mécanicien dire au capitaine qu'il avait dû vidanger le compartiment qui contenait les embrayages du gouvernail en raison d'une voie d'eau de mer importante. Cette eau était tout près d'atteindre le plancher sur lequel reposait la génératrice qui alimentait l'appareil à gouverner. Par conséquent, il avait dû resserrer le presse-étoupe, qui, pour le moment, tenait le coup.

Le chalutier était arrivé sur le site de pêche après un bon huit heures de navigation pour y trouver une sorte d'accalmie, mais la forte houle qui balayait par moments le pont arrière sur lequel la drague avait été traînée pendant deux heures rendaient tout déplacement dangereux.

Aux environs de 15 h, la même journée, le chalut avait été levé pour y trouver environ 60 000 livres de sébaste. Après avoir dénoué le nœud de la poche pour lâcher les captures sur le pont, le chalut avait été immédiatement lancé à nouveau. Les opérations s'étaient terminées vers 17 h.

Albert avait participé à chacune des phases du trait de chalut, en pensant que Marie-Louise, la biologiste, avait pu influencer le capitaine pour ce qui était de l'itinéraire à suivre. Il l'avait aperçue en train de discuter avec le capitaine avant que le chalut ne soit relancé à nouveau à l'eau. En comparant le résultat obtenu lors du tout premier à celui qu'il venait de faire, il s'était dit que peut-être la chance leur avait souri ou encore que Marie-Louise, qui avait commencé à entrer des données dans son ordinateur sur la cartographie du secteur où ils se trouvaient, en était en partie responsable. En somme, c'était probablement une combinaison des deux, avait-il prétendu à ses compagnons, d'autant plus que le capitaine était reconnu pour avoir le pif pour se trouver au bon moment au bon endroit.

Pendant les quatre heures qu'avait duré le remorquage du chalut à l'arrière du bateau, les ordres provenant de la timonerie exigèrent de nombreux changements, tant sur la longueur des câbles qui retenaient le chalut entre deux eaux que sur l'angle des portes qui déployaient le piège, ce qui avait fait que les membres de l'équipage assignés à ces opérations durent travailler d'arrache-pied et sans arrêt. Le travail s'était terminé le samedi 15 à 21 h environ, par la récupération du chalut qui fit surface de lui-même en bondissant à fleur d'eau. Hissé immédiatement sur le pont arrière, le piège, dont le nœud avait été défait, laissa échapper tellement de sébastes que les hommes de pont qui s'y trouvaient s'étaient vu submerger jusqu'à la taille des 90 000 livres de poisson que contenait le chalut. Celui-ci fut à nouveau relancé, après s'être assuré d'avoir bien noué son extrémité.

Estomaqué par un tel résultat, Albert avait encore en mémoire les exclamations de tous genres des membres de l'équipage. L'adrénaline avait fait que plusieurs de ses compagnons ne ressentaient ni le froid, ni la faim, ni la fatigue. En fait, ils étaient dans une sorte d'extase. En plaçant les captures dans les cales, ils avaient évalué la paie et les réserves en poissons pour l'hiver à un niveau encore jamais égalé. Convaincus que Marie-Louise ou son ordinateur y était pour quelque chose, quelques-uns d'entre eux s'étaient précipités pour répondre à ses moindres désirs en termes de travail d'échantillonnage et d'analyse. À minuit le samedi 15, tout était terminé, ou presque, étant donné qu'on avait commencé les opérations de récupération du chalut, dont la résistance sur les câbles était si forte qu'on avait craint pendant un moment qu'il soit accroché au fond.

Une certaine lassitude s'était alors installée chez les membres de l'équipage. Le refroidissement de leurs muscles avait rendu leurs gestes lents et maladroits. Soucieux de leur éviter des erreurs malencontreuses, Albert en avait obligé plus d'un à prendre une pause pour se réchauffer, ce qu'ils faisaient à contrecœur parce qu'ils voyaient tout le sébaste qu'il y avait encore sur le pont et qui pouvait être balayé par une vague déferlante.

Un constat qui avait refroidi son enthousiasme.

Aux petites heures du dimanche 16, la poche du chalut qui venait de faire surface avec apparemment plus de 100 000 livres de sébaste s'était déchirée, laissant filer à la mer plus de 25 000 livres de poisson. Pour Albert, c'était sans aucun doute un signe que le destin leur faisait. Il savait aussi remarqué que la mise en cale avait été plus difficile que d'habitude, laissant parfois l'eau de mer s'y engouffrer et, par le fait même, diminuer la qualité des captures. La fatigue et l'inquiétude avaient commencé à s'abattre sur ses compagnons, qui devaient user d'adresse pour ne pas perdre pied sur le pont au milieu des sébastes qui attendaient d'être entassés dans les cales.

Faute de pouvoir relancer immédiatement le chalut fortement amoché, le *Nadine* avait quitté la zone de pêche, les autres chalutiers ne demandant pas mieux. Plusieurs membres de l'équipage étaient divisés, devaient-ils retourner tout de suite aux Îles ou tenter le tout pour le tout en pêchant jusqu'à la limite du quota permis. D'un côté, leur réserve en poisson pour l'hiver était largement suffisante, et, de toute façon, le surplus de leur paie serait amputé de plus de 50 % par les impôts. De l'autre, les ordres étant ce qu'ils étaient, le chalutier s'était aussitôt rendu à environ dix milles à l'extérieur de la zone de pêche afin de faire un mouillage et de voir aux réparations néces-saires du chalut, et, par le fait même, permettre à l'équipage de reprendre du tonus. Marie-Louise en avait profité pour terminer ses analyses et échantillonnages, et pour mettre à jour la cartographie des fonds marins pour pouvoir s'en servir dans le futur comme modèle de pêche responsable. Encore fallait-il maintenant convaincre l'industrie tout entière de sa validité, pensait-elle.

Pour Albert, la perte des 25 000 livres de sébaste constituait néanmoins un signe du ciel: il ne fallait pas forcer la chance. Le Vieux lui avait dit qu'un voyage de pêche qui commençait mal avait tendance à se terminer en catastrophe.

Lorsque le *Nadine* avait levé l'ancre pour revenir pêcher dans la zone que la plupart des chalutiers avaient quittée, Albert avait trouvé la biologiste Marie-Louise dans la timonerie toujours aux prises avec le mal de mer, malgré des médicaments. Aussi, pour lui changer les idées, il lui avait demandé de lui parler de sa carrière, un truc qui marchait presque à chaque coup chez la plupart des gens ayant le mal des transports.

Originaire de Sainte-Martine dans le comté de Châteauguay – Albert le savait déjà –, Marie-Louise était issue d'une famille de dix enfants, dont elle était la dernière-née. Elle avait vécu son enfance dans une grande ferme laitière que possédait son père en bordure de la rivière Châteauguay. Elle le suivait comme une ombre et l'aidait à soigner les animaux qu'elle affectionnait particulièrement. Elle profitait de la rivière pour s'y baigner et, pourquoi pas, y taquiner le poisson. Plus âgée, curieuse de nature, elle aimait suivre l'évolution des animaux et se demandait pourquoi la rivière de son enfance était de moins en moins poissonneuse.

Son père, qui travaillait d'arrache-pied, croyait qu'investir dans l'éducation était encore le meilleur placement des temps modernes. Marie-Louise avait quitté la maison familiale pour faire ses études collégiales à Salaberry-de-Valleyfield. Elle avait obtenu un baccalauréat en biologie marine puis une maîtrise et un doctorat, ce qui, à l'époque, était considéré comme extraordinaire, surtout pour une femme.

En l'écoutant, Albert se demandait pourquoi une si belle femme était célibataire à l'âge de 40 ans. Devinant son interrogation, elle l'avait informé qu'elle s'était donnée à 100 % à ses études jusqu'à l'âge de 30 ans, ne laissant que peu de place aux prétendants. « De toute façon, lui avait-elle confié, ceux qui restent disponibles comme amoureux jettent leur dévolu sur des plus jeunes et surtout des filles pas trop instruites de peur de paraître nigauds. » Elle ne s'en plaignait pas pour autant, vu tous les amis dont elle était entourée.

Pendant ses études en biologie, elle consacrait tous ses temps libres au piano, dont elle raffolait, allant jusqu'à se demander si elle ne devait pas abandonner ses études pour s'y consacrer entièrement.

Ce qui la motivait dans la poursuite de sa formation universitaire, c'était que son frère, mort par noyade, n'avait pas eu, contrairement à elle, la possibilité de terminer ses études en biologie marine. Elle souffrait de son absence. Albert, faisant le parallèle avec sa propre vie, lui avait raconté qu'il avait aussi un frère qui était décédé d'un cancer.

Le silence qui s'était installé à la suite de l'évocation de leurs douloureux souvenirs avait été brisé par Marie-Louise qui lui avait demandé de lui parler des membres de l'équipage qu'elle désirait mieux connaître, et de lui-même aussi.

Il lui apprit que Charles, qui était âgé d'à peine vingt-trois ans, était permanent comme marin pêcheur sur le *Nadine* depuis que lui-même occupait le poste de second capitaine, soit depuis plus de trois ans. Il avait comme amie de cœur la fille du capitaine. Il faisait à l'occasion la fête avec certains de ses compagnons, qui ne demandaient pas mieux. Marie-Louise avait décelé chez le jeune mousse un homme fort attachant qui avait plus de plaisir à donner qu'à recevoir.

Albert lui parla ensuite d'Edmond, le chef mécanicien, qui avait commencé à pêcher avec son père dès l'âge de huit ans. Il avait ensuite fait ses classes sur des chalutiers où son père était le second capitaine depuis plusieurs années. Soucieux d'obtenir son brevet de classe III, il s'était embarqué au printemps, au moment même où il fêtait son vingt-huitième anniversaire de naissance, afin d'accumuler les heures de navigation nécessaires à l'obtention d'un brevet de classe IV, tel qu'exigé par le règlement en vigueur pour un chalutier de la dimension du *Nadine*. Il lui apprit que sa conjointe était enceinte de sept mois, ce qui surprit Marie-Louise qui avait peine à croire qu'un futur père puisse laisser sa femme pendant presque une semaine pour aller chercher une paie, qui, de toute façon, ira en grande partie grossir les coffres des gouvernements. « Ce n'est pas comme ça que j'avais imaginé la vie d'un pêcheur hauturier », lui avait-elle dit. Ce à quoi il avait répondu qu'Edmond anticipait à court terme de gagner sa vie en chemise et cravate sur l'un des bateaux traversiers qui faisaient la navette entre les Îles et Montréal, un rêve que lui-même n'avait pas totalement écarté.

Il lui parla ensuite des membres du Quatuor madelinien en commençant par son frère Benoît qui, à l'âge de 30 ans, était marié à une femme qui lui avait donné un garçon et une fille. Il n'y avait pas grand-chose à ajouter si ce n'était qu'il avait récemment vendu son permis de pêche au homard et qu'il s'était embarqué sur le chalutier afin de se qualifier avant les fêtes pour l'assurance-chômage. En fait, il remplaçait un des frères du capitaine qui, s'étant rendu à Québec pour y tourner la Roue de Fortune, n'avait pu revenir à temps pour s'embarquer.

Poursuivant avec les membres du Quatuor, il lui apprit que Carlo était son beau-frère parce qu'il avait épousé la sœur de sa femme. Elle confia avoir remarqué chez Carlo une grande discipline de travail. Albert lui révéla que plus jeune – il avait actuellement 31 ans –, il avait perdu un rein et que depuis il craignait de perdre l'autre en se fatiguant inutilement. Une crainte qui l'incitait aussi à ramasser de grosses paies – il pêchait sur le Nadine depuis 1984 – afin d'être en mesure de s'acheter un permis de pêche au homard et ainsi être plus disponible pour les services de dialyse, si jamais…

Comme Marie-Louise lui avait dévoilé son amour du piano, Albert l'informa que Carlo, dont l'instrument était le violon, était un musicien hors pair qui pouvait jouer à l'oreille n'importe quelle pièce musicale ou presque… Mais la mort de sa mère, le jour de Noël, il y avait de ça quelques années, l'avait beaucoup affecté. Père d'un enfant d'un an, il vivait avec son père, sa femme et son fils dans la maison paternelle.

Pour ce qui était de Justin, à l'âge de 36 ans il n'était pas encore devenu un employé permanent sur le Nadine, mais il était heureux comme pas un en mariage avec deux jeunes enfants à chérir. Albert lui confia par contre que la vie de Justin n'était plus aussi rose qu'avant… En effet, sa femme se remettait mal du décès de sa belle-mère, Justine. L'équilibre de son foyer en était fort menacé, car cette dernière rendait de grands services à sa jeune belle-fille, en particulier lorsque son fils était parti en haute mer… S'il travaillait comme hauturier à bord de n'importe quel chalutier, c'était dû à la nécessité de boucler ses fins de mois, il avait horreur des dettes.

Albert parla ensuite de Ferdinand à Jos, qui venait de fêter son quarante-huitième anniversaire. Il était père d'un garçon et de deux filles d'un premier lit, dont l'aînée souffrait d'un handicap physique. Il lui exposa combien il avait eu du mal à le convaincre de s'embarquer pour ce dernier voyage de l'année. Il lui dit même que Ferdinand luttait contre un problème de boisson. Marie-Louise mentionna qu'elle appréciait ses plats qu'elle devait souvent prendre à la sauvette, malheureusement. Il lui avait déclaré qu'aux Îles, presque tout le monde était parent, précisant que l'une des sœurs de Ferdinand était mariée au plus vieux de ses frères, et que Carlo à Tannice et son frère Benoît avaient épousé deux sœurs.

Elle lui dit avoir appris, au cours de ce voyage de pêche, à le connaître comme étant un officier de talent qui avait le cœur sur la main et qui faisait confiance à tout le monde.

Il l'avait remerciée.

Marie-Louise aurait voulu en savoir plus sur Albert, mais, comme il devait donner l'ordre de larguer le chalut à la mer, ils avaient convenu de continuer leur discussion à la première occasion.

* * *

Le *Nadine* étant revenu dans la zone de pêche qu'ils avaient quittée neuf heures auparavant, le chalut fut largué à la mer et traîné à l'arrière pendant deux heures dans l'espoir d'atteindre le quota de 245 000 livres de sébaste. Comme Albert avait constaté que la tension sur les câbles ne cessait d'augmenter, il s'était retiré dans sa cabine afin de laisser la place à l'équipe de récupération et de mise en cale des captures. Une pause qu'il s'était imposée, car le capitaine lui avait demandé d'être prêt pour prendre la barre à un certain moment du voyage de retour vers les Îles, qui devait prendre entre huit et dix heures.

Étendu sur sa couchette, il avait entendu les bruits de la récupération du chalut, de son rangement et de la mise en cale des sébastes sans qu'aucune anicroche ne se produise. Il avait ensuite entendu la plupart des membres de l'équipage se diriger vers leurs appartements respectifs.

Cependant, lorsqu'il sentit que le roulis du *Nadine* augmentait de plus en plus, l'intuition que le malheur allait peut-être frapper le reprit. Il aurait tant aimé que le père Louis, son confident spirituel, soit près de lui afin qu'il puisse lui révéler ses états d'âme en ce qui concernait le sens de la vie sur terre. Une vie qui, faute de l'espoir d'une seconde vie dans l'au-delà, n'était pour lui qu'une suite de courts moments de bonheur suivis, hélas, de longs moments de lassitude, de tristesse et de malheurs de toutes sortes… Si, lors de son aventure à la chasse au loup-marin, il avait réussi à s'en tirer avec l'aide du chalutier et de son mentor Albérik, cette fois-ci, par contre, la situation n'était pas la même. Il craignait avant tout un règlement de compte, car son frère l'avait informé avant d'aller se coucher qu'ils n'avaient pas réussi à mettre dans la cale la totalité des 70 000 livres de sébastes qu'avait rapporté le dernier trait de chalut. Aussi, il tenta de faire un marché avec le destin, comme cela lui était arrivé dans le passé. Marie-Louise – peut-être s'inquiétait-elle comme lui – lui avait demandé pourquoi le *Nadine* s'était écarté à trois heures de route du site de pêche où il se trouvait afin de permettre à l'équipage de procéder aux diverses réparations. Il lui avait répondu que cela avait permis à plusieurs membres de l'équipage de faire le plein d'énergie, mais avait été incapable d'expliquer la durée de cette pause. L'aller-retour, en incluant les réparations, avait pris huit longues heures. Des heures qu'ils n'auraient pu utiliser, songea-t-il, pour naviguer afin d'échapper à la tempête annoncée. Il avait conclu que les ordres étaient les ordres et qu'il lui incombait de les faire respecter.

À peine eut-il sombré dans le sommeil qu'il sentit quelqu'un lui secouer l'épaule pour l'avertir qu'il devait remplacer le capitaine à la barre. En ouvrant les yeux, il se sentit étrangement en paix avec lui-même. Il interpréta cette sensation comme l'accord qu'il avait peut-être inconsciemment conclu avec le destin. En mettant les pieds à terre pour prendre ses vêtements, il faillit tomber à la renverse tellement le chalutier avait peine à reprendre son assiette à cause du fort roulis. Avant de quitter sa cabine, il prit son porte-clés avec la photo de son frère décédé. Rendu dans la timonerie, le capitaine l'informa qu'il se retirait dans sa cabine et que la biologiste en chef avait offert de l'assister.

Il commença par faire le tour des divers appareils de navigation en fonction pour constater que l'anémomètre indiquait des rafales de vents de travers dépassant parfois les 100 km/h qui faisaient lourdement tanguer le *Nadine*. Regardant par les hublots de la timonerie, il découvrit que d'énormes vagues déferlaient de toutes parts sur le pont arrière qui contenait une certaine quantité de sébaste. À peine avait-il entamé son quart de travail de nuit que le radiotéléphone se fit entendre. Avant de saisir le combiné, il jeta un regard sur l'horloge de la timonerie qui indiquait 21 h 30, en se demandant ce qui avait bien pu se passer aux Îles en ce dimanche 16 décembre 1990...

* * *

Les dernières nouvelles que les proches de l'équipage avaient eues directement des leurs avaient été reçues au cours de la journée du 14, pendant laquelle le bateau était accosté au quai de Stephenville à Terre-Neuve.

Au cours de la journée du samedi 15, plusieurs d'entre eux avaient appris, par personnes interposées, que le *Nadine* avait quitté Stephenville au petit matin pour arriver dans une zone de pêche le même jour sur l'heure du midi. Or, comme c'était un samedi, donc congé d'école pour les enfants, ceux-ci en avaient profité pour jouer dans la nouvelle neige qui recouvrait par endroits le sol madelinien. Les femmes, quant à elles, avaient boulangé en vue des réjouissances du temps de fêtes et elles avaient planifié des sorties et des réceptions.

En fin d'après-midi, elles avaient appris par des personnes liées à la compagnie à qui appartenait le chalutier – le capitaine se rapportant plusieurs fois par jour –, qu'un deuxième trait de chalut avait rapporté suffisamment pour que leur homme puisse en profiter pour accroître sa réserve en poisson pour la saison froide, même si la paie n'était que de quelques centaines de dollars. Elles savaient par ailleurs que leur homme allait ensuite être contraint de pêcher 24 heures sur 24 s'il voulait profiter de la période d'accalmie annoncée dans le secteur qui devait prendre fin au plus tard le dimanche en soirée. Aussi craignaient-elles que cette pêche intensive ne provoque des accidents ou encore fasse oublier à leur conjoint la prudence la plus élémentaire.

En soirée, les enfants s'étaient couchés et endormis aussitôt – le grand air aidant – certains avec l'espoir que leur père ait rencontré le père Noël et d'autres – qui n'y croyaient plus –, qu'il ait eu l'opportunité de faire l'achat de nouveautés électroniques.

Le dimanche matin, la nouvelle d'une pêche dite miraculeuse courait de village en village, faisant revivre l'espoir qu'il y aurait suffisamment de sébaste pour que les timbres de qualification à l'assurance-chômage soit chose du passé lorsqu'arriveraient les festivités de Noël. Les palabreux avaient raconté que les deux traits de chalut qui avaient suivi les deux premiers avaient rapporté plus de 175 000 livres de sébaste, du jamais vu. Seule ombre au tableau, le vent avait grossi et on annonçait une tempête qui, mêlée à de la neige, pourrait donner du fil à retordre au *Nadine* pour son voyage de retour aux Îles.

L'assistance à la messe – surtout pour les parents des membres de l'équipage – avait servi pour certains d'action de grâce pour le succès de pêche révélé. D'autres priaient pour que la tempête annoncée passe outre son chemin ou encore qu'elle soit une méprise de la part des météorologues qui, avec les changements climatiques, en étaient rendus à annoncer la météo à venir en termes de pourcentage de probabilité. Tout ce branle-bas avait fait dire à de vieux loups de mer, tel Albérik, qu'il ne fallait pas forcer la chance en pêchant jusqu'à la limite du quota imposé, tandis que pour certains autres, si jamais le quota n'était pas atteint par le *Nadine*, il y aurait sûrement d'autres bateaux pour s'en occuper.

Au moment de se mettre au lit, plusieurs proches de l'équipage, dont Marie-Clara, la femme d'Albert à Joseph, faisaient confiance à leur mari, qui, l'espéraient-elles de toute leur âme, pourrait éviter que la tempête annoncée n'ait raison du *Nadine* et de son équipage.

Le Vieux, quant à lui, devant la présomption d'un malheur, n'avait pas cessé de prier et de jongler en début de soirée à toutes sortes de scénarios, les fortes bourrasques qui faisaient craquer les murs de sa maison l'inquiétant. En se couchant, il regarda son réveille-matin, qui indiquait 21 h 30, et se demanda si son préféré serait en mesure de ne pas donner raison au destin qui l'attendait. « Un destin qui, souvent, mêle les cartes avec lesquelles nous jouons… », se dit-il en essayant de dormir.

PARTIE IV

ÎLES-DE-LA-MADELEINE, DÉCEMBRE 1995

CHAPITRE 35

« Aux Îles, c'est pas pareil »

Assis dans son fauteuil préféré, à la veille de faire son pèlerinage annuel qui consistait à visiter les cimetières des naufragés du *Nadine*, Albérik se demanda pour quelle raison le destin lui avait finalement donné raison. Un destin qui avait frappé dur dans la nuit du 16 au 17 décembre 1990 en enlevant la vie à huit membres de son équipage comme si de rien n'était, laissant ainsi un goût amer aux familles endeuillées dont les plaies ne réussissaient pas à se refermer. Seuls survivants de cette terrible tragédie : le capitaine et son frère, qui agissait en tant que maître d'équipage.

Son pèlerinage annuel débutait généralement par la visite du quai de la Grande-Entrée, là où avait été amarrée l'épave, renflouée au cours de l'été 1991, puis vendue à un groupe de spéculateurs qui espérait faire un coup d'argent en la vendant à des intérêts privés intéressés, entre autres, à la rénover pour en faire un bateau de plaisance. Faute d'acheteur, le chalutier avait été finalement remorqué à l'Île-du-Prince-Édouard pour y être vendu pour de la ferraille. Dans l'esprit de plusieurs des proches des naufragés, ce geste faisait présumer que certains préféraient balayer la poussière sous le tapis plutôt que de la récupérer.

Le seul souvenir matériel qu'avait Albérik du *Nadine* était un modèle réduit qui était exposé au Musée de la mer, accompagné d'un court récit du naufrage et des pertes de vie qu'il avait engendrées. Pour lui, c'était insignifiant, comparativement à ce qui avait été fait pour commémorer peu après le décès de Marie-Louise, la biologiste en chef de l'Institut Maurice-Lamontagne. Il avait appris que l'amphithéâtre de l'Institut portait dorénavant son nom. Mieux encore, un fonds de soutien aux étudiants désireux de poursuivre leurs études en biologie marine avait été créé, le tout appuyé par un document qui relatait sa carrière, qui était, faut-il l'avouer, extraordinaire.

Il se leva de son fauteuil pour étirer sa scoliose grandissante, déposa sa pipe dans le cendrier sur pied et se dirigea vers sa bibliothèque murale, qui contenait de nombreux livres et documents, de même qu'une copie du rapport d'enquête du coroner sur le naufrage. L'enquête s'était déroulée l'année suivant le naufrage afin d'établir les causes plausibles de la catastrophe, dans le but qu'elle ne se répète pas. « Ils ont payé de leur vie », se dit-il. Depuis la date fatidique du 16 décembre 1990, les pertes de vie en mer étaient trois fois moins nombreuses chez les hauturiers en général.

Il reprit place dans sa bergère, bourra à nouveau sa pipe, l'alluma et feuilleta pour la énième fois le rapport d'une centaine de pages. Une enquête, se rappela-t-il, d'une dizaine de jours qui s'était tenue au Palais de justice de Havre-Aubert. On y faisait référence aux nombreuses mises au point du coroner. Il s'agissait d'une investigation sur les causes du naufrage et non sur les responsabilités qui pourraient incomber à qui que ce soit. Il s'arrêta aux parties du texte qu'il avait soulignées afin de mettre à jour les considérations qu'il avait en tête concernant çe qui aurait occasionné la perte du navire en moins d'une dizaine de minutes. Il se demanda si ses observations, une fois communiquées aux proches, mettraient fin à leur remise en question.

Il déposa à nouveau sa pipe encore fumante dans le cendrier et alla à la fenêtre qui donnait sur la mer dans le but de rassembler ses idées et se remémorer les dommages collatéraux subis par les familles, privées dans plusieurs cas, de leur unique pourvoyeur. Il était peiné que les enfants, devenus orphelins en bas âge – il y en avait une dizaine –, ne puissent plus profiter de la présence de leur père et, pire encore, pour certains d'entre eux, soient incapables de se rappeler de lui, du moins de se souvenir de ce à quoi il ressemblait. Les femmes, quant à elles, avaient été marquées à jamais par la rapidité des évènements et du peu de soutien qu'elles avaient reçu après la perte tragique de leur homme. Les conjointes des disparus en mer étaient anéanties et trouvaient insoutenable le fait qu'elles n'aient pas été en mesure de leur dire un dernier adieu.

Au printemps de 1991, le Vieux fut informé d'un étrange coup du destin : la femme de Justin à Télesphore était morte tragiquement à peu près à la même période où celle d'Edmond à Pamphile mettait au monde un enfant, qui, hélas, ne connu jamais son père.

« Il faut, se dit-il, en quittant la fenêtre, que s'arrêtent les mauvais coups du sort pour que la pêche hauturière retrouve ses lettres de noblesse et cesse de faire des victimes dans un environnement qui a largement changé d'allure depuis cinq bonnes années. »

Il reprit place dans son fauteuil non sans avoir jeté un coup d'œil au dernier numéro de l'hebdomadaire *Radar*, qui présentait une rétrospective de la pêche hauturière depuis 1990. À cause des moratoires qui n'en finissaient plus de se faire reconduire d'année en année, il était mentionné que la pêche commerciale de la morue n'était plus possible, si ce n'est que sous la forme d'une pêche de survivance ou encore dite accidentelle. Or, comme l'être humain a généralement tendance à abuser des faveurs qui lui sont accordées, des officiers de pêche furent appelés à la rescousse afin d'éradiquer le problème en allant jusqu'à inspecter les boîtes à lunch des pêcheurs. Nombre de chalutiers en acier qui faisaient la pluie et le beau temps au cours des années 1970-1980 furent soit convertis pour permettre une autre forme de pêche ou encore tout simplement vendus à ceux qui rêvaient d'en faire des bateaux de plaisance. Enfin, le rachat massif des permis de pêche à la morue avait laissé un arrière-goût à plusieurs hauturiers, qui s'étaient aperçus qu'ils ne pouvaient plus profiter du beurre – la pêche – et de l'argent du beurre – les timbres d'assurance-chômage – à moins de s'expatrier, et encore.

À son âge, le Vieux savait qu'il n'aurait pas à supporter une telle épreuve. Il avait vécu aux Îles toute sa vie et espérait y mourir dans la sérénité, qu'il avait perdue, hélas, depuis la tragédie du *Nadine*.

Il voulait profiter de la journée du lendemain, le 16 décembre 1995 – comme chaque année d'ailleurs – pour visiter les cimetières des naufragés, mais, cette fois-ci, en faisant, dans le sens inverse, le parcours qu'il avait coutume de faire. Il espérait de cette façon brasser la cage au destin en confiant au ciel les nombreux questionnements qui le torturaient. Aussi, afin de garder la forme pour cette journée forte en émotions, il se coucha de bonne heure.

Il se réveilla de lui-même à six heures pile le lendemain. Son premier geste fut de regarder par la fenêtre du boudoir. Il vit tomber la toute première neige de l'année ; elle était charriée par un nordet de force 5, soit entre 30 et 40 km/h. Cette température ressemblait en fait à celle de la journée du départ du *Nadine*, le mercredi 12 décembre 1990. Il prit un déjeuner fort copieux, s'habilla chaudement et monta dans son petit camion qu'il eut du mal à faire démarrer.

Il commença son circuit en passant devant la maison où habitait son protégé Albert à Joseph. En se rendant à Cap-aux-Meules, il longea le cimetière de Bassin pour saluer de sa casquette les trois naufragés du *Nadine* qui habitaient sur l'Île-du-Havre-Aubert et leur indiquer qu'il reviendrait sous peu se recueillir sur leur tombe. Il arriva au quai des pêcheurs de Cap-aux-Meules vers 7 h 30. Il n'aperçut au loin que des employés d'entretien des traversiers amarrés au débarcadère, qui commençaient leur journée de travail. Il essaya d'imaginer l'agitation qu'avait vécue l'équipage au départ du *Nadine*.

Il se dirigea ensuite vers l'église de Lavernière, où il assista à la messe célébrée dans la sacristie par le père Louis, confident spirituel de son protégé. Il prolongea son pèlerinage jusqu'au cimetière de l'Île de Havre-aux-Maisons où il trouva la pierre tombale du jeune Charles à Aristide, le plus jeune des naufragés. Il continua ensuite vers Cap-aux-Meules et Lavernière pour se recueillir sur la tombe de Justin à Télesphore ainsi que sur une dalle posée au sol relatant la disparition en mer d'Edmond à Pamphile.

Il traversa le Havre-aux-Basques en direction de l'Île-du-Havre-Aubert pour arriver à la jonction de la route 199. Il tourna à gauche et parvint au cimetière du village de Havre-Aubert, qui était juché en contrebas de la plus grosse des buttes, dites « des Demoiselles ». Il trouva rapidement la pierre tombale de Carl-Aubert, y fit une courte prière et reprit la route qui le conduisit au cimetière de Bassin. Ce lieu situé à l'arrière de l'église, remontait en pente vers les buttes qui le séparaient du canton de la Montagne. Albérik stationna son camion, puis entreprit de marcher sur le chemin qui traversait le cimetière et le conduisit aux monuments des deux frères, Albert et Benoît à Joseph, dont les photos incrustées dans les pierres tombales semblaient vouloir lui parler. Tout près il vit la dalle de marbre sur laquelle était mentionnée la disparition en mer du corps de Ferdinand à Jos, le chef cuisinier en titre sur le *Nadine*. Il prit la peine de relire les quelques mots juxtaposés au croquis du bateau : « Au revoir, mon tendre époux » et plus bas « Au revoir, papa chéri », en se disant que c'était bref comme commentaire et bien insuffisant pour se remémorer ces braves et fiers hauturiers qui étaient partis dans l'autre monde dans la fleur de l'âge. Il regarda à nouveau les photos des pierres tombales, fit le signe de la croix et se dirigea vers la sortie du cimetière où était stationné son petit camion ; la neige avait alors presque cessé. Il regarda vers les buttes et y vit de jeunes enfants qui étaient en train de glisser sur des traîneaux de fabrication artisanale.

Bien installé sur le siège avant de son véhicule, il réalisa que quatre des sept naufragés madelinots étaient originaires de l'Île-du-Havre-Aubert. Il démarra et se dirigea non sans difficulté vers la sortie du cimetière dont le chemin était recouvert depuis son arrivée de lames de neige. Il fut estomaqué de voir un traîneau, sur lequel prenaient place plusieurs enfants, passer tout juste devant lui. Le cœur battant, il freina sur-le-champ pour regarder à travers le pare-brise, balayé par des essuie-glaces qui fonctionnaient mal, et vit un autre traîneau, qui passa droit devant la camionnette comme si de rien n'était. Médusé, il klaxonna, baissa la vitre et sortit son bras afin de demander aux occupants des deux traîneaux de s'approcher, ce qu'ils firent, embarrassés.

Albérik leur demanda leurs noms. Ensuite, il les pria de l'aider : son camion s'était enfoncé jusqu'aux essieux lorsqu'il avait freiné. Avec l'aide les enfants, il réussit à se sortir du bourbier. Il se demanda si l'incident n'était pas en fait un signe du destin. Et pour cause, puisqu'il y avait parmi eux, les fils d'Albert et de Benoît à Joseph, dont celui de son protégé qui l'informa de l'arrivée aux Îles d'un étrange*. Il ajouta que cette personne lui avait demandé de lui indiquer où était située la maison du capitaine Vincent, le capitaine, qui, se rappela-t-il, avait été commandant du *Nadine* lors de son ultime excursion à la chasse au loup-marin.

---

* *Étrange* : désigne un étranger ou encore d'un touriste

Ravigoté, il prit le chemin du retour en se demandant si l'étranger en question n'avait pas quelque chose à voir avec le naufrage. Et pourquoi pas ? se dit-il vu la possibilité qu'un vice caché de construction ait été décelé à l'époque de ses deux transformations. Tel défaut – s'il existait réellement – n'était par contre pas cité dans le rapport d'enquête du coroner.

Arrivé chez lui, il se demanda s'il ne devait pas appeler le capitaine Vincent pour savoir s'il avait rencontré l'étranger et ce qu'il en était.

Il soupa d'une pleine assiettée de gruau, ouvrit la télévision pour regarder les nouvelles et s'abstint de regarder le hockey du fait qu'une mauvaise partie du Canadien de Montréal pourrait sans doute perturber son sommeil. Il se coucha finalement à 21 h en se fixant un objectif dans le temps, pour vérifier si le destin ne l'avait pas oublié. Il se dit que le lendemain, dimanche, au moment où sonnerait l'Angélus, s'il n'avait pas encore eu vent de quelque chose de valable, il en serait réduit à penser qu'il était ridicule de croire que toute sa destinée sur terre avait été programmée. Il tenta de se détendre en revoyant les images de sa rencontre en fin d'après-midi avec le plus vieux de son protégé Albert à Joseph, qui ressemblait à son père comme deux gouttes d'eau. Certes, il aurait aimé lui dire à quel point il avait été comblé d'être le mentor de son père, son guide quoi ! Qu'il l'avait aimé comme son propre fils, et qu'il n'en revenait toujours pas de ce qui s'était produit il y avait de ça cinq années presque jour pour jour… Il craignait cependant d'ouvrir une plaie qui prendrait encore beaucoup de temps à se cicatriser totalement. «À moins que…», songea-t-il en tombant de sommeil, le somnifère produisant son effet.

Le Vieux, qui n'avait pas bien dormi, fut réveillé par la sonnerie du téléphone posé sur sa table de chevet.

— Oui, allô ! répondit-il d'une voix enrouée. Qui est-ce qui parle ? demanda-t-il, le cœur battant.

— Vous ne m'avez pas reconnu ? C'est le capitaine Vincent. Voulez-vous me dire où vous étiez passé hier après-midi ?

— Bah, comme à l'habitude à ce temps-ci de l'année, j'ai été visité les cimetières de nos amis qui ont perdu la vie sur le *Nadine*.

Pourquoi m'appelez-vous ? demanda-t-il en tentant de reprendre son souffle.

— C'est qu'un dénommé Jean Dieudonné est venu me rencontrer.

— Et qu'est-ce qu'il voulait savoir ? dit-il, pressé de connaître si le destin avait lu dans son subconscient durant son sommeil.

— Il voulait savoir si je pouvais l'aider à mieux comprendre les causes du naufrage du *Nadine*, du fait que j'ai dirigé sa transformation en chalutier pélagique. Je lui ai répondu que des experts m'avaient rencontré par le passé et qu'ils n'avaient rien trouvé qui clochait. Je l'ai informé que s'il voulait en savoir plus, vous étiez l'homme de la situation. Celui qui a la capacité de lire entre les lignes d'un rapport d'enquête.

— Et quand veut-il venir me rencontrer ? demanda-t-il en essayant de cacher son excitation.

— Il m'a dit avoir essayé – tout comme moi, d'ailleurs – de vous contacter au cours de l'après-midi d'hier, mais sans succès. Je crois qu'il va se réessayer aujourd'hui.

— Merci pour l'information, capitaine, dit le Vieux, qui n'en revenait pas de voir que ses prières avaient été exaucées. Je vais m'organiser pour rester à la maison si jamais il revenait à la charge, enchaîna-t-il avant de reposer le combiné.

Requinqué comme jamais, Albérik mit ses vêtements du dimanche. Il déjeuna d'œufs sur le plat accompagnés de boudin au loup-marin. De temps en temps, il se levait pour s'assurer que son téléphone reposait correctement sur sa base. Soudain, il s'aperçut qu'il était en train de virer fou avec son histoire de destin. Il prit place dans son fauteuil préféré dans le boudoir, s'alluma une bonne pipe bourrée d'Amphora tout en regardant l'heure sur son horloge grand-père dont le tic-tac commençait à lui tomber sur les nerfs. Même s'il n'avait que très rarement manqué la messe du dimanche, il ne se risqua pas à y assister cette fois-ci afin que l'étranger ne se tanne pas d'essayer de le joindre, trouvant qu'il s'absentait trop souvent de chez lui. Il but café après café, se levant de temps à autre de son fauteuil pour aller regarder à travers les fenêtres qui donnaient sur la route 199, il y vit des voitures qu'il connaissait, des gens qui revenaient sans doute de la grand-messe de 10 h. Il était presque midi, et toujours rien. Il fut tenté d'appeler le capitaine Vincent, mais s'en abstint en se disant que l'étranger pourrait justement l'appeler pendant ce temps-là, et qu'il renoncerait pour de bon à venir le rencontrer.

À midi tapant, il entendit sonner l'Angélus et décida de se préparer une omelette au lard salé malgré son peu d'appétit. Il se demanda si le fait de ne pas avoir assisté à la messe en plein dimanche, ce n'était pas l'insulte suprême à faire au destin. Cette seule pensée lui noua l'estomac à tel point qu'il décida d'aller faire une petite marche malgré le réveil récent de ses rhumatismes, qui se faisait généralement dès les premières chutes de neige.

Vêtu de son épais manteau de drap, il sortit de chez lui et emprunta le chemin qui le conduisit vers la route 199 qu'il atteignit après une vingtaine de minutes d'une marche laborieuse. Il s'arrêta en bordure de la route pour regarder les quelques voitures qui passaient, dont les conducteurs – il les connaissait à peu près tous – le saluaient d'un signe de la main. Il se rappela alors, ce dicton madelinot : « Aux Îles, c'est pas pareil : on salue tout le monde, on se passe de rendez-vous et on arrive comme un cheveu sur la soupe ! » Il tourna le dos à la fois au vent et à la route 199 pour se protéger de la froidure en se convainquant que le destin, auquel il croyait, n'avait probablement pas la même signification pour tout le monde. Il regarda sa montre de poche qui indiquait 12 h 50 en se demandant si justement l'étranger avait mis sa montre à l'heure des Îles comme devaient le faire les visiteurs. Dépité, il attaqua le chemin qui le ramenait chez lui. À l'exemple de plusieurs de ses voisins, Albérik avait élu domicile sur le flanc d'une butte qui faisait face à la mer. À peine avait-il fait quelques pas qu'il entendit le bruit d'un klaxon d'une automobile qui venait de stationner en bordure de la route 199 et dont le conducteur était sorti pour lui faire signe de revenir sur ses pas.

— Vous cherchez quelqu'un ? demanda le Vieux en dévisageant le type qui ne lui disait rien.

— Ça fait une demi-heure que j'essaie de localiser la maison d'un dénommé Albérik à…

— À Médée peut-être ? coupa-t-il, sans toutefois s'identifier.

— C'est ça, lui confirma l'étranger, qui avait compris qu'aux Îles, autant les adresses des maisons que celles identifiant les chemins n'étaient pas toujours évidentes à trouver.

— Je monte avec vous, lui dit subitement le Vieux en voyant son hésitation à s'engager sur un chemin en gravier qui, avec les dernières précipitations de neige, avait été réduit à la largeur d'une seule automobile.

— Vous le connaissez ? s'enquit l'inconnu après qu'il eut pris place près de lui sur le siège avant.

— Assez bien pour vous dire qu'il se pourrait qu'il soit en train de faire son somme. Si vous voulez arriver chez lui, commencez donc par vous donner un bon élan et ne vous arrêtez pas avant que je vous le dise, ajouta-t-il en détournant le regard pour qu'il ne voie son sourire et se rende compte qu'il l'avait couillonné à son goût.

— À vos ordres, capitaine, lui répondit l'étranger en se demandant s'il n'avait pas affaire au Vieux loup de mer en personne, dont lui avait parlé le capitaine Vincent.

— Bienvenue chez moi, monsieur Dieudonné, lui dit Albérik.

— Jean Dieudonné, précisa-t-il en sortant de son automobile en jetant un regard sur l'étendue du paysage devant lui. Vous êtes bien installé, dit-il en se songeant que s'il avait le choix, il aimerait prendre sa retraite dans un environnement semblable, et ne plus faire qu'un avec Dame Nature.

— Donnez-vous la peine d'entrer, lui dit le Vieux en lui ouvrant la porte qu'il ne barrait jamais.

— J'espère que je ne vous dérange pas trop, dit Dieudonné.

— Pantoute. Par ici, on n'a pas l'heure, mais le temps de prendre notre temps. Dégreillez-vous et amenez-vous dans le boudoir.

Jean Dieudonné – le nom à lui seul rassurait le Vieux : le destin suivait son cours –, étant donné sa grandeur et sa corpulence, ne passait certainement pas inaperçu. Il avait un visage aux traits réguliers, un large front et une chevelure d'un blond cendré coupée en brosse lui donnait un air bon enfant. Il était vêtu d'une belle chemise qu'il portait par-dessus un pantalon beige au pli impeccable. Il gesticulait en parlant et sa voix était assurée.

Tout en parlant de sa carrière – ce qu'Albérik lui avait demandé –, Dieudonné promenait son regard sur le boudoir meublé d'un canapé, de trois fauteuils et deux petites tables, dont une était utilisée pour des articles de fumeur et l'autre pour des boissons et bonbons de toutes sortes. Une grande bibliothèque murale contenait de nombreux livres et documents reliés en cahiers. Une bible avait sa place d'honneur sur la table située près du Vieux en compagnie d'un épais document qu'il identifia comme étant le rapport d'enquête du coroner sur le naufrage du *Nadine*. En y regardant de plus près, il constata que plusieurs pages étaient cornées, preuve que son interlocuteur les avait souvent consultées.

— Comme ça, vous êtes un journaliste enquêteur? s'enquit Albérik en prenant sa tabatière pour bourrer sa pipe.

— En effet, et j'espère que vous allez m'aider à mieux comprendre ce qui s'est passé avec le naufrage.

— Mais avant d'aller plus loin, le rapport d'enquête que vous voyez là, dit-il en le lui montrant du doigt, l'avez-vous déjà lu?

— Oui, mais en diagonale, dit-il. La principale raison qui m'a motivé à venir vous rencontrer, c'est que, d'après ce que j'ai appris, vous êtes l'homme de la situation ou, si vous voulez, celui qui est capable de trouver ce qui s'est réellement produit lors de l'expédition de pêche en haute mer menée avec le chalutier *Nadine*.

— Et qu'est-ce que cela va vous apporter?

— C'est que je travaille à la pige et que…

— À la pige? le coupa Albérik.

— En fait, je travaille à mon compte, si vous voulez, si bien qu'en lisant le rapport d'enquête, j'y ai découvert une extraordinaire histoire qui me permettrait d'en tirer soit un documentaire ou un film, enfin quelque chose qui pourrait intéresser beaucoup de gens.

— Et qui soit possiblement payant, à part de ça, intervint le Vieux. Mais pourquoi avoir choisi cette histoire plutôt que n'importe quelle autre?

— C'est que, de prime abord, ce naufrage est intrigant du simple fait que les seuls survivants sont le capitaine et son frère, qui agissait comme le maître de l'équipage. Ne pensez-vous pas que ça a l'air bizarre? questionna-t-il.

Sa question rendit Albérik mal à l'aise. Il se leva pour lui offrir un verre, qu'il refusa.

— Pas du tout, lui répondit-il finalement en reprenant sa place dans son fauteuil. Après avoir lu et relu le rapport, j'ai enfin compris que, comme je l'avais prévu, le destin a frappé durement.

— Le destin ?

— Vous y croyez, vous ?

— Ça dépend…, avança-t-il prudemment. Vous pensez que le *Nadine* naviguait vers son destin tandis que le coroner donne comme cause du naufrage tout autre chose ?

— Si je me fie à votre première impression, vous voudriez sans doute savoir pourquoi le capitaine a survécu, lui qui, selon la croyance populaire, est censé quitter son bateau en tout dernier.

— C'est un peu pour ça que j'aimerais revoir avec vous le rapport d'enquête, qui ne dit sûrement pas tous les motifs qui ont pu causer directement et indirectement la catastrophe.

— Beau dommage ! Un peu comme un politicien qui fait parler les chiffres en sa faveur, je pense qu'il faut être capable de lire entre les lignes du rapport et tirer des conclusions afin que les proches des naufragés puissent faire leur deuil une fois pour toutes.

— Alors, dites-moi pour quoi faire qu'au moment du naufrage, c'était le second du capitaine qui était à la barre, avec comme seule assistante la biologiste en chef.

— Vous êtes comme la plupart des hommes qui, en se questionnant sur le naufrage, oublient la situation de la pêche hauturière en 1990, et en particulier au Québec.

— Allez, je vous écoute.

— Mais, avant de débuter, j'aimerais vous dire qu'il ne faudrait pas oublier que je vais m'en remettre au rapport d'enquête qui discute des causes du naufrage, et non de la responsabilité de qui que ce soit.

— Mais au-delà de l'enquête, il y a quand même un tas de choses qui vous ont été rapportées, en particulier par les proches des naufragés. Pourquoi alors ne pas me donner de temps à autre votre opinion ?

— À l'exemple de « l'homme qui a vu l'homme qui a vu l'ours », il n'en est pas question, point à la ligne.

— Mais que voulez-vous dire ?

— C'est que si – je dis bien *si* – je vous révèle des choses sur le naufrage en dehors de l'enquête, c'est que j'aurai la certitude que le premier homme, qui a vu le deuxième, a la preuve qu'il a vraiment vu l'ours.

— C'est très astucieux de votre part. Par le fait même, je comprends que vous ne voulez pas trop vous mouiller.

— De façon à être tout trempé et risquer finalement de me noyer !

Le Vieux mit sa pipe encore fumante dans le cendrier et se leva. Il se dirigea vers la fenêtre qui donnait sur la mer. Sachant qu'une mise au point pourrait aider à mieux faire comprendre à Dieudonné ses récriminations au sujet de l'enquête, il lui précisa : « Lorsque le poisson est vivant il relève de Pêches et Océans Canada, quand il est question de le pêcher de Transport Canada. Arrivé à son port d'attache avec une pleine charge de poissons morts, c'est le ministère de l'Agriculture, des Pêcheries et de l'Alimentation du Québec (MAPAQ) qui prend la relève. »

— C'est vrai que ça devient difficile de s'y retrouver quand il est question de pêche responsable et de santé et sécurité au travail, concéda Dieudonné.

— Et immanquablement, c'est à la compagnie que revient par la suite le soin de transformer le poisson, d'en faire la mise en marché et de le vendre au plus offrant. Tout ça pour dire que la compagnie doit tenir compte de deux ordres de gouvernement, le fédéral qui subventionne les bateaux de pêche, à l'exemple du *Nadine*, et le provincial, qui contribue financièrement à la construction des usines. Et ce n'est pas tout, puisque la compagnie doit s'accommoder avec…

— Pas trop vite, Albérik, lui demanda Dieudonné, j'ai de la misère à vous suivre.

— Compris, le rassura Albérik en se dirigeant vers la cuisine pour voir s'il avait bien laissé sur le réchaud une pleine théière de thé King Kole. C'est l'heure du thé, lança-t-il à Dieudonné, de l'embrasure de la porte du boudoir.

— Bonne idée, rétorqua son interlocuteur.

Après avoir servi le thé avec des biscuits secs, Albérik prit place dans son fauteuil en se disant qu'il ne devait pas oublier l'objectif premier qu'il avait en tête, soit de faire en sorte que Dieudonné n'examine pas trop les causes du naufrage, mais plutôt le vécu des membres de l'équipage qui avaient perdu la vie.

— Où en étais-je? demanda-t-il à Dieudonné.

Celui-ci, après avoir feuilleté son calepin, lui dit:

— Vous disiez que pour la compagnie, elle doit s'accommoder...

— Je disais donc qu'elle doit s'accommoder avec les capitaines de sa flottille de chalutiers dont elle est propriétaire, comme le *Nadine*, ce qui n'est pas pareil lorsqu'elle fait affaire avec un capitaine propriétaire de son propre bateau de pêche.

— Je comprends votre allusion.

— Et pour finir, la compagnie doit faire pêcher ses bateaux qui sont, soit dit en passant, surveillés par le fédéral, si elle veut pouvoir rembourser ses emprunts et, du même coup, faire gagner des timbres – en fait de l'assurance-chômage – à ses employés. Des employés travaillant avec des équipements qui utilisent une grande quantité d'eau douce contrôlée par la Municipalité.

— En fait, ce que vous voulez dire, c'est qu'il y a trois ordres de gouvernement qui interviennent dans le processus, quand il n'y a pas en plus des groupes de pression sur la surpêche.

— Oui, et c'est le pêcheur qui, au bout du compte, en paie les frais par l'énorme pression exercée sur lui. L'enquête du coroner fait d'ailleurs mention de ça.

— Passons maintenant aux vraies choses, l'avertit Dieudonné, qui s'aperçut aussitôt, à l'expression du visage d'Albérik, qu'il venait de mêler les cartes.

— Ce que je peux vous dire pour tout de suite, c'est que ce voyage de pêche en était un de trop, dit-il en se demandant s'il ne devait pas l'informer du rapport d'enquête du Bureau de la sécurité des transports du Canada (BST) qui avait vu le jour aussi tard qu'en avril 1994.

Voyant qu'Albérik ne cessait de regarder l'heure sur l'horloge grand-père du boudoir, Dieudonné comprit qu'il avait probablement un peu trop abusé du temps de son vis-à-vis.

— On pourrait peut-être se reprendre demain, Albérik? On a encore beaucoup de temps devant nous, vous savez.

— Pas de problème. Ça fait mon affaire à moi aussi, ajouta-t-il en se levant pour reconduire Dieudonné dans le tambour. Il lui remit son manteau de fin lainage qui s'agençait bien avec son chapeau en cuir véritable. Dieudonné, en fixant le panorama devant lui, confirma : « C'est donc vrai qu'aux Îles, c'est pas pareil. »

CHAPITRE 36

« Chassez le naturel, il revient au galop »

— Et puis, vous avez bien dormi ? demanda Dieudonné à Albérik le lendemain de leur première rencontre.

— Passablement. J'y ai bien pensé, et je préfère vous dire qu'il y a eu une autre enquête pour le compte de Transport Canada.

— Ah oui ? Et quelle en est la teneur ?

— En fait, j'ai remis le rapport à un dénommé Samy Cavendish, qui a déjà possédé des chalutiers et qui est surtout intéressé par l'aspect matériel des causes du naufrage.

— Pas vous ? demanda Dieudonné.

— Moi, c'est l'équipage en tout premier qui m'intéresse. Ça fait que si vous n'avez pas d'objection, on pourrait commencer par lui.

Dieudonné acquiesça en sortant ses cahiers de notes de son porte-document.

— Ne trouvez-vous pas, Albérik, que c'était de mauvais augure, comme le mentionne le rapport d'enquête du coroner, que ce soit le second capitaine qui était à la barre en compagnie de la biologiste au moment où le *Nadine* est entré dans sa phase de perdition ?

— Vous êtes comme la plupart des hommes, rétorqua le Vieux. Vous voulez aller tout de suite aux conclusions avant de vous attaquer aux conditions qui entouraient le voyage.

— Ah bon ! On commence par quoi, alors ?

— Avec le matin du mercredi 12 décembre 1990, avant que le *Nadine* largue les amarres. Vous voulez un bon café avant de commencer ?

— Seulement si vous m'accompagnez, Albérik.

— Avec une larme de cognac, peut-être ?

— Et pourquoi pas !

Bien installé dans son fauteuil après avoir servi Dieudonné, Albérik se lança.

— Vous êtes-vous déjà demandé pourquoi la biologiste, qui, habituellement, faisait une sortie en mer par année, surtout par beau temps, avait décidé d'en faire une deuxième et en plus sur le *Nadine*, alors que plusieurs chalutiers s'apprêtaient à prendre la mer ?

— Non, pas vraiment… probablement par pur hasard.

— Pas tout à fait… Elle avait comme but, entre autres, de renseigner les hauturiers sur l'utilité de son travail, ce qui n'était pas évident avec un équipage qui ne pensait qu'à pêcher. Pour eux autres, vite et bien, ça allait ensemble. En plus de ça, elle avait décidé de remplacer l'une de ses techniciennes, mère de jeunes enfants, et en profiter en même temps pour faire l'expérience d'un engin qui calcule tout fin seul.

— Vous voulez dire un ordinateur, dont le rapport d'enquête ne parle pas ?

— Beau dommage ! En fait, je me dis qu'avoir une personne à bord, une docteure en science en plus de ça, avec une machine à calculer, ça aurait pu en intimider plusieurs.

— Et qui, d'après moi, se voyaient obligés de suivre les règles d'une pêche responsable, ajouta Dieudonné.

— Absolument ! Et j'ai pour mon dire que c'est à partir du deuxième trait de chalut, qui a eu lieu plus de trois jours après le premier, que ça a changé du tout au tout.

— Expliquez-vous, Albérik, dit Dieudonné, qui voyait dans son interlocuteur un vieux loup de mer ayant beaucoup de discernement.

Après avoir pris sa dernière gorgée de café, le Vieux se leva pour arpenter le boudoir en lissant de temps à autre sa longue barbe grisonnante afin de mieux se concentrer. Il commença par faire un résumé de ce qu'il connaissait des origines et de la carrière de la biologiste, en recommandant à son interlocuteur qui l'interrompait à l'occasion, d'en apprendre davantage sur elle en communiquant avec son employeur, l'Institut Maurice-Lamontagne, ou encore auprès de sa famille qui habitait dans le comté de Châteauguay. Il lui révéla que si la biologiste était dans une forme relativement bonne, il en allait autrement des membres de l'équipage qui avaient eu à peine quelques jours de repos avant de devoir s'embarquer à nouveau sur le chalutier. En plus, il lui dit que plusieurs agissaient comme remplaçants.

— Auriez-vous une idée, Albérik, pourquoi la biologiste se trouvait avec le second capitaine – l'une de vos connaissances intimes, je crois – au moment où le capitaine lui a remis les commandes ?

— L'enquête dit qu'elle s'est offerte pour l'assister, sans en donner cependant la raison. J'ai idée que, souffrant du mal de mer, elle se sentait plus en sécurité dans la timonerie auprès du second.

— Surtout qu'à ce moment-là, je crois que le *Nadine* était aux prises avec une véritable tempête… Mais peut-on supposer que sa seule présence ait pu distraire le second ? demanda Dieudonné en se raclant la gorge.

— Batèche de batèche ! Lorsqu'on a une personne à bord d'un bateau, qui est une docteure en science en plus, on s'arrange pour qu'elle retrouve le plus rapidement ses aises.

— Mais comment expliquez-vous – l'enquête le mentionne – qu'on ait retrouvé son corps seulement en juillet 1991 dans un garde-robe sous le pont principal ?

— Peut-être voulait-elle aller chercher un habit de survie en eau froide, qui en réalité n'existait pas, ou un médicament, ou autre chose….

— Un habit qui n'existait pas, vous dites ?

— C'est que la compagnie à qui appartenait le chalutier pensait que l'Institut le lui fournirait et la biologiste croyait plutôt le contraire.

— Mais c'est affreux !

— À qui le dites-vous ! J'ai entendu dire que, dans l'année qui a suivi son décès, son entourage avait fait les choses en grand. En plus de donner son nom à l'amphithéâtre de l'Institut, on a créé un fonds afin d'aider les jeunes étudiants qui voudraient suivre son cheminement de carrière. J'ai pour mon dire que, contrairement aux autres naufragés, elle ne sera pas oubliée de sitôt.

— Je vois.

— Pour tout dire, je voudrais que vous fassiez un genre de documentaire sur la vie des sept autres naufragés afin que, comme ç'a été fait pour la biologiste, on se rappelle d'eux.

— C'est toute une commande que vous me faites là.

— J'aime mieux vous le dire tout de suite, c'est à prendre ou à laisser.

— OK, ça va. Je vous promets de faire tout en mon possible. Mais pour en revenir à ce que vous m'avez dit tout à l'heure, pourquoi est-ce spécifiquement après le premier trait de chalut que la situation a changé du tout au tout ?

— Commençons par le commencement, si vous le voulez bien. Comme je vous le disais, le *Nadine* a largué ses amarres le mercredi 12 décembre vers 8 h 30 en pleine *gornasse*.

— *Gornasse*, vous dites ?

— C'est un mélange de bourrasques de plus ou moins 30 nœuds avec de la pluie et parfois de la neige.

— En fait, rien pour faire peur à des hauturiers qui avaient sûrement vécu de telles conditions dans le passé.

— Probablement. Je m'apprêtais donc à dire qu'ils étaient arrivés dans la zone de pêche désignée en début de soirée, pour larguer à la mer le chalut qu'ils ont traîné pendant une couple d'heures pour ensuite le relever avec seulement 25 000 livres de poisson rouge, en fait du sébaste.

— *Seulement*, vous dites ?

— Oui, parce que peut-être ne l'avez-vous pas remarqué, mais le deuxième trait de chalut a eu lieu aussi tard que le samedi midi, soit plus de deux jours et demi par après. J'ai idée que les dés étaient pipés au moment même où le chalutier a quitté son port d'attache de Cap-aux-Meules. Tenez, lisez avec moi : « Après avoir remisé les 25 000 livres de sébaste, le *Nadine* quitte la zone de pêche pour s'en aller se mettre à l'abri dans la Baie St-Georges. »

— Ça expliquerait la raison pour laquelle ils ont dû écourter le trait de chalut avec le résultat qu'on connaît, dit Dieudonné. Qu'en pensez-vous ?

— Peut-être bien. Mais comment se fait-il qu'il ait laissé par la suite son mouillage dans la Baie Saint-Georges le jeudi dans la soirée pour aller se mettre à quai à Stephenville, un port de mer qu'il a quitté seulement au petit matin le samedi le 15 ?

— Mystère et boule de gomme, comme on dit. Ils en ont tout de même profité, tel qu'il est mentionné au rapport, pour faire des réparations.

— Mais j'ai pour mon dire que des hauturiers, qui ne savaient pas quoi faire de leur corps pendant plus d'une soixantaine d'heures, ont dû être très inquiets et d'humeur massacrante.

— Humeur massacrante, pourquoi ?

— À cause de leur chèque de paie, mon ami. Ils devaient surtout penser qu'ils auraient peut-être à s'en retourner aux Îles bredouilles, alors qu'ils ne s'attendaient sûrement pas à ça.

— Comme qui ? s'enquit Dieudonné.

— Comme Benoît, le frère du second capitaine Albert à Joseph, dit en maugréant Albérik. Ça adonne que la famille de Joseph n'a pas été épargnée par le destin. Imaginez-vous donc que le père Joseph a perdu trois de ses fils en l'espace de 11 mois. Un premier, qui n'avait que 39 ans, d'un cancer et les deux autres à 30 et 31 ans lors du naufrage. Il m'a dit à l'époque que ce n'était pas dans l'ordre des choses d'enterrer ses enfants, surtout trois, en si peu de temps.

— Et le plus étrange, dans tout ça, dit Dieudonné, c'est qu'ils ont été les seuls, à part la biologiste, à avoir été retrouvés sans habit de survie.

Le rappel de cette dure réalité frappa le Vieux. Il quitta son fauteuil pour se diriger pour une deuxième fois vers la fenêtre. Il se tourna vers Dieudonné et lui raconta en peu de mots le vécu des deux frères : Albert qui avait choisi la carrière de hauturier et Benoît, celle de pêcheur de homard. Il termina en lui disant qu'ils faisaient partie d'un groupe de musiciens appelé le Quatuor madelinien.

— Et si vous voulez en savoir plus, vous n'avez qu'à questionner leur famille.

— J'aurais quand même quelques petites questions à vous poser, si vous le permettez.

— Allez-y, je suis là pour ça.

— Le frère du second capitaine remplaçait qui, en fin de compte ?

Le Vieux expliqua à son interlocuteur la situation qui faisait que l'un des frères du capitaine, qui agissait en tant que chef cuisinier et homme de pont, n'avait pu être de ce dernier voyage.

— Quelquefois, ajouta-t-il, le hasard, ou plutôt le destin – il appuya sur le dernier mot – fait bien les choses pour un et moins bien pour d'autres.

— Comment ça ?

— C'est que ça adonne que ce frère du capitaine était un si bon hauturier que ça en a pris deux pour le remplacer.

— Deux ? s'enquit Dieudonné en écarquillant les yeux.

— Oui. Le frère du second, comme homme de pont, et un dénommé Ferdinand à Jos, comme chef cuisinier. Ça fait que si le destin a été bon pour le frère du capitaine en lui permettant de gagner à la Roue de Fortune un bon 20 000 $ lors d'un voyage à Québec, il a été mauvais pour Benoît à Joseph et également pour Ferdinand à Jos.

— Je vous l'accorde. Mais pour en revenir au second et à son frère, comment se fait-il, comme le dit le rapport d'enquête, qu'ils avaient à peine commencé à revêtir leur habit de survie lorsque… ?

Albérik lui révéla que les deux frères étaient liés de leur vivant et qu'il ne fallait pas se surprendre qu'il en ait été ainsi lors de leur mort. Aussi, comme ils étaient reconnus pour être d'excellents nageurs, ils ont probablement été pris de court lorsque le sauve-qui-peut a été lancé. Ils pensaient sans doute être capables de s'en sortir avant que le *Nadine* ne coule à pic par l'arrière lorsque le moteur s'est mis à la renverse sans raison apparente.

— Croyez-vous, Albérik, que, d'après ce que raconte le rapport, c'est l'un des facteurs importants qui auraient occasionné le naufrage ?

— *Chassez le naturel, il revient au galop*, lui rappela le Vieux. Pas question de répondre à ça avant qu'on arrive au moment même du naufrage, qui est survenu en pleine noirceur dans la nuit du dimanche 16.

— OK, ça va. À quel moment du voyage sommes-nous rendus ? demanda Dieudonné en s'apprêtant à fouiller dans son cahier de notes.

— Ils étaient arrivés à Stephenville dans la soirée du jeudi 13 décembre.

— Pour y consacrer la journée du 14 à réparer, toujours selon le rapport, les agrès de pêche.

— Et toujours sans faire mention des conversations entre le capitaine, la compagnie et peut-être d'autres chalutiers, lui rappela le Vieux en grimaçant.

— Dites-moi ce que peuvent faire des hauturiers pendant plus de 36 heures dans un port de mer comme celui de Stephenville à Terre-Neuve, reconnu pour ses débits de boissons et distractions de toutes sortes ?

— C'est certain que la tentation était là. Cependant, j'aimerais vous faire remarquer que le capitaine a toujours eu horreur des hommes en boisson ou encore de ceux qui pourraient être tentés de s'offrir un joint de temps à autre. Ils ont dû certainement en profiter pour communiquer avec leurs conjointes parce que, faut-il vous le rappeler, ça ne se fait pas lorsque le chalutier est en mer, à moins d'une urgence évidemment. J'ai idée que plusieurs en auraient profité pour acheter des cadeaux de Noël ou encore certaines nouveautés de boulangerie pour leur femme. Le pire de tout ça, pour eux autres, c'était d'attendre une décision qui est arrivée aussi tard que le samedi matin à la barre du jour.

— Ça m'amène à vous demander : avez-vous une idée de ce qui aurait pu se passer les deux soirées où le *Nadine* était à quai ? Vous savez, on entend toutes sortes d'histoires sur des marins qui en profiteraient pour…

— Je vous arrête, le coupa le Vieux promptement. Les membres de l'équipage, c'était comme une grande famille, dont les conjointes étaient amies.

— Vous voulez dire par là qu'ils n'avaient rien à se reprocher ?

— Je n'en sais rien. Il y avait entre autres Ferdinand à Jos, qui occupait le poste de chef cuisinier en remplacement de l'un des frères du capitaine. Il faisait partie d'une famille de barbocheux et…

— *Barbocheux* ? demanda Dieudonné.

— Oui, une famille dont le père et son fils Ferdinand, en particulier, fréquentaient plus qu'à leur tour les bars. Si le père était entré dans le Cercle Lacordaire, le fils s'était battu toute sa vie avec le démon de la boisson.

— J'ai appris du capitaine Vincent que l'homme le plus important après le capitaine sur un bateau de pêche, si on veut avoir un bon rendement de son équipage, c'est le cuisinier.

Albérik en profita pour informer Dieudonné de la vie qu'avait vécue Ferdinand, tant à l'extérieur des Îles que depuis qu'il était revenu en 1987 dans son pays natal pour y travailler comme hauturier. Il insista sur le fait que, malgré le combat de tous les jours qu'il devait livrer à la boisson, Ferdinand était un homme d'honneur et serviable, malgré son problème.

Il termina en lui disant que l'équipage avait sûrement profité de l'escale obligée à Stephenville pour fêter les 48 ans d'un homme qui était brisé par une vie remplie de malheurs, dont celui d'avoir la plus vieille de ses deux filles handicapée physiquement.

— J'ai lu dans le rapport d'enquête qu'on n'a jamais retrouvé son corps, dit Dieudonné.

— En effet. Ferdinand avait souvent répété à sa mère, devenue veuve à l'âge de 56 ans, que quand il allait mourir, il désirait que cela se passe en mer et que, si possible, personne ne puisse le retrouver. Ça fait que, selon le rapport, son souhait a été exaucé. Quant au reste, vous savez quoi faire pour en savoir plus? demanda le Vieux en regardant l'horloge du boudoir qui indiquait 16 h 15.

— Je vois qu'il est tard, lui dit Dieudonné qui avait vu son interlocuteur faire la moue en fixant l'horloge pendant plusieurs secondes. On peut remettre la suite à plus tard si vous le voulez. Mais je vous rappelle qu'on n'est pas encore arrivés aux éléments essentiels qui ont pu causer le naufrage.

— Vous l'avez probablement lu comme moi : c'est lorsque le chef mécanicien, après le départ du chalutier au petit matin du samedi 15, a averti le capitaine qu'il avait dû vidanger le compartiment du gouvernail à cause d'une fuite d'eau.

— Je ne comprends pas tout à fait, rétorqua Dieudonné perplexe.

— Permettez-moi de vous rappeler que le rapport d'enquête indique, en plus, que la fuite avait risqué de faire perdre le moteur électrique qui alimentait le gouvernail. Un bateau sans gouvernail, c'est comme une tête de linotte qui s'en va de tout bord tout côté.

— Expliquez-vous, Albérik. Nous, les gens des grandes villes, on ne comprend pas grand-chose aux bateaux de pêche.

— Lorsqu'un bateau perd son gouvernail, il devient presque impossible de le faire naviguer dans le sens qu'on voudrait. Ça fait qu'il a tendance à zigzaguer au fil des courants marins quand il ne tourne pas en rond comme le *Nadine* l'a fait avant de couler à pic comme un caillou. Pire encore – et je vous invite à en prendre note –, lorsqu'un bateau se met à tourner, il prend forcément une bande qui peut engendrer à l'occasion un déplacement de sa cargaison, surtout s'il se trouve en pleine tempête avec des infiltrations d'eau de mer par les moindres ouvertures sur le pont supérieur.

— Comme ça, il y aurait eu, comme on dit, cause à effet.

— C'est vous qui le dites. C'est pas si simple que ça en a l'air. Ça m'amène à dire qu'il est très important de pouvoir se fier, lors d'une sortie en mer, à un chef mécanicien de premier ordre.

— D'après vous, celui qui occupait le poste, qui était de classe IV, et donc non conforme au règlement en usage, était-il capable de gérer une situation aussi critique que celle qui prévalait sur le chalutier ?

Albérik prit une profonde inspiration et se leva pour s'étirer l'échine. Il tapota les coussins de son fauteuil afin de leur donner leur forme originale. Il en profita pour prendre sa tabatière et bourrer sa pipe une dernière fois avant que ne sonne l'heure du souper. Il l'alluma au moyen d'une grosse allumette qu'il avait frottée vivement sur la fesse de son pantalon de toile. Dieudonné, qui voyait pour la première fois le geste pour allumer une pipe, se dit que son interlocuteur voulait lui montrer de cette façon la vivacité qui l'animait malgré ses 96 ans bien sonnés.

Pipe en main, qu'il gardait allumée par petites bouffées, Albérik se remit à arpenter le boudoir en lui parlant d'Edmond à Pamphile, un homme qui, au contraire de la plupart de ses compagnons, était le fils d'un hauturier qui occupait depuis plusieurs années le poste de second capitaine en passant d'un chalutier de la série des G.C. Gorton Company à un autre.

— Edmond avait fait ses classes en partie sur des chalutiers sur lesquels travaillait son père. Hélas, il lui manquait encore plusieurs centaines d'heures de navigation à son actif afin de devenir chef mécanicien de classe III. Vu la rareté des chefs mécaniciens classifiés pour entretenir et réparer des chalutiers comme le *Nadine*, la compagnie avait obtenu une dérogation au règlement en usage. Résultat : Edmond fut embauché dès l'ouverture de la saison de pêche au poisson de fond au début de l'année 1990.

— Peut-être était-il indirectement lié à l'une des causes du naufrage, se risqua à lui dire Dieudonné, en se calant dans son fauteuil.

— Batèche de batèche ! Vous tirez sur le messager avant qu'il ne vous livre son message, lui lança le Vieux. Edmond à Pamphile a été choisi pour y travailler pas seulement parce qu'il voulait faire des heures, mais aussi et surtout à cause de sa longue expérience. À part de ça, même si, au moment de son embarquement, sa femme était enceinte de plus ou moins sept mois, il s'était joint aux autres. Ça fait longtemps de ça que sa mère m'a raconté qu'Edmond, le plus vieux de ses six enfants, avait failli se noyer à l'âge de cinq ans en tombant entre le quai et le bateau où était attaché le bote de son mari. Trois ans plus tard, il avait subi une semblable expérience, mais cette fois-là, il n'avait pu arrêter à temps son bicycle en arrivant à toute vitesse au bout du même quai. Plus superstitieuse que son mari qui parlait peu, elle avait plus ou moins fait le deuil de son garçon après le naufrage du *Nadine.*

— Mais pourquoi a-t-elle plus ou moins accepté la mort de son fils ?

— C'est que son plus vieux, son préféré, lui avait avoué avoir ajusté ses assurances-vie en apprenant que sa femme allait accoucher en mars 1991. Il avait ajouté que s'il devait quitter ce bas monde, il préférait être incinéré avec la promesse que ses cendres soient dispersées en mer et plus particulièrement à la Pointe-de-l'Est.

— Ce qui a dû la traumatiser en apprenant la disparition du corps de son fils justement à l'endroit où il souhaitait voir ses cendres dispersées…

— Hélas oui, si bien qu'elle mourut de chagrin en 1994, suivie par son mari, six mois après.

— De chagrin, lui aussi ? demanda-t-il.

— Pas nécessairement, parce qu'il parlait peu de ses façons de penser, si ce n'est que le matin du naufrage, lorsqu'il apprit par le *mayday* que le *Nadine* pourrait couler sans savoir si son garçon allait être épargné, il a dit à sa femme qui avait commencé à prier qu'il fallait aussi bien s'y faire : « Le *Nadine* ne passerait pas à travers un pareil temps… et probablement pas notre plus vieux non plus. »

Dieudonné, ému par une telle révélation, ne put se retenir de lui demander :

— Et pourquoi pouvait-il faire une telle présomption ?

— C'est que vous oubliez qu'il était depuis une bonne dizaine d'années second capitaine sur des chalutiers, qu'il en avait souvent vu tourner de bord pour ne pas affronter une mer démontée comme dans le cas du *Nadine*.

Albérik termina en mentionnant que la mort d'Edmond – son corps n'avait jamais été retrouvé – représentait l'ultime sacrifice qu'exigeait le destin non seulement de ses père et mère, frères et sœurs, mais également de la mère de son enfant, né en février 1991.

— Le membre d'équipage qui agissait à la fois comme homme de pont et assistant au chef mécanicien aurait-il pu avoir une certaine influence sur les décisions qui ont été prises au moment où était en cause la sécurité de l'équipage ?

Le Vieux marqua une pause afin d'étudier la question de Dieudonné. Il aurait bien voulu qu'il se penche plutôt sur les responsabilités que sur les causes apparentes du naufrage.

— Avant de vous parler de Carlo, de son vrai nom Carl-Aubert à Tannice, j'aimerais vous rappeler qu'il y a toujours sur un bateau de la dimension du *Nadine* la présence d'un second violon, si on peut dire. À part de ça, si vous voulez le savoir, le capitaine n'est pas tout à fait « maître à bord après Dieu » puisqu'il doit discuter avec le propriétaire du chalutier d'instructions de toutes sortes.

— À moins que je ne me trompe, tout comme le chef mécanicien, le capitaine peut compter sur son second, appelé par plusieurs *premier maître*, qui, généralement, prend la relève, surtout au cours des quarts de travail de nuit. Avec le résultat que le chalutier a coulé dans la nuit du 16 au 17 décembre avec, à la barre, le second capitaine, lui rappela Dieudonné.

— Pour ne pas conclure trop rapidement, il faudrait considérer les nombreuses communications dont ne fait pas mention le rapport, sauf la toute dernière qui provenait du capitaine d'un chalutier resté à quai à Cap-aux-Meules.

— Et le chef mécanicien, qu'en est-il, s'enquit Dieudonné, du fait qu'il agissait comme un sous-chef dû à son statut de classe inférieure ?

— Edmond à Pamphile était assisté par son second mécanicien Carlo, qui travaillait tant à l'intérieur qu'à l'extérieur du chalutier. Croyez-moi, il ne l'a pas eu facile puisqu'après plus de trois jours en attente d'accalmie, la pêche au chalut s'est déroulée 24 heures sur 24 avec une interruption dont on discutera plus tard.

— Ce qui fait que la pression sur les membres de l'équipage a dû être énorme, lui dit Dieudonné.

— D'après moi, un homme qui est sous pression se fatigue plus vite que d'habitude, surtout s'il n'a pas le physique de l'emploi, comme on dit.

— Expliquez-vous, Albérik, étant donné qu'à deux occasions le rapport d'enquête parle de perte de contrôle possible du gouvernail.

— Beau dommage! Comment en aurait-il pu être autrement puisqu'il n'y avait pas, aux dires du rapport, de détecteur de niveau d'eau dans le compartiment où se trouvait le gouvernail? Je peux vous garantir que Carl-Aubert a su faire preuve de courage pour s'embarquer, parce que c'était un voyage qu'il ne souhaitait pas tout à fait.

— Et pourquoi donc? s'enquit Dieudonné, qui commençait à penser qu'il n'y avait pas beaucoup de membres de l'équipage qui souhaitaient s'embarquer, sauf pour faire un coup d'argent.

Le Vieux raconta la carrière de Carlo comme pêcheur hauturier, qui fut assez difficile du fait qu'il avait perdu un rein dans son jeune âge. Contraint de ne pas trop s'éloigner des soins de première ligne, il travaillait comme hauturier uniquement parce que la paie était suffisamment bonne pour qu'il puisse économiser les sous nécessaires à l'achat d'un permis de pêche au homard. Comme ça, s'était-il dit, il serait à la maison chaque soir de façon à voir grandir son enfant d'à peine un an.

— Et vous savez quoi? enchaîna-t-il avant de terminer.

— Allez, je vous écoute et j'en prendrai note, si nécessaire.

— Lorsque quelqu'un est mort de sa belle mort, comme on dit, on a tendance à se rappeler les bons moments de son vivant. Avec une mort aussi tragique que celle des sept membres de l'équipage et de la biologiste, on ne fait que se demander *pourquoi* et *comment* ils ont perdu la vie.

— C'est normal, vous savez, surtout chez les membres des familles.

— Peut-être, mais cela ne les ramènera pas sur terre. Pire encore, ça pourrait alimenter encore plus la méfiance que certaines personnes se plaisent à entretenir.

— Je crois que vous voulez dire par là qu'il n'y a pas lieu de montrer du doigt quelqu'un en particulier. Qu'en pensez-vous ?

— Vous m'enlevez les mots de la bouche. J'ai pour mon dire qu'on est tous un peu responsables de ce qui est arrivé, des gouvernements jusqu'aux compagnies qui doivent payer les travailleurs d'usine qui, à leur tour, veulent obtenir le plus de timbres d'assurance-chômage possible. Et c'est le pêcheur, malheureusement, qui, au bout du compte, en paye le prix, ajouta le Vieux avec une voix qui trahissait une profonde émotion. Je vous le répète, il ne faut pas que vous placiez dans votre document le *pourquoi* de leur mort avant les préoccupations qu'ils avaient de leur vivant. Ça adonne que vous savez ce qu'il vous reste à faire, déclara Albérik en se levant pour régler l'horloge afin que l'heure corresponde à celle annoncée par la radio CFIM, soit 17 h 30 précisément.

Dieudonné comprit par ce geste qu'il lui fallait quitter son confident, même si l'essence même du voyage, dit exploratoire, qui était d'atteindre les 245 000 livres de quota en sébaste, n'avait pas encore été discutée.

— Je crois avoir abusé de votre temps, dit-il en se penchant pour ramasser son porte-document. Pourrions-nous nous revoir ?

— Aussitôt que vous aurez rencontré le marchand Samy, lui rétorqua le Vieux, dont l'estomac commençait à crier famine.

— Pourquoi lui, plutôt qu'un autre ?

— Parce qu'il a en mains d'autres enquêtes faites par le BST et qu'il pourrait vous aider à mieux comprendre l'aspect technique du naufrage. Vous n'avez qu'à prendre rendez-vous avec lui. Il est déjà au courant de ce qu'on attend de vous.

CHAPITRE 37

« Ils ont payé de leur vie »

En préparation à la venue de Dieudonné le lendemain de sa visite chez le marchand Samy, Albérik avait revêtu l'habit d'apparat de capitaine qu'il portait à son mariage il y avait de cela plus de 65 ans. C'était sa façon de lui montrer que le Vieux loup de mer était prêt à lui faire ses représentations sur les causes du naufrage du *Nadine*. Il l'avait invité à le rencontrer dans une cabane adjacente à sa demeure, un bâtiment qui contenait, entre autres, de multiples objets en souvenir de l'ère de la morue salée et du hareng *boucané**. Voulant éviter que Dieudonné ne fasse d'erreurs sur l'interprétation des causes du naufrage, il avait pris soin d'étaler sur les murs plusieurs cartes marines qui indiquaient les zones de pêche fréquentées lors de son voyage fatidique. Juste à côté des cartes, il avait tracé sur un grand carton au moyen d'un pointillé le parcours suivi par le chalutier pour revenir aux Îles jusqu'à ce qu'il fasse naufrage dans une mer en furie. Ne voulant pas être pris au dépourvu par des questions inattendues, il avait acheté chez un artisan de son canton un modèle réduit de la coque du *Nadine* qui, par surcroît, montrait une vue latérale de ses aménagements sous la ligne de flottaison.

— Dégreillez-vous, commença-t-il par lui dire. Et puis, qu'est-ce que vous avez appris de nouveau au cours de la journée d'hier chez mon ami Samy ?

Vêtu d'un blazer bleu marin, son invité portait pour l'occasion un pantalon gris qui s'agençait très bien avec son chandail marin rayé.

— En fait, beaucoup de choses, lui répondit-il. J'aimerais cependant qu'on revienne au moment où le *Nadine* a quitté le port de Stephenville à Terre-Neuve.

---

* *Boucané* : fumé

— Parce que vous vous attendez probablement à ce que je vous fasse une démonstration des évènements qui ont causé le naufrage, peut-être ?

— Vous avez deviné.

Le Vieux se leva et invita son interlocuteur à l'imiter. Au moyen du manche de sa pipe, il lui situa sur l'une des cartes le port de Stephenville que le *Nadine* avait quitté le samedi 15 décembre 1990 au petit matin. Il alla ensuite près de la maquette de la coque pour lui expliquer les étapes de la pêche par un trait de chalut avec en prime la mise en cale des captures et la fermeture des couvercles des trous d'homme. Il identifia par la suite les aménagements stratégiques sous la ligne de flottaison, entre autres le compartiment qui contenait la sortie de l'arbre de l'hélice et celle de l'appareil à gouverner.

— Mais pourquoi me montrer tout ça, s'enquit son vis-à-vis, puisqu'on n'a pas encore parlé du deuxième trait de chalut qui, à moins que je ne me trompe, a eu lieu sur l'heure du midi dès leur arrivée sur les lieux de pêche ?

Le Vieux s'aperçut qu'il voulait bien malgré lui aller aux causes prédominantes du naufrage nonobstant le fait qu'il l'avait déjà averti « de ne pas tirer sur le messager avant qu'il ne lui livre son message ». Aussi s'efforça-t-il de revenir sur les traits de chalut qui s'étaient succédé pendant plus de 36 heures.

— La zone de pêche dans laquelle ils avaient largué le chalut a toujours eu bonne réputation, dit-il à Dieudonné, étant donné la rencontre des courants marins qui charrient de la nourriture en grande quantité. Malheureusement, cette zone connaît elle aussi des revirements brusques de la température avec des vents qui changent de direction et d'ampleur sans avertissement. N'empêche que ce deuxième trait de chalut, après l'avoir traîné pendant plus ou moins deux heures, leur a rapporté quelque chose comme 60 000 livres de poisson rouge.

— Faut-il vous rappeler, Albérik, que cela ne devait pas les satisfaire plus qu'il ne le fallait puisque, pendant qu'ils remisaient les captures dans les cales, ils ont largué à nouveau le chalut qui a été traîné pendant environ quatre heures avec, comme résultat, 90 000 livres de sébaste. Vous conviendrez avec moi que c'était une pêche quasi miraculeuse.

— Pas si miraculeuse que ça en a l'air puisque ce résultat combiné avec celui qui a suivi était dû en partie aux relevés qu'effectuait la biologiste avec son engin à calculer le genre de fond marin que préfère le poisson rouge. De cette façon, elle a probablement prouvé aux hauturiers qu'il était à leur avantage de collaborer avec les chercheurs. Par contre, en pêchant 24 h sur 24, la fatigue et la routine ont dû prendre le dessus sur l'excitation qu'ils avaient ressentie au moment où ils avaient vu rebondir en surface une pleine poche de poisson. J'aimerais vous faire remarquer que pêcher par des températures au-dessous de zéro la nuit, et à peine au-dessus dans la journée n'est pas facile pour les pêcheurs. Ils revêtent de chauds dessous puis des cirés qui les couvrent de la tête aux pieds.

— La biologiste devait être quand même heureuse d'avoir pu attendre son objectif de faire adopter par les intervenants de la pêche hauturière les recommandations des chercheurs.

— Sûrement, et en particulier par le jeune Charles à Aristide qui, à 26 ans, était le plus jeune hauturier à bord. En plus de ça, il était en amour depuis un certain temps avec la fille du capitaine.

Dieudonné, qui ne s'attendait pas à une telle révélation, ne put se retenir de penser que ça avait dû l'aider à avoir du travail.

— Attention! répliqua vivement le Vieux qui avait lu dans ses pensées. S'il y en avait un qui aimait son travail et qui y excellait, c'était bien lui. D'après les conversations que les membres de l'équipage avaient eues avec leurs proches lors de leur escale obligée à Stephenville, il paraîtrait que c'est surtout lui qui, à force de questionner la biologiste, l'avait en quelque sorte obligée à leur faire valoir qu'il leur était possible de faire une pêche responsable et en même temps s'en mettre plein les poches.

— Une pêche responsable, vous dites? Avec ce qui s'est produit lors des traits de chalut suivants, je persiste à croire qu'il n'en fut pas ainsi.

— Attendez qu'on arrive à ce point-là et vous allez mieux comprendre qu'une pêche responsable en est une qui se fait le moins possible près du fond marin afin de ne pas trop le labourer au point où les poissons ne s'y retrouvent plus.

— Vous voulez dire afin que les poissons puissent y retrouver leurs repères, intervint Dieudonné.

— Durant la journée, l'équipage prend plus de repos que pendant la nuit parce qu'en plein jour, au contraire de nous autres, le sébaste se repose en se collant près du fond marin. La preuve de ça, c'est que le tout premier trait de chalut qui a été pratiqué en plein jour le mercredi 12 décembre n'a rapporté que 25 000 livres de poisson rouge. Il a donc fallu attendre jusque tard dans la soirée du samedi 15 pour que le troisième trait de chalut en rapporte trois fois plus, soit quelque chose comme 90 000 livres.

— Je suis bien obligé de vous donner raison, Albérik, en tenant compte surtout du trait de chalut qui a suivi au cours de la nuit de samedi à dimanche avec, comme résultat…

— On s'éloigne, le coupa Albérik. Je n'en avais pas fini avec le jeune Charles. Beau garçon, faisant tourner bien des têtes, et très attentionné avec ses amis qui abusaient souvent de sa grande générosité.

— Mais c'est terrible de traiter un ami comme ça. Peut-être que c'était dû au fait qu'il fréquentait la fille du capitaine et qu'il était assuré, au contraire d'eux, d'obtenir un emploi bien rémunérateur ?

— À qui le dites-vous ! C'est pour ça qu'il ne faut pas oublier qu'en réalité, c'est à cause du destin qui a voulu frapper un grand coup en plein cœur.

— Vous voulez dire que le destin, auquel vous croyez, aurait exigé des sacrifices comme dans le temps des anciennes civilisations ?

— Je n'irais pas jusqu'à dire ça. Cependant, j'ai déjà entendu de vive voix que Dieu envoie souvent des épreuves à ceux qui sont capables de les supporter.

— Et vous croyez à ça, Albérik ?

— En tout cas, Charles à Aristide, lui, y croyait dur comme fer. À ce qu'on m'a raconté, il était le plus pieux de toute sa gang. En plus de ça, il avait demandé à son père, avec qui il pêchait encore le homard le printemps, d'afficher dans son bateau la prière du pêcheur. Au bout du compte, ç'a fait que son père a cru acheter de cette façon l'assurance de n'avoir jamais d'accident malheureux en mer.

— Sauf son garçon, évidemment.

— Mais, c'était sur le *Nadine*, lui répliqua vivement le Vieux en fronçant les sourcils.

— C'est vrai, mais laissons Charles reposer en paix et retournons à nos moutons, proposa Dieudonné. Nous voici donc rendus à ce fameux trait de chalut qui avait été lancé le samedi 15 en fin de soirée et remonté peu après minuit avec 100 000 livres de sébastes, dont 25 000 se sont échappés à cause d'une rupture dans le filet qui les retenait prisonniers. Serait-ce l'incident qui vous fait dire que le destin se manifestait?

— Oui, mais, de toute façon tout l'équipage était rendu à ce moment-là bien en avant de sa bouée.

— *En avant de sa bouée?* s'enquit Dieudonné.

— Au-dessus de ses affaires, si vous voulez.

— Je disais donc que le destin leur faisait de cette façon comprendre que, s'ils continuaient à pêcher sans répit, le pire était pour leur arriver. Vous savez, un pêcheur, ça ressemble à un prospecteur de pétrole. Lorsqu'il trouve un bon filon, il veut s'assurer de l'exploiter jusqu'à son épuisement. Ce qui me fait dire que la déchirure était peut-être due à un relâchement de certains membres de l'équipage qui ne savaient plus où donner de la tête avec autant de poisson. Supposez, Dieudonné, que vous êtes sur le pont du *Nadine*, qu'on ait ouvert le cul du chalut et que vous vous retrouvez avec du poisson jusqu'à la taille. Pris dans une espèce de sables mouvants, il vous faut trier les poissons, séparant les sébastes des autres espèces pour les faire glisser ensuite dans les bons compartiments, et ce, en pleine nuit avec, en plus, un bateau ballotté sans répit comme une noix de coco sur la mer. Je crois que même vous, en voyant qu'une vague déferlante pouvait vous faire passer par-dessus bord, vous auriez eu tendance à bâcler votre ouvrage au plus sacrant. Qu'en pensez-vous?

— Peut-être, mais que font-ils avec les autres espèces de poissons?

— Des réserves pour l'hiver, mon ami. La perspective de ces réserves en a incité plusieurs à s'embarquer.

— Comme qui, par exemple? Si je compte bien, il me semble qu'il manque au programme l'un des membres de l'équipage.

— C'est pourtant vrai, dit Albérik avec un certain malaise dans la voix. On a parlé de Marie-Louise, la biologiste, des deux frères Albert et Benoît à Joseph, ce qui en fait trois, suivis du chef cuisinier Ferdinand à Jos, du chef mécanicien Edmond à Pamphile et de son assistant

Carl-Aubert à Tannice, pour un compte de six, et aussi du jeune Charles à Aristide, ce qui me fait dire, si je l'additionne aux autres, que ça ne fait que sept naufragés. Comment se fait-il que je l'aie oublié celui-là ? se demanda à haute voix le Vieux en regardant une à une les photos des naufragés qu'il avait sorties d'une vieille armoire.

— À cause de ce que le destin, dont vous avez parlé, lui avait réservé comme mauvais sort peut-être ?

— C'est probablement ça, répondit-il en le regardant comme s'il cherchait en lui un allié.

Albérik commença par l'informer du fait que Justin à Télesphore, qui agissait comme homme de pont, voulait en avoir pour son argent avec ce voyage de pêche, surtout avec les réserves qui auraient pu lui permettre de se bâtir une clientèle friande de poissons surgelés de toutes sortes. Or, il avait entrepris des cours en gestion, qu'il avait dû abandonner étant donné qu'étant l'aîné, il se devait de participer au gagne-pain de la famille. Cette famille avait eu son lot d'épreuves puisque sa mère Justine, qui le chouchoutait, était décédée quand elle commençait juste à profiter de ses petits-enfants qui habitaient à quelques pas seulement de la maison familiale. Étant l'unique pourvoyeur de sa petite famille, Justin était partagé entre l'envie de rester chez lui à dorloter sa femme, qui était d'une insécurité maladive, et celle de partir au loin pour pêcher... Ça fait que depuis qu'elle avait mis au monde deux enfants, qui ne cessaient de réclamer la présence de leur père, Justin, en restant le plus possible près d'eux, éprouvait des difficultés à boucler ses fins de mois. À vrai dire, ce couple vivait presque exclusivement d'amour et d'eau fraîche, comme aux premiers jours de leur mariage, se souciant peu du lendemain.

— Et quelle a été la suite des évènements avec le décès de son mari ?

Albérik revint sur le fait que Justin passait d'un chalutier à l'autre, en essayant de choisir ceux qui offraient le meilleur rendement. Aussi, même s'il avait la grippe, il s'était embarqué avec l'espoir que cette fois-là, il gagnerait enfin le gros lot.

— Le destin a voulu que sa femme perde la vie tragiquement le jour où celle d'Edmond, le chef mécanicien, mettait au monde un enfant qui n'allait jamais connaître son père. En fait, quand Justin a été repêché, il portait un habit de survie dont la fermeture éclair n'était pas totalement fermée. Vous voulez voir de quoi a l'air cet habit ? demanda-t-il à son interlocuteur, qui acquiesça.

Il sortit une combinaison de sa vieille armoire. Dieudonné constata qu'au contraire d'un habit de plongée, la fermeture éclair était horizontale plutôt que verticale, ce qui ne devait pas être évident pour un non-initié. Il vit également que l'habit possédait un tuba, qui permettait à la personne qui le portait d'y souffler de l'air chaud afin de conserver une température corporelle lui évitant l'hypothermie en eau froide. Même si Albérik avait voulu qu'il l'essaie, Dieudonné s'en était abstenu, prétextant sa forte corpulence ; l'habit étant pourtant, comme ceux du *Nadine*, de taille dite universelle.

— C'est certain, dit Dieudonné, que ça prend plus qu'un cours théorique si l'on veut avoir le temps de le revêtir avant que le pire arrive. À moins que je ne me trompe, le chalutier aurait coulé une douzaine de minutes après que le capitaine eut pris la relève des commandes.

— En parlant d'enseignement, lui dit Albérik, avez-vous lu dans le rapport qu'il y avait seulement cinq des dix membres de l'équipage qui avaient suivi un cours d'urgence en mer de niveau I et un seul de niveau II ?

— Je n'ai pas vraiment porté attention à ça. Mais dites-moi pourquoi seul le capitaine a réussi à le revêtir à temps ? C'est vrai que son habit se trouvait dans sa cabine, mais quand même.

— Les autres habits étaient dans une armoire sous le pont arrière du bateau. J'ai aussi entendu dire que le capitaine avait fait usage plusieurs fois par le passé d'un habit de plongée adapté à l'eau froide.

— Ça s'explique, déclara Dieudonné, satisfait. Avant de parler des habits de survie, on en était rendus au quatrième trait de chalut qui, après la rupture du filet, avait laissé échapper 25 000 livres de sébaste, obligeant ainsi le chalutier à s'écarter du lieu de pêche pour procéder aux réparations.

— Puis à y revenir relancer le chalut, le coupa le Vieux, après une interruption de pêche d'une douzaine d'heures. Pourquoi ? Ça demeure pour moi une devinette.

— Si vous me le permettez, je vais vous donner quelques pistes de solution. C'est comme vous l'avez dit : ils avaient trouvé un bon filon et ils ne voulaient pas s'en priver afin d'atteindre leur quota. De ce que j'ai appris, les hauturiers collaborent entre eux bien plus qu'on a tendance à le croire.

— Peut-être, mais pourquoi aller si loin ? On parle d'une virée de dix milles à l'extérieur de la zone pour faire des réparations qui, de toute façon, avaient commencé au moment même où ils embarquaient le chalut.

— À maintes occasions, vous m'avez dit que je ne pensais pas assez souvent aux membres de l'équipage, mais là, je crois qu'ils avaient besoin d'un repos bien mérité.

— Vous avez probablement raison, mais ça n'explique pas, une fois de plus, pourquoi ils ont brûlé autant de fioul. C'était du fioul qu'ils auraient pu utiliser pour retourner aux Îles avant que la tempête ne les frappe.

— Peut-être que oui, peut-être que non, répondit Dieudonné, qui n'en savait pas plus que son vis-à-vis. Le rapport d'enquête du coroner mentionne noir sur blanc que les prévisions de la météo pour la fin de l'après-midi du 16 décembre faisaient état de vent de tempête avec des rafales pouvant atteindre près de 100 km/h. La force du vent devait diminuer de moitié tard en soirée pour augmenter de nouveau *seulement* dans l'après-midi du surlendemain, soit le lundi 18.

— C'est pourtant vrai. Cette fois-ci, il n'y a pas eu erreur sur l'ampleur de la tempête, mais bien sur le moment où elle devait être à son plus fort. D'après moi, le *Nadine* avait peut-être déjà vécu une telle situation, dit Albérik, comme pour se donner raison.

— Mais peut-être pas avec des vagues de la hauteur d'une maison qui balayaient le pont arrière. Je suppose qu'au moment de leur retrait à dix milles de la zone de pêche, il a dû y avoir des communications radio pour les inciter à y retourner afin d'atteindre le quota de 325 000 livres qui leur était accordé au départ. Qu'en pensez-vous, Albérik ?

Le vieux loup de mer plissa des yeux afin de mieux se concentrer. Ne trouvant rien à dire, il lui demanda :

— Et vous, en avez-vous idée ?

— En fait, lui dit Dieudonné, l'enquête rapporte que le *Nadine* est arrivé vers 13 h le dimanche 16 décembre sur les lieux de pêche pour y lancer à nouveau le chalut, qui fut remonté à 17 h avec 70 000 livres de sébaste, de quoi satisfaire le quota fixé. Pendant le tri et la mise des captures dans les cales, le capitaine a mis le cap sur les Îles qui se trouvaient à moment-là à 80 milles marins. Une heure plus tard, il nota la présence d'un vent modéré dont la force augmenta malheureusement au fur et à mesure du voyage de retour. Il a donc dû ralentir la marche du bateau afin d'éviter que trop de paquets d'eau ne balaient le pont, ce qui aurait nui aux préposés à la mise en cale des captures. Il décida finalement de laisser s'entasser dans le filet du chalut environ 15 000 livres de sébaste et de les sécuriser autant que faire se peut.

— Je devine par le ton de votre voix, intervint Albérik, que vous vous demandez s'il était habituel de laisser une partie des poissons dans un filet sur le pont, n'est-ce pas ?

— En effet, Albérik.

— Des reportages de l'hebdomadaire *Radar* disent que cela arrive à l'occasion, justement lorsque les hommes de pont sont en danger, comme c'était le cas avec le *Nadine*.

— À ce moment-là, si je m'en rappelle bien, lui dit Dieudonné, il était 19 h 30 et la météo continuait d'annoncer des vents de tempête pour la fin de l'après-midi, dont l'intensité devait diminuer de moitié tard en soirée. Qu'est-ce que vous dites de cette méprise des météorologues ?

Pour toute réponse, Albérik se leva et demanda à son vis-à-vis de venir regarder une grande carte marine du golfe Saint-Laurent étalée sur un mur.

Avec le manche de sa pipe, il lui montra les effets souvent maléfiques des trois courants marins, celui du canal Laurentien, celui du Labrador et, à l'occasion – surtout lors des changements de saison –, celui du Gulf Stream.

— Qui dit courant fort, dit changement de marée et variation brusque et inattendue des vents, l'informa Albérik en regagnant son vieux fauteuil délabré pour s'y caler à nouveau.

— Ce que vous voulez dire par là, c'est que les prévisions ne sont qu'approximatives et qu'on est incapable de savoir exactement dans quel secteur du golfe la mer va se déchaîner.

— Vous voulez un verre de bière ou encore un coup de petit blanc ? lui demanda le Vieux dans le but de reprendre ses esprits afin de se préparer à la suite.

— Non, merci : on risque de perdre le fil de notre histoire.

— C'est que ce qui s'en vient ressemble au moment où un condamné est amené dans le couloir de la mort. ·

— Vous voulez dire par là que le *Nadine* était voué à couler, quoi qu'on fasse pour le sauver ?

— Pas tout à fait, puisqu'il aurait pu être sauvé par la bonne marche du gouvernail.

— Je ne comprends pas. Allez-y ! C'est à 21 h 30 que le capitaine a remis les commandes à son second qui s'était supposément reposé depuis le dernier trait de chalut.

— Oui, mais on reprendra quand vous aurez répondu à mon invitation de se rincer le gosier. Je vous offre notre bière du pays qu'on appelle de la *bagosse* ou encore un verre de petit blanc qui, en fait, est de l'alcool pur à 50 %.

— Pourquoi pas un mélange des deux, à votre façon évidemment ?

Savourant à petites gorgées sa boisson, Albérik n'en finissait plus d'informer Dieudonné sur la façon dont vivaient les Madelinots depuis le dépôt des rapports d'enquête, et en particulier à la suite du déménagement et du démantèlement de l'épave du *Nadine* pour qu'elle soit vendue comme ferraille.

— Si plusieurs estimaient qu'après avoir renfloué le chalutier, il pouvait flotter de lui-même, pourquoi aucun acheteur sérieux n'en a-t-il pas fait l'acquisition ? demanda-t-il à Dieudonné.

— Peut-être par crainte d'offenser les proches des naufragés ou encore par peur que la tragédie se répète. Qu'est-ce que vous en pensez, Albérik ?

— C'est bien possible. Par contre, j'ai doutance que ce qui a le plus choqué les proches des naufragés, c'est que le syndicat des hauturiers a obtenu son contrat de travail qui parlait de santé et sécurité au travail presque le jour où le *Nadine* a été renfloué et remorqué au quai de la Grande-Entrée.

— Mais il faudrait pour ça qu'on en revienne au moment où à 21 h 30 le capitaine avait remis les commandes à son second.

— Qui fut assisté par la biologiste Marie-Louise, enchaîna le Vieux. En fait, la température était entre 0 et 3 °C, je crois. La visibilité était passable avec des précipitations de neige fondue. De la neige qui était charriée par des rafales du sudet de 90 à 100 km/h, sans oublier les vagues qui pouvaient atteindre jusqu'à trois fois le nez du chalutier.

— Vous voulez dire la *proue*.

— Je m'en allais le dire ! Et jusqu'à cinq fois la hauteur de sa fesse, la *poupe* si vous voulez.

— Et d'après vous, que fait le second pendant ce moment-là ?

— J'ai cru comprendre, et le rapport d'enquête le confirme, qu'à peine avait-il pris les commandes du *Nadine*, qui naviguait dans des conditions exécrables, qu'il avait reçu un appel radiotéléphonique des Îles demandant comment ça allait.

— Que voulez-vous dire par là ?

— C'est que, selon toute apparence, ce n'est pas lui qui a appelé les Îles, mais plutôt le contraire, comme le dit le rapport.

— Vous en déduisez donc que certaines personnes aux Îles étaient inquiètes ?

— Sur la durée du voyage, oui, mais peut-être aussi sur la capacité du chalutier à revenir à bon port. Il leur fallait prévoir à quel moment les employés d'usine pourraient se mettre au travail une fois que le chalutier aurait déchargé sa cargaison. Je vous ferai remarquer que le *Nadine* naviguait à ce moment-là à moyenne vitesse et que le second avait indiqué à son interlocuteur à la radio que la fesse du chalutier était plus souvent sous l'eau que sur l'eau.

— Et à la suite de cette conversation qui a duré jusqu'à 21 h 45, d'après vous, que fait le second jusqu'à 22 h 45, moment où il perd le contrôle du gouvernail et va en avertir le capitaine ?

Albérik essaya de s'imaginer lui-même à la barre du *Nadine* en présence d'une femme, qui, non seulement a le mal de mer, mais est également effrayée par le tangage incessant du chalutier.

— Il n'y a pas de soins que si j'avais été à la place du second, ma priorité aurait été de raisonner la biologiste, afin qu'elle ne me dérange pas trop, bien qu'elle ait été la seule à offrir ses services. D'autre part, j'aurais essayé de comprendre pourquoi j'avais reçu un appel des Îles quelque cinq minutes après que le capitaine m'eut remis la barre avec l'espoir que l'accalmie annoncée *pour le début de la nuit* allait finir par arriver. Finalement, j'aurais utilisé tout mon savoir-faire pour soustraire le *Nadine* aux vagues déferlantes qui balayaient le pont de toutes parts et brassaient le filet qui contenait 15 000 livres de sébaste. Tenez, regardez le tracé de la route qui a été suivie pour revenir aux Îles, et qui comprenait plusieurs changements de cap.

— Oui, il fallait donc naviguer tout en jetant un œil de temps à autre sur les appareils de navigation et sur le panneau de contrôle avec ses témoins sonores et lumineux, dit Dieudonné.

Le Vieux revint sur certaines formulations de l'enquête.

— Le coroner dit qu'il est fort probable que le panneau de contrôle n'était pas totalement fonctionnel à ce moment-là, affirmant qu'il manquait plusieurs témoins au moment où le chalutier a été renfloué.

— D'où la supposition que le second essayait en même temps d'y voir plus clair, avec les ballasts, entre autres, présuma Dieudonné. Mais pourquoi ont-ils navigué comme ça pendant plus d'une douzaine d'heures avant que le bateau ne coule à seulement trois heures de navigation de son port d'attache de Cap-aux-Meules ?

— C'est dû en partie aux deux sabords de décharge – vous savez les ouvertures sur la balustrade –, qui avaient été soudées en place pour éviter la fuite des poissons à la mer. Venez à nouveau près de la maquette, lui demanda-t-il, pour que je vous montre de quelle façon l'eau a pu s'introduire par les moindres ouvertures de la partie supérieure du pont. Vous comprenez, dit-il en lui montrant le schéma du pont principal, que les hommes ont eu toute la misère du monde à ne pas laisser trop d'eau salée entrer dans les cales tout en faisant attention à ne pas passer par-dessus bord eux-mêmes. C'est certain que tout ce remue-ménage a dû provoquer d'infimes ouvertures qui ont permis à l'eau d'envahir, au cours des heures, les compartiments qui se trouvaient sous la ligne de flottaison.

— C'est possible, mais pas au point de s'infiltrer dans les compartiments arrière – qu'on appelle aussi la *cambuse* – qui contenaient des engins de pêche, la sortie de l'arbre de l'hélice, de même que celle de l'appareil à gouverner.

Le Vieux prit dans ses mains le prototype réduit du *Nadine* et le tenant à chaque extrémité, il fit comme si le bateau était ballotté par de nombreuses vagues déferlantes.

— Vous remarquerez, comme je vous l'expliquais tout à l'heure, que lorsque des vagues s'abattent sur le pont, elles arrivent difficilement à sortir par les sabords de décharge. Ça fait que dans le creux d'une vague, l'hélice subit une énorme pression et, à l'inverse, elle s'emballe dans le ressac.

— Occasionnant par le fait même un relâchement de ce que vous appelez l'étoupe, je suppose.

— C'est ça. Si bien qu'il est possible qu'il y ait eu un peu plus de ruissellement d'eau que d'habitude. Sans oublier qu'au départ du *Nadine* de Terre-Neuve, le chef mécanicien avait averti le capitaine d'un problème d'infiltration d'eau par l'arbre de l'hélice et celui du gouvernail dû à une première tempête qui l'avait obligé à aller se mettre à l'abri.

Dieudonné fouilla dans son porte-document pour en sortir les conclusions tant du rapport d'enquête du coroner que de ceux du Bureau de la sécurité des transports du Canada.

— Il est indiqué que les marins étant rémunérés à la performance, tant en quantité qu'en qualité, ils devaient donc s'assurer de ne pas laisser l'eau de mer s'infiltrer dans les trous d'homme au moment de la mise en cale des captures. De plus, ils devaient faire attention de bien les fermer au moyen d'un couvercle, ce qui exigeait l'utilisation d'un tourniquet. Cette barrure aurait pu être déplacée au moment de la tempête par les paquets d'eau qui s'abattaient sur le pont et sur les sébastes, qui y étaient restés emprisonnés dans la partie du chalut laissée sur le pont.

— Et moi qui vous défiais de démêler les causes du naufrage, lui révéla Albérik en plissant les lèvres. Je m'aperçois que vous avez bien fait vos devoirs, enchaîna-t-il en retournant s'asseoir dans son fauteuil.

— Merci ! lui répondit Dieudonné. Une autre vraisemblance serait qu'en sombrant, le *Nadine* aurait percuté violemment le fond de la mer, provoquant une brèche dans sa coque, ce qui aurait pu faire éclater les barrures de plusieurs couvercles de trous d'homme.

La conclusion du coroner dit d'ailleurs que l'eau qui avait envahi les cales à poisson n'a pas joué un rôle déterminant, mais plutôt contributoire dans la rapidité du naufrage.

— On est donc revenus à la case départ, dit le Vieux, avec le second qui se démène pendant plus d'une heure afin que le bateau ne soit pas à la merci des vagues déferlantes et pour réduire la pression énorme que subissait l'étoupe.

— Bien dit, Albérik, rétorqua Dieudonné, ce qui laisse croire que le second ne pouvait faire mieux que d'aller vers 22 h 30 avertir le capitaine qu'il avait perdu le gouvernail, que le *Nadine* était enfoncé par l'arrière et encore pire, que le chalutier s'était mis à tourner en rond.

— Ça adonne qu'à ce moment-là, je crois que c'en était fini du bateau, lui dit d'une voix chevrotante Albérik, qui avait peine à retenir son émotion. Et puis, comment avez-vous trouvé mon petit mélange ? demanda-t-il afin de reprendre son souffle.

— Ça coule bien, avec un petit goût doux, probablement dû à ce que vous appelez de la bagosse. Mais pour en revenir aux faits, comment l'eau a-t-elle pu monter dans la cambuse aussi rapidement et provoquer l'arrêt de la génératrice installée au niveau du sol ?

Une fois de plus Albérik invita Dieudonné à l'accompagner près de la maquette du chalutier afin de lui montrer les divers aménagements qui y apparaissaient. Il commença par lui rappeler qu'à partir de 21 h 45, seuls le second et la biologiste étaient de veille dans la timonerie, les autres s'étant retirés dans leur cabine respective ou encore dans le quartier des marins. Il indiqua avec sa pipe les cales à poisson qui avalaient de l'eau de mer par les moindres ouvertures, trous d'homme et autres accès aux cales non scellées hermétiquement. Puis il pointa avec sa pipe, en alternance, la cambuse et le compartiment des moteurs, et il lui montra le tunnel à double cloison qui les reliait.

— Et qui comprenait deux portes d'accès dont le rapport d'enquête ne peut confirmer si elles étaient fermées hermétiquement, intervint Dieudonné.

— Effectivement. Seuls la salle des machines et le tunnel à double cloison étaient munis, toujours d'après le rapport d'enquête, de détecteurs de niveau d'eau. Des détecteurs qui n'auraient pu déclencher une alarme dans le panneau de contrôle puisqu'il n'était pas, aux dires du coroner, totalement opérationnel à ce moment-là.

— N'empêche que c'est à partir de ce moment-là, justement, que la génératrice a cessé de fonctionner et que le gouvernail s'est immobilité à dix degrés, faisant du *Nadine* un manège incontrôlable, dit Dieudonné d'un ton assuré.

— Beau dommage! s'exclama Albérik, qui mit sa pipe dans le cendrier. Saisissant la maquette à bout de bras, il la fit obliquer en la penchant légèrement à bâbord. Un bateau qui tourne en rond, reprit-il, prend obligatoirement de la bande dans le sens de la direction qu'il emprunte. Comme ça, fit-il. À ce moment-là, une bonne partie du pont se retrouvait à fleur d'eau, si bien que les vagues déferlantes s'infiltraient dans les conduits d'aération qui, le coroner le mentionne, n'étaient pas munis de soupapes.

— Dans les circonstances, aussi bien dire que ce n'était qu'une question de temps pour que le *Nadine* ait épuisé, comme le mentionne les rapports d'enquête, ses réserves dites de flottabilité, conclut Dieudonné.

— Oui, et j'ajouterais que ç'a été si rapide qu'il a coulé dans les dix minutes qui ont suivi le *mayday* lancé par le capitaine vers 22 h 30. Qu'est-ce que vous diriez si je revoyais avec vous le déroulement du naufrage de manière à vous démontrer qu'il n'est pas toujours possible à un capitaine de quitter le dernier un bateau qui est en train de couler au fin fond de la mer?

— Je suis d'accord, d'autant plus que les faits rapportés par les deux survivants, et que l'on trouve dans le rapport d'enquête, sont quelquefois si décousus que votre discours me permettra de m'assurer que je ne fais pas fausse route dans ma démarche.

Albérik se rassit, non sans avoir mis une bûche dans son petit poêle à combustion lente qui réchauffait les lieux, dans lesquels il avait placé plusieurs objets qui lui rappelaient le « bon vieux temps ». Bien calé dans son vieux fauteuil, il bourra à nouveau sa pipe d'Amphora pour l'allumer par petites bouffées qu'il rejeta en direction de la maquette du *Nadine*, un peu comme s'il avait voulu demander l'aide de l'esprit des naufragés.

Savourant l'intensité du moment, il rappela à Dieudonné que lorsque le capitaine était arrivé dans la timonerie, il avait constaté que l'arrière du *Nadine* était totalement enfoncé et qu'il prenait une bande de plus en plus forte tout en tournant en rond. Il avait essayé, mais en vain, de redresser le gouvernail qui était bloqué à dix degrés. Il avait alors demandé à son second d'aller réveiller le reste de l'équipage ; et il lui apprit en même temps que le chef mécanicien était en train d'essayer de déclencher les pompes de cale situées sous la ligne de flottaison. Le rassemblement qui s'ensuivit dans la timonerie fut compliqué du fait que le chalutier, qui continuait toujours à tourner en rond, avait pris une bande tellement forte qu'il était presque chaviré du côté où, malheureusement, se trouvaient l'embarcation de secours de même que l'un des canots pneumatiques de sauvetage. Le capitaine lança aussitôt au radiotéléphone un message de détresse, pendant que les membres de l'équipage essayaient tant bien que mal de revêtir les habits de survie et de sortir par un hublot de la timonerie qui avait été ouvert. L'unique canot de sauvetage encore disponible fut aussitôt jeté à la mer. C'est à ce moment-là que la génératrice principale cessa de fonctionner, laissant ainsi dans le noir total l'équipage dont certains membres s'agrippaient toujours à la balustrade du pont principal. Quelques secondes plus tard, le *Nadine* s'était mis, sans intervention humaine, semblait-il, en mode « en arrière toute », rendant précaire tant la position des membres de l'équipage qui se trouvaient à l'extérieur que ceux qui étaient en train de s'extirper de la timonerie, dont certains se dirigeaient vers le canot de sauvetage amarré au *Nadine*. C'est là qu'une énorme vague s'était abattue sur la scène, jetant à la mer les hauturiers qui se tenaient au mur, à l'exception du maître de l'équipage qui avait réussi à sauter dans le canot pneumatique.

— Je vous fais grâce du reste, lui dit Albérik d'une voix chevrotante, tout en ajoutant que seul le capitaine, qui avait réussi à revêtir totalement sa combinaison de survie, eut la vie sauve et que son frère, qui agissait comme maître d'équipage, avait réussi lui aussi à s'en sortir par miracle. Avec un bateau qui est en mode « en arrière toute », sur une mer démontée en plus de ça, tous n'ont pas eu cette chance. On a d'ailleurs retrouvé les deux survivants à moitié morts au petit matin à plus de trois milles marins de distance l'un de l'autre.

Dieudonné essaya pendant un court moment de respecter une période de silence, mais la langue lui brûlait de dire ce qu'il avait découvert en s'informant auprès du marchand Samy du rapport d'enquête sur l'incendie qui s'était déclaré en juin 1994 sur le *Raly II*.

— Vous m'excuserez, Albérik, dit-il avec amabilité, mais êtes-vous au courant de l'incident qui s'est produit sur le frère jumeau du *Nadine* en juin 1994?

— J'en ai entendu parler, dit-il d'une voix à peine perceptible, mais sans me demander s'il y avait une relation quelconque avec le *Nadine* pour ce qui est de la rapidité du naufrage.

Heureux qu'il était de pouvoir participer à l'assemblage du casse-tête, Dieudonné expliqua à son interlocuteur que ce rapport d'enquête disait noir sur blanc que le *Raly II* s'était mis en mode «arrière toute» après qu'un incendie à bord eut provoqué une panne de la génératrice sans qu'il ait été possible de neutraliser les commandes. Même si, cette fois-là, il n'y avait pas eu de victime, la recommandation qui s'ensuivit mentionnait qu'il fallait, dans un tel cas, utiliser le manuel d'entretien et de directives du fabricant en matière de sécurité. Une façon, expliqua-t-il de minimiser les conséquences, comme si le capitaine, au moment précis de l'arrêt de la génératrice, avait eu le temps de feuilleter toute la paperasse se rapportant à une hélice à pas variable.

— Si vous le permettez, Albérik, j'aimerais savoir pourquoi, finalement, on a beaucoup plus discuté des causes du naufrage que des naufragés.

— C'est que… c'était nécessaire afin d'éviter, comment dire…

— De porter des jugements gratuits, peut-être, le coupa Dieudonné.

— C'est à ça que je voulais en venir. Vous vous êtes sans doute aperçu que c'est un ensemble de faits qui ont causé le naufrage, mais, pris individuellement, aucun n'aurait eu de conséquences tragiques.

— Et les uns à la suite des autres, ils ont été les agents déclencheurs de la catastrophe, dit Dieudonné. Je crois que la seule façon pour toutes les personnes concernées de près ou de loin par la catastrophe de retrouver la paix serait de faire leur deuil, en acceptant qu'il n'y aurait pas eu de cause à effet si…

— S'il n'y avait pas eu deux tempêtes coup sur coup au cours de leurs cinq journées de sortie en mer, intervint Albérik en grimaçant. Sans oublier que la diminution de moitié de l'intensité des vents dans la soirée du dimanche le 16 annoncée par la météo s'est traduite plutôt par une augmentation monstrueuse.

— Et si, au moment où le capitaine remettait la barre à son second, le panneau de contrôle des témoins sonores et lumineux avait été totalement opérationnel, ajouta Dieudonné.

— Et surtout si la génératrice qui alimentait le gouvernail n'avait pas fait défaut au mauvais moment, lui rappela le Vieux, le *Nadine* n'aurait pas subi une forte bande à tribord, qui l'a fait tourner en rond comme une toupie.

— Pour lui faire avaler de l'eau par les moindres ouvertures au-dessus de la ligne de flottaison.

— Et si le filet du chalut ne s'était pas déchiré, nécessitant par le fait même un retrait de la zone de pêche et des réparations de toutes sortes qui ont duré des heures et des heures.

— Et, finalement, si la génératrice principale, en s'arrêtant, n'avait pas imposé la commande «en arrière toute», conclut Dieudonné.

— Ce qui fait que j'ai pour mon dire que si ces problèmes ne s'étaient pas produits les uns à la suite des autres, le destin n'aurait pas pu exercer son pouvoir malfaisant.

— Et pour les normes en matière de sauvetage, qu'est-ce que vous en pensez, Albérik?

— Peut-être ne le saviez-vous pas, mais la compagnie s'était entendue à l'été avec les pêcheurs sur un nouveau contrat de travail faisant état de santé et sécurité au travail. Malheureusement, sa mise en application n'était prévue que pour le printemps 1991. Ça fait que, comme on dit: «Trop peu, trop tard.» De toute façon, plus ça change, plus c'est pareil. C'est après coup qu'on s'aperçoit que, faute d'obliger les hauturiers à se protéger eux-mêmes, les recommandations du coroner dans ses rapports ne seront appliquées que lorsque les poules auront des dents.

— Pouvez-vous être plus précis, Albérik, afin que je puisse peut-être – je dis bien *peut-être* – influencer avec mon documentaire les autorités en la matière?

— Vous voulez dire celles du ministère des Transports du Canada?

— Vous avez deviné.

— Bah, il y avait sur le *Nadine*, je crois, comme trois émetteurs de signaux.

— Des balises radios, vous voulez dire?

— C'est ça. Deux des émetteurs n'étaient pas armés. Tant les hélicoptères que les bateaux et avions n'ont pas pu se rendre sur place avant plusieurs heures à cause de la visibilité réduite, et surtout, des forts vents. Donc, le coroner, pour bien faire, a recommandé qu'un bateau de la Garde côtière de 55 pieds avec un hélicoptère soient stationnés en permanence aux Îles. Allez donc voir!

— Bon, je crois avoir suffisamment de matière pour être en mesure de préparer quelque chose qui pourrait intéresser certains médias friands d'une bonne histoire. Une histoire, faut-il vous l'avouer, qui est invraisemblable à bien des points de vue.

— Et, moi, dans tout ça? réclama Albérik en se levant pour s'étirer l'échine et faire voir à Dieudonné qu'il était temps de se quitter. Je compte sur vous pour remplir la tâche que je vous ai confiée, celle de faire savoir à mes compatriotes que ce qui était arrivé était de toute façon écrit dans le ciel.

— On devrait retrouver dans mon document de quoi permettre aux familles de faire définitivement leur deuil, peut-être?

— J'y compte bien! lança Albérik en l'accompagnant à la sortie. Que Dieu vous garde! ajouta le Vieux en constatant que le vent avait grossi au point qu'il eut de la misère à refermer la porte de sa cabane.

Il replaça les divers articles dont il s'était servi pour ses démonstrations auprès de Dieudonné et s'en retourna à la maison.

Il voulut étancher sa soif après ces innombrables émotions. Il s'empara, dans une armoire, d'un 26 onces de petit blanc à moitié entamé qu'il plaça sur une petite table à côté de son fauteuil préféré dans le boudoir, en s'assurant d'y joindre, à portée de main, un pot d'eau fraîche et un verre en cristal qui lui servait de mesure pour baptiser sa boisson préférée.

Il tapota les coussins de son fauteuil et s'y cala. Puis il allongea le bras pour se servir un verre qu'il but à petites gorgées en regardant une à une les photos des naufragés, des photos qu'il avait installées sur le mur face à lui entre l'horloge grand-père et le calendrier, dont la page du mois de décembre 1995 était illustrée par la photo du *Nadine* du temps qu'il était arrivé aux Îles.

Verre après verre, Albérik s'adressa aux naufragés, comme s'ils s'étaient réunis autour de lui : « Maintenant que j'ai fait ma part pour que le destin me fasse rencontrer Dieudonné, c'est à votre tour de faire la vôtre », leur dit-il d'une voix qui s'éraillait davantage chaque fois qu'il levait son verre dans leur direction.

Il tomba subitement endormi et se mit à rêver à l'avenir. Dans son rêve, il vit Dieudonné qui arrachait de ses calepins de notes des feuilles qu'il distribuait à qui mieux mieux aux proches des disparus du *Nadine* et à ses compatriotes. Son but : qu'ils prennent connaissance des résultats de sa recherche sur la vérité concernant le naufrage du chalutier, et qu'ils puissent faire leur deuil et vivre enfin dans la sérénité et la résilience.

Réveillé en sursaut par les six coups de l'horloge, il jeta un coup d'œil, dans la pénombre de la nuit qui s'installait, sur le calendrier dont l'année 1995 lui semblait avoir été remplacée comme par magie par l'année 2015.

« Immanquable, se dit-il avec un sourire en coin, que le destin a dû consulté mes amis dans l'au-delà avant de changer de cap et de placer la barre : en avant toutes ! »

FIN

PRIÈRE DU PÊCHEUR

**qui est resté affichée depuis 1990 dans le bateau
de pêche du père de l'un des naufragés du *Nadine***

Pierre Clostermann, Des poissons si grands.
Au nom du Père qui créa l'Univers des eaux
Et du Fils nourri par toi au bord du Lac
Prie pour moi, saint Pierre.
Sois indulgent, toi qui as lancé l'épervier,
Aiguisé l'hameçon et tendu la ligne.
Protège de la destruction aveugle et du massacre
Les thons, les espadons, les marlins et les voiliers.
Garde pures de toute pollution les eaux des courants océaniques
Pour que ces merveilleux poissons puissent y vivre et se multiplier.
Anime dans mon esprit, par cet amour de la pêche que tu as partagé,
Le respect de la nature, donc de la liberté et de la vie.
Réserve pour mes départs ces paisibles matins de brume
Qui promettent le soleil.
Renouvelle dans moncœur les provisions de patience et d'espoir
Qui sont le pain et le sel des pêcheurs, nos frères.
Gratifie-moi longtemps encore de retours heureux au crépuscule
Sur une mer calme, âme légère et reins brisés
Avec à mes pieds un beau poisson capturé honnêtement.
Exauce cette prière
Afin qu'au dernier jour soit claire comme le Gulf Stream
Ma conscience d'homme et de pêcheur.
Accorde-moi d'enfin prendre DES POISSONS SI GRANDS
Que la tentation de mentir en les décrivant
Me soit à jamais épargnée
Car je ne suis qu'un pauvre pêcheur.
Ainsi soit-il !

LES NAUFRAGÉS DU *NADINE*

PIERRE CYR

RÉSIDENCE : Havre-Aubert
ÂGE : 31 ans
STATUT : Conjoint de fait
CONJOINTE : Huguette Bourgeois
ENFANT : Pierre-Olivier (1 an)
FRÈRES ET SŒURS : Guy, Raymond, Germain, Julienne, Lise, Madeleine, Geneviève, Dorine et Anne-Marie
PARENTS : Léo et Marie-Louise Cyr

LAURÉAT DEVEAU

RÉSIDENCE : Cap-aux-Meules
ÂGE : 47 ans
STATUT : Célibataire
AMIE : Carole Bourgeois
ENFANTS : Lyne, Carole et Michel
FRÈRES ET SŒURS : François, Paul, Alexandrine, Marie-Louise, Adèle, Jacynthe, Simone et Marie-Stella
PARENTS : Édouard et Marie-Anne Deveau

ESTELLE LABERGE

LIEU DE NAISSANCE : Sainte-Martine (Châteauguay)
ÂGE : 40 ans
STATUT : Célibataire
RÉSIDENCE : Rimouski

FRÈRES ET SŒURS : Rolande, André, Jean-Paul, Thérèse, Angèle et Gilles
PARENTS : Rodolphe et Agnès Hébert

MARIO LEBLANC

RÉSIDENCE : Gros-Cap
ÂGE : 26 ans
STATUT : Conjoint de fait
CONJOINTE : Jeanne Poirier
ENFANT : Vanessa, née en février 1991
FRÈRES ET SŒURS : Mariette, Nathalie, Jean-Yves, Alain et Marie-France
PARENTS : Edmond et Thérèse Leblanc

JACQUELIN MIOUSSE

RÉSIDENCE : Gros-Cap
ÂGE : 36 ans
STATUT : Marié
FEMME : Lucie Bourgeois
ENFANTS : Céline (10 ans) et Annick (6 ans)
FRÈRES ET SŒURS : Bertrand, Reynald, Jeanne, Jeannette, Berthe et Christianne
PARENTS : Urbain et Jacqueline Miousse

ÉMILE POIRIER

RÉSIDENCE : Havre-aux-Maisons
ÂGE : 23 ans
STATUT : Célibataire
AMIE : Guylaine Poirier
ENFANT : Aucun

FRÈRES ET SŒURS : Donald, Stéphane, Jean-Guy et Marie-Claude
PARENTS : François et Claudette Poirier

AUGUSTIN VIGNEAU

RÉSIDENCE : Étang-des-Caps
ÂGE : 31 ans
STATUT : Marié
FEMME : Marjolaine Bourgeois
ENFANTS : David (9 ans) et Stéphanie (5 ans)
FRÈRES ET SŒURS : Léonard, René, Henri-Paul, Éric, Yvon, Aline,
Aurélienne, Carmelle, Marie-Louise, Denise et Johanne
PARENTS : Odiphas et Julia Vigneau

GÉRARD VIGNEAU

RÉSIDENCE : Portage-du-Cap
ÂGE : 30 ans
STATUT : Marié
FEMME : Adrienne Martinet
ENFANTS : Yannick (8 ans) et Julie (5 ans)
FRÈRES ET SŒURS : Léonard, René, Henri-Paul, Éric, Yvon, Aline,
Aurélienne, Carmelle, Marie-Louise, Denise et Johanne
PARENTS : Odiphas et Julia Vigneau

ÉPILOGUE

Hommage à ceux et à celle qui ont payé de leur vie.
Selon le Bureau de la sécurité des transports du Canada, on a enregistré, entre 1986 et 1991, l'abandon de trente navires de pêche et le décès de plus de 70 marins.

Or, depuis le naufrage du *Nadine* en décembre 1990, on compte beaucoup moins de victimes. Nul doute que ce naufrage a été le déclencheur d'une prise de conscience générale des organismes responsables des politiques de sécurité en mer.

RÉFÉRENCES

- Rapport d'enquête du coroner sur le naufrage du *Nadine*, daté du 22 juin 1992.
- Rapport d'enquête maritime du Bureau de la sécurité des transports du Canada sur le naufrage du *Nadine*, daté du 8 avril 1994.
- Rapport Marine du Bureau de la sécurité des transports du Canada sur un incendie à bord du navire de pêche *Rali II*, daté du 7 juin 1994.
- Recommandations et mesures à prendre telles qu'elles sont indiquées dans le rapport du BST (Bureau de la sécurité des transports) à la Société Madelipêche Inc., au Ministère des Pêches et Océans Canada et à la Garde Côtière Canadienne, daté du 7 janvier 2010.
- L'hebdomadaire *Le Radar*
- *Dictionnaire des régionalismes du français parlé des Îles-de-la-Madeleine*, Chantal Naud
- Institut Maurice-Lamontagne de Rimouski
- Le Musée de la Mer

REMERCIEMENTS

Mes remerciements sont adressés en premier lieu aux proches parents des naufragés qui, par leurs témoignages, m'ont permis d'écrire ce roman. Je m'en voudrais de passer sous silence : les amis et les autres membres des familles des naufragés qui, faute de disponibilité, auraient aimé eux aussi se raconter.

Merci à Dorine Cyr, Geneviève Cyr, Jean-Guy Cyr, Marie-Louise Deveau, Angèle Laberge, Rollande Laberge, Alain Leblanc, Marie-France Leblanc, Mariette Leblanc, Nathalie Leblanc, Christiane Miousse, Donald Poirier, Jean-Guy Poirier, André Thibault, Éric Vigneau, Jean-Claude Vigneau, Léonard Vigneau et Sylvie Vigneau.

Je tiens à exprimer également ma reconnaissance à ceux et celles qui, par leurs témoignages, m'ont soutenu dans ma recherche de la vérité afin que *Le Nadine – Le début de la fin* puisse procurer à tous les Madelinots, sans exception, le réconfort nécessaire pour une guérison complète de leurs blessures.

Merci aussi à Claude Bourgeois, Jean Carbonneau, Georges Gaudet, Marc Gaudet, Robert Goulet, Sylvain Hurtubise, Raoul Lapierre et Carole Turbide, Bernard Chevrier, Bernard Langford capitaine, Daniel Turbide chef mécanicien et le deuxième officier Marcel Miousse.

Sans oublier Wellie Lebel (décédé en 2011) et Roland Arseneau qui pendant trente ans ont été pour moi une source vive d'informations sur la chasse au loup-marin et la pêche côtière et hauturière toutes catégories confondues.

Et finalement un grand merci à madame Nicole Lazure pour son excellent travail en traitement de texte et à Mᵉ Pierre-Paul Routhier pour ses précieux conseils d'ordre juridique.

TABLE DES MATIÈRES

PARTIE III

ÎLES-DE-LA-MADELEINE, DÉCEMBRE 1990

DATE DUE

FEB 0 6 2016

UIS

ada

CLÉ
à partir
x recyclés
03567

00% postconsommation
o et fait à partir de biogaz.

PERMANENT   BIO GAZ
                    ÉNERGIE